Alena Mornštajnová

# Hana

*Zu diesem Buch*

Mira findet, dass es sich manchmal lohnt, ungehorsam zu sein. Zum Beispiel für einen wagemutigen Ritt auf einer Eisscholle. Triefend nass erwartet sie als Bestrafung Erbsenpüree zum Abendbrot, doch die wahren Folgen ihres unschuldigen Abenteuers bringen ihre Welt zum Stillstand. Das Schicksal bindet Mira an ihre seltsame Tante Hana: spindeldürr und schweigsam, sieht sie in ihren ausgeleierten schwarzen Pullovern aus wie ein Nachtfalter. In dem Versuch, miteinander auszukommen, lernt Mira langsam zu verstehen, warum ihre Tante sich so schwer im Leben zurechtfindet, und was das leise hinter ihren Rücken gemurmelte »Jude« bedeutet. Über drei Generationen hinweg entfaltet sich eine aufwühlende wie berührende Familiengeschichte, gelenkt von grausamen Mächten, aber auch von selbstloser Liebe.

»Mit *Hana* legt die tschechische Autorin Alena Mornštajnová einen mutigen Roman vor. Was ist eine Frau zu ertragen imstande?, fragen wir uns. Und wie findet eine versehrte Seele zurück ins Leben? Ein großartiges Buch von einer sprachgewandten Gestalterin.« *Dresdner Neueste Nachrichten*

*Die Autorin*

Alena Mornštajnová (*1963) ist Schriftstellerin, Übersetzerin und Lehrerin. Sie studierte Anglistik und Tschechisch an der Universität Ostrava. 2013 erschien ihr erster Roman, ihre Texte wurden in zahlreiche Sprachen übersetzt. 2018 erhielt sie für ihren dritten Roman *Hana,* der Teile ihrer Familiengeschichte verschriftlicht, den Tschechischen Buchpreis und zählt seither zu den beliebtesten zeitgenössischen Schriftstellerinnen ihres Landes. Mornštajnová hat zwei Kinder und lebt in Valašské Meziříčí (Osttschechien).

*Die Übersetzerin*

Raija Hauck (*1962) studierte Slawistik in St. Petersburg, Brno und Odessa. Sie promovierte and der Universität Greifswald, wo sie Tschechisch und Russisch lehrte. Heute ist sie freie Übersetzerin und Illustratorin und leitet und moderiert Übersetzungsworkshops, Lesungen und Kulturaustauschprojekte.

Mehr über die Autorin und ihr Werk auf *www.unionsverlag.com*

Alena Mornštajnová

# Hana

Roman

Aus dem Tschechischen
von Raija Hauck

Unionsverlag

Die Originalausgabe erschien 2017 im Verlag Host, Brno, Tschechien.
Die deutsche Erstausgabe erschien 2020 im Wieser Verlag, Klagenfurt.

*Im Internet*
Aktuelle Informationen, Dokumente und Materialien
zu Alena Mornštajnová und diesem Buch
*www.unionsverlag.com*

Unionsverlag Taschenbuch 923
Diese Ausgabe erscheint mit freundlicher
Genehmigung des Wieser Verlags.

Originaltitel: Hana

Neptunstrasse 20, CH-8032 Zürich
Telefon +41 44 283 20 00
mail@unionsverlag.ch

Reihengestaltung: Heinz Unternährer
Umschlagfoto: De Visu (Shutterstock)
Umschlaggestaltung: Peter Löffelholz
Druck und Bindung: CPI – Clausen & Bosse, Leck
www.unionsverlag.com/produktsicherheit
ISBN 978-3-293-20923-7
2. Auflage, Dezember 2025

Der Unionsverlag wird vom Bundesamt für Kultur mit einem
Verlagsförderungs-Strukturbeitrag für die Jahre 2021–2025 unterstützt.

# ERSTER TEIL
## Ich, Mira
*1954–1963*

# ERSTES KAPITEL
## Februar 1954

Ich habe noch nie verstanden, warum die Erwachsenen den Kindern einreden, es lohne sich, artig und gehorsam zu sein. Wäre ich eine gehorsame Tochter gewesen, stünde heute mein Name in den Grabstein gemeißelt – so wie die Namen von Mamas Eltern, Oma Elsa und Opa Ervin, die lange vor meiner Geburt verstorben waren, oder Oma Ludmila und Opa Mojmír, an deren Grab Mama und ich jedes Mal kleine braune Grablichter anzündeten, obwohl wir dafür bis ans Ende des Friedhofs gehen mussten.

Während meine Freundinnen an Sonntagnachmittagen bei schönem Wetter mit den Familien in den Park oder durch die Stadt spazieren gingen, steckte Mama Dagmara, Ota und mich in Sonntagskleider und schickte uns vor die Tür der Uhrmacherei, die früher uns gehörte. Zu dieser Zeit durfte Papa hier aber nur noch für miese Bezahlung arbeiten und Mama hatte die Erlaubnis, umsonst in dem dunklen Lädchen im Erdgeschoss den ausgetretenen Fußboden zu wischen.

Jeden Sonntag nach dem Mittagessen wusch Mama das Geschirr ab, setzte sich das schwarze Hütchen auf, setzte Otík in den Kinderwagen, oder nahm ihn, als er schon größer war, bei der Hand und führte uns in Richtung Friedhof. Der Weg schien mir endlos. Wir mussten an der Kirche vorbei zum Fluss, über die Brücke, durch die ganze Unterstadt, die aus einem mir unbekannten Grunde Krásno – Schönheit – hieß, uns am langen Schlosspark entlangschleppen, bis hinter die letzten Häuschen, durch das Friedhofstor treten und warten, bis Mama die Grabsteine abgefegt, die Blumen ordentlich in Vasen gestellt und Kerzen angezündet hatte. Während der Arbeit sprach sie mit den Toten und erzählte ihnen, was es in Meziříčí Neues gab, wer geboren worden war, wer gestorben, was man sich in der Stadt so erzählte, wie es den Nachbarn ging und was wir Kinder wieder angestellt hatten.

Ich traute mich nie, etwas zu sagen, seufzte nur schwer, damit Mama verstünde, wie sehr mir das Warten zuwider war, aber auch so sagte sie jedes Mal vorwurfsvoll zu mir: »Mach nicht so ein Gesicht, wären sie nicht gewesen, gäbe es dich nicht.«

Als auf den Grabsteinen neue Namen hinzukamen und der von Mama dabei war, dachte ich daran, wie sie jeden Sonntag an den Gräbern gestanden und mit ihren Nächsten gesprochen hatte. Es tröstete mich, dass sie jetzt mit denen zusammen war, die sie so sehr vermisst hatte.

Mein Name ist nur deshalb nicht unter den in Gold ausgeführten Inschriften auf den Grabsteinen, weil es sich manchmal lohnt, ungehorsam und frech zu sein. Wenn Sie damit nicht einverstanden sind, lesen Sie nicht weiter. Und geben zur Sicherheit dieses Buch nie Ihren Kindern in die Hand.

Der Winter dieses Jahres, als ich neun Jahre alt war und sich mein ganzes Leben komplett änderte, war herrlich weiß und frostig, aber im Februar schien er gar kein Ende mehr nehmen zu wollen. Erst in den letzten Februartagen wurde es wärmer, der Schnee begann zu tauen und das Eis zu brechen.

Der Fluss, der Meziříčí und Krásno teilte, zog sich stellenweise nur träge dahin, statt in Richtung der größeren Flüsse zu eilen, und weil der Schnee in den nahen Bergen nur langsam taute und der Fluss davon bis jetzt nur geringfügig schneller geworden und angestiegen war, schien er uns wie geschaffen dafür, ein Stück auf den losen Eisschollen zu schwimmen.

In diesem Februar des Jahres 1954, als das Böse schon in der Tiefe unter der Stadt lauerte, liefen wir jeden Tag nach der Schule geradewegs zum Fluss und warteten ungeduldig, ob das Eis schon nachgab und brach, und ob das Wasser so stark floss, dass wir auf die Schollen springen, ein paar Meter mitgleiten und das Abenteuer genießen könnten, das die Zwillinge Eda und Mirek Zedníček aus der Sechsten in den Pausen beschrieben. Die hatten vor ein paar Jahren schon einen strengen Winter erlebt und die Schollenfahrt selbst ausprobiert.

Nach ein paar Tagen riss das Eis endlich, die Mitte des Flusses wurde frei und die Schollen wanderten langsam stromabwärts. Unsere Zeit war gekommen, lang ersehnt und sorgfältig geplant.

Ich stand in der Küchentür, in der einen Hand die rote Bommelmütze, in der anderen die Handschuhe.

»Was fällt euch da bloß ein?«, wunderte sich Mama, als ich sie fragte, ob ich mit Jarmila rodeln gehen dürfe. In der Küche war es gemütlich warm und es roch gut, weil Mama Kuchen für ihre Geburtstagsfeier buk. »Der Schnee taut, der ist feucht, du wirst durch und durch nass werden.«

Ich streckte mich nach einem Stück Kuchen vom Blech, zuckte aber gleich zurück, weil es noch heiß war. »Ja eben. Was, wenn das die letzte Möglichkeit ist, ein bisschen zu rodeln?«

Mama sah mich misstrauisch an. »Mira, lass dir nicht einfallen, zum Fluss zu gehen.«

Daraus, dass Mama ahnte, was Jarmilka Stejskalová, die Zedníček-Jungen und ich planten, und mir streng verbot, zum Fluss zu gehen, schloss ich, dass auch sie zu Zeiten, in denen sie noch nicht erwachsen und übertrieben vorsichtig war, selbst Eisschollenfahrten unternommen hatte. Aber Dinge, die ich nicht tun durfte, um mich nicht zu verletzen, gab es so viele!

Ich durfte nicht auf den Dachboden gehen, um nicht über irgendwelchen Kram zu stolpern oder aus dem Fenster zu fallen. Ich durfte nicht in den Keller gehen, um nicht auf den Stufen abzurutschen. Ich durfte nicht hinaus in die Loggia, weil ich wegen ihrer baufälligen Konstruktion auf den gepflasterten Hof stürzen könnte. Kein Wunder, dass der Mensch das »Du darfst nicht« nicht ernst nimmt, wenn er das in jedem Satz hört.

»Natürlich nicht. Jarmilka und ich gehen nur auf den Hügel hinter Zedníčeks Garten«, sagte ich und stopfte mir ein heißes Stück Kuchen in die Tasche.

Mama war sehr schön, und wenn sie mich umarmte, wärmte sie wie ein Ofen und duftete wunderbar nach Vanillezucker. Aber in diesem Augenblick sahen mich ihre großen braunen Augen, die mir immer so traurig erschienen, dass ich mich fürchtete hineinzuschauen, so misstrauisch an, als könnten sie meine geheimsten Gedanken lesen.

»Jarmilka wartet schon«, sagte ich, knöpfte den Mantel zu, schnürte die warmen Knöchelschuhe und zog mir die Mütze bis in die Stirn.

Mama gab mir noch ein Kuchenstück. »Hier, für Jarmilka.«

Ich lief hinaus, packte Jarmilkas Schlitten am Seil und ging los in Richtung Marktplatz. Im Rücken brannte mir Mamas Blick.

»Auf Wiedersehen, Frau Karásková«, rief Jarmilka, »und danke schön.« Sie warf ihren langen blonden Zopf herum, um den ich sie ganz unfreundschaftlich beneidete, weil alle Jungen aus der Klasse sie bewundernd daran zogen, lächelte Mama unschuldig an und biss in den Kuchen.

Am Ende der Straße bogen wir nach links ab.

»Wo gehst du hin?«, fragte Jarmilka und zog am Seil, um mich zu stoppen. »Wir wollen doch nicht um die ganze Stadt herumlaufen.«

»Ich möchte nicht, dass Mama sieht, dass ich zum Fluss gehe.«

»Sie kann doch nicht um die Ecke gucken.«

Ich sah mich auf der Straße um. Im ersten Stock eines Hauses mit abgeblätterter Farbe bewegte sich die Gardine. Vielleicht schien es mir nur so, aber vielleicht hielt die alte Beneška am Fenster Wacht, um alles mitzubekommen, was sich um den Platz herum tat. Ich ging schneller. »Man kann nie wissen. Wenn wir jemanden treffen, gibt es Ärger.«

»Und zum Abendbrot bekommst du Erbsen«, lachte Jarmilka und trippelte ergeben hinter mir her.

Erbsen konnte ich wirklich nicht ausstehen und Mama wusste das, also bekam ich sie zum Mittag oder zum Abendbrot, wenn ich Widerworte gab oder etwas getan hatte, was ich nach Meinung der Eltern nicht hätte tun sollen. Ich saß mit den anderen am Tisch, schaute zu, wie sie sich ihre Kartoffelpuffer mit selbstgemachter Marmelade oder etwas anderes Gutes schmecken ließen, und aß von dem grünen Püree. Im Stillen zog ich ein Gesicht, laut sagte ich: »Immer noch besser, als wenn Papa seinen Gürtel abschnallt.« Was ich manchmal, öfter als meine beiden kleineren Geschwister, nicht vermeiden konnte. Und heute würde es für den Gürtel reichen. Daran hatte ich keinen Zweifel.

Die braunen Schuhe waren durchnass, noch bevor wir am Fluss angekommen waren, und meine Finger froren trotz der Handschuhe. Die Zedníček-Jungen warteten schon am Ufer unterhalb der weiß geputzten Kapelle mit dem Holzschindeldach auf uns. Sie liefen in dem matschigen Schnee herum und versuchten mit langen Stangen die Schollen abzustoßen, die am Ufer aufgeschwemmt waren. Sowie sich eine Scholle löste, erfasste die Strömung sie und trieb sie erst langsam, dann immer schneller zum fünfzig Meter entfernten niedrigen Wehr, wo die Scholle in dem angehäuften gesplitterten Eis steckenblieb.

In diesem Moment verließ mich der Mut, und Jarmilka wohl auch, denn sie setzte sich auf den Schlitten und sagte: »Ich schau nur zu.«

»Feigling«, sagte Eda Zedníček verächtlich, und ich begriff, dass ich zwar nicht an Schönheit, so doch mit Mut Jarmilka übertreffen könnte. Die Jungen ziehen sie vielleicht am Zopf, aber auf mich werden sie noch nach Jahren zeigen und dabei den jüngeren Mitschülern erzählen: »Das ist die, die auf der Eisscholle den Fluss langgefahren ist.«

Ich schaute zu, wie Eda geschickt ein weiteres Eisstück ablöste, so groß wie der gewebte Läufer vor Mamas und Papas Bett, direkt in die Mitte trat, sich mit der Stange vom Grund abstieß und langsam mit der Strömung in Richtung Wehr glitt. Wir liefen am Ufer entlang, während Eda breitbeinig auf der Scholle stehend sein provisorisches Wasserfahrzeug mit einem Knüppel in ruhigen Wassern hielt, in den Boden stakte und in sicherer Entfernung vom Ufer zum Wehr steuerte. Mit dem Knüppel schwächte er den Aufprall ab und lief über das angehäufte Eis zum Ufer zurück.

Einfach, dachte ich mir. Bis auf das Klettern von Scholle zu Scholle.

Auf dem Rückweg zum Schlitten bekam ich eine Reihe wohlgemeinter Ratschläge, die mir wieder den Schneid abkauften. »Vor allem musst du dich in die Mitte der Scholle stellen, damit du nicht ins Wasser rutschst. Und halt dich ans Ufer, da ist es flach. In der Mitte ist die Strömung, die könnte dich wegreißen, das könnte nicht mal ich schaffen. Und mit der Stange musst du dich von der Seite aus abstoßen, nicht nach vorne stechen, da würdest du drüberfallen.«

Die Beine zitterten mir jetzt nicht mehr nur vor Kälte, sondern auch vor Angst. Eda und Mirek halfen mir, eine Scholle zu lösen. »Spring rauf!«, rief Eda und ich sprang, nur war das Eis in der Zwischenzeit ein Stück weitergeschwommen, den Strom hinab, sodass ich auf dem Rand aufkam, das Eis hochhüpfte, und ich ausrutschte.

Im Flug warf ich die Arme hoch und ich fühlte, wie ich auf dem Wasser aufkam und hineinsank und das Wasser mir zuerst gar nicht kalt vorkam. Aber dann packte es mich wie eine riesige Zange, floss mir in die Ohren, die Augen, die Nase, drückte mich hinunter und irgendwohin in die Dunkelheit. Bevor ich einen Schreck bekommen konnte, schnappte mich eine Hand am Mantelaufschlag und hob mich aus dem Wasser.

»Hab ich dir nicht gesagt, du sollst nicht auf den Rand treten!«, rief Eda, drehte sich dann zu Mirek um und fügte voller Verachtung hinzu: »Das war deine blöde Idee, die Mädchen hierher mitzuschleppen. Jetzt haben wir den Schlamassel.«

Jarmilka stand am Ufer und jammerte. Schnell schälte ich mich aus dem schweren Mantel, der sich mit Wasser vollgesogen hatte, und fing an ihn auszuwringen. So konnte ich nicht nach Hause, aber mir war schrecklich kalt. Mir fiel ein, wir könnten ein Feuer machen und ich könnte daran meine Sachen ein bisschen trocknen und mich wärmen, und ich wollte die Jungen um Streichhölzer bitte, aber meine Zähne klapperten so, dass ich nicht sprechen konnte.

»Heul hier nicht rum, leih ihr deinen Mantel und bring sie nach Hause!«, schrie Eda Jarmilka an. Lustlos knöpfte sie den Wintermantel auf und warf ihn mir über die Schultern. Das half nicht sehr. Vielmehr zitterten wir jetzt beide.

»Wenn ihr jemandem petzt, dass wir zusammen hier waren, verklopp ich euch, obwohl ihr Mädchen seid«, fuhr Eda fort. »Und jetzt ab nach Hause mit euch«, er nickte Mirek zu und beide liefen los, den Abhang hinauf.

Ich warf den nassen Mantel auf den Schlitten und wir machten uns auf kürzestem Wege auf nach Hause. Die Kälte biss sich in meine Haut und trieb mich zu größerer Eile an. Zwei Straßen vor unserem Haus gab ich Jarmilka den feucht gewordenen Mantel zurück, die zog ihn mit sichtlicher Freude wieder an, schenkte mir einen mitleidsvollen Blick und überließ mich meinem Schicksal. Ich hoffte immer noch, dass ich es mit ein bisschen Glück die Treppe hoch schaffte, ohne bemerkt zu werden, schaffte, an der Küche vorbeizuschleichen, in die zweite Etage hochzulaufen, wo ich mit meinen Geschwistern schlief, und mir heimlich etwas Trockenes anzuziehen.

Vorher hatte ich nie bemerkt, dass die schwere Eingangstür geschmiert werden musste, die Treppe knarrte, und wenn kein Licht war, das ich natürlich nicht anmachen konnte, die nächste Treppenstufe nicht zu sehen war.

»Ist das Licht kaputt?«, erklang von oben eine Stimme, dann flackerte die Glühbirne auf und ich blieb mitten auf der Treppe stehen. Als ich mich umschaute, wurde mir klar, dass ich sowieso nicht unentdeckt geblieben wäre. Ich hatte auf jeder Treppenstufe eine kleine Pfütze hinterlassen.

»Das kann doch nicht wahr sein!«, rief Mama, schnappte mich, zog mich die Treppe hinauf, und fing dort an, mir die nassen Sachen herunterzureißen. »Was hast du denn jetzt wieder angestellt? Ich habe doch gesagt, dass du nicht an den Fluss darfst.«

Mit einer Hand zog sie mir die nasse Strumpfhose herunter, mit der anderen schlug sie auf meinen eiskalten Po ein. Das überraschte mich. Das war das erste Mal, dass ich von Mama etwas abbekam. Die Schläge taten nicht weh, waren aber fürchterlich erniedrigend.

»Nein!«, schrie ich. »Das ist nicht wahr! Ich war nicht am Fluss. Ich war mit Jarmilka rodeln. Der Schnee ist nur noch Matsch. Deswegen bin ich auch ganz nass.«

Vor Scham und Kälte und diesem ganzen Schreck fing ich an zu heulen. In der Küchentür erschienen meine Geschwister, aber als sie die Prügel sahen, zogen sie sich lieber wieder zurück. Unten ging die Eingangstür auf, weil Papa unser Geschrei bis in die Uhrmacherei gehört hatte und nun angelaufen kam, um zu sehen, was los war.

»Du verflixte Lügnerin«, Mama war böse. Sie rubbelte mich mit dem Handtuch ab, dass die Haut schmerzte, und steckte mich ins Bett. »Mach schnell einen Tee«, rief sie Papa zu und warf mir das dicke Federbett über. »Willst du eine Lungenentzündung bekommen und sterben?«

Was war das für eine Frage? Warum sollte ich sterben wollen? »Ich war nicht am Fluss, ich bin in eine Pfütze gefallen. Ich kann wirklich nichts dafür«, schluchzte ich.

Mama stellte die Teetasse auf den Nachttisch, setzte mir eine Strickmütze auf den Kopf, steckte eine Wärmflasche zu den Füßen und schloss die Tür hinter sich. Ich kuschelte mich in das Federbett, versuchte die Wärmflasche zwischen die Fußsohlen zu pressen und weinte leise vor mich hin. Mir war kalt und es tat mir leid, dass Mama und Papa mit mir böse waren. Vielleicht hätte ich nicht lügen sollen, vielleicht hätte ich sagen sollen, dass mich jemand ins Wasser gestoßen hat, vielleicht …

Nach einer Weile floss angenehme Wärme durch meinen Körper und ich hörte im Halbschlaf, wie immer mal wieder die Tür aufging, ich fühlte eine Hand auf meiner Stirn und dachte, dass Mama vielleicht doch nicht ganz so böse war und ich dem Riemen vielleicht doch entgehe und sich alles durch Erbsenpüree zum Abendbrot einrenkt.

Papa hatte die seltsame Fähigkeit, völlig geräuschlos zu gehen, sodass es manchmal schien, als sei er nicht durch die Tür gekommen, sondern wie ein Geist durch die Wände und Fußböden. Die Tage verbrachte er im Erdgeschoss in der Uhrmacherwerkstatt, über seinen Arbeitstisch gebeugt reparierte er Uhrwerke. Vom unablässigen Sitzen hatte er einen krummen Rücken und ging leicht nach vorn gebeugt. Seine Haare waren dicht, aber fast grau, sodass er eher wie Mamas Vater statt Ehemann aussah.

Als ich klein war, so klein, dass ich noch nicht zur Schule ging und mein Bruder Otík sich unter Mamas Rock versteckte, ging mir die Frage im Kopf herum, wie meine schöne Mama so einen alten Mann heiraten konnte, also fragte ich.

»Sie musste mich nehmen«, sagte Papa, »schließlich sind meine Haare ihretwegen grau geworden.«

»Das stimmt«, sagte Mama und klopfte ihm auf die krumme Schulter. »Aber du bist froh darüber, stimmt's? Wer würde dir sonst literweise Tee hinunter in die Werkstatt tragen? Weißt du, wie viele Stufen das sind?«

Achtzehn. Die enge Treppe hatte achtzehn Stufen, und seitdem der Laden nicht mehr unserer war, sondern staatlich, und die Maurer den Durchgang zwischen Treppenhaus und Laden zugemauert hatten, musste Mama mit jedem Becher Tee hinauslaufen auf die Straße und durch den Haupteingang hineingehen, was im Winter und im Regen besonders unangenehm war.

Im Laden zwischen den Uhren verbrachte Papa viel Zeit nicht nur an Arbeitstagen, wenn das Geschäft geöffnet war, sondern auch sonntags. Nach oben in unsere Wohnung im ersten Stock kam er nur zum Essen und Schlafen. Beim Mittagessen und beim Abendbrot erzählte er Mama von den Uhrwerken, die er gerade reparierte, und Mama hörte ihm zu, als ob er die wundersamsten Abenteuer berichtete. Mit uns Kindern redete er nicht viel, und wenn Mama weg musste und er auf uns aufpassen sollte, brachte ihn das ganz durcheinander. Sicher lag es nicht daran, dass er uns nicht gern gehabt hätte. Eher konnte er nicht mit Kindern umgehen und wartete, dass wir größer würden und seinen Erzählungen über die Uhrwerke mit dem gleichen Enthusiasmus lauschten wie Mama.

An dem Sonntag, als meine Welt sich in die falsche Richtung zu drehen begann, war Papa ganz mürrisch, trotzdem bemühte er sich, das nicht zu zeigen. Zuerst dachte ich, er sei böse wegen meines Eisbades, aber diesmal war ich daran unschuldig. Mama feierte ihren dreißigsten Geburtstag und Papa war nicht er selbst, weil die

Feier seinen gewohnten Tagesablauf störte. Er konnte nicht in seine Werkstatt gehen, und in Ordnung bringen, was in Ordnung zu bringen ging. Er musste sich im Wohnzimmer an den festlich gedeckten Tisch setzen, mit seiner Frau, seinen drei Kindern und seiner Schwägerin Hana, zu der er die Beziehung einfach nicht in Ordnung bringen konnte, selbst wenn er gewollt hätte.

Der Grund war einfach – die Schwägerin war der personifizierte Vorwurf. Jedes Wort von ihr, jede Bewegung, jeder Blick zeigten ihm, wie sehr sie ihn verabscheute. Mit ihr an einem Tisch Zeit zu verbringen, war für Papa genauso eine Qual wie für mich.

Ich hatte Angst vor Tante Hana. Sie saß auf dem Stuhl wie ein schwarzer Nachtfalter und starrte nur. Nie zog sie etwas Farbiges an. Über dem schwarzen langärmligen Kleid trug sie winters wie sommers einen schwarzen Pullover mit Taschen, an den Beinen schwarze Strümpfe und knöchelhohe Schnürstiefel. Nie sah ich sie ohne Tuch, was ich eigentlich verstand, denn unter dem Tuch schauten weiße Haare hervor, auch wenn sie noch gar nicht alt sein konnte.

»Warum zieht sie nicht manchmal den Pullover aus?«, fragte ich Mama.

»Du hast gesehen, wie dünn sie ist«, sagte Mama. »Dünne Menschen frieren sehr leicht.«

»Wenn sie essen würde, wie es sich gehört, wäre sie nicht so dünn. Sie isst nur ein bisschen von dem Brot, das sie in ihren Taschen rumträgt, warum isst sie nichts Ordentliches?« Oder dürfen Erwachsene vielleicht überall krümeln, wo sie gehen und stehen, und Kinder nicht?

»Immer nur warum warum. Was geht dich das an? Sagt Tante Hana dir vielleicht, was du tun und lassen sollst?«

Und das war die reine Wahrheit. Tante Hana war die einzige Erwachsene, von der ich nie »Du darfst nicht« hörte. Eigentlich hörte ich auch nichts anderes von ihr, denn Tante Hana sprach fast nie, sie starrte nur. So seltsam. Als ob sie schauen würde, ohne zu sehen. Als ob sie weggegangen wäre und ihren Körper auf dem Stuhl vergessen hätte. Manchmal hatte ich Angst, dass sie zu Boden rutscht und nur noch ein Haufen schwarzer Sachen von ihr übrigbleibt.

Das hätte ich mir denken können, dass Mama Tante Hana verteidigt. Tante Hana war ihre ältere Schwester und eigentlich die einzige Verwandte, die wir hatten. Mama hatte sie schrecklich gern, was mich ziemlich verwunderte, denn Tante Hana zeigte nie, dass ihr an irgendjemandem von uns etwas liegen würde. Einmal sah ich, wie die Tante zu uns kam und Mama sie umarmen wollte, aber die Tante zuckte zurück, als ob sie sich an ihr verbrannt hätte. Mama lächelte sie immer an, sprach beruhigend mit ihr, wie mit einem kleinen Mädchen, und wenn die Tante darum gebeten hätte, hätte Mama ihr wohl auch das Blaue vom Himmel geholt. Aber die Tante bat weder sie noch sonst jemanden je um irgendwas. Sie saß einfach nur im Wohnzimmer, starrte vor sich ins Leere und gab manchmal eine kurze Antwort von sich, mit einer Stimme, die ganz und gar wie Mamas klang.

Wir setzten uns zum festlichen Mittagessen an den Tisch und ich erwartete so halb, dass auf meinem Teller anstelle des Lendenbratens das Erbsenpüree landete. Ich hatte zwar während der vormittäglichen Expeditionen in die Küche nicht entdecken können, dass die Mama Erbsen für mich kochte, aber aus ihrem reservierten Benehmen schloss ich, dass die Angelegenheit mit dem gestrigen Bad noch nicht ganz abgeschlossen war.

Ich bekam das gleiche Essen wie die anderen. Hatte Mama mich etwa aus Anlass ihres dreißigsten Geburtstags begnadigt?

Ich begann schon zu hoffen, aber dann kam die Zeit für das Dessert. Großartige, wundervolle Spritzkringel mit Eiercreme und glänzendem Zuckerguss, zu diesem besonderen und außergewöhnlichen Ereignis direkt in der Konditorei am Platz gekauft.

Mama nahm sie mit einer kleinen silbernen Zange vom Tablett und legte sie einen nach dem anderen auf die Goldrandtellerchen, die sie nur zu feierlichen Anlässen aus dem Schränkchen nahm. Den ersten stellte sie der Tante hin, dann je einen vor Papa, Dagmarka und Ota. Dann sah sie sich um und sagte: »So, und jetzt noch einer für mich.«

»Und was ist mit mir?«, fragte ich etwas voreilig, weil ich wusste, wie die Antwort lauten würde.

»Du hast kein Törtchen verdient. Du bist zum Fluss gegangen, obwohl du wusstest, dass es dir verboten war, und dann hast du mich auch noch angelogen.«

Ich begann zu flennen. Alle sahen mich an. Die Geschwister mitfühlend, die Tante verständnislos. Und Papa nickte nur mit dem Kopf und sagte: »Heul nicht, oder ich nehme den Gürtel. Auch so bist du billig davongekommen.«

»Na dann guten Appetit«, sagte ich, stieß den Stuhl zurück, dass er fast umkippte, und floh aus dem Zimmer.

»Und frech ist sie auch noch«, hörte ich Papas Stimme. »Ich hätte sie verhauen sollen.«

»Aber ich habe doch Geburtstag«, besänftigte ihn Mama, und was dann kam, hörte ich nicht mehr, weil ich die Holztreppe in den zweiten Stock ins Kinderzimmer hinaufgelaufen war. Dort warf ich mich aufs Bett und heulte laut vor Wut.

So laut, dass ich das Böse nicht hörte, das unter der Stadt auf die Welt gekommen und an diesem Tag in unser Haus gedrungen war. Mit verweinten Augen sah ich nicht, wie es seine gierigen Finger nach uns ausstreckte, Hoffnungen erstickte und Tod säte. Ich ahnte nicht, dass es ungesehen und ungehört unten am Tisch lauerte und sich seine Opfer aussuchte.

## ZWEITES KAPITEL
## Februar 1954

Gleich am nächsten Morgen schaute ich heimlich in die Speisekammer, ob nicht wenigstens ein gefüllter Spritzkuchen für mich übriggeblieben war, fand aber nicht mal ein Krümelchen. Eine Weile überlegte ich, bockig zu sein, aber dann sagte ich mir, dass ich mir auch die von Papa versprochenen Schläge ertrotzen könnte, und beschloss, den Eltern großzügig zu verzeihen und zu tun, als wäre überhaupt nichts geschehen. Vom obersten Regal nahm ich mir wenigstens ein paar harte Pfefferkuchen, aus denen Brösel gemacht wurden, die Mama über Pflaumenknödel, Brei oder Nudeln gab. Sie versteckte sie hinter den Kompottgläsern und dachte, ich wüsste das nicht. Dann fand ich die Tüte mit den Erbsen und stopfte sie vorsorglich ganz nach hinten.

Am Freitag stand Dagmarka nicht aus dem Bett auf. Ich trieb sie an, puffte sie, zog an ihrer Bettdecke, aber alles umsonst. Als sie sich an den Kopf griff und leise zu weinen anfing, begriff auch ich, dass sie wohl krank war und nicht zur Schule ging. Ich lief die Treppe hinunter in die Küche und teilte Mama mit, dass es Dagmarka schlecht ging und mein Kopf auch zu schmerzen begann.

Mama fasste mir an die Stirn. »Iss und ab in die Schule«, sagte sie und deutete mit dem Zeigefinger auf den Platz am Küchentisch neben Papa. Verdrossen setzte ich mich und probierte zu husten, aber Papa sah mich drohend an und so ließ ich das lieber.

Um eins kam ich ordentlich ausgehungert aus der Schule heim, denn ich hatte in dem morgendlichen Durcheinander meine Schulbrote vergessen. Keiner beachtete mich, denn Dagmarka hatte hohes Fieber und erkannte niemanden. Sie schrie immerzu etwas von Glöckchen über der Tür und Mama machte ihr mit Hilfe des alten Herrn Doktor Janotka Umschläge.

»Das wird Ziegenpeter sein«, sagte der Doktor. »Stellen Sie sich darauf ein, dass diese zwei das auch bekommen.« Er zeigte auf Otík und mich. Ehrlich gesagt, als ich sah, wie schlecht es Dagmarka ging, wäre ich lieber in die Schule gegangen.

Der Herr Doktor hatte recht. Otík wurde am nächsten Tag auch krank und es ging ihm vielleicht noch schlechter als Dagmarka. Dann kam der Doktor jeden Tag zu uns und sah sehr beunruhigt aus, weil das Fieber nicht nachließ, und obwohl die beiden ständig Kopfschmerzen hatten und vor Schwäche nicht aus dem Bett hochkamen, bekamen sie die bei Ziegenpeter typischen Beulen hinter den Ohren nicht. Der Doktor versuchte ihnen den Kopf zum Brustkorb zu beugen, ob sie nicht Hirnhautentzündung hätten, Mama weinte vor Angst und Erschöpfung, Papa versuchte so gut es ging zu helfen, stand aber in der Küche eher im Weg herum, und ich wartete noch, wann ich auch krank werde.

Schließlich erkrankte nicht ich, sondern Mama und Papa, aber da wussten wir schon, dass wir nicht die Einzigen waren, die diese seltsame Krankheit ereilt hatte, denn in der Stadt wurden es immer mehr Kranke. Es war klar, dass es sich um etwas Ansteckendes handelte und man die Kranken von den Gesunden trennen musste, und weil es in Meziříčí kein Krankenhaus gab, brachten sie meine ganze Familie in die Infektionsabteilung in der Kreisstadt.

»Lauf zu Tante Hana«, sagte Mama zu mir. Ihre Wangen brannten, sie sprach schwerfällig und ihre Zunge war ungewöhnlich braun. »Vergiss nicht abzuschließen. Und nicht, dass du wieder was anstellst.« Sie streichelte meine Wange und ließ sich in den Krankenwagen bringen. Ihr Kopf war gebeugt und der Blick so gleichgültig, wie ich es oft bei Tante Hana sah. Sie setzte sich neben Papa und legte ihm den Kopf auf die Schulter. Er öffnete die Augen, fragte: »Hast du die Uhren aufgezogen?« Und schloss die Augen wieder. Mama antwortete nicht, auch ihre Lider klappten zu.

Ein Mann im weißen Kittel schlug die Krankenwagentür zu und ich blieb allein auf dem Bürgersteig vor der Uhrmacherei zurück. Niemand war da, der mir verboten hätte, auf den Dachboden zu gehen, in den Keller oder auch an den Fluss. Niemand, der mich lieb gehabt hätte.

Ich ging die Treppe hoch, setzte mich auf das Sofa in der leeren Küche, die auf einmal schrecklich groß war, und hörte dem lauten Ticken der Uhr zu. Zu Tante Hana zu gehen, hatte ich überhaupt keine Lust, aber was blieb mir übrig. Entschlossen holte ich Luft und auf einmal schien es mir, als hörte ich aus dem oberen Stockwerk ein schlurfendes Geräusch. Ich erstarrte, drückte mich ganz in die Sofaecke und zog mir ein Kissen auf den Schoß. Nein, das war mir nur so vorgekommen. Mir wurde klar, dass ich noch nie ganz allein im Haus gewesen war. Ich griff nach der Tasche, die mir noch Mama geholfen hatte zu packen, und hörte wieder dieses Geräusch. Als ob jemand auf dem Dachboden herumginge. Ich schoss aus der Küche, riss unten vor der Tür nur den Mantel vom Haken, nahm die Schuhe in die Hand und lief los. Erst auf dem Platz fiel mir ein, dass ich nicht abgeschlossen hatte.

Tante Hana wohnte in dem Haus, in dem Oma Else und Opa Ervin sie und meine Mama zur Welt gebracht hatten.

Vier große Fenster zeigten auf den Platz und ich beneidete Tante Hana, dass sie auf dem breiten Fensterbrett sitzen und das menschliche Gewimmel unter sich beobachten konnte. Unser Haus war zwar zweigeschossig, aber wenn ich weiter als bis in das enge Sträßchen sehen wollte, müsste ich bis auf den Dachboden klettern, von wo aus man die ganze Stadt überblicken konnte. Aber da durfte ich natürlich nicht hin. Gleichzeitig war mir völlig klar, dass Tante Hana nie aus dem Fenster schaute, da sie keine Menschen mochte und sich überhaupt nicht für sie interessierte.

Stufe für Stufe stieg ich die Treppe zu Tante Hanas Wohnung hinauf und versuchte mir vorzustellen, wie sie es aufnimmt, wenn ich ihr sage, dass ich ein paar Tage bei ihr blieben soll. Freuen wird sie sich nicht, da war ich mir sicher. Sie war so an ihre Einsamkeit gewöhnt, dass sie zu sprechen vergaß. Sie ging nur für dringende Einkäufe oder die seltenen Besuche bei meiner Mama aus dem Haus. Eigentlich war ich nicht einmal sicher, ob sie wusste, wie ich heiße. Ich konnte mich nicht erinnern, dass sie mich je angeredet hätte. Bestimmt nicht – sie hatte noch nie mit mir gesprochen.

Ich klingelte an der Wohnungstür, aber nichts war zu hören. Ich klingelte noch einmal, diesmal ordentlich. Drinnen war es noch immer still. Ich drückte mein Ohr an die Tür. Das müsste schon großes Pech sein, wenn die Tante gerade nicht zu Hause wäre. Ich drückte die Klinke, es war nicht abgeschlossen.

»Tante?«, rief ich in die halboffene Tür, aber es war nichts zu hören. »Tante. Ich bin das, Mira. Mama hat mich zu dir geschickt.« Ich überlegte, dass sie am Tisch sitzen könnte, wieder mit diesem seltsamen Ausdruck in den Augen, und nichts mitbekam. Ich ging also in den Flur, schaute in die Küche und schließlich ins Schlafzimmer.

Und dort fand ich sie. Sie lag angekleidet auf dem Bett, so, wie sie immer zu uns kam, auch das schwarze Kopftuch hatte sie umgebunden, obwohl es jetzt von ihren weißen Haaren auf die Schultern gerutscht war. Sie lag auf dem Rücken, seltsam durchgebogen, als ob ein schmerzhafter Krampf sie gepackt hätte, das Kinn war zurückgebeugt, die Augen offen und aus ihrem halboffenen Mund drang ein seltsames Röcheln.

Ich wusste nicht, was ich tun sollte. Ich ging zwei Schritte vor. »Tante?« Aber da sah ich schon, dass sie dieselbe Gesichtsfarbe wie Dagmarka hatte. Ihre Augen waren trübe und sie zitterte – noch mehr als ich, als ich ins eiskalte Wasser gefallen war.

»Mama!«, schrie sie auf einmal. »Mama, ich ... ich wusste, dass ihr zurückkommt.« Sie warf heftig den Kopf von einer Seite zur anderen. »Sie sind nicht hier, nicht hier.« Tränen flossen ihr aus den Augen. So viele Tränen hatte ich nicht einmal bei Otík gesehen, und der konnte wütend sein.

Ich weiß nicht, was mich mehr erschreckte, die heftigen Fieberzuckungen, die schmerzhaften Krämpfe, die Schreie oder die Tränen. Ich lief durch die Wohnung, die Treppe hinunter und packte draußen den ersten Menschen, der mir begegnete, und hängte mich verzweifelt an seinen Ärmel. »Was soll ich machen? Was soll ich machen? Der Tante geht es furchtbar schlecht.« Und damit meine Bitte noch ernster klang, fügte ich hinzu: »Sie ist ohnmachtslos.«

Der Mann in dem langen Mantel stieß mich unsanft weg und trat ein Stück zurück. Zu der Zeit war schon klar, dass sich in der Stadt eine Seuche ausbreitete. In sicherer Entfernung blieb er stehen und fragte: »Wo ist sie?«

»Hier oben. Sie ist ganz allein da und ich weiß nicht, was ich tun soll.«

»Komm mit«, sagte er und ging in die geöffnete Tür der Bäckerei. »Und fass nichts an.«

Drin war es warm und die Luft duftete nach Brot. Dieses Brot kaufte sich hier Tante Hana immer, schnitt dünne Scheibchen davon ab und trug sie in ihren Taschen herum.

Der Mann im langen Mantel beachtete die ärgerlichen Blicke der Käuferinnen in der Schlange nicht, ging geradewegs nach vorn und fragte die Verkäuferin: »Haben Sie hier ein Telefon?«

»Dienstlich«, entgegnete die Frau scharf. »Sie sind hier doch nicht auf der Post.«

»Rufen Sie den Rettungswagen«, sagte mein Helfer. »Die Kleine sagt Ihnen Namen und Adresse.«

Die Verkäuferin wollte etwas sagen, aber der Mann brüllte sie an: »Oder wollen Sie sich die Kranke zuerst selbst anschauen gehen?«

Die Leute in der Schlange gingen auf sicheren Abstand. Ich weiß nicht, ob sie sich mehr vor der Ansteckung oder vor dem verärgerten Mann fürchteten. Ich dachte, dass es vor allem großes Glück war, dass ich gerade seinen Ärmel gepackt hatte. Sicher rät er mir auch, wohin ich gehen soll, wo ich doch jetzt ganz allein war. Auf einmal fühlte ich mich sicherer.

Zwei Frauen verließen ihren Platz in der Schlange, gingen im Bogen um uns herum und eilten fort. Ich diktierte Tantes Namen und die Verkäuferin ging nach hinten ins Büro, um zu telefonieren. Mich schickten sie zum Warten vor Tantes Haus.

Der Rettungswagen kam schnell. Die vordere Tür ging auf und ein dicker Doktor krabbelte heraus. Er schaute zur Treppe, seufzte ergeben, ging schwankenden Schrittes zum Haus, blieb wieder stehen, atmete tief ein und verschwand leise fluchend im Haus. Die Tante wurde auf einer Trage herausgebracht. Ich wusste, dass sie noch lebte, denn das Betttuch, das sie ihr übergeworfen hatten, bebte. Die Trage luden sie ins Auto, der dicke Doktor kletterte schnaufend hinein, schlug die Tür hinter sich zu, der Rettungswagen heulte ein paar Mal leer auf und setzte sich holpernd in Bewegung.

Ich sah dem weißen Auto hinterher und wartete, dass der Mann in dem langen Mantel wieder auftauchte, damit ich ihn noch einmal um Rat bitten konnte. Aber er zeigte sich nicht mehr.

Gut zehn Minuten trampelte ich auf dem Bürgersteig von einem Fuß auf den anderen und langsam wurde mir ordentlich kalt. Ich begriff, dass mir niemand helfen würde, dass ich selbst jemanden finden musste, der sich meiner annimmt.

Die erste, die mir einfiel, war meine goldhaarige Freundin Jarmilka Stejskalová. Ihre genauso hellhaarige Mama war immer sehr nett zu mir. Bestimmt konnte ich ein paar Tage bei ihnen bleiben.

Wieder stand ich vor einer fremden Tür und griff hilfesuchend nach der Klinke. Diesmal wurde die Tür nach dem ersten Klingeln geöffnet, aber nur zu einem Spalt.

»Hallo Mira, Jarmilka kommt heute nicht raus.«

»Ich will nicht zu Jarmilka. Mama und Papa sind ins Krankenhaus gekommen und ich bin allein zurückgeblieben. Könnte ich nicht bei Ihnen bleiben, bis sie zurückkommen?«

Der Spalt in der Tür wurde noch enger. »Jetzt passt das gerade nicht. Wir sind alle irgendwie erkältet. Du könntest das auch bekommen.«

»Wohin soll ich gehen?«, fragte ich, aber die Tür war schon geschlossen.

Ich sah mich auf der Straße um. In den Fenstern gingen langsam die Lichter an und hinter Gardinen und Vorhängen tauchte manchmal eine Gestalt auf, aber weit und breit gab es niemanden, den ich kannte. Ich machte mich langsam nach Hause auf, aber bei der Erinnerung an die Geräusche vom Dachboden, die sich wie Schritte anhörten, wurde ich immer langsamer. Ich kam am Schaufenster der Uhrmacherei vorbei, finster wegen der fortgeschrittenen Stunde, hielt vor der Eingangstür an und wartete, ob etwas passierte. Es passierte gar nichts, nur auf der Straße war immer weniger zu sehen und ich spürte jetzt neben der Kälte auch noch Angst vor der Nacht.

Ich schließe wenigstens ab, sagte ich mir. Und dann bleibt mir nichts übrig, als bei den Nachbarn zu klopfen und um Rat zu fragen. Ich gehe von Haus zu Haus, irgendjemand wird mir bestimmt helfen.

Ich hatte einen Plan und das machte mir Mut. Ich war mir sicher, dass ich nicht hineingehen musste, denn wir ließen den Schlüssel gewöhnlich im Schloss stecken. Es müsste reichen, auf die andere Seite der Tür zu greifen, ihn schnell herauszuziehen, die Tür wieder zuzuschlagen und abzuschließen. Ich tastete die Türinnenseite ab, nur war der Schlüssel nicht da. Wie konnte das sein? Ich war überzeugt, dass ich ihn da gesehen hatte. Er musste also an der Garderobe ein paar Schritte von der Tür hängen.

Ich schaute in den dunklen Gang. Ich hatte Angst, Licht zu machen, um nicht die Aufmerksamkeit des Eindringlings zu wecken, dessen Anwesenheit ich nur ahnte. Von der dämmrigen Straße hinter mir drang schwaches Licht herein und mein Schatten war auf einmal so lang, dass er bis zum schmalen Treppenhaus reichte und mit jedem meiner Schritte die Treppe hochkletterte. Die Garderobe war im Dunkeln kaum zu sehen. Hätte ich nicht gewusst, dass da Papas Wintermantel hing, hätte ich gedacht, dass sich eine schwarze Gestalt an die Wand presst. Was, wenn da wirklich jemand ist?

Ich blieb stehen und versuchte, in der Dunkelheit den Schlüssel auszumachen. Auf einmal hörte ich Schritte, sie kamen näher und näher und zu meinem Schatten auf der Treppe gesellte sich ein weiterer. Ich versuchte gar nicht zu erkennen, woher er kam, ich drehte mich um und wollte aus der Tür laufen. Die Schritte kamen aber nicht von oben, wie ich dachte. Sie kamen von einer Gestalt, die mir den Weg nach draußen versperrte. Ich versuchte, an ihr vorbeizuhuschen, aber sie packte mich an der Schulter. »Mira! Hast du mir einen Schreck eingejagt.«

# DRITTES KAPITEL
März 1954

Einmal fragte ich Mama, warum sie keine richtige Freundin habe. Sie wunderte sich, wie ich überhaupt darauf kommen konnte, und sagte dann, die Freundschaft von Erwachsenen sei ganz anders.

»Erwachsene Freundinnen gehen nicht jeden Nachmittag raus, wie du das mit Jarmilka machst«, erklärte sie mir. »Sie warten nicht aufeinander, wenn sie zur Arbeit gehen, und teilen nicht ihr zweites Frühstück. Sie sehen sich nicht jeden Tag, manchmal treffen sie sich sogar wochenlang nicht, aber sie wissen voneinander, und wenn es nötig ist, helfen sie sich.«

Und Ivana Horáčková war wohl so eine »richtige« Freundin, weil sie gleich kam, als sie erfuhr, dass meine Familie ins Krankenhaus gebracht wurde, um sich zu überzeugen, ob bei mir alles in Ordnung war.

Unsere Haustür stand weit offen und Ivana Horáčková erspähte im dunklen Flur eine Bewegung. Als ich aus dem Dunkel auf sie zustürzte, erschrak sie zuerst ordentlich, fasste sich aber schnell, machte Licht und half mir, die Schlüssel von unserem Haus zu finden, das wie durch Zauberhand wieder unser sicheres und gemütliches Heim war. Dann nahm sie meine Tasche und brachte mich, zittrig wie ich noch war, zu sich nach Hause.

Sie war eine »richtige« Freundin, weil sie, obwohl ihr Mann Jarda schimpfte und wollte, dass sie mich irgendeinem *Ausschuss* überbrachte, mir auf einem alten, eisernen Bettgestell in der ehemaligen Kammer für das Dienstmädchen ein Bett machte. Ich war so müde, dass ich nur etwas warme Milch trank und unter das Federbett kroch.

Aber noch bevor ich einschlief, hörte ich Herrn Horáček sagen: »Warum hast du sie hierher gebracht? Willst du, dass wir alle sterben?«

Die Antwort verstand ich nicht, aber mir schien das wirklich sehr komisch, dass so ein großer Mann vor einem kleinen Mädchen Angst hatte.

Am nächsten Tag sagte mir Frau Ivana, dass ich sie Tante nennen sollte, obwohl sie gar nicht meine Tante war, und erklärte mir, in der Stadt sei eine Typhusepidemie ausgebrochen, und weil meine Familie erkrankt war, sei es gut möglich, dass ich auch so einen Bazillus in mir hätte und also zu einer Kontrolle gehen müsste und die Horáčeks auch, weil sie Kontakt mit mir hatten.

Herr Horáček war wohl immer noch böse auf mich. Er bot mir nicht an, ihn Onkel zu nennen, und zu Tante Ivana sagte er empört, dass er ihretwegen niemandem seinen nackten Hintern hinstrecken würde. Diese Bemerkung verstand ich erst im Arztsprechzimmer, als die Schwester uns Proben nahm, die sie dann, meinte sie, irgendwohin zur Kontrolle schickte.

Tante Ivana war sehr nett zu mir. Sie versprach, ich könne bei ihnen bleiben, bis die Eltern aus dem Krankenhaus zurück seien. Die Horáčeks hatten jetzt viel Platz, weil sie beim ersten Verdacht, in der Stadt wüte eine Epidemie, ihre beiden Kinder zu den Verwandten bis irgendwo bei Kroměříž gebracht hatten.

Daran hatten sie gut getan, denn Meziříčí wurde zur geschlossenen Stadt. Zwei Flüsse gleichen Namens, die sonst die Häuser wie zwei freundliche Arme umfassten, hielten die Stadt jetzt in festem Griff. Sie waren Grenze geworden, die niemand überschreiten sollte, damit die

Seuche sich nicht in die umliegenden Gemeinden ausbreitete.

Aushänge und der örtliche Rundfunk forderten die Einwohner auf, nicht zu reisen, aber die Menschen waren verstört und wenn sie konnten, flüchteten sie zu Verwandten und Bekannten. Die weigerten sich aber bald, sie aufzunehmen, denn die Flüchtenden bedrohten sie und trugen den Typhus weiter über den Bezirk hinaus.

Alle Familien, in denen jemand erkrankt war, unterlagen strenger Quarantäne. Ich durfte nicht in die Schule und die Horáčeks nicht auf die Arbeit. Wir waren aufgefordert, unseren Aufenthalt an Orten, wo wir andere anstecken konnten, einzuschränken, und in Restaurants durften wir gar nicht. Dieser Regel widersetzte sich Herr Horáček, der abends gern auf ein frisch Gezapftes ging, genauso wie der ärztlichen Kontrolle.

Männer und Frauen in weißen Kitteln gingen von Haus zu Haus, untersuchten die Wasserversorgung und fahndeten nach der Ursache der unerwarteten Katastrophe. Die Stadt hatte keine Wasserleitung und deshalb holten die Bewohner das Wasser aus den Brunnen in ihren Höfen und Kellern. Und in einem der Brunnen, die sich die Menschen schon vor langer Zeit gegraben hatten und wo sie seit hundert Jahren Wasser holten, kam der Tod auf die Welt.

Vielleicht waren Verunreinigungen aus dem Abwasser hineingelangt oder eine tote Ratte verweste darin – man fand es nicht heraus. Sicher war aber, dass sich todbringende Bakterien im Wasser zu vermehren begannen. Und aus eben diesem Brunnen schöpfte die örtliche Konditorei ihr Wasser. Alle Kolatschen, Cremerollen, Baisers, Schnittchen und Kipferl trugen den tödlichen Keim in sich.

Und auch in den Spritzkringeln mit der Eiercreme und dem glänzenden Zuckerguss, die sich meine Familie bei Mamas Geburtstagsfeier schmecken ließ, verbargen sie sich.

Ich saß allein in der fremden Küche. Sie roch ganz anders als Mamas Küche. Der Fußboden war kühl an den Füßen, weil er ganz aus großen braunen Fliesen war. Am weißen Tisch standen vier Holzstühle mit geraden Lehnen und an die Wand gegenüber dem Fenster lehnte sich ein durchgesessenes Sofa mit einem runden Häkelkissen. Die große, cremefarben gestrichene Anrichte war mit wunderschönen Schnitzereien verziert und die Fächer waren aus Milchglas.

Ich rutschte vom Stuhl, schob mir einen Hocker an die Spüle, tauchte die Hände in das nach Essig riechende Wasser und spülte die Teller vom Mittagessen ab. Ich bemühte mich, leise zu arbeiten, und spitzte die Ohren, um so viel wie möglich von dem Gespräch zu hören, das Tante Ivana mit ihrem Mann im Nebenzimmer führte. Mir war klar, dass sie von etwas Wichtigem sprachen, etwas, was ich nicht hören sollte, obwohl es auch mich anging. Warum sonst sollte Tante Ivana die angefangene Arbeit unterbrechen, das Wasser kalt werden lassen, das sie lange in dem großen Topf erhitzt hatte, bis es siedete, und dann unter großer Anstrengung vorsichtig in das Spülbecken gegossen hatte?

Ich scheuerte den letzten Topf aus, stellte ihn zu dem restlichen Geschirr auf die Platte des Abwaschtisches und schlich mich zur Tür. Ich legte das Ohr aufs Holz, aber ich hörte trotzdem nichts. Dann öffnete sich die Tür und ich bekam einen Schlag mitten ins Gesicht.

»Mira! Was machst du hier?«

»Was soll sie machen. Spionieren.« Herr Horáček hatte sich mit meiner Gegenwart immer noch nicht ausgesöhnt.

»Ich habe das Geschirr abgewaschen«, meldete ich und rieb mir das verletzte Gesicht. Mir war zum Heulen, aber ich wusste, dass ich mir diesen Schmerz selbst zuzuschreiben hatte. Ich griff nach dem Geschirrtuch. »Und jetzt trockne ich es ab.«

Herr Horáček murmelte nur etwas, nahm die Zeitung vom Küchentisch und kehrte ins Zimmer zurück. Tante Ivana sagte nichts, streichelte nur über meine Schulter.

»Ich habe nicht spioniert«, sagte ich und begann abzutrocknen. Zu Hause riss ich mich nicht so ums Helfen, aber ich wusste aus Erfahrung, dass die Erwachsenen bei gemeinsamer Arbeit mitteilsamer sind. »Ich wüsste nur sehr gern etwas über die Familie und Tante Hana. Vielleicht wann sie aus dem Krankenhaus entlassen werden.«

Die Tante zuckte die Achseln. »So schnell wird das nichts.«

Das war seltsam. »Das können Sie nicht wissen, ich war nie länger als eine Woche krank.« Und da habe ich zum Schluss ein bisschen übertrieben, um noch nicht in die Schule zu müssen.

»Typhus ist kein Schnupfen. Aber du musst dir keine Sorgen machen, gestern Nachmittag haben sie gemeldet, dass der Zustand eurer Familie zufriedenstellend ist.«

Das war neu. »Wo haben sie das gemeldet?«

Tante Ivana wurde unsicher. »Auf dem Marktplatz.« Als sie meinen verständnislosen Blick sah, fuhr sie zögernd fort. »Es gibt viele Kranke, aber in die Krankenhäuser darf man nicht, also meldet der Stadtfunk beim Nationalausschuss, wie es wem geht.«

»Jeden Tag?«

»Ja.«

»Auch heute Nachmittag?«

»Bestimmt. Onkel Jarek geht wieder hin und erzählt uns dann alles.«

Also das war das Geheimnis, über das sie hinter verschlossener Tür geflüstert haben. Warum machten sie so ein Gewese darum? Hatten sie Angst, dass ich auch hingehen wollte?

»Darf ich mir heute die Durchsage anhören gehen?«

»Das ist nichts für Kinder. Und es ist kalt dort, du wirst dich noch erkälten.«

Tante Ivana sagte das so entschlossen, dass ich weitere Überredungsversuche von vornherein aufgab und mir sagte, dass ich mir etwas anderes ausdenken musste, wenn ich auf den Platz und mehr über meine Familie erfahren wollte.

In diesem Jahr lag anstelle des Frühlingsdufts der Gestank von Desinfektionsmittel in der Luft. Die Häuser schmiegten sich aneinander, als wollten sie sich in dieser Trostlosigkeit beistehen, die auch die Gestalten umgab, die durch die Straßen der Stadt gingen. Zwietracht und Nachbarschaftsstreitigkeiten, die noch vor ein paar Wochen so wichtig waren, wurden beiseitegeschoben und die Gespräche drehten sich nur um die Ohnmacht, die Angst und die Krankheit.

Desinfektionstrupps gingen durch die Stadt, blieben bei jedem Haus stehen, in dem jemand erkrankt war, und hinterließen auseinandergeworfene Betten ohne Bettzeug, einen starken Geruch, der Übelkeit hervorrief, und ein Zeichen, das mit weißer Kreide an die Eingangstür geschrieben wurde.

Auch unser Haus musste diese schmachvolle Prozedur über sich ergehen lassen und ich sollte Zeuge sein, weil ich die Einzige aus dem Haus war, die nicht in der Infektionsabteilung eingeschlossen war. Ich kam mit Tante Ivana zur verabredeten Zeit in unsere Straße, schloss die Tür zum dunklen Gang auf und ließ zwei Männer in weißen Kitteln und mit Mund- und Nasenschutz ein. Lange, unendlich lange – oder so kam es mir wenigstens vor – standen wir unten im Gang und warteten, bis sie mit ihrer Arbeit fertig waren.

»Fertig?«, fragte Tante Ivana, als sie die Treppe heruntergelaufen kamen.

»Noch die Uhrmacherei«, antwortete einer der Männer. »Hier sollen irgendwo die Schlüssel sein.«

Ich zeigte auf die Garderobe neben der Eingangstür, und als sie aufschlossen und hineingingen, schaute ich hinter ihnen hinein. Alles war auf seinem Platz und doch war etwas seltsam am Laden.

Die Stille. Das war die fremde, unheilverkündende Stille, die mich überraschte. Ich hörte nicht das Ticken der Uhrwerke. Die Pendel hingen unbeweglich herunter und die Zeiger zeigten auf den Zifferblättern die Uhrzeit, zu der sie stehengeblieben waren. Niemand war im Haus, der die zig Uhren, vielleicht sogar hundert Uhren aufzog, niemand war da, der sie brauchte. Es war, als seien sie gestorben.

Die Männer waren fertig und gaben Tante Ivana ein Papier zum Unterschreiben, das bezeugte, dass sie ihre Arbeit gründlich und ohne Komplikationen erledigt hatten, wovon schließlich auch der fürchterliche Gestank zeugte, den sie hinterließen.

Wir schlossen wieder ab, gingen durch unsere schmale Gasse und bogen auf den Platz ein. In den Straßen waren mehr Menschen als gewöhnlich und alle gingen in eine Richtung.

»Sie gehen sich die Durchsage anhören«, sagte Tante Ivana, packte meine Hand fester und beschleunigte den Schritt. Offensichtlich hatte sie nicht die Absicht, auf dem Platz anzuhalten.

»Tante«, bat ich, »wir wollen hierbleiben. Sehen Sie, da sind auch Kinder.«

Ich weiß ganz bestimmt, dass es nicht meine Bettelei war, die Tante Ivana anhalten und der endlosen Abfolge von Namen und Mitteilungen über den Zustand der Kranken zuhören ließ. Angehalten hatte sie, weil sie der Anblick der stillen Menge neugierig machte, die dort mit dem Gesicht dem Gebäude des städtischen Nationalausschusses zugewandt stand. Was sie nicht gehen ließ, war das Raunen, das manchmal durch das Menschenmeer fuhr, wenn sich der Zustand eines Kranken verschlechtert hatte, unheilvolles Geflüster und Schluchzer. Sie blieb stehen und hörte reglos zu, ob sie einen Namen hörte, den sie kannte. Sie stand da, obwohl sie wusste, dass sie weitergehen sollte, aber die Neugier klebte ihre Füße auf dem gepflasterten Bürgersteig fest.

Die eintönige Stimme las eine endlose Liste vor, sprach die Namen sorgfältig aus und ordnete sie Kategorien zu. Ich hörte den Namen Hana Helerová. Ich zog Tante Ivana am Ärmel und kam mir sehr wichtig vor. Von meiner Tante wurde im Stadtfunk gesprochen.

»Zustand sehr kritisch.« Das war nichts Neues für mich, ich hatte selbst gesehen, dass es der Tante schlecht ging. Ich hörte weiter zu. Ein Name, eine kurze Mitteilung. Zustand kritisch, Zustand unverändert, Zustand zufriedenstellend, außer Gefahr ... Dann las der Sprecher den nächsten Namen und mir schien, dass er irgendwie stockte. Nach einer Weile fuhr er fort. »Verstorben«, sagte er und las langsam weiter.

Schrecken überfiel mich. Davor war mir überhaupt nicht in den Sinn gekommen, dass Mama, Papa, Dagmarka oder Otík sterben könnten. Es sterben doch nur schrecklich alte Leute, und Papa sagte immer, seine Haare seien nicht vom Alter grau geworden, sondern von Sorgen, und Mama hatte keine einzige Falte. Und meine Geschwister waren noch Kinder. Ich fühlte, wie sich die Hand der Tante fester um meinen Arm schloss und sie mich wegzog.

»Sie sind schon beim Buchstaben J!«, schrie ich und versuchte sie aufzuhalten. »Gleich werden sie über unsere Familie sprechen.«

Tante Ivana zog mich weiter. Ich stemmte die Hacken in das Pflaster und hielt mich am Türrahmen der Bäckerei fest, vor der ich vor zwei Wochen auf den Rettungswagen für die kranke Hana gewartet hatte. Die Tante löste mein Finger und schleifte mich weiter. Sie rannte fast, so eilig hatte sie es, aber es war schon zu spät.

»Kalaš Jan«, meldete der Funk. »Zustand zufriedenstellend. Kalašová Marta, Zustand kritisch. Karásková Dagmara, Zustand unverändert, Karásek Karel, Zustand kritisch, Karásek Ota, Zustand unverändert, Karásková Rosa ...« Das war Mama. Die Stimme schwieg für einen Moment. Die Tante zog mich weiter und ich zerrte nicht mehr an ihr. Auf einmal wollte ich so weit wie möglich fort und den Worten entkommen, die ich ahnte.

»Verstorben«, sagte die Stimme und mehr hörte ich nicht, denn ich fing schrecklich zu heulen an. Ich schluchzte laut und kreischte: »Nein, Mama, nein!«

Die Leute drehten sich nach uns um, aber sie dachten wohl, dass ich nur ein unartiges Kind war, das sich seiner

Mutter widersetzte, und sahen uns empört an. Nichts davon bekam ich mit. Ich fühlte nur furchtbaren Kummer, Einsamkeit und Kälte und wollte auch sterben. Ich bemerkte, dass mich jemand aufhob und an sich drückte, und für den Bruchteil einer Sekunde hoffte ich, dass es ein Versehen war und Mama gekommen war, um mich zu trösten, aber es war nur Tante Ivana. Sie trug mich fort vom Platz. Über ihre Wangen liefen Tränen.

# VIERTES KAPITEL
## März–Mai 1954

Auch wenn ich dachte, ich könne nicht noch mehr Kummer und Hilflosigkeit erleben, als mir das Schicksal durch Mamas Tod auferlegte, hatte ich mich geirrt. Innerhalb einer Woche starben Dagmara, dann Otík und zuletzt auch Papa. Ich war noch nicht ganz neun Jahre alt und war ganz allein. Mein Leben blieb genauso stehen wie die Uhren, die in Papas Geschäft an der Wand hingen. Ich war wehmütig, hatte Angst vor der Zukunft und fühlte mich unendlich einsam.

Tante Ivana brachte mich aus dem Kämmerchen ins Zimmer ihrer Kinder. Sie legte mich ins Bett des älteren Sohnes Gustav, saß am Kopfende und hielt meine Hand so lange, bis ich einschlief. Sie war morgens da, wenn ich aufwachte, wischte mir die Tränen ab, die ich nicht aufhalten konnte, sprach zu mir, wann immer sie das Gefühl hatte, dass ich der Verzweiflung nachgebe.

Am schlimmsten war es morgens. Im Schlaf verschwand die Gegenwart und im Traum kehrte ich in das Haus zurück, in dem ich geboren wurde. Mama stand wieder am Küchentisch, backte Kuchen nach dem Rezept von Großmutter Karásková, weil Papa den am liebsten mochte, oder saß auf dem Sofa und las eines ihrer geliebten Romanhefte »Abende im Lampenlicht«. Die legte sie immer in die Schuhschachtel auf dem Schrank im Schlafzimmer und Papa musste sie herunterreichen, weil sie dort nicht herankam. Otík baute einen Turm aus bunten Holzklötzen und Dagmarka und ich machten Hausaufgaben.

Der Traum endete jedes Mal gleich. Die Tür ging auf, Papa kam herein und ich sagte: »Auf dem Platz haben sie gemeldet, dass ihr gestorben seid.« Und sie schauten mich an und lachten. »Das hast du nur geträumt, du siehst doch, dass wir hier sind«, und ich war glücklich. Nur wachte ich dann auf und es war, als ob sie noch einmal stürben. Jeden Morgen erlebte ich den Kummer wieder und wieder, und schließlich hatte ich abends Angst, schlafen zu gehen, um meine Familie nicht wieder zu verlieren.

Die Horáčeks waren sehr freundlich zu mir. Tante Ivanas Mann Jarek sagte sogar, ich könne bei ihnen bleiben, solange es nötig war, aber das machte mich noch wehmütiger, denn ich wollte nach Hause gehen. In mein altes Leben zurückkehren.

Die Typhusepidemie ließ langsam nach. Die Hygienemaßnahmen waren nicht mehr so streng, die ersten Auskurierten kehrten aus den Krankenhäusern zurück, Herr Horáček – eigentlich zu der Zeit schon Onkel Jarek – konnte wieder zur Arbeit gehen, Tante Ivana ging wieder zum Kochen in die Schulküche und ich in die Schule.

In der Klasse war alles genauso, und doch anders. Ich setzte mich in meine Bank neben Jarmilka Stejskalová, schaute auf die Tafel, aber ich sah nicht, was dort geschrieben stand, ich schrieb Zahlen in mein Heft, begriff aber nicht, was sie bedeuteten. Ich fühlte die mitleidigen Blicke der Mitschüler auf mir und hasste sie, weil sie nach dem Unterricht nach Hause gehen konnten, zu ihren Mamas, Papas und Geschwistern, aber ich kein Zuhause mehr hatte. Nicht einmal Jarmilka wusste, was sie sagen sollte, und so bot sie mir in der großen Pause wenigstens an, dass ich von ihrem Brot kosten sollte. Ich schüttelte nur den Kopf und schaute weiter vor mich hin.

Während der nächsten Tage kehrte das Leben der meisten Einwohner der Stadt wieder in die alten Bahnen zurück und die Kranken und Toten wurden nur mehr zu Zahlen in den Statistiken der Hygienestation. Insgesamt waren fast 500 Menschen erkrankt und mehr als zwanzig von ihnen waren gestorben.

Von Tante Hana hatte ich keine Nachrichten und ich forschte auch nicht nach. Mamas Schwester Hana Helerová war ein fremder Mensch für mich. Weiter entfernt als Tante Ivana, bei der ich zwar erst ein paar Wochen wohnte, aber sie brachte mir in der Zeit mehr Gefühl entgegen als Tante Hana im ganzen Leben.

Ich wusste nicht einmal, ob Hana lebte. Ich verstand, dass »Zustand sehr kritisch« eine Vorstufe des Todes war. Ohne darüber extra nachzudenken, nahm ich an, dass sie genauso aus meinem Leben gegangen war wie die Eltern und Geschwister, und die Horáčeks das verschwiegen, um meine Einsamkeit nicht noch zu verstärken.

Tante Ivana dachte sich, man müsse mich irgendwie beschäftigen, damit ich keine Zeit zum Nachdenken hatte, und versuchte mich am häuslichen Leben zu beteiligen. Es schien zu wirken. Ich fühlte zwar immer die Trauer, aber Angst und Schrecken, die mich in den ersten Tagen nach der Beerdigung kaum atmen ließen, verloren sich langsam. Ich begann mich an den Gedanken zu gewöhnen, dass ich bei den Horáčeks blieb.

Nach einiger Zeit beschlossen die Horáčeks, dass die Gefahr vorbei und es an der Zeit war, dass ihre Kinder wieder von den Großeltern zurück nach Hause zogen. Tante Ivana machte sich freudig an die Vorbereitungen und bezog mich in das Bettenbeziehen und die große Wäsche ein.

»In ein paar Tagen kommen Ida und Gustav von der Oma zurück, dann wirst du Freunde haben«, versprach sie mir beim Einsprengen der Bett- und Kissenbezüge. Wir machten die Finger in Wassertöpfchen nass und schüttelten dann die Tropfen so gleichmäßig wie möglich auf die gestärkte Wäsche. Die Tante konnte das, aber bei mir bildeten sich nur große Pfützen.

»Iduška wollte immer ein Schwesterchen, sie wird sich freuen, dass sie jemandem zum Spielen hat. Und Gustík ist ein feiner Junge. Du wirst sehen, ihr werdet euch verstehen.« Sie lachte zufrieden und reichte mir eine Seite des besprengten Lakens, damit ich half, es vor dem Mangeln auseinanderzuziehen. Wir packten die Ecken und zogen daran. »Sie werden dich so mögen, als ob du eine von uns wärst«, lächelte Tante Ivana und griff nach dem nächsten Wäschestück.

Nun ja, da hatte sie sich ordentlich getäuscht.

Ich kannte weder Ida noch Gustav, weil die Horáčeks am Stadtrand wohnten, wo kleine zweistöckige Villen mit schönen Gärten und hochgewachsenen Obstbäumen standen. Mama war bei schönem Wetter oft mit uns hierher spaziert und sagte immer, sie würde gern später in so einem Häuschen mit Garten wohnen. Manchmal blieb sie stehen und schaute eins der Häuschen aufmerksam an, als ob sie wirklich plante, es zu kaufen, und sagte: »Hier würde ich ein Gewächshaus hinstellen.« Oder: »Die Bäume müssten beschnitten werden.«

Dagmarka und ich liefen voraus, damit wir den Pflichtspaziergang bald hinter uns brachten und uns angenehmeren Dingen widmen konnten, und Papa – wenn er beim Familienspaziergang dabei war – stützte sich auf den Kinderwagen, in dem Otík saß, und sagte: »Aber Rosi, wir wohnen doch auch sehr schön.« Und Mama antwortete jedes Mal. »Das ja, aber so ein Gärtchen, das hätte ich später gern.«

Den Horáčeks gehörte das Haus nicht, die Wohnung im ersten Stock hatten sie von der Armee zugeteilt bekommen, weil Onkel Jarek Berufssoldat war und in der hiesigen Kaserne diente.

Das Häuschen sah von weitem wie ein Dampfer aus, den eine große Welle ans Ufer geworfen hatte. Auf einer Seite war es ganz gewöhnlich eckig, aber auf der anderen war eine Ecke abgerundet, als ob der Baumeister ursprünglich ein Türmchen erschaffen wollte, es sich dann aber anders überlegte. Das Dach war flach und die Wände waren weiß verputzt. Von der Straße aus gesehen strahlten sie, bei näherer Betrachtung war zu erkennen, dass der Putz schon schmutzig war, grau und stellenweise locker wurde. Die Fenster bestanden aus quadratischen Glasscheiben und sahen wie vergittert aus. Aus dem Erdgeschoss führte eine große Glastür in den Garten. Niemand ging je da hinaus und von innen war sie mit undurchsichtigen Vorhängen verdeckt, sodass sie traurig überflüssig wirkte.

Unten wohnte ein merkwürdiges altes Ehepaar. Der Mann ging kaum vor die Tür, weil er nicht mehr vom Sessel hochkam, und seine Frau ging nur zum Einkaufen und am Sonntag in die Kirche. Mir kreiste im Kopf herum, warum sie dorthin ging, wenn sie doch ganz taub war, und deshalb fragte ich Tante Ivana danach.

»Wie kommst du darauf, dass Frau Prášilová nichts hört?«

»Sie hat noch nie auf meinen Gruß geantwortet. Und auf Ihren auch nicht.«

»Aber nicht, weil sie taub wäre. Sie mag uns nicht, deshalb spricht sie nicht mit uns.«

»Warum mag sie uns nicht?«

An Tante Ivanas Gesichtsausdruck erkannte ich, dass sie keine große Lust hatte zu antworten, aber schließlich sagte sie: »Dieses Haus gehörte den Prášils, und nach dem Umbruch ließ man ihnen nur das Erdgeschoss. Den ersten Stock beschlagnahmte die Armee und teilte ihn uns zu. Und die Prášils wollen nicht begreifen, dass wir nichts dafürkönnen. Dass, wenn wir nicht hier wohnen, jemand anderes hier wohnt.«

Das gefiel mir an Tante Ivana – sie antwortete auf meine Fragen. Wenn ich Mama etwas fragte – zum Beispiel nach Großmutter und Großvater oder ob Tante Hana schon immer so komisch war – speiste sie mich ab: »Wer viel fragt, wird schnell alt.« Oder mit irgendeiner anderen erwachsenen Weisheit, und so fragte ich lieber nichts.

Unter anderen Umständen hätte ich das Entgegenkommen der Tante ausgenutzt und sie ordentlich ausgefragt, aber bei der Erinnerung an meine Mama verflüchtigten sich die Fragen aus meinem Kopf.

Obwohl Ida nur zwei Monate jünger als ich war, war sie gut einen halben Kopf kleiner. Auf den ersten Blick sah sie wie eine Porzellanpuppe aus. Sie hatte fast durchsichtige Haut, ein hübsch geschürztes Mündchen und die Haare waren zu zwei schicken Zöpfen geflochten. Sie ging leise, sah so ordentlich und perfekt aus und mir war gleich klar, dass wir beide uns nicht verstehen würden, selbst wenn der Blick aus ihren blauen Augen, genauso blauen Augen wie sie Tante Ivana hatte, nicht so eisig wäre.

»Also das ist Mira«, sagte Onkel Jarek, nachdem sie sich stürmisch im Flur begrüßt und Ida und Gustav ihre

Koffer abgestellt hatten und dem Duft der Hefebuchteln folgend in die Küche gestürzt waren. »Ich habe euch von ihr erzählt«, fügte er hinzu, als sie stehenblieben und mich schweigend anstarrten.

»Ahoj«, sagte ich, stand vom Tisch auf und stellte mich neben Tante Ivana.

»Das ist mein Stuhl«, sagte Ida. »Auf diesem Platz sitze immer ich.«

»Ida«, ermahnte sie Tante Ivana. »Das ist doch egal, wer wo sitzt.«

»Siehst du«, wandte sich Ida an Gustav, »was habe ich dir gesagt.«

Gustav sah mich völlig desinteressiert an und drehte sich zu Tante Ivana um: »Kann ich mir eine Buchtel nehmen? Sind sie mit Mohn oder mit Powidl?«

Er stopfte sich eine Buchtel nach der anderen rein und ich fragte mich, wo sie hingingen, denn er war so dünn, dass die Kleidung an ihm wie an einem Kleiderbügel hing. Ich stand neben Tante Ivana, hielt mich an ihrer Hand fest, als wäre sie meine Rettungsleine, schaute diesen gleichgültigen, kurzhaarigen Viertklässler und die feindselige Porzellanpuppe an und fühlte, dass meine Welt sich schon wieder in die falsche Richtung drehte.

»Gustík«, sagte Tante Ivana. »Wir haben eine Überraschung für dich. Mira und ich haben das Kämmerchen ausgeräumt und dir ein schönes Zimmer daraus gemacht – nur für dich. Und Mira wird mit Iduška in einem Zimmer sein.«

»Siehst du«, sagte Ida wieder. »Ich habe dir gesagt, dass du im Kämmerchen landest.«

Tante Ivana seufzte und löste unauffällig ihre Hand aus meiner.

Die Horáčeks schlugen vor, ich solle in dieselbe Schule wie ihre Kinder gehen. Ich wollte nicht und die Tante sah ein, dass ich in der letzten Zeit – wie sie sagte – schon ziemlich viele Veränderungen erlebt hatte. »Wenn du möchtest, kannst du ab September in die neue Schule gehen«, versprach sie, aber bei der Vorstellung, dass ich in einer Klasse mit der Porzellan-Ida wäre, beschloss ich, mich lieber ans andere Ende der Stadt zu schleppen.

Ida mochte mich nicht und bemühte sich nicht einmal, das zu verbergen. Sie sprach nicht mit mir, und wenn mich Gustav zufällig ansprach, der sonst den Eindruck machte, als bemerke er mich nicht, war sie auf ihn böse. Unablässig flüsterte sie ihm etwas zu, und wenn ich auf Hörweite herankam, verstummte sie, und beide betrachteten mich misstrauisch.

Tante Ivana kam jeden Abend zum Lesen zu uns, nur saß sie nicht mehr an meinem Kopfende, sondern auf einem Stuhl mitten im Zimmer. Am ersten Abend setzte sie sich zu mir und Ida heulte los.

»Du hast uns nicht mehr lieb, Mama, du hast uns vergessen. Jetzt hast du dieses Mädchen lieber.«

»Iduška«, sagte Tante Ivana, »das stimmt doch nicht. Ich hab euch lieb.«

»Und warum hast du sie dann hierhergebracht?«

»Mira hat niemanden mehr«, sagte die Tante vorsichtig.

»Warum muss sie dann gerade bei uns sein, warum? Sag, dass du mich lieber hast als sie, sag es.«

Ich sah, dass Tante Ivana verwirrt war. Sie wusste überhaupt nicht, was sie antworten sollte. Und ich sah auch, wie Idas Augen boshaft blitzten, als die Tante aufstand und sagte: »Dann setze ich mich in die Mitte.«

Seitdem gab sie gut acht, dass sie mich bei nichts bevorzugte, sie strich über meinen Kopf nur, wenn niemand es sah, und redete mit mir nicht mehr so viel wie früher. Aber als Ida einmal losheulte, als die Tante meine Hausaufgabe vor ihrer kontrollierte, schrie sie: »Hör auf damit. Du benimmst dich wie ein verwöhntes Balg. Mira lebt bei uns, finde dich damit ab.«

Ida hatte aber nicht die Absicht, sich damit abzufinden.

»Papa sagt, dass wir sie nicht aufnehmen mussten, dass du sie den Behörden hättest bringen können. Er sagt, die hätten sie ins Heim gebracht. Mami, Mami, gib sie ins Heim.« Sie heulte laut los, und als Tante Ivana sie an der Hand nahm, sie aus dem Zimmer zog und die Tür hinter ihren Schluchzern zuschlug, sah ich, dass sie Tränen in den Augen hatte, und mir schien, dass sie wohl auch einen Augenblick daran dachte, dass es vielleicht für alle das Beste wäre.

Am anderen Tag hatte ich völlig zerkrümeltes Schulbrot im Ranzen und am Tag darauf verschüttete Milch. Dann konnte ich den Beutel mit den Wechselschuhen nicht finden und saß den ganzen Vormittag barfuß in der Schule. Der Beutel tauchte nie wieder auf.

An den Pullovern hatte ich abgerissene Knöpfe und als ich mich morgens zur Schule anzog, fand ich ein aufgeschnittenes Loch in der Strumpfhose. Da war auch Tante Ivana klar, dass es keine Zufälle sein konnten, und nahm sich Ida wieder ordentlich vor. Ida leugnete natürlich, aber es nützte nichts. Diesmal trug es ihr Prügel ein.

Ich ahnte, dass diese Entwicklung unserer Freundschaft nicht förderlich war, aber zu dieser Zeit konnte ich Ida ehrlich nicht mehr ertragen, wünschte ihr schadenfroh ein paar auf den Hintern und versagte mir auch ein Siegergrinsen nicht. Dann schaute ich Gustav an und bemerkte, dass er mich argwöhnisch betrachtete.

»Siehst du«, sagte Ida zu ihm und floh beleidigt und mit Tränen in den Augen ins Kinderzimmer.

Am Abend kroch ich unters Federbett und fühlte selbst durch das Leinennachthemd, wie sich bei jeder Bewegung etwas in meine Haut bohrte. Ich warf die Decke ab und stellte fest, dass alles voller Krümel war. Ida wollte offensichtlich nicht aufgeben, aber ich hatte von den Kämpfen genug und so stand ich nur auf und fing wortlos an, die Krümel in die Handfläche zu sammeln. In diesem Moment kam Tante Ivana. »Was machst du denn da?«

Ich schwieg.

»Das ist ein schreckliches Ferkel, sie hat ins Bett gekrümelt«, sagte Ida.

»Ich war das nicht«, sagte ich.

»Und dazu lügt sie immer«, fügte Ida an.

Die Tante sagte dazu nichts, seufzte nur tief, drehte sich in der Tür um und ging. An diesem Abend las sie kein Märchen vor. Ich rollte mich auf die Seite, das Gesicht zur Wand, und wünschte mir zu sterben und bei Mama zu sein. Tante Ivana behauptete zwar, meine Familie sei im Himmel, aber das war schwer zu glauben. Mama sagte immer, es gäbe keinen Himmel, dass die Leute sich ihn nur ausgedacht haben. Ich wünschte mir sehr, dass es einen Himmel gäbe, weil ich mir nicht vorstellen konnte, dass ein Mensch stirbt, ganz verschwindet und gar nichts von ihm bleibt.

In der Nacht weckte mich ein Schatten, der mir über die Lider strich. Ich öffnete die Augen und schaute ins Dunkel. An meinem Bett standen zwei Gestalten. Ich erkannte sie sofort. Porzellanpuppe Ida hielt ein Kissen in der Hand, steckte es Gustav zu und flüsterte: »Mach du das, du hast mehr Kraft.«

»Was soll er machen?«, fragte ich schläfrig und die Schatten verschwanden. Das erschreckte mich. Ich schaltete die Nachtlampe an und schaute mich im Zimmer um. Ida lag im Bett, und obwohl ihre Augen fest geschlossen waren, sah ich, dass sie nicht schlief. Die Kinderzimmertür stand leicht offen und im Gang war es dunkel. Ich löschte das Licht, aber der Schreck hatte mich so wach gemacht, dass ich nicht mehr einschlief, ich sah ins Leere und konnte kaum den Morgen erwarten.

Wieder hatte sich das Böse in meine Nähe geschlichen, aber diesmal versteckte es sich nicht im Untergrund und wartete auf ein zufälliges Opfer, diesmal versteckte es sich hinter einem netten Gesichtchen und streckte die Hände direkt nach mir aus.

Der Frühling wollte in diesem Jahr einfach nicht kommen. Es war schon Ende Mai, aber das Wetter war grau und trübe, als trauerte es um die, die der Typhusepidemie zum Opfer gefallen waren. Ich verbrachte viel Zeit allein, weil meine Schulfreundinnen weit weg wohnten, Tante Ivana nach der Arbeit in der Schulküche müde war und Ida und Gustav mir aus dem Weg gingen. Immer häufiger sah ich sie die Köpfe zusammenstecken und flüstern. Gustav hob manchmal den Kopf, sah mich forschend an, senkte den Kopf wieder und antwortete leise etwas.

Einmal saßen sie im Garten auf der Bank, steckten verschwörerisch die Köpfe zusammen und bemerkten nicht, dass das Fenster im Erdgeschoss leicht offen stand. Und seitdem war ich mir ganz sicher, dass Frau Prášilová nicht taub war – im Gegenteil, sie hörte wie ein Luchs. Und das, was sie hörte, entrüstete sie entweder so, dass sie ihren Hass gegenüber den Horáčeks überwand, oder bestätigte sie darin, dass die Horáčeks Gesindel waren, denn sie war nicht faul, sondern stieg auf ihren alten Beinen die Treppe hoch und teilte Tante Ivana und Onkel Jarek den Gesprächsinhalt mit.

»Sie wollte von ihm, dass er die Kleine die Treppe hinunterwirft«, vermeldete sie. »Sie erklärte ihm, sie sei ein Kuckuck. Wirft die Vögelchen aus dem eigenen Nest und besetzt es ganz für sich.« Sie schüttelte den Kopf. »Was sind Sie für Menschen, dass Sie solche Ganoven erzogen haben. Da muss man ja im eigenen Hause Angst haben.« Sie drehte sich um, hielt sich am Geländer fest, ging vorsichtig hinunter und wiederholte auf jeder Stufe halblaut: »Ganoven. Ganoven.«

Tante Ivana weinte und Onkel Jarek schrie sie an: »Das ist deine Schuld. Wegen deiner Menschenfreundlichkeit werden noch Mörder aus unseren Kindern. Was tust du ihnen an? Kannst du den eigenen Kindern keine schöne Kindheit gönnen?«

Die Tante schluchzte lauter, lief an mir vorbei ins Schlafzimmer und schlug die Tür hinter sich zu. Onkel Jarek schaute mich nicht an, nahm die Mütze vom Haken und ging fort.

Ich blieb im Flur stehen und hörte die lauten Schluchzer, die aus dem Schlafzimmer zu mir drangen. Ich hatte schreckliche Angst, denn ich wusste, dass ich nicht bei den Horáčeks bleiben konnte. Ich hatte Angst, dass sie mich in den Nationalausschuss bringen, damit ich ins Heim komme. Und im Heim würde es mehr solcher Idas geben.

Ich rollte mich auf dem Bett zusammen, weinte ein bisschen und bat im Stillen Mama, sie solle mich nicht allein lassen, soll mich abholen kommen. Ich war wohl ein bisschen eingeschlafen, weil mich die Klingel weckte und ich aus dem Flur Mamas Stimme hörte. »Ich komme Mira holen.«

Ich sprang auf und lief zur Tür. Als Tante Ivana ein Stück zur Seite trat, sah ich eine dürre Gestalt in einem großen schwarzen Pullover.

Tante Hana war zurückgekehrt.

# FÜNFTES KAPITEL
## Februar–Mai 1954

Eine Woche nach der Geburtstagsfeier ihrer Schwester Rosa stand meine Tante Hana Helerová um sieben Uhr auf, zog sich an, kochte sich einen Topf weißen Kaffee und aß eine Scheibe Brot. Nach dem Frühstück saß sie eine Weile unbeweglich da, die Augen ins Leere gerichtet, dann zuckte sie zusammen, kehrte mit den Gedanken in die Gegenwart zurück, schnitt eine dünne Scheibe vom harten Brot der letzten Woche ab und steckte sie in die Tasche im warmen schwarzen Pullover.

Sie wusch ordentlich das Geschirr ab, wischte den Tisch ab, fegte auf und schaute sich in der Küche um, ob alles war, wie es sein sollte. Dann ging sie ins Schlafzimmer, um das Fenster zu schließen und das gelüftete Bett zu machen. Sie klopfte das Kissen auf und dachte dabei an ihre Mutter, meine Oma Elsa, die zu sagen pflegte, dass das Bett erst auskühlen muss und nicht gemacht werden darf, solange es warm ist.

Mit der Hand strich sie über das weiße Federbett und fühlte, wie die Erde unter ihr schwankte. Sie atmete tief ein, richtete sich auf und ging in die Speisekammer, um den Leinenbeutel zu holen. Es war Montag, und montags ging sie in der Bäckerei im Nachbarhaus frisches Brot kaufen und ein paar notwendige Dinge im Laden unterhalb des Platzes.

Sie ging nirgendwo anders hin. Menschen mochte sie nicht und traute ihnen nicht. Nur manchmal ging sie ihre Schwester besuchen. Rosa ging zwar fast jeden Tag zu ihr, hatte aber ihr eigenes Leben, in das Hana nicht gehörte.

Nur zu Allerseelen ließ sie sich von Rosa überzeugen und ging mit ihr auf den Friedhof einen Strauß auf das

Grab der Mutter legen. Warum sollte sie öfter dahin gehen, wenn niemand wusste, wo ihr Körper wirklich lag? Was für einen Sinn hatte es, sich vor einem Namen in Goldbuchstaben auf kaltem Marmor zu verneigen?

Als sie die Tasche vom Haken nahm, überfiel sie große Schwäche. Nichts Überraschendes. Atemnot, Schwärze vor Augen, zitternde Beine und Arme, Magenkrämpfe – das war nichts, was sie nicht kannte. Sie war mit ihren Beschwerden und Krankheiten ausgesöhnt und hatte gelernt, mit dem Gedanken zu leben, dass andere Frauen Mann und Kinder hatten und sie Krankheiten.

Sie setzte sich und wartete, dass die Schwäche vorbeiging. Früher oder später verschwand sie immer. Aus Gewohnheit griff sie in die Tasche, brach ein Stück Kruste ab und steckte es in den Mund. Ihr wurde schlecht, der Kopf drehte sich und die Küche schaukelte in wilden Kreisen. Sie stand vorsichtig auf, ging vom Tisch zur Wand, hielt sich an den Möbeln fest und schlurfte ins Schlafzimmer. Das Schaukeln wurde stärker, es warf sie von einer Seite auf die andere und zog ihr die Beine weg. Endlich ertastete sie das Kopfende des Betts und fiel auf das sorgfältig gemachte Federbett. Im letzten Moment, denn ihr Bewusstsein trübte sich und Hana fiel in eine andere Welt.

Auf einmal war sie nicht mehr zu Hause, sondern im Zug. Der Zug pfiff und ruckelte, durch die offenen Fenster kam eiskalte Luft und Hana erzitterte vor Kälte. Sie nahm nur die Kälte und den regelmäßigen Rhythmus der eisernen Räder wahr, die über die Gleise dahinjagten und sie an Orte brachten, von denen kein Weg zurückführte. Dann löschte jemand im Zug das Licht, Dunkelheit verschluckte alles. Aus dem Halbdunkel traten Gestalten hervor, sprachen zu ihr, zerrten sie dorthin, wohin sie nie wieder zurückwollte. Sie stopfte sich die Ohren zu, wollte ihnen entwischen, aber sie konnte sich nirgendwo verstecken.

Die Bäckerin erinnerte sich am Abend, dass die merkwürdige Hexe Helerová, die nicht einmal ordentlich grüßen konnte, kein Brot geholt hatte, aber gleich sprangen ihre Gedanken zu den 23 Kronen, die am Ende des Tages in der Kasse fehlten.

Der Verkäuferin im kleinen Kramladen fehlte Hana Helerová überhaupt nicht, obwohl sie regelmäßig jeden Montagmorgen nach neun ins Geschäft kam. Viel mehr ärgerte sie, dass die Käufer entgegen den vielen Hinweisen und Aushängen der Hygieniker die Ware befühlten, und sie musste sie neben der ganzen Hektik noch beaufsichtigen und ermahnen, damit sie keine Unannehmlichkeiten bekam.

Die Leute in der Stadt hatten ihre eigenen Sorgen, und so bemerkte niemand, dass zwei Abende hintereinander die Fenster ihrer Nachbarin Hana Helerová schwarz blieben und die Vorhänge aufgezogen.

Als ich die Treppe zu ihrer Wohnung hochstieg, fantasierte sie und kämpfte im Fieber mit ihren Schrecken. Die Ankunft des dicken Doktors und den Transport ins Krankenhaus nahm sie nicht wahr. Zu der Zeit stand sie schon an der Grenze und es blieben nur ein paar kleine Schritte, um die unsichtbare Wand zu durchschreiten, zu ihren Lieben zu kommen und endlich zu erfahren, wo das Leben ihrer Mama Elsa und der Großeltern geendet hatte.

Während ich auf dem Platz herumtrampelte, der damals Stalingradplatz hieß, und nach der hohen Gestalt meines Retters Ausschau hielt, brachte man Tante Hana ins Kreiskrankenhaus. Die Infektionsabteilung war voll.

Die Kranken lagen auf den Gängen und die Mediziner waren müde und verschreckt, genauso wie ihre Patienten, und so verwiesen sie den Rettungswagen gleich an der Pforte ans Krankenhaus in Hradiště. Der dicke Doktor stieg aus, er befand, seine Anwesenheit sei nicht nötig, weil man der halbtoten Patientin im Unterschied zu anderen nicht mehr helfen konnte. Die Kranke war nach zwei Tagen in hohem Fieber ohne zu essen und zu trinken so entkräftet, dass er keine Hoffnung für sie hatte.

In dem Moment, als ich im dunklen Flur unseres Hauses verzweifelt nach den Schlüsseln tastete, nahmen sie Tante Hana im Krankenhaus in Hradiště auf. Die Schwestern zogen ihr den schwarzen Pullover aus, das Kleid, die Strümpfe und die Wäsche, stopften alles in einen Sack und schickten es zum Desinfizieren. Dann wuschen sie sie, zogen ihr ein Leinenhemd an, flößten ihr etwas süßen Tee ein und brachten sie in ein Zimmer, wo sie auf den Tod warten sollte.

Ich schlief an diesem Abend im warmen Kämmerchen im ersten Stock des Hauses ein, das wie ein Schiff aussah, und nicht einmal im Traum fiel mir ein, dass ich nicht mehr nach Hause zurückkehren würde.

Tante Hana lag mit zwei Sterbenden in einem kleinen Krankenhauszimmer und flüchtete vor ihren Albträumen. Sie wehrte sich gegen die Arme, die sie wieder und wieder aus dem Eisenbahnwaggon stießen, sie hielt sich an der Metalltür fest, hatte aber keine Kraft in den Fingern. Ihr Körper schmerzte, verzweifelte Tränen liefen ihr die Wangen hinunter, ihr Mund war angstverzerrt und ein einziger Gedanke jagte durch ihren Kopf: Nein, nicht dorthin, dorthin gehe ich nie mehr zurück, lieber sterbe ich.

Dann stieß sie jemand und Hana fiel hinaus auf den kalten Betonbahnsteig. Sie nahm alle Kraft zusammen, erhob sich und humpelte weiter weg vom Zug. Das Geschrei hinter ihr war noch immer laut, aber als sie sich umsah, sah sie niemanden. Sie wusste, wenn sie entkommen wollte, musste sie so schnell wie möglich fort. Der Eingang zum Bahnhofsgebäude war offen und Hana lief durch die lange Halle und suchte den Ausgang. Alle Türen waren verschlossen und die Fenster vergittert. Schon gingen ihre Kräfte zur Neige. Ihre Beine waren schwach, die Knie knickten ein und ihre Hände zitterten. Sie stolperte von einer Tür zur nächsten, bis endlich eine nachgab.

Sie kam in einen kleinen, weiß gekachelten Raum. Auf der rechten Seite stand eine Reihe Waschbecken, auf der linken Kabinen mit Toilettenbecken. Und das Fenster in der Mitte der gegenüberliegenden Wand war offen und unvergittert. Sie schlug die Tür hinter sich zu, aber die Stimmen der Verfolger wurden nicht leiser. Sie fühlte, dass sie vor der Tür waren und jeden Augenblick hineinkommen und sie schnappen würden. Ihr blieb eine einzige Möglichkeit.

Sie zog einen in der Ecke stehenden Stuhl heran, stellte ihn unters Fenster, kletterte hinauf, setzte sich aufs Fensterbrett und streckte ein Bein hinüber. Sie schaute aus dem Fenster und sah in der Dunkelheit die Umrisse des Marktplatzes von Meziříčí. Sie muss nur noch hinüberlaufen und ist gleich in der Sicherheit ihres Hauses. Sie schließt die Tür hinter sich und macht nie wieder jemandem auf.

Sie streckte auch das zweite Bein hinüber, rutschte auf den Sims, der das ganze Gebäude umgab, und langsam, mit dem Rücken an die raue Wand gedrückt, glitt sie vom

Fenster weg. Erst nach ein paar Schritten sah sie nach unten. Der Platz war fort. Unter ihren Füßen lag ein bodenloser Abgrund. Sie schloss die Augen, aber es war schon zu spät. Eine unsichtbare Macht ergriff sie und riss sie in die Tiefe.

Hanas Krankenbett stand am entfernten Ende des Raums und von der Tür trennten es die Betten der beiden Schwerkranken. Die Schwester schaute jede Stunde ins Zimmer, hörte ein bisschen auf den pfeifenden Atem und das Stöhnen der Sterbenden, aber die Abteilung war überfüllt mit Menschen, die ihre Hilfe viel mehr brauchten, und so ging sie nicht hinein und bemerkte Hanas Verschwinden überhaupt nicht.

Erst in den frühen Morgenstunden fand der Heizer auf dem Rasen vor dem Gebäude den reglosen Frauenkörper. Er stolperte fast darüber, als er von der Nachtschicht kam. Kaum hatte er den ersten Schreck überwunden, lief er ins Bereitschaftszimmer im Erdgeschoss, hämmerte an die Tür, und als sie aufging, platzte er hinein. »Ihr habt hier draußen eine Leiche«, brachte er heraus. »Die ist wohl aus dem Fenster gefallen.«

Der schlaftrunkene Doktor Jarolím, der in jener Nacht Dienst hatte und dem es geglückt war, vor einer knappen Stunde, nachdem der letzte Patient gegangen war, einzuschlafen, begriff nach einem Blick auf den verschreckten Heizer sofort, dass der Alte diesmal nicht betrunken war, auch wenn das ziemlich oft vorkam. Er nickte der Schwester zu, sie solle den Sanitäter rufen, und sie liefen schnell hinaus.

Hana lag auf dem Rücken, die Arme weit ausgebreitet, das Nachthemd war hochgerutscht und der weiße

Kopf zur Seite geneigt. Der Doktor prüfte nicht erst, ob sie lebte oder nicht, er packte sie unter den Achseln und gemeinsam mit dem Sanitäter legten sie ihren ganz ausgekühlten, ausgemergelten Körper auf die Trage, warfen ein Laken darüber und trugen ihn hinein. Dann schoben sie den Heizer aus der Tür und verboten ihm unter Androhung des Rauswurfs über das zu sprechen, wovon er zufällig Zeuge geworden war.

»Ich weiß doch, was ein Arztgeheimnis ist, ich sage keinen Pieps«, schwor der Heizer, aber unter dem Einfluss der getrunkenen Wacholderschnäpse, die den Schock vertreiben sollten, vergaß er sein Versprechen schon am Mittag und beschrieb das schreckliche Erlebnis haarklein nicht nur seiner Frau und den Nachbarn sondern auch den Kumpanen in der Kneipe am Bahnhof.

Doktor Jarolím arbeitete schon viele Jahre im Krankenhaus. Seine Vorstellungen von der Schönheit und Nützlichkeit des Arztberufs und dem Dienst an den Bedürftigen verwandelten sich im Laufe der langen Praxis in alltägliche Routine, aber trotzdem mochte er seine Arbeit noch immer. Ein wesentlicher Teil seines Charakters war Dickköpfigkeit, und die brachte ihn dazu, auch gegen das Schicksal zu kämpfen, das dieser dünnen, weißhaarigen Frau ins halbtote Gesicht geschrieben stand. Er wollte sie nicht sterben lassen, wie ihm die Schwestern und die Kollegen einflüsterten, die gut wussten, dass es ihr Versagen war, dass die Patientin aus dem Fenster gefallen war, und dass früher oder später sich jemand finden würde, der sie daran erinnert.

»Es ist sinnlos«, sagten sie. »Die war schon dem Tode geweiht, als sie hergebracht wurde.«

Doktor Jarolím untersuchte den knochigen Körper, der von Qualen gezeichnet war, die kein lebendiges Wesen erleiden sollte, schob den Ärmel des schmutzigen Nachthemds hoch und ertastete einen kaum spürbaren Puls. Er drehte Hanas Kopf von einer Seite auf die andere, tastete Arme und Beine ab und organisierte blitzschnell das Röntgen. Er begleitete selbst die Liege mit der Kranken den langen Gang bis zum Aufzug, schob sie bis zur Röntgentür und verschaffte sich durch nervöses Klopfen Einlass. Dann trieb er die Laborantinnen an, als ob sie die chemischen Prozesse beschleunigen könnten, prüfte lange die Bilder und kam zufrieden zu dem Schluss, dass diese Frau, die die Haare einer Greisin und den Körper einer Märtyrerin hatte, in Wahrheit aber nur 35 Jahre alt war, nach dem Sturz aus dem zweiten Stock nur beide Schienbeine, die rechte Hand und ein paar Rippen gebrochen hatte.

Es war fast Mittag, als er die ganz eingegipste Hana, immer noch ohne Bewusstsein, persönlich in die Infektionsabteilung zurückbrachte, sie dem Chefarzt übergab und höhnisch bemerkte: »Jetzt wird sie Ihnen wohl nicht mehr weglaufen.«

»Sie sollten wissen, Herr Kollege, dass bei hohem Fieber …«

»Das weiß ich«, unterbrach ihn Jarolím. »Aber wenn sie stirbt, werde ich Sie nicht decken, Kollege hin Kollege her.«

Jedes Mal, wenn einer der Kranken den Kampf gegen den Typhus verlor und eine Schwester den Körper mit einem Laken bedeckte und fortbrachte, wendeten sich Patienten aller Konfessionen und politischer Zugehörigkeiten an den, an dessen Existenz sie auf einmal gern glauben wollten. Sie falteten die Hände und baten darum, dass er gerade sie verschonen und die Rückkehr in ihr altes Leben erlauben möge.

Tante Hana erwachte nach ein paar Tagen aus dem hohen Fieber und begann ihre Umgebung wahrzunehmen. Die Hände falten konnte sie allerdings nicht, denn ihr rechter Arm war bis über den Ellbogen im Gips. Sie hätte sowieso nicht gebetet. Sie verstand nicht, wie man ein Wesen um etwas bitten konnte, das im besten Falle nicht existierte, und im schlechtesten das ganze Leid über sie gebracht hatte, oder aber – obwohl es allmächtig war – es nicht wenigstens verhindert hatte.

Mit dem Abklingen der Typhusepidemie verringerten sich die Sterbefälle und die Patienten gingen einer nach dem anderen aus dem Krankenhaus nach Hause. Auch Hana, für die man noch vor ein paar Wochen keine Hoffnung hatte, erholte sich schnell, konnte sich aber immer noch nicht selbst versorgen, weil ihre Beine in einem Gipspanzer eingesperrt waren.

Von der Familie ihrer Schwester wusste sie nichts, aber sie wunderte sich überhaupt nicht, dass sie die ganze Zeit im Krankenhaus niemand besuchte, weil Besuche in der Infektionsabteilung verboten waren. Sie erinnerte sich nicht, wie sie zu den Brüchen kam, und erst allmählich, eher von den Mitpatienten als vom Personal, erfuhr sie, wie sie im Fieber durch die Gänge irrte und auf dieser umnebelten Flucht vor nichtexistierenden Verfolgern aus dem Fenster im zweiten Stock fiel. Weil niemand gesehen hatte, wie sie umherirrte und fiel, tauchten verschiedene Versionen auf. Einigen zufolge versuchte sich Hana umzubringen, andere wiederum behaupteten, sie sei im Gegenteil Opfer eines Verbrechens geworden. Es gab auch eine Variante, in der übernatürliche Wesen auftraten, denn genau wie Hana hatten auch die anderen Kranken im Fieber Wahnvorstellungen und wussten jetzt nicht, was Wirklichkeit war und was Traum. Bald fürchteten sich die Patienten so, dass sie zu zweit auf die Toilette gingen. Schließlich musste Doktor Jarolím eingreifen und Hana offiziell erklären, was wirklich passiert war.

Nicht im Traum wäre ihr eingefallen, jemand anderem als sich selbst die Schuld an ihrem Sturz zu geben, wofür ihr die Schwestern unendlich dankbar waren und sich um die wortkarge Patientin kümmerten, als sei sie ihre liebste Freundin.

Erst Mitte Mai waren die Beinknochen so weit geheilt, dass sie das Gewicht von Hanas dünnem Körper tragen konnten, der Arm ließ sich schon bewegen, wenn auch nicht ganz ausstrecken, die Rippen waren zusammengewachsen, sodass sie sich nachts auf die Seite drehen konnte und tags tief einatmen. Hana hatte längst verlernt, ihre Gefühle zu erforschen, sie beherrschte die Kunst, nicht über die Zukunft nachzudenken und bei Tageslicht die Vergangenheit zu vergessen. Nur manchmal traf eine plötzliche Erinnerung sie unvorbereitet, hüllte sie wie eine dunkle Decke ein und stoppte sie auf der Stelle. Sie hatte gelernt, nicht an Menschen und Dingen zu hängen, und deshalb war der Krankenhausaufenthalt für sie erträglich und die Heimkehr weckte weder Gefühle noch Erwartungen.

Der Krankenwagen brachte sie bis vor die Haustür. Mit einem Kopfnicken verabschiedete sie sich vom Fahrer. Der schlug nur die Autotür zu und war froh, dass er diese seltsame Frau los war. Er plauderte gern mit seinen Fahrgästen, aber dieses Weibsstück saß den ganzen Weg regungslos da und sagte kein Wort. Hätte sie nicht aufrecht gesessen, hätte er gedacht, sie sei gestorben. Er musste immerzu hinschauen. Er war so von ihr aus der Fassung gebracht, dass er ein paarmal fast jemanden rammte.

Beim nächsten Mal nimmt er lieber keinen Fahrgast mehr in die Kabine. Sollen die schön hinten sitzen.

Hana schloss die Henkel ihrer Tasche und ging zum Haus. Ihr fiel gar nicht ein, tief die Frühlingsluft einzuatmen und sich auf dem Marktplatz der Heimatstadt umzuschauen. Sie forschte nicht nach Neuigkeiten, es interessierte sie nicht, wie es den Nachbarn und Bekannten während der Epidemie erging. Sie stieg geradewegs in ihre Wohnung im ersten Stock, öffnete die Fenster, um die schwere Luft hinauszubekommen, und erst beim Blick auf das nichtgemachte Bett und die vertrocknete Klivie, die einzige Pflanze, die sie besaß, weil sie sie vor langem von ihrer Schwester zum Geburtstag bekam, wunderte sie sich, warum Rosa nicht ein einziges Mal hier gewesen war. Sie setzte sich an den Küchentisch und schaute auf den Leinenbeutel, der noch immer da lag, wo sie ihn vor fast einem viertel Jahr fallen gelassen hatte, und dachte nach.

Rosa war die einzige Verwandte, die ihr geblieben war – also außer ihren ekelhaften Sprösslingen. Sie war ein paar Jahre jünger und die Mutter hatte sich vor langen Zeiten in den Kopf gesetzt, sie sei kränklich, und so hatte Hana sie die ganze Kindheit am Hals. Dann drehte sich das irgendwie um. Als nur noch sie beide auf der Welt übrig waren, hatte Hana keine Kraft mehr, sich um sich zu kümmern und erst recht nicht um andere. Aber Rosa hatte auf einmal Kraft und Liebe im Überfluss. Sie liebte ihre Kinder, ihren Mann und es blieb noch genug Liebe für ihre Schwester übrig. Sie sorgte für Hana wie für ein viertes Kind, auch wenn die das gar nicht wollte. Sie lehnte es ab, sich von den Gefühlen der Schwester versklaven zu lassen, und ging ihrer Familie mit Absicht aus dem Weg. Rosa ließ sich nicht wegstoßen, drängte sich ihr auf, umgab sie mit ihrer Liebe und ließ nicht zu, dass sie sich ganz von der Welt zurückzog und in befreiender Gleichgültigkeit versank.

Hana sah sich die graue Staubschicht auf Fußboden, Möbeln und Fensterbrettern an und begriff im selben Moment, warum kein Brief ins Krankenhaus kam, warum sich niemand für ihren Gesundheitszustand interessierte oder Obst schickte. Sie fühlte einen scharfen Schmerz, ihr Brustkorb öffnete sich, und wie aus einem aufgerissenen Sack der Sand unaufhaltsam auf die Erde herausrieselt, so verflog aus ihr alles, was sie noch an die Welt band.

Sie begriff, dass Rosa tot war.

Sie stand auf und ging schneller aus der Wohnung, als es jahrelang ihre Gewohnheit war. Auf ihren wunden Beinen ging sie die Treppe hinab, über den gepflasterten Platz, an der Pestsäule vorbei, ging am Haus Zu den zwölf Aposteln vorüber und bog in die schmale Gasse ein, die zum Fluss führte. Das Schaufenster der Uhrmacherei war schmutzig, die Zeiger auf den staubigen Zifferblättern standen still. Sie drückte die große, gehämmerte Klinke und rüttelte an der Tür. Sie versuchte es noch einmal und dann sah sie sich ratlos auf der Straße um. Ihr schien, als schaute jemand aus dem gegenüberliegenden Fenster und zog gleich wieder den Kopf zurück.

Eine Weile stand sie unentschlossen da und ging dann auf die andere Straßenseite. »Guten Tag«, entschloss sie sich, Richtung Fenster zu rufen. Niemand erschien, also haute sie mit der Faust an die Tür. Zwischen frisch gepflanzten Geranien tauchte ein bebrilltes Gesicht auf.

»Guten Tag«, grüßte sie wieder. »Ich bin die Schwester von Frau Karásková.« Sie überlegte, wie weiter. »Wissen Sie vielleicht, wo ich sie finde?«

»Da müssen Sie zum Nationalausschuss«, antwortete die Frauenstimme. Die Augen hinter den Brillengläsern schauten sie forschend an und Hana fühlte sie noch im Rücken, als sie in die Straße einbog, die zurück zum Platz führte.

Und dort, in dem Haus mit den schön gewölbten Decken schob ihr die Standesbeamtin eine lange, alphabetisch geordnete Liste zu und ging fort. Auf dem Papier standen die Namen der während der Epidemie Erkrankten, die Krankenhäuser, wohin man sie gebracht hatte, Datum der Aufnahme und der Entlassung. Bei zwanzig Namen standen außer dem Datum auch Kreuze.

So erfuhr Hana Helerová, dass Rosa, Karel und ihre zwei Kinder gestorben waren. Als die Beamtin zurückkehrte, saß Hana noch immer am Tisch und sah auf den mit der Schreibmaschine getippten Namen ihrer Schwester. Ihre Augen waren trocken und der Kopf völlig leer. Es drangen keine Laute zu ihr durch, nur mitten in der Brust wuchs die eisige Kälte und breitete sich im ganzen Körper aus. Sie erhob sich.

»Da ist noch die Angelegenheit mit der Beerdigung«, sagte die Beamtin. »Sie sind auf Stadtkosten beerdigt worden, weil man nicht wusste, wann ... ob ... Aber wenn ein lebender Verwandter gefunden wird ...«, sie räusperte sich verlegen. »Das ist Gesetz, wissen Sie? Das muss bezahlt werden.« Sie schob Hana einen Umschlag zu.

Hana sah nicht einmal hin, ließ den Umschlag auf dem Tisch liegen und drehte sich zur Tür.

»Dann schicken wir Ihnen das per Post«, rief die Beamtin ihr hinterher.

Hana schloss die Bürotür hinter sich. Nach mir, ihrer einzigen Verwandten, fragte sie nicht einmal.

# SECHSTES KAPITEL
## Mai 1954

Jaroslav Horáček beschloss Soldat zu werden, als er vier Jahre alt war. Er erinnerte sich ziemlich genau, dass er auf Vaters Schultern saß und aus einer Höhe, um die ihn die Leute, die sich in der Menge um den Platz herum drängten, beneiden konnten, die Militärparade zur Feier des ersten Jahrestages der neuen Tschechoslowakischen Republik anschaute. Die gleichmäßigen Reihen und regelmäßig vorschwingenden Beine der Soldaten verzauberten ihn so, dass er den ganzen Weg nach Hause marschierte, marschierte, wenn er mit Mama einkaufen ging, und trotz der Proteste seiner Eltern marschierte er sogar beim sonntäglichen Kirchgang. Als ich noch bei den Horáčeks wohnte und Onkel Jarek gute Laune hatte, erzählte er beim Abendessen manchmal lachend, wie schön das Getrampel der kleinen Beine unter dem Steingewölbe widerhallte. »Dann hat mir Papa aber gesagt, dass die Statue der Jungfrau Marie mich böse anschaute. In dem Moment habe ich zwar aufgehört zu trampeln, aber ich habe jedes Mal gebrüllt, wenn ich in die Kirche sollte. So wurde ich Atheist.« Ich wusste nicht, was ein Atheist war, dachte mir aber, das sei irgendein militärischer Rang, weil Onkel Jarek ja am Ende wirklich Soldat geworden war. Zuerst lernte er aber bei seinem Onkel Metzger.

Wenn ich so darüber nachdachte, war das für einen Soldaten eine passende Vorbereitung. Immer wenn Horáčeks Fleisch zum Mittag hatten, übernahm er das Portionieren. Er packte das Messer – immer das größte, das sich in der Schublade fand – und ich musste wegschauen, weil sich sein Metzgerberuf in meinem Kopf mit dem Soldatenberuf vermischte und seltsame Bilder vor meinen Augen auftauchten.

»Dann wurde ich eingezogen und blieb dann bei der Armee. Weil die Armee für den Menschen sorgt.« Bei diesen Worten wussten wir alle, dass die folgende Passage an Gustav gerichtet war, und wir sahen ihn an. Er tat immer, als sei er gar nicht in der Küche. Er schrumpfte, fiel ganz in sich zusammen und seine Augen bekamen einen gleichgültigen Ausdruck, so ähnlich wie bei Tante Hana.

»Die Armee gibt dem Menschen Disziplin und wird eine zweite Familie für ihn.«

Je mehr sich Onkel Jarek ereiferte, desto kleiner wurde Gustav in Erwartung des vorhersehbaren Schlusses. »Ich konnte nicht an der Militärschule studieren, Gustav. Aber aus dir wird bestimmt einmal ein Offizier.« Er klopfte seinem Sohn auf die Schulter und ließ sich von dessen fehlender Begeisterung nicht aufhalten. Offensichtlich hoffte er, dass steter Tropfen den Stein höhlte, wenn er Gustav seinen Wunsch nur Abend für Abend wiederholte.

Tante Ivana hatte eine etwas andere Sicht auf die Armee und ich war mir recht sicher, dass auch sie nicht begeistert von dem Gedanken war, dass Gustav Soldat werden sollte. Sie wollte nur nicht mit ihrem Mann streiten und zum hundertsten Mal hören, dass sie alles, was sie hatten, der Armee verdankten.

Meiner Meinung nach war Tante Ivana der einzige Mensch – wenigsten von denen, die ich kannte – dem der Krieg etwas Gutes im Leben gebracht hatte. Onkel Jarek war nämlich in der Armee der ersten Republik Unteroffizier und die durften ohne Armeeerlaubnis nicht heiraten. Und Onkel Jarek hätte die Erlaubnis nicht bekommen, weil seine Auserwählte keine ausreichend große Mitgift hatte. Als die Republik von den Deutschen besetzt wurde, trat Onkel Jarek aus der Armee aus und arbeitete wieder bei seinem Onkel als Metzger. Denen redete beim Heiraten niemand hinein und so konnte er Ivana endlich heiraten und Frau Horáčková aus ihr machen. Nach dem Krieg wurde aus dem Metzger Horáček wieder der Feldwebel Horáček, aber das waren schon andere Zeiten und außerdem war er verheiratet, also teilte ihm die Armee nach einer gewissen Zeit die Wohnung im ersten Stock einer bourgeoisen Villa zu, und er marschierte zu Paraden wieder an der Seite seiner Genossen.

Was er sonst noch machte, wusste ich nicht, aber ich erfuhr, was er an dem Tag tat, als seine zwei Sprösslinge mich die Treppe hinunterwerfen wollten. Er setzte sich die flache Mütze auf und marschierte in Richtung Platz. Vor Tante Hanas Haus zögerte er, weil er sich nicht ganz sicher war, ob es richtig war, was er tun wollte, aber dann lief er entschlossen die Treppe hoch. Bestimmt nahm er zwei Stufen auf einmal, weil er außerordentlich stolz auf seine Kondition war und sie stärkte, wann immer die Gelegenheit dazu war.

Er klingelte und musste ein bisschen warten. Tante Hana bekam nie Besuch, also dachte sie, es sei ein Versehen, und bequemte sich nicht zu öffnen.

Jaroslav Horáček klingelte ein zweites Mal. Da waren schon leise Geräusche von innen zu hören. Tante Hana war aus ihrem dämmrigen Zustand erwacht, schob den Stuhl zurück und ging zur Tür. Für den Bruchteil einer Sekunde glaubte sie, ihre Schwester Rosa sei gekommen, aber dann erinnerte sie sich, dass Rosa nie mehr kommen würde, weil sie tot war. Im Gegensatz zu mir war sie nicht so töricht zu hoffen, es sei ein Irrtum, und beeilte sich deshalb nicht.

Jaroslav Horáček kannte Tante Hana von früher, er hatte gehört, sie sei wunderlich, aber trotzdem erschauerte er wörtlich vor dem schwarzen Weibsbild, das ihm öffnete.

Nach dem Tod meiner Mutter Rosa ging Hana nur noch aus dem Haus, wenn ihr das Brot ausging. Etwas anderes kaufte sie nicht. Sie saß ganze Tage am Tisch, brach manchmal ein Stück Rinde ab und steckte es in den Mund. Sie war immer dünn, aber während des langen Krankenhausaufenthaltes hatte sie ein bisschen zugenommen. Diese Kilos waren zu dem Zeitpunkt schon wieder weg, die schwarze Kleidung hing an ihr herunter, ihre Wangen waren eingefallen, die Augen tot.

»Dieser Blick, der erschreckte mich am meisten«, erzählte Onkel Jarek dann, aber in dem Moment drang der Gestank aus der Wohnung in seine Nase und schob ihn zwei Schritte zurück. »Das Erste, was mir in den Sinn kam, war, dass wir Mira da nicht hinschicken können«, sagte er.

Aber Hanas Blick änderte sich auf einmal. »Was willst du denn hier?«

In diesem Abschnitt der Erzählung wurde Jaroslav Horáčeks Stimme aggressiv. »Was sollte ich denn sagen? Ich sagte, dass Mira bei uns ist und nicht länger dableiben kann. Sie solle sie abholen, oder wir bringen sie zur Stadt, sollen die doch mit ihr machen, was sie wollen. Wir sind doch keine Versorgungsanstalt.«

Er drehte sich um, weil er so schnell wie möglich wegwollte. Er musste den sauren Geruch, der aus der Wohnung kam, und das schwarze Weibsbild loswerden, musste diese toten Augen loswerden.

»Warte.«

Er blieb stehen.

»Wo ist sie?«

Er sagte die Adresse. Dann lief er die Treppe hinunter und ging in die Kneipe. Er wollte nicht dabei sein, wenn die schwarze Hana vor ihrer Tür auftauchte.

Ich glaube, dass Ivana Horáčková genauso überrascht und erschrocken war wie ich, als Tante Hana mich holen kam. Sie stand in der Tür und sah Tante Hana an, als ob sie das Gefühl hätte, etwas sagen zu müssen, aber ihr nichts einfallen wollte. Ich blieb ein Stück hinter ihr stehen und wusste nur eins, dass ich nicht mit Tante Hana gehen wollte, aber gehen musste, weil die Horáčeks mich nicht bei sich lassen würden.

Tante Hana trat von einem Bein aufs andere. Ihre gebrochenen Beine wurden immer noch dick und schmerzten. Sie sah mich an, als sähe sie mich zum ersten Mal im Leben, betrachtete mich prüfend. Mir schien, sie wollte sich überzeugen, ob ich ihrer Schwester Rosa überhaupt ähnlich sehe, wenn sie mich schon am Hals hat. Damals sahen nur meine Augen aus wie die von Mama. Erst mit dem Alter begann ich ihre Züge in meinem Gesicht zu entdecken, und jetzt kann ich mir schon vorstellen, wie sie ausgesehen hätte, wenn sie hätte alt werden können.

»Gehen wir.« Aus Hanas Stimme sprach solch eine Müdigkeit, dass Ivana Horáčková ihre Angst vergaß und sich zwang, etwas zu sagen.

»Hanička, es tut mir leid, was passiert ist ...«

»Gehen wir«, sagte Tante Hana wieder, und diesmal klang es unglücklich und ungeduldig. Als ob sie nicht hören wollte, was Ivana sagen wollte.

»Wenn ich könnte ...«

Damals dachte ich, sie spreche über den Tod meiner Familie, sie wolle Tante Hana ihr Mitgefühl ausdrücken. Was sie wirklich sagen wollte, begriff ich erst viel später.

Tante Hana machte sich auf einmal gerade und aus der Verzweiflung, die der schwarz gekleidete, ausgemergelte Körper ausstrahlte, wurde Wut. Sie packte mich an der Schulter. Ihre knochigen Finger bohrten sich schmerzhaft in meine Haut und die Kraft ihres Ärgers zog mich mit sich fort. »Du konntest«, schrie Mamas Stimme aus dem Mund der Tante. »Du konntest sehr wohl.«

Ich war so erschrocken, dass ich anfing zu heulen. Selbst das Leben neben Ida und Gustav erschien mir erträglicher als das Zusammenleben mit Tante Hana. Die zwei kannte ich wenigstens schon und wusste, dass ich nichts Gutes von ihnen zu erwarten hatte. Was aber hatte ich von der verrückten Hana zu erwarten? Ich hoffte, Tante Ivana würde vielleicht doch noch sagen, ich könne bei ihnen bleiben. Sie musste doch sehen, dass Hana Helerová nicht richtig im Kopf war. Aber Ivana Horáčková stand nur da, bedeckte ihr Gesicht mit den Händen. Ich stolperte neben Hana her und spürte dieselbe Verzweiflung, die aus einem mir unbekannten Grund auch Hanas Gesicht ausstrahlte.

Auf der Straße vor dem Haus ließ mich Tante Hana los und wurde langsamer. Der kurze Ausbruch hatte sie erschöpft, und so drosselte sie das Tempo und ging mit gleichmäßigen, vom Schmerz gezeichneten Schritten durch die Stadt zum Haus am Marktplatz. Ich ging gehorsam neben ihr. Blieb mir denn etwas anderes übrig? Ich traute mich nicht zu sagen, dass alle meine Sachen bei den Horáčeks waren – alles, von Zahnbürste und Schlafanzug bis zum Schulranzen. Auf dem ganzen Weg fiel kein

Wort. Damals dachte ich, Tante Hana sei böse, aber heute weiß ich, dass sie genauso verstört war wie ich. Sie schaffte es nicht, sich um sich selbst zu kümmern, und hatte sich gerade ein kleines Mädchen aufgehalst.

Wir waren ein seltsames Paar. Eine müde Frau in einem schwarzen, ausgeleierten Pullover, langem Rock, Schnürschuhen und in die Stirn gezogenem Kopftuch führte eine verheulte, zerzauste Neunjährige in einer dünnen Kittelschürze und Hauspantoffeln durch die Stadt. Bevor wir am Haus ankamen, zitterte ich vor Kälte.

Im ersten Stock des Hauses auf dem Platz setzte sich Tante Hana an den Küchentisch und ich öffnete schnell alle Fenster, obwohl ich ganz durchgefroren war, um die dicke Luft hinauszulassen, von der mir schlecht wurde.

»Ich habe weder Zahnbürste noch Schlafanzug«, sagte ich zu Hanas Rücken.

Sie bewegte sich nicht.

»Ich muss morgen in die Schule, aber mein Ranzen ist bei den Horáčeks«, fuhr ich fort.

Tante Hana griff in die Tasche und legte eine Brotscheibe auf den Tisch. Auch von weitem sah ich, dass schwarze Wollfussel daran waren. Ich drehte mich zum Fenster, um das ich Tante Hana immer beneidet hatte, wickelte mir den Sofaüberwurf um, setzte mich aufs Fensterbrett und schaute auf die Leute, die über den Platz gingen.

Am Morgen weckte mich Kälte. Ich lag in der Küche auf der Ottomane und die Federn drückten in meine Rippen. Ich hatte dieselbe Schürze an, mit der ich gekommen war, und zugedeckt war ich nur mit dem gehäkelten Überwurf, in den ich mich vor dem Einschlafen gewickelt hatte. Die Fenster waren noch immer geöffnet, und so zog die kalte

Morgenluft herein und strich über meine Haut. Ich kroch heraus, schloss die Fenster und rollte mich wieder auf dem Sofa zusammen, um wenigstens ein bisschen warm zu werden. Die Küchenuhr war vor Monaten stehengeblieben, aber nach den Geräuschen, die vom Platz hereindrangen, urteilte ich, dass ich aufstehen und zur Schule gehen sollte. Das war wohl das erste Mal im Leben, dass ich sehr gern hingegangen wäre.

Die Kirchturmuhr schlug und ich zählte sieben Schläge. Mir schien, als hörte ich aus dem Nebenzimmer Geraschel, und nach einer Weile öffnete sich die Tür und Tante Hana tauchte auf.

Bei meinem Anblick stockte sie, als hätte sie vergessen, dass ich da war, und starrte mich genauso an wie ich sie. Ich konnte den Blick nicht von ihr reißen, denn ich sah sie zum ersten Mal in einer anderen Farbe als schwarz. Sie hatte ein langes weißes Leinenhemd an und darin sah sie noch dünner und erbärmlicher aus als in ihrem schwarzen Pullover. Die weißen Haare waren zu einem Zopf gebunden und das Einzige, was an ihr schwarz war, waren die Augen. Am Vorabend musste sie sich gewaschen haben, denn sie roch nicht mehr so schrecklich, aber das weiß ich nicht genau, weil ich Angst hatte, tief einzuatmen.

»Du musst zur Schule«, sagte sie.

Von einer so verwirrten Person war das eine überraschend richtige Überlegung.

»So kann ich nicht zur Schule gehen«, schniefte ich, weil mir das in dem Moment ehrlich leidtat. »Ich habe weder Schuhe noch meinen Ranzen.«

Tante Hana machte Feuer im Herd und setzte Teewasser auf. Sie nahm eine Tasse aus der Anrichte und schaute sie konzentriert an. »Am Nachmittag holst du deine Sachen.«

Ich begriff, dass sie nicht die Tasse zu den Horáčeks schickte, sondern mich, und ich sah mich schon den schweren Holzkoffer durch die Stadt schleppen und den Ranzen, aber ich wagte nicht, etwas einzuwenden. In den Häkelüberwurf gewickelt siedelte ich zum Küchentisch über.

Tante Hana schob mir den Korb mit dem altbackenen Brot hin. »Es ist Montag, ich gehe heute einkaufen.«

Das Brot war zwar alt, aber wenigstens nicht in der Tasche zerdrückt und es waren keine Fussel daran und ich hatte seit dem sonntäglichen Mittagessen nichts gegessen, also protestierte ich nicht. Tante Hana zog sich um, goss dann Tee ein und setzte sich mir gegenüber. Ich bemühte mich, nicht hinzusehen, wie sie das Brot brach, die Rinde in die Tasse tauchte und dann in den Mund stopfte. So wird also jeder Morgen aussehen, dachte ich mir, als Tante Hana die Krümel in die Handfläche sammelte und sie zum Mund hob.

Während des Frühstücks fiel kein Wort. Die Tante war mit dem Essen fertig, saß aber weiter da und starrte mit ihrem seltsamen Blick durch mich hindurch. Ich wusste nicht, was ich tun sollte, also brachte ich die leere Tasse zur Spüle und rollte mich wieder auf dem Sofa zusammen. Auf einmal stand die Tante auf, goss Wasser in die Schüssel und begann abzuwaschen. Es war nicht viel Geschirr, aber sicher lag es schon ziemlich lange in der Schüssel. Ich schlurfte zu ihr hin und nahm das Geschirrtuch in die Hand. Überrascht sah sie mich an, sagte aber nichts. Dann wischte sie den Tisch ab, fegte den Boden und verschwand im Schlafzimmer.

Absichtlich trocknete ich das Geschirr sehr langsam ab, um beschäftigt zu sein, aber trotzdem war ich lange, bevor die Tante zurückkam, fertig. Sie sah mich nicht an, nahm den Beutel vom Haken und ging zur Tür. Sie streckte sich nach der Klinke aus und erinnerte sich wohl in diesem Moment, dass sie nicht allein war.

Sie drehte sich wieder um und sah mich so seltsam an. »Dann kaufe ich Kartoffeln«, teilte sie mit, als ob ihrer Entscheidung eine besonders lange Debatte vorausgegangen wäre, und öffnete die Tür. Da stand ein großer Koffer und darauf lag mein schwarzer Ranzen. Ich war erleichtert, dass ich nicht die schweren Sachen durch die ganze Stadt schleppen musste, aber zugleich wurde mir klar, dass mein Umzug zu Tante Hana jetzt unumstößlich war. Die Horáčeks hatten meinen Koffer gepackt und bis vor Tante Hanas Tür gebracht, um mich und Hana nicht mehr sehen zu müssen.

»Ich habe Tante Ivana nicht einmal gedankt.« Ich glitt an Hana vorbei und zog den Koffer hinein. Damit hatte ich zu tun, ganz von den Horáčeks hätte ich ihn sicher nicht herschleppen können.

Tante Hana sagte nichts. Sie schnaubte nur abschätzig und schloss die Tür hinter sich.

Ich zog die Sachen aus dem Koffer und dachte nach, wohin ich meine Wäsche, Strumpfhosen, Blusen und Kleider legen konnte. Und ob ich einen Platz für die wenigen Spielzeuge und Bücher fand, die mir Tante Ivana erlaubt hatte, aus unserem Haus mitzunehmen. Ein Großteil meiner Sachen und die ganze Winterkleidung waren in unserem alten Haus geblieben, weil – wie Tante Ivana sagte – die Wohnung der Horáčeks nicht aufblasbar war.

Ich nutzte die Abwesenheit der Tante und schaute in alle Schubladen und Schränkchen in der Küche, untersuchte das Schlafzimmer der Tante, die Speisekammer, und war überrascht, wie wenig Dinge Tante Hana hatte. In der Anrichte waren zwei Töpfe, ein paar Teller und Tassen. Die Schubladen waren bis auf eine leer und im Kleiderschrank hingen ein Mantel und ein paar Pullover – schwarz, natürlich. Und im Nachttisch lag eine dünne Brotscheibe. In der Speisekammer standen Leinensäckchen mit Graupen, Mehl und Erbsen. Zur Sicherheit schob ich die Erbsen ganz nach hinten und ging aus der Küche in den Flur, um festzustellen, was sich hinter der Holztür verbarg.

In dem dunklen Flur waren vier Türen. Die gegenüber dem Haupteingang wurde nie verschlossen und führte direkt in die große Küche. Aber gegenüber der Badtür auf der linken Seite war eine geheimnisvolle, weiß gestrichene Tür, über die ich aus den seltenen Besuchen bei Tante Hana nur erfahren hatte, dass dahinter früher das Zimmer der Großmutter war. Nur Großmutters Zimmer, weil ihr Ehemann, mein Großvater Ervin, gestorben war, als Mama und die Tante noch ganz klein waren. Mir war nicht klar, warum ich nicht hineinschauen konnte. Oma Elsa konnte das doch nicht stören, da sie tot war, aber Mama klopfte immer warnend auf meine Schulter und sagte, wir wollen Tante Hana nicht an die Oma erinnern, damit sie nicht traurig wird. Als ob Tante Hana je fröhlich gewesen wäre.

Auf Zehenspitzen lief ich zu dem verbotenen Zimmer und drückte leise die Klinke. Es war abgeschlossen. Verärgert trat ich gegen die Tür und kehrte wieder an den Tisch zurück. So musterhaft sitzend traf mich Tante Hana an.

Sie stellte sich an den Tisch und begann auszupacken. Ein großer Sack Kartoffeln – mindestens drei Kilo, Sellerie,

Zwiebeln, Möhren und ein weiteres Säckchen Erbsen. Fragend sah ich sie an. »Vitamine sind wichtig«, sagte sie. »Für Kinder«, fügte sie hinzu und zog einen Laib Brot und Milch aus der Tasche. Ratlos sah sie sich um. Sie wartete wohl, dass ihr jemand riet, was weiter. Mir wurde langsam klar, warum Tante Hana so dürr war und warum Mama ihr manchmal Mittagessen gebracht hatte.

Während ich das gekaufte Gemüse in die Speisekammer trug und die Erbsen wieder in der dunkelsten Ecke versteckte, setzte sich die Tante an den Tisch und vergrub den Kopf in den Händen. Ich hatte jetzt nicht mehr so sehr Angst vor ihr, aber ihre Ratlosigkeit erschreckte mich.

»Das schaffen wir«, sagte ich, mehr um mich selbst zu überzeugen, und setzte mich neben sie. Ich hatte Angst, sie zu berühren, denn ich wusste, dass das nicht einmal Mama durfte.

Unter den fest ans Gesicht gedrückten Händen drang ein Seufzer hervor. Hana nickte.

»Und warum seufzt du dann?«, fragte ich.

Tanta Hana schniefte, löste die Hände von den Augen und sah mich an. Mich ärgerte der Tropfen, der ihr langsam die Nase herabfloss. Ich war versucht, ihr ein Taschentuch zu reichen, aber das schien mir unpassend.

Die Tante schwieg eine Weile und sagte dann: »Weil ich jetzt nicht mehr sterben kann.«

## SIEBENTES KAPITEL
## Mai–September 1954

Tante Hana erhob sich, griff auf die Anrichte und ertastete den Schlüssel. Eine Weile knetete sie ihn in der Hand, als könne sie sich nicht erinnern, zu welcher Tür er gehörte, runzelte die Stirn und ging seufzend zu Großmutters Zimmer. Schnell glitt ich vom Stuhl und lief hinterher.

Die Tante schloss auf, ging ohne sich umzusehen zum Fenster und öffnete weit beide Flügel. Ich war enttäuscht. Warum machten sie so ein Geheimnis um das Zimmer? An der Wand stand ein Holzbett, daneben ein Kleiderschrank und gegenüber zwei Kommoden. Kein Teppich, keine Vorhänge, Deckchen oder Bilder. Nur gelb gestrichene Wände und ein Fenster zum Hof. Ich wartete, bis die Tante Bettbezüge holen ging, und schaute schnell in die Schubladen. In der untersten blitzten gestärkte weiße Häkeldeckchen aus Packpapier hervor. Sonst nichts, überhaupt nichts.

»Warum war das Zimmer verschlossen?«, fragte ich, aber die Tante hörte mich nicht oder dachte schon wieder an etwas anderes. Ich begann mich daran zu gewöhnen, dass ich mit Tante Hana nicht viel reden konnte.

Ich trug meine Sachen hinüber und füllte damit drei ganze Schubladen. Meinen Lieblingsteddy, dem Ida die Augen ausgebohrt hatte und Tante Ivana sie wieder angenäht hatte, setzte ich aufs Bett. Dann setzte ich mich daneben und sah mich in meinem neuen Heim um. In dieser kurzen Zeit schon das dritte.

Ich hatte ein ganzes Zimmer für mich allein, konnte mich aber überhaupt nicht darüber freuen.

Es dauerte ein paar Tage, bis es mir gelang, Tante Hana zu überreden, mit mir in das alte Haus in der Straße, die zur Kirche führte, zu gehen. Ich wollte mir ein paar Dinge holen, die ich dringend brauchte, wofür aber bei den Horáčeks kein Platz war. Zum Beispiel meine Tasse, die Laufpuppe mit den Klimperaugen und kämmbaren Haaren, die ich letzte Weihnachten bekommen hatte, und fast neue Wasserfarben. Ursprünglich wollte ich auch noch Dagmaras Puppengeschirr holen, mit dem ich nur heimlich spielte, wenn sie nicht zu Hause war, denn sie wollte es mir nicht mehr leihen, seit ich einmal eine Tasse zerbrochen hatte. Aber als ich das Geschirr auf dem Regal in unserem gemeinsamen Zimmer sah, gefiel es mir auf einmal nicht mehr und ich begann ein bisschen zu verstehen, warum Tante Hana Großmutters Zimmer verschlossen hatte und nicht oft hineinging.

In eine große Leinentasche stopfte ich meine ganze Wäsche, Schlafanzüge und Wintersachen und verschloss die Tür des Hauses, das mir zwar gehörte, aber nicht mehr mein Heim war.

Vielleicht hätten wir nicht dahin gehen sollen, weil mir schrecklich schwer ums Herz war, obwohl wir nur ganz kurz in der alten Wohnung über der Uhrmacherei waren. Und obwohl sie die ganze Zeit auf der Treppe gewartete hatte, antwortete die Tante nach der Rückkehr in ihre Küche wieder gar nicht mehr, saß nur da und starrte ins Leere.

Ansonsten bemühte sich Tante Hana aber. Zum Mittag gab es Kartoffeln mit Milch oder Kartoffelpuffer oder Kartoffelkuchen oder was auch immer aus Kartoffeln, Gemüse oder Hülsenfrüchten – außer Erbsen – und ich begriff aus dem Blick der Tante in das abgewetzte Portemonnaie, dass es nicht so sehr an mangelnder Fantasie lag, sondern vielmehr am Geldmangel. Ich aß mittags in der Schulkantine, war also satt, aber Tante Hana begnügte sich mit Kartoffeln und Brot.

Mich quälte, wie wenig ihr an ihr selbst lag.

Ich schämte mich, mit der Tante in dem ausgeleierten schwarzen Pullover und den ausgetretenen Schuhen durch die Stadt zu gehen, und suchte alle möglichen Ausreden. Mir war unangenehm, dass die Leute sich nach uns umdrehten, manche sich sogar angeekelt abwendeten und wieder andere, vor allem Kinder, Beschimpfungen riefen. Ihr war das völlig egal.

»Warum trägst du nur Schwarz?«, griff ich sie an. »Und warum grüßt du nicht wenigstens, wenn du in ein Geschäft kommst? Warum sitzt du hier nur immer so herum?«

Die Tante antwortete nicht. Meine Fragen glitten an ihr ab wie Wassertropfen von Wachstuch und ich hörte irgendwann auf zu fragen.

Die Geldnot spürten wir immer drückender. Die Tante arbeitete nicht. Sie konnte auch nicht. Welcher Beruf hätte zu ihr gepasst? Verkäuferin? Ich stellte mir vor, wie das aussähe, wenn sie auf einmal mitten im Laden stehenbleiben und bewegungslos starren würde. Lehrerin? Wer würde seine Kinder so einer merkwürdigen Frau anvertrauen? Putzfrau oder Köchin? Sie war ja schwach wie eine Fliege.

Unaufhörlich hielt sie sich das Herz, den Rücken oder den Bauch und manchmal atmete sie so schwer, dass ich Angst hatte, sie könnte ersticken. Ich glaube, sie könnte nicht arbeiten, selbst wenn sie nicht so ein bisschen verwirrt wäre. Verwirrt hatte Papa sie genannt, aber Mama war für sie eingetreten. »Sie ist nicht verwirrt«, widersprach sie, »sie ist nur seelisch erschöpft.« Während des Zusammenlebens mit Tante Hana gab ich eher Papa recht.

Tante Hana bekam eine kleine Rente, und nachdem eine Frau aus dem Nationalausschuss mit dem höchsten Dutt, den ich je gesehen hatte, bei uns zur Kontrolle war, bekam sie auch für mich Geld, und es wurde etwas leichter für uns. Ihren Speiseplan besserte die Tante zwar nicht auf, aber sie tat jedes Mal ein paar Banknoten zur Seite, und wenn ich neue Strumpfhosen brauchte oder Buntstifte, war Geld da. An den Tag, an dem die Frau vom Ausschuss kam, erinnere ich mich genau. Damals wohnte ich schon drei Monate bei Tante Hana. Ich hatte mich ganz gut eingewöhnt und hatte Angst, wieder wegziehen zu müssen.

Das Zusammenleben mit Tante Hana hatte seine Vor- und Nachteile. Ihre Küche war nicht sehr vielfältig und viel unterhalten konnte man sich mit der sonderbaren Tante auch nicht. Aber nach einer Weile war es nicht mehr seltsam, dass sie nicht antwortete. Ich setzte mich ihr gegenüber und erzählte ihr alles, was in der Schule passierte, wer was gesagt hatte, was Jarmilka Stejskalová zum Essen dabei hatte – einfach alles, was mir auf die Zunge kam. Die Tante unterbrach mich nie, aber manchmal stand sie auf und ging ins Schlafzimmer.

Ein weiterer Vorteil war, dass sie mir nichts verbot oder vorschrieb. Hätte ich mich entschlossen, nicht zur Schule zu gehen, oder wäre ich barfuß losgegangen – sie hätte es nicht bemerkt. Erstaunlicherweise tat ich das nie.

Die Frau vom Ausschuss setzte sich auf den Stuhlrand, nahm ihre Brille und sah sich in der Küche um. Mit dem, was sie sah, konnte sie zufrieden sein, denn die Tante putzte jeden Tag. Sie erwartete wohl, dass die Tante ihr wenigstens Tee anbot, aber Hana zog sich nur einen Stuhl ihr gegenüber zurecht und schwieg. Die Beamtin legte Papiere vor sich aus und ergriff das Wort.

Sie erklärte Vorschriften, nannte Gesetze, stellte Fragen und beantwortete sie sich selbst, fragte, warum wir keine Waisenrente beantragt hätten, und füllte gleich den Antrag aus und schob ihn der Tante nur zum Unterschreiben hin. Und wir beide schauten sie nur an und ich glaube, dass Tantes begriffsstutziger Blick sich nicht von meinem unterschied, also kam er der Beamtin überhaupt nicht seltsam vor.

Nach einer Viertelstunde Selbstgespräch, von dem ich mir nur merkte, dass ich bei der Tante bleibe und dass jeden 15. die Briefträgerin das Geld bringt, raffte die Frau ihre Papiere zusammen, sprang behände auf und kniff mich in die Wange. »Also gefällt es dir bei der Tante?«

Ich öffnete den Mund für eine Antwort, aber die Beamtin tätschelte meine Wange und antwortete sich selbst: »Natürlich gefällt es dir hier, Kindchen«, und verschwand.

Ich drehte mich zur Tante, um ihr meine Meinung mitzuteilen, aber die erhob sich und ging ins Schlafzimmer, woran ich erkannte, dass sie für heute genug von den Menschen hatte und Ruhe brauchte. Draußen regnete es und so legte ich mir ein Kissen aufs breite Fensterbrett und holte mir aus der untersten Schublade in meinem Zimmer mein Lieblingsbuch über das verwaiste Mädchen Pollyanna. Ich nahm es jedes Mal zur Hand, wenn ich traurig war. Ich mochte es so, dass ich es nicht in die Bücherei zurückbrachte und der Bibliothekarin sagte, ich hätte es verloren. Ursprünglich dachte ich, wenn ich ausreichend zerknirscht tat, würde die Bibliothekarin nicht böse sein. Das war sie auch nicht, sie sagte sogar, dass das eben vorkam, aber ich musste Strafe zahlen. Ich bezahlte es von dem Geld für das Schulessen, und dann lebte ich ein paar Tage nur von Brot, hatte also das Gefühl, für meine Schuld gebüßt zu haben, und hatte keine Gewissensbisse.

Ich setzte mich aufs Kissen, blätterte zu meinem Lieblingskapitel, in dem Pollyanna die Regeln ihres Sei-glücklich-Spiels erklärt, und wünschte mir, dass auch bei mir sich alles zum Guten wenden möge, damit ich wieder nur das Schöne in der Welt sehen konnte und Tante Hana sich in eine liebende Tante verwandelte, wie Pollyannas Tante Polly. Nur war ich ganz allein in der Küche, als ich den Kopf hob, und draußen regnete es immer noch.

Bald erkannte ich, dass die Tage der Tante eine eingespielte Ordnung hatten. Sie stand zur immer gleichen Zeit auf, aß und ging schlafen. Sie kaufte an denselben Tagen an denselben Orten ein, gewaschen werden musste am Samstag und jegliche Abweichung vom gewohnten Rhythmus versetzte sie für lange Zeit in diese seltsame Starre, die ich von ihren Besuchen in unserem Haus kannte. Ihre schweigsam dumpfen Zustände schreckten mich nicht mehr, aber sie ärgerten mich sehr. Konnte sie sich denn nicht beherrschen wie andere Menschen?, sagte ich mir. War sie so feige oder bequem? Genauso wenig verstand ich ihre ständige Müdigkeit. Ich war voller Leben und das Seufzen der Tante störte mich, auch wenn ich mit der Zeit lernte, es zu überhören.

Wenn es ging, verbrachte ich ganze Nachmittage draußen mit Jarmilka Stejskalová. Ich hatte auch andere Freundinnen, aber keine war mir so nah wie die blonde Jarmilka, der ich sogar verzeihen konnte, dass sie so hübsch war.

Bei schönem Wetter spielten wir draußen, meistens auf dem Hof der Stejskals. Ich konnte es einfach einrichten, weil es Tante Hana völlig egal war, wo ich war, und ich bezweifelte, dass sie bemerkt hätte, wäre ich gar nicht heimgekommen.

Bei kaltem Wetter waren wir zu Hause bei den Stejskals, aber mit der Zeit bemerkte ich, dass Jarmilkas Mama mich nicht gern sah. Früher sprach sie mit mir, bot mir etwas zu essen an, fragte nach Mama und ließ Papa grüßen, aber seit ich bei meiner Tante wohnte, fragte sie mich nichts und bot mir nicht einmal Sirupwasser an. Dann lud mich Jarmilka gar nicht mehr ein. Ich machte mir Gedanken, hatte aber Angst zu fragen, um nichts Unangenehmes zu hören zu bekommen, aber zum Schluss hielt ich es doch nicht aus. Es regnete, wir konnten nicht draußen sein, und so unterhielten wir uns eine Weile im Trockenen unter den Laubengängen, und amüsierten uns mit dem Zählen von Regenschirmen.

»Jarmilka«, begann ich, »warum lädst du mich nicht mehr zu euch nach Hause ein?«

Jarmilka wurde unübersehbar rot. »Was wollen wir da?«

»Wir könnten da spielen, wenn es regnet.«

»Und warum gehen wir nicht zu euch?«, wand sich Jarmilka heraus. Sie wusste sehr gut, dass wir nicht zu uns konnten.

»Du meinst zu Tante Hana? Du weißt doch, dass sie Angst hat vor Besuchen.«

»Ja eben.«

Überrascht sah ich meine beste Freundin an.

»Wie meinst du das?«

»Deine Tante ist verrückt.«

»Ist sie nicht, sie ist nur seelisch erschöpft.« In diesem Moment passte mir Mamas gemilderter Ausdruck.

Jarmilka zögerte, aber dann sagte sie: »Mama sagt, dass deine Tante verrückt ist und dass wir uns nicht mit solchen Leuten zeigen sollten.«

Als ob sie einen Eimer Eiswasser über mich gegossen hätte. »Aber du bist doch mit mir befreundet, nicht mit Tante Hana. Was hat das mit mir zu tun?«, fuhr ich auf.

Jarmilka weinte fast. »Ich denke das ja nicht, wirklich nicht, aber Mama hat gesagt, dass man das schon sehen kann an dir. Dass du neben der Tante verwahrlost und sie nicht wünscht, dass du meine beste Freundin bist. Und außerdem sollst du Jude sein.«

»Also das bin ich nicht«, wehrte ich mich. Ich konnte kein Jude sein, wenn ich nicht einmal wusste, was das hieß.

Jarmilka nahm meine Hand. »Mich stört das nicht, wirklich nicht. Du wirst immer meine beste Freundin bleiben – für ewig.« Sie wischte sich die Nase am Ärmel ab und ich sagte mir, dass ich wohl wirklich einen schlechten Einfluss hatte, denn früher hätte sie ordentlich ins Taschentuch geschnaubt.

Obwohl es regnete, begleitete Jarmilka mich bis vor die Haustür und versprach, am nächsten Tag nach der Schule ganz bestimmt mit mir rauszugehen. Ich ging die Treppe hinauf und wälzte das seltsame Wort auf der Zunge herum.

Tante Hana saß am Tisch in der mustergültig aufgeräumten Küche. Obwohl sie mich hören musste, schaute sie mich nicht an. Ich nahm den Ranzen vom Rücken, blieb in der Tür stehen und schaute zu, wie sie konzentriert die Kartoffeln schälte. Das Tuch hatte sie sehr locker gebunden, sodass es verrutscht war und die Haare freilagen. Sie waren ganz weiß, aber genauso dicht wie meine. Entweder hatte ich mich an sie gewöhnt, oder sie hatte in der letzten Zeit zugenommen. Mir schien, dass ihre Wangen nicht mehr so eingefallen waren und das Kinn nicht mehr so spitz wie früher. Wenn sie alle Zähne hätte, müsste sie nicht so trostlos aussehen, fiel mir ein. Aber ihr war das wohl nicht wichtig.

Ich schlurfte näher und setzte mich zu ihr. »Tante?«

Es dauerte eine Weile, bis sie sich zu mir drehte.

»Was heißt das, Jude sein?«

Sie schaute mich schweigend an, legte dann das Messer ab, schob den Ärmel hoch und zeigte eine lange, in den Unterarm tätowierte Nummer.

Dann stand sie auf, wusch sich nicht einmal die von den Kartoffeln schmutzigen Hände und ging wieder in ihr Zimmer.

Also konnte ich am nächsten Tag Jarmilka ruhigen Gewissens sagen, dass ich kein Jude war, weil auf meinem Unterarm keine Nummer geschrieben stand.

Nur lösten sich damit unsere Schwierigkeiten nicht. Immer noch war ich bei den Stejskals nicht willkommen, zur Tante konnten wir nicht und draußen regnete es. Wir standen an derselben Stelle wie am Vortag unter den Laubengängen und ich bekam schon Angst, dass mich ein weiterer einsamer Nachmittag erwartete. Ich hob den Blick, aber der niedrig über den Dächern hängende Himmel war grau und traurig wie meine Zukunftsaussichten.

Und in dem Moment kam mir die Idee. Ich hatte doch ein ganzes Haus. Seit dem Tod meiner Familie war mehr als ein Jahr vergangen, aber das Haus der Eltern stand immer noch leer. Der Laden im Erdgeschoss war verlassen, weil die Stadt passendere Räume für einen neuen Betrieb gefunden hatte, und der kleine Raum, in dem Papa Hunderte Uhrwerke repariert und gesäubert hatte, war dunkel und taugte für niemanden. Der Rest des Hauses gehörte immer noch mir. Als die Frau vom Ausschuss bei uns war, sagte sie, ich könnte das Haus verkaufen, die Stadt würde es kaufen, aber dann fügte sie irgendwie verlegen hinzu, dass das natürlich unsere Sache wäre, aber sie würde es nicht empfehlen. »Nicht, dass ich denken würde, dass die Währung wie im vergangenen Jahr …«, sagte sie, und das war ein einziges Mal, dass sie kurz schwieg. »Naja, entscheiden Sie selbst.«

Das Haus verkauften wir natürlich nicht, aber ganz sicher war das nicht wegen der Dutt-Frau vom Amt, sondern eher wegen der Unfähigkeit der Tante, etwas zu erledigen.

Ich war also Besitzerin des Hauses in der Straße bei der Kirche und wusste ziemlich sicher, wo der Schlüssel lag. »Warte hier«, sagte ich zu Jarmilka und lief nach Hause. »Ich bin gleich zurück«, rief ich über die Schulter.

Ich lief die Treppe hoch, warf den Ranzen in Großmutter Elsas ehemaligem Zimmer auf den Boden und schaute in die Küche. Die Tante war nicht dort. Wahrscheinlich starrte sie gerade in ihrem Zimmer an die Wand oder lag mit einer ihrer mir unverständlichen Krankheiten im Bett. Ich schob mir einen Stuhl zur Anrichte, griff nach oben und ertastete den Schlüssel. Mir war völlig klar, dass die Tante nicht in der Lage war, ein neues Versteck auszudenken.

Ich sprang hinunter, räumte den Stuhl wieder weg – damit es die Tante nicht aufregte, dass etwas anders war als gewohnt –, zog mir wieder die Gummischuhe über und rannte zu Jarmilka zurück. Auf dem Weg die Treppe hinunter wurde ich langsamer. Ich erinnerte mich an die seltsamen, beunruhigenden Laute vom Dachboden unseres alten Hauses und das beklemmende Gefühl, das ich nicht loswerden konnte, als wir die Sachen zur Tante holen wollten. Vor der Beklemmung und der Verzweiflung hatte ich mehr Angst als vor den raschelnden Schritten auf dem Speicher.

Dann sagte ich mir, dass ich schon zehn war, also kein kleines Kind mehr, und zudem wären Jarmilka und ich zwei gegen die Angst. Und außerdem hoffte ich ein bisschen, dass meine vernünftige Freundin nicht einverstanden wäre.

Aber Jarmilka war regelrecht begeistert und so zogen wir die Kapuzen der grünen Regencapes über den Kopf und wateten durch die Pfützen zu meinem alten Haus.

Der Schlüssel drehte sich so leicht im Schloss, wie ich es gewohnt war, das Licht im Treppenhaus ging an, aber die Luft war kalt und modrig feucht. Wir schauten in die Wohnung, gingen aber nicht weiter. Die Stühle waren hochgestellt, als ob die Hausfrau gerade den Boden gewischt hätte, die Fenster waren ohne Gardinen und Vorhänge. Das Haus sah genauso aus, wie es der Desinfektionstrupp hinterlassen hatte. »Pfui, das stinkt aber hier«, sagte Jarmilka. »Wollen wir nicht lieber auf den Speicher gehen? Du hast gesagt, dass man von da die ganze Stadt sehen kann.«

Ja, das habe ich gesagt, aber in Wahrheit war es nur ausgedacht, dass man die ganze Stadt von da oben sehen kann, denn ich war nie auf dem Dachboden. Mama sagte, ich würde mich schmutzig machen, weil da überall viel

Staub war, und dass ich mir etwas tun könnte, weil es dunkel war, oder dass ich sogar aus dem Fenster fallen könnte, weil ich unvorsichtig war. Aber die Wahrheit war, dass auch sie nicht auf den Speicher ging. Sie behauptete, Höhen nicht zu mögen.

Jarmilka und ich gingen die Treppe in den zweiten Stock hoch, kamen am Zimmer vorbei, das ich mir mit meiner jüngeren Schwester geteilt hatte, die schon ... Schnell zwang ich mich, an etwas anderes zu denken.

Zum Dachboden führte eine enge, steile Treppe. »Kletter du zuerst«, forderte mich Jarmilka auf. »Du bist geschickter.«

Da war ich mir nicht so sicher, aber ich begann zum Deckel hochzuklettern, der den Zugang zum Boden versperrte. Vielleicht war abgeschlossen, hoffte ich. Oder ich bekam ihn nicht hoch.

Der Holzdeckel ließ sich aber sehr leicht öffnen. Ich schaute hinein und vergaß meine Angst. Obwohl es draußen regnete, war es auf dem Dachboden hell. Dafür sorgten Giebelfenster und zwei Oberlichter. Meiner Meinung nach war Mama nie auf dem Boden, weil sie sonst gewusst hätte, dass die Fenster so hoch lagen, dass man einfach nicht aus ihnen herausfallen konnte.

Ich kletterte hoch und Jarmilka kam mir nach. Unsere Schritte wirbelten den Staub von den Bohlen auf. »Hier stinkt es nicht so«, sagte sie und sie hatte recht. Einige Dachziegel waren lose und schlossen nicht dicht, sodass frische Luft hereinkam. Der Speicher roch alt, aber von dem modrigen Geruch aus der Wohnung war kein bisschen zu spüren.

An den schrägen Wänden standen alte Kommoden, schwere Holztruhen, ein Nachttisch mit ausgebrochener

Tür und Stühle, die so gestapelt waren, dass sie so wenig wie möglich Platz wegnahmen. In der Mitte des Speichers, wo das Dach am höchsten war, standen quer zwei hohe Kleiderschränke. Unter dem Giebelfenster in Richtung Stadt stand ein Holzbett mit durchgelegenem Drahtgestell. Darauf lagen drei graue Rosshaarmatratzen und auf Schnüren, die zwischen den Balken gespannt waren, hingen Federbetten und dicke Kissen in gestreiften Bezügen zum Lüften.

Ich öffnete den größten Schrank. Der war vollgestopft mit Mänteln, aussortierter Kleidung und Hüten und auf dem Schrankboden und im oberen Fach lagen unordentlich übereinander getürmte Schachteln. Der Inhalt des nächsten Schrankes sah ähnlich aus, nur dass hier anstelle der Hüte Pelzmützen und Muffe von oben auf mich herunterfielen. Mit vereinten Kräften hoben Jarmilka und ich den schweren Truhendeckel an und fanden dort einen echten Schatz. Die Truhe war voller Bücher und Zeitschriften. Eine Weile gruben wir uns durch die entdeckten Bücher, blätterten in vergilbten Zeitschriften, und während ich unter den schweren gebundenen Bänden dünne Romanhefte über die Abenteuer des Affenmenschen Tarzan heraussuchte, über die Mammutjäger jubilierte und alle Teile der beliebten Serie über die Schwestern Gabra und Málinka aufhäufte, probierte Jarmilka vor dem Spiegel an der Innenseite des Schranks Hüte auf.

Dann schoben wir einen Stuhl unters Fenster, aus dem man einen Ausblick auf die Unterstadt hatte. Es regnete und wir schauten auf den leicht angestiegenen Fluss unter uns. Wir sahen das dicht mit Büschen bewachsene rechte Ufer und die Uferstraße, die sich dort entlang zog, niedrige Häuser im Hintergrund, das Sägewerk mit dem hohen

Ziegelschornstein, die Gleise, die vom Bahnhof fortführten, die großen Bäume im Stadtpark und die bewaldeten Hügel in der Ferne hinter der Stadt.

Wir standen da und beobachteten die Gestalten, die unter Schirmen oder Regencapes versteckt waren, wie sie an diesem Spätnachmittag nach Hause eilten.

Damals hatte ich keine Ahnung, dass meine Mama vor dreizehn Jahren an derselben Stelle stand und versuchte, die dunklen Gestalten auszumachen, die durch die Stadt gingen. Und ihr Ausblick war nicht von Regentropfen verschleiert, sondern von Tränen.

# ACHTES KAPITEL
## 1955–1960

Ich erinnere mich nicht, dass mir Tante Hana je eine Frage gestellt hätte. Ganz sicher fragte sie nie, wo ich die ganzen Nachmittage verbrachte, oder warum ich erst in der Dunkelheit heimkam. Sie musste auch nicht fragen, denn ich erzählte alles von allein. Ich war so begeistert von den unerwarteten Entdeckungen und Spielmöglichkeiten und Abenteuern, die der Dachboden bot, dass ich meine Erlebnisse teilen musste. Ich brachte alte Bücher nach Hause, zeigte sie ihr, las die Abschnitte vor, die mich am meisten fesselten.

Auf dem Speicher unseres alten Hauses verbrachten Jarmilka und ich nicht nur den ersten Herbst und Winter, verregnete Frühlings- und Sommertage, sondern auch viele Nachmittage in den folgenden Jahren. Wir erforschten alle Schränke und Schubladen, sahen jedes Stück abgelegter Kleidung an und begutachteten das aussortierte Geschirr. Wir verbrachten viel Zeit mit der Untersuchung von Dingen, deren Zweck wir überhaupt nicht erraten konnten, und schließlich setzten wir uns jedes Mal auf die Rosshaarmatratzen auf dem alten Bett und unterhielten uns. Die Gesprächsthemen waren unerschöpflich, denn jeder Tag brachte neue Erlebnisse mit sich.

Zu der Zeit, als Jarmilka in einem Jahr um zwanzig Zentimeter wuchs und es bei mir auf der Brust zu kribbeln begann und dann da etwas wie zwei Mantelknöpfe spross, drehten sich unsere Gespräche um die rosige Zukunft. Ich war entschlossen, mich auf dem Feld der Literatur durchzusetzen und Jarmilka plante, eine berühmte Schauspielerin zu werden. Ursprünglich träumte sie von einer Ballettkarriere, musste aber selbst zugeben, dass sie so gewachsen war, dass ein Tanzpartner sie nicht hochheben könnte.

Das brachte uns auf die Idee, dass ich Theaterstücke für sie schreiben und ihr Leben in einem biografisch gestimmten Roman festhalten würde. Zu der Zeit hatte ich die Lektüre von Abenteuerliteratur nämlich schon als zu künstlich und vom Leben losgelöst verworfen und mich auf das Studium echter Romane verlegt – angefangen vom »Trotzkopf« von Eliška Krásnohorská bis zu Mamas Romanheften »Abende im Lampenlicht«.

Als sich meine Hüften rundeten und aus den Knöpfen auf der Brust zwei Kugeln Vanilleeis geworden waren, saß ich meistens allein auf dem Eisenbett auf dem Speicher und Gesellschaft leistete mir irgendein dickes Buch von denen, die ich bei der ersten Untersuchung der Truhe zur Seite gelegt hatte. Während ich Stendhal, Balzac und Tolstoi las und davon träumte, einmal meinen Lucien, Julien oder Fürsten Bolkonski zu treffen, hatte sich die schöne Jarmilka entschlossen, der Praxis den Vorzug vor der theoretischen Vorbereitung aufs Leben zu geben, und spazierte an der Seite eines älteren Schülers der Baugewerbeschule am Fluss entlang – in allen Ehren natürlich.

Im Übrigen waren auch wir Schülerinnen der hiesigen elfjährigen Mittelschule und waren noch immer beste Freundinnen, auch wenn wir beide schon wussten, was es hieß, Jude zu sein, hielt das nicht eine von uns für wichtig.

Die Ereignisse des gerade vergangenen Kriegs waren noch lebendig und die Leute hätten sie am liebsten aus ihrem Gedächtnis ausradiert. An bedeutsamen Tagen erinnerte man zwar an die Namen der gefallenen Widerstandskämpfer, der Partisanenkommandeure und derer, die ihnen geholfen hatten, enthüllte Denkmäler für die sowjetischen Befreier, aber darüber, wohin Oma Elsa verschwunden war und was Tante Hana durchgemacht hatte, sprach niemand.

Aus kleinen Stückchen und Schnipseln legte ich mir ein Bild davon zurecht, was wohl ungefähr passiert war, und begann das Grauen zu erahnen, das Tante Hana eine Nummer in den Arm gebrannt und bewirkt hatte, dass sie nicht leben, sondern nur vegetieren konnte. Ich verstand, warum sie immer ein Stück Brot in der Tasche herumtrug und sich abwendete, wenn sie auf der Straße eine Uniform sah, und warum ich sie im ersten Jahr unseres Zusammenlebens dabei überraschte, wie sie im Küchenherd meinen gestreiften Schlafanzug verbrannte.

»Ich habe ihn in die Wäsche getan, nicht zum Verbrennen!«, schrie ich sie an, aber es waren nur noch geschmolzene Knöpfe übrig. »Du verstehst das überhaupt nicht, den habe ich von Mama bekommen.« Ich hatte Wuttränen in den Augen. Die Tante verteidigte sich nicht, und das reizte mich am allermeisten. »Kannst du mir nicht wenigstens antworten?«

Hana runzelte die Stirn und öffnete langsam den Mund, um zu antworten, aber sie brachte keinen Laut heraus. Ein paarmal öffnete sie den zahnlosen Mund, dabei sah sie wie ein Karpfen auf dem Trockenen aus. Ihre toten Augen begannen seltsam zu schwimmen und damals flüchtete nicht sie aus der Küche, sondern ich. Ihr Gesichtsausdruck sagte mir, dass sie im Recht war und ich böse, und ich fühlte mich schuldig.

Für die elfjährige Mittelschule hatte ich mich angemeldet, weil das Jarmilka gemacht hatte, und auch, weil ich nicht wusste, welche andere Schule ich mir aussuchen sollte, um Schriftstellerin zu werden. Auch wenn mein Verhältnis zum Lernen lau war, hatte ich doch erstaunlicherweise gute Noten und ich war Waise, was natürlich die Herkunft meines Vaters als Gewerbetreibender aufwog, und so konnte ich die weiterführende Schule ohne Probleme besuchen.

Am ersten Tag des Lebens, das mich zum Abitur führen sollte, wartete Jarmilka wie gewöhnlich vor dem Haus auf mich. Ich bemerkte gleich, dass sie kein Pionierhalstuch trug. Zu so feierlichen Angelegenheiten, wie es der Schuljahresbeginn zweifellos war, gehörte das Pionierhalstuch dazu. Nur die, die es nicht verdienten, bekamen es nicht – auch wenn ich nie wusste warum – und solche gingen bestimmt nicht in die Elfjährige.

»Zu diesem Kleid passt das doch überhaupt nicht«, erklärte mir Jarmilka und öffnete ein bisschen die Tasche, um mir das vorbildlich gebügelte Halstuch zu zeigen. »Ich nehme es erst in der Schule heraus.« Sie glättete ihren weiten Rock, ordnete den Henkel der Tasche, die sie überm Unterarm trug, und fügte etwas verlegen hinzu. »Weißt du, sag nicht mehr Jarmilka zu mir, ich bin kein kleines Mädchen mehr. Zu dir sagt ja auch niemand Mirunka.«

»Wenn ich mich dran gewöhne«, sagte ich und dachte, dass es mir schon gefallen könnte, wenn mich jemand so liebevoll nennen würde.

Aber ich hatte nur Tante Hana und die sprach mich kaum jemals an und brachte nur in den dringendsten Fällen einen Satz heraus.

Oft dachte ich, dass sie es vielleicht gar nicht bemerken würde, verschwände ich aus ihrem Leben. Tag für Tag kam ich heim in die stille Wohnung zu der schweigenden Frau, die sich nicht einmal nach mir umdrehte. Feiertage und Geburtstage wurden bei uns natürlich nicht begangen, und wenn ich versuchte, das Recht auf eine kleine Feier und ein Geschenk durchzusetzen, blieb ich erfolglos. Obwohl ich schon Wochen vorher über meinen Geburtstag sprach und immer wieder unterstrich, welche Geschenke meine Freunde bekamen, beglückwünschte die Tante mich nicht einmal. An meinem dreizehnten Geburtstag stimmte mich die Gleichgültigkeit der Tante so wehmütig, dass ich auf dem Dachboden unseres alten Hauses Zuflucht suchte, entschlossen, nie mehr freiwillig zur Tante zurückzukehren. »Ich bleibe für immer auf dem Dachboden und sterbe hier«, schluchzte ich.

»Keine Angst, ich komme dich besuchen und bringe dir Essen«, tröstete mich Jarmilka.

Die Reaktion meiner Freundin überraschte mich einigermaßen, denn ich hatte mich darauf verlassen, dass mir Jarmilka dieses Vorhaben ausredete. Um nicht das Gesicht zu verlieren, blieb mir nur, wirklich auf dem Dachboden zu bleiben.

In der Nacht sah es unter dem Dach ganz anders aus als am Tag. Zum Glück war Juni, also wurde es spät dunkel und die Nacht war warm, aber das Grausen, das mich bei jedem Rascheln und Knarren überfiel, würde ich nicht gern noch einmal durchleben. Mondlicht drang durch die Oberlichter herein, die Dinge warfen finstere Schatten und das alte Holz knarrte. Ich lief nur nicht fort, weil ich Angst hatte, über den ganzen Dachboden zu gehen und dann über die Treppe vorbei an der verlassenen Wohnung und dem Laden. Lieber rollte ich mich auf dem Eisenbett ein und bewegte mich nicht, damit das Bett nicht knarrte und nicht die Aufmerksamkeit der im Schatten versteckten Grauen auf mich lenkte. Ich konnte vor Angst nicht schlafen und als es zu tagen begann, schoss ich pfeilschnell aus dem Haus und rannte durch die morgendlich verlassenen Straßen nach Hause. Ein bisschen hoffte ich, dass Tante Hana meine Abwesenheit nicht bemerkt hatte. Auf einmal erschien mir mein Betragen kindisch und albern.

Tante Hana schlief nicht. Sie hatte sich nicht einmal ihr Nachthemd angezogen. Sie saß am Küchentisch, und obwohl sie kein Wort sagte, wusste ich, dass sie auf mich wartete. Und sich Sorgen um mich machte.

Ich kniete vor ihr nieder, umarmte sie um die dünne Taille und fing an zu weinen. »Verzeih mir bitte, bitte verzeih mir.« Ich legte meine Stirn auf das knochige Bein in dem schwarzen Rock, Schluchzer schüttelten mich.

Die Tante sagte gar nichts. Dann hob sie die Hand und streichelte meinen Kopf.

Ich wusste um ihre Angst vor Berührungen und mir war klar, dass es das höchste Maß an Zuwendung war, das ich von ihr bekommen konnte. An diesem Morgen nach meinem dreizehnten Geburtstag begriff ich, dass mich doch jemand lieb hatte.

Zur Schule, die fast am Stadtrand lag, konnte man auf zwei Wegen gehen. Morgens, wenn wir es eilig hatten, gingen wir vom Platz durch die Straße, die zum Park der Gehörlosenanstalt führte. Das hohe Gebäude mit der schönen Fassade und den Türmchen, das am Hang stand und aus den Baumkronen hervorschaute, sah wie ein geheimnisvolles Schloss aus. Viel lieber bummelten wir aber durch die kleinen Häuschen im Arbeiterviertel Zádruha, schauten über die niedrigen Lattenzäune in winzige Höfe und Vorgärten. Der Weg, der eine Viertelstunde dauerte, zog sich so oft eine gute halbe Stunde hin.

Aber dann passierte eine eigenartige Sache, die mich lehrte, so früh aufzustehen, dass ich auch morgens durch Zádruha gehen konnte. In dieselbe Schule, dieselbe Klasse wie ich kam auch die Porzellanpuppe Ida Horáčková.

Natürlich hatte ich sie seit der Zeit, als sie mich aus ihrem Haus vertrieb, ein paarmal gesehen. Meziříčí war nicht so groß, dass man sich in den fast fünf Jahren nicht getroffen hätte. Manchmal sahen wir uns auf der Straße oder im Geschäft, aber beide taten wir, als existierte die andere nicht. Und dasselbe täuschten wir vor, als wir Mitschülerinnen wurden. Wir sprachen kein Wort miteinander, sahen durch uns hindurch, als wären wir durchsichtig.

Und dann passierte diese seltsame Sache. Ida fing an, um Jarmilka herumzuscharwenzeln, die wir zu dieser Zeit schon alle Jarmila nannten. Sie lobte Jarmilas blonde Haare – die waren wirklich herrlich – in den höchsten Tönen, lobte ihren Faltenrock, in dem Jarmila nach meiner Meinung aussah wie ein Ballon, denn sie war keine Bohnenstange, und bot an, ihr einen flauschigen hellblauen Pullover zu leihen. »Der wird wuuuuuundervoll zu dem Rock aussehen«, sagte sie.

Und dann schloss sie sich uns auf dem Heimweg an. Sie ging an Jarmilas Seite, schwatzte fröhlich, und ich schien überhaupt nicht dabei zu sein.

»Ich bin froh, dass wir in eine Klasse gehen, Jarmila«, zwitscherte sie. »Ich habe gleich gesehen, dass du Geschmack hast. Als Einzige aus der Klasse, würde ich sagen. Ich glaube, wir werden Freundinnen.«

»Mode hat mir immer Spaß gemacht«, antwortete Jarmila vorsichtig. »Schon als wir klein waren, haben Mira und ich auf dem Dachboden …«

»Wenn du möchtest, leihe ich dir die Zeitschrift ›Frau und Mode‹.« Ida tat, als hätte sie die Bemerkung über mich überhört. »Mama hat sie abonniert und wir haben ganze Jahrgänge zu Hause.«

Das weckte Jarmilkas Interesse. Sie zögerte. »Also, die würde ich mir gern anschauen.«

»Weißt du was, es ist nicht weit zu uns, wenn du willst, gebe ich sie dir jetzt gleich.«

Wir waren schon an der Kreuzung, an der Ida sich verabschieden und nach Hause abziehen sollte. Jarmilka blieb unentschlossen stehen. »Vielleicht ein anderes Mal, heute warten sie zu Hause auf mich.«

Ida lächelte verkrampft und sang: »Wie du meinst. Also morgen?«

»Vielleicht«, sagte Jarmila unsicher. Als Ida endlich abdampfte, drehte sie sich mir zu. »Warum magst du die Ida eigentlich nicht? Die ist doch ganz nett.«

»Ganz nett?« Mir wurde ganz blümerant vor Augen. »Ich habe dir doch erklärt, dass sie mich fast umgebracht hat.«

»Aber Mira, übertreib doch nicht. Da wart ihr kleine Kinder. Das war doch nur ein Spiel.«

In dem Moment begriff ich, dass es schlecht stand, dass Ida wieder gewinnen würde und ich ordentlich achtgeben musste, dass sie mir nicht auch noch meine beste Freundin wegnahm. Ich begann, den Schulweg sowohl hin als auch zurück durch Zádruha mit ihr zu gehen.

Das half mir alles nichts. Ida schmeichelte sich Jarmila in den Pausen ein und beim Mittagessen und machte gern auch Umwege und begleitete uns ein größeres Wegstück.

Und eines Tages kam es, wie es kommen musste. Jarmila war berauscht von den Schmeicheleien und konnte der Versuchung nicht mehr widerstehen. Sie gab Ida und ihren Modezeitschriften den Vorzug vor mir. »Du bist immer noch meine beste Freundin«, versicherte sie mir, aber ich wusste, dass Ida unsere Freundschaft vergiften würde, und es nie mehr wie früher sein würde.

Jarmila ging immer öfter zu Ida und ich trödelte allein nach Haus. In Zádruha schaute ich in die Gärtchen, in den Straßen der Stadt kam ich an verstaubten Schaufenstern vorbei und auf dem Platz beobachtete ich die Vorübergehenden und überlegte, woher und wohin sie gingen, ob zu Hause jemand auf sie wartete, und allein in meinen Gedanken versuchte ich zu erraten, welche Träume und Wünsche sie hatten.

Ich war wohl in meine Gedanken vertieft und den Leuten ungeschickt vor die Füße geraten, denn auf einmal tauchte eine Gestalt vor mir auf und versperrte mir den Weg.

»Wo hast du deine Freundinnen?«

Ich hob den Kopf und erkannte Gustav sofort, obwohl er überhaupt nicht mehr mager war und seine Haare bedeutend länger. Er lächelte mich freundschaftlich an und sah dabei aus, als wäre er über unser Treffen erfreut.

»Was für Freundinnen?«, fragte ich. Das klang wohl etwas argwöhnisch.

»Na Ida und diese Blondine.«

»Ida ist noch nie meine Freundin gewesen«, sagte ich. »Das wirst du wohl bemerkt haben, als ich bei euch gewohnt habe.«

Er lachte und rieb sich das Kinn, als wollte er sich überzeugen, ob ihm da vielleicht zufällig schon ein Bart wuchs. »Sie war eifersüchtig auf dich. Und klein und dumm.«

»So klein nun auch wieder nicht.« Gustavs Lachen gefiel mir sehr. Als ob es auf der Welt auf einmal etwas leichter wäre. »Und du wolltest mich auch loswerden«, fügte ich hinzu, damit er nicht dachte, ich hätte es vergessen.

Er warf die Arme hoch. »Darüber darfst du dich nicht wundern, deinetwegen musste ich in das Kämmerchen ziehen.« Er lachte laut los. »Aber unsere Ida ist so ekelhaft, dass ich ein paar Tage, nachdem du weg warst, freiwillig wieder in das Kämmerchen zurück gezogen bin. Ja, ja«, er zuckte mit den Schultern und machte ein tragisches Gesicht, »die liebe Ida hat mit uns beiden kurzen Prozess gemacht.«

Unwillkürlich musste ich lächeln. Dann wurde er ernst und schaute mich an. »Also hat dir Ida die Freundin weggenommen? Und was, wenn du dich wegen all der Ungerechtigkeiten an ihr rächst?«

»Rächst? Wie denn?« Ich erschrak ein bisschen. Ich war nicht fehlerlos, aber das Wort Rache gefiel mir kein bisschen.

Aber Gustav beugte sich zu mir hinunter und flüsterte: »Für den Anfang vielleicht damit, dass du am Samstag mit mir ins Kino gehen könntest.«

## NEUNTES KAPITEL
## 1961–1963

In den Straßen der dämmrigen Stadt war es ungewöhnlich belebt. In warme Mäntel und Schals gemummelte Gestalten zogen verdrossen in Richtung der festgelegten Sammelplätze vor Schulen, Ämtern und Fabriken. Die Schulkinder, die etwas fröhlicher ausschritten, liefen ihnen vor den Füßen herum und schaukelten mit den noch nicht angezündeten Laternen.

Der unangenehme Nieselregen hatte aufgehört und die Leute trampelten ungeduldig auf den verabredeten Plätzen herum, suchten Streichhölzer oder Feuerzeuge und warteten auf das Signal, damit sie sich in Richtung Marktplatz in Bewegung setzen konnten, wo sich alle Zweige des Lampionumzugs treffen sollten. Dort hören sie sich eine Rede zu einem weiteren Jahrestag der Großen Sozialistischen Oktoberrevolution an und gemeinsam winden sie sich dann wie eine dicke leuchtende Kobra zu den vorbestimmten Plätzen in der Unterstadt, von wo aus sie wie im Vorjahr, im Vorvorjahr und im Vorvorvorjahr das armselige Feuerwerk beobachten werden.

Lampionumzüge mochte ich noch nie. Der langsame Menschenfluss durch die Straßen der Stadt sah wie eine Totenprozession aus und die flackernden Lichter erinnerten mich an Kerzen auf Gräbern. Beerdigungen hatte ich schon viele gesehen. Zu viele für mein Alter. Mit sechzehn Jahren will man sich nicht immer an das Traurige erinnern und an den Tod denken. Man will für die Gegenwart und die Zukunft leben.

Ich sah mich nach meinen Mitschülern um. Sie standen in Häufchen vor der Schultreppe und warteten genau wie ich auf die erste Gelegenheit zu verschwinden. »Mira, in die Reihe! Nicht dass Sie sich wie am Ersten Mai verlaufen.«

Die Klassenlehrerin Máslová drohte mir mit dem Finger, lächelte aber. Auch wenn sie eine Lehrerin war, dazu noch eine ziemlich alte, wussten wir, dass wir in ihr einen Rückhalt hatten. Sie war von den obligatorischen außerschulischen Aktionen genauso wenig begeistert wie ihre Schüler, aber das Einzige, was sie für uns tun konnte, war festzuhalten, dass wir erschienen waren, und dann so zu tun, als bemerkte sie unser Verschwinden nicht.

Ich sah mich zu der Stelle um, wo der Abiturjahrgang stand, und winkte Gustav zu. Wir hatten verabredet, dass wir nicht weiter als bis zum Marktplatz mit dem Schulumzug mitgehen. Wir planten, uns unauffällig zu vertrödeln und das festliche Feuerwerk aus dem Dachfenster meines alten Hauses anzuschauen.

»Ihr könnt jetzt die Lampions anzünden und wir gehen los«, dröhnte eine männliche Stimme, offensichtlich von einem Sportlehrer. Die haben die besttrainierten Stimmen. Die Lampions leuchteten jetzt und manche flackerten sogar hoch auf.

»Ich habe euch allen gesagt, ihr sollt die Dochte abschneiden«, dröhnte die Stimme unter lautem Getrampel, aber da bewegte sich der Umzug schon langsam vorwärts. »Achtung! Abstände beachten!« Mir schien, dass die Sportlehrerstimme langsam einen leicht hysterischen Ton annahm. Ich war froh, dass wir endlich gingen, weil wir eine gute halbe Stunde auf dem Sammelplatz standen und meine Füße kalt wurden. Ich ging neben Jarmilka und mich störte überhaupt nicht, dass sie sich mit Ida unterhielt, weil ich an Gustav dachte, was eine Tätigkeit war, die im vergangenen Jahr die meiste Zeit eingenommen hatte.

Wir trafen uns täglich. Wir spazierten durch die Stadt, saßen auf Bänken herum und später auf dem alten Dachboden und unterhielten uns. Ich erzählte von Tante Hana, von der Schule und den Büchern, die ich gerade las. Gustav sprach vor allem von den Geheimnissen, die in der Vergangenheit verborgen lagen, über Ereignisse aus längst vergangenen Jahren und über solche, deren Zeugen noch lebten. Er war es, der mir half, die Last der Nummer zu begreifen, die auf Tante Hanas Arm eintätowiert war, obwohl auch er nicht alles erahnen konnte.

»Wir müssen über die Vergangenheit so viel wie möglich wissen, um nicht dieselben Fehler zu wiederholen. Einzelne Ereignisse hängen immer irgendwie zusammen, greifen ineinander und münden in anderes Geschehen. Nur das Verständnis für die Zusammenhänge ist der Weg, wie die Menschheit vorwärts kommen kann.«

Ich hörte seinem begeisterten Vortrag zu. Wenn es doch so einfach wäre, dachte ich mir. Aber auch mit meinen sechzehn Jahren wusste ich, dass Menschen nur Menschen sind, mit allen Fehlern und Sehnsüchten, und dass sie niemals klug werden und keine wissenschaftliche Berechnung sie verändert. Ich bewunderte Gustavs Begeisterung, verstand sie aber nicht.

»Ich bringe dir ein Beispiel – keine gleichmacherische Gesellschaft hat länger als ein paar Jahre gehalten. Jeder Versuch endete in einer Pleite. Auch unsere gleichmacherische Gesellschaft ist so ein Experiment und ist dem Untergang geweiht.«

Solche Reden mochte ich nicht. Einerseits erschienen sie mir unsinnig, obwohl sie aus dem Mund dessen kamen, den ich liebte, andererseits waren sie ohne Zweifel gefährlich. »Ich hoffe, dass du deine Theorien für dich behältst«, wies ich ihn jedes Mal hin.

»Wie kann sich denn die Welt verbessern, wenn wir alle schweigen?«

Entrüstet runzelte er die Stirn und kniff die Augen zusammen, die noch blauer waren als meine. Er blinzelte häufig, denn er brauchte eine Fernbrille, trug sie aber nicht, damit sie ihn nicht störte. Er war nicht so groß wie sein Vater und noch jungenhaft schlank. Der ernste Gesichtsausdruck passte überhaupt nicht zu ihm. Er gefiel mir viel besser, wenn er lächelte.

Als wir an diesem Abend auf den Speicher des alten Hauses kamen, sprachen wir nicht darüber, was für die Menschheit das Beste war. Wir standen dicht nebeneinander auf dem Holzrand des alten Betts, stützten uns mit den Unterarmen auf dem schmalen Fensterbrett ab und schauten in die Dunkelheit, die manchmal vom bunten Feuerwerk erhellt wurde. Das laute Knallen der Raketen erschreckte mich, so stellte ich mir eine belagerte Stadt vor.

»Sah das hier so aus, als die Russen zu Kriegsende die Stadt befreiten?« Ich setzte mich auf das Kopfende und hielt mir mit den Händen die Ohren zu.

Gustav legte seinen Arm um meine Schulter. »Wahrscheinlich.« Er lächelte. »Ich kann mich auch nicht daran erinnern, ich war erst ein Jahr alt.«

Ich drückte mich enger an ihn, und obwohl ich die Hände so fest auf die Ohren presste, dass das Hunderte Kilometer entfernte Meer in meinen Ohren rauschte, übertönte es nicht die Explosionen. Ich schloss die Augen und legte mich aufs Bett. Gustav streckte sich neben mir aus und fuhr mit der Hand über meinen Körper. Das war beruhigend und erschreckend gleichzeitig. Ich fühlte, wie er meine Lippen küsste, den Hals, die Knöpfe am Mantel aufknöpfte, an der Bluse, und da vergaß ich die Angst und half mit beiden Händen, Knöpfe zu öffnen, Pullover aus- und Strumpfhosen herunterzuziehen. Auf dem Dachboden war es kalt, durch die Löcher zwischen den Dachziegeln pfiff kalte Luft und herbstliche Feuchtigkeit drang herein, aber wir bemerkten sie nicht. Wir zogen das große, gestreifte Federbett über uns, drückten uns aneinander und vergaßen die Feuerwerksdetonationen, die Menschen in den Straßen und den Wunsch, die Welt zu retten.

Jarmila sah ich immer in der Schule und ich konnte ihr nicht böse sein, dass sie mit Ida ihre Zeit mit Modezeitschriften verbrachte. Schließlich war ich es, die für Freundschaft immer weniger Zeit hatte, weil ich Gustav den Vorrang gab. Jarmila war zwar auch mit Ida befreundet und ging mit einem anderen – schon dem dritten – Schüler der Baugewerbeschule, aber für mich hatte sie immer Zeit, wenn ich sie brauchte. Und ich brauchte sie, um über Gustav erzählen zu können. Wie witzig er war, lieb, einfach wunderbar. Ich musste doch irgendjemandem erzählen, dass wir beide ein Paar waren.

Das wusste auch Ida, und die konnte es nicht ertragen. Sie übersah mich weiterhin, sah durch mich hindurch, als ob ich aus Glas wäre, ließ vor Jarmila manchmal eine säuerliche Bemerkung fallen, aber zu Hause machte sie Gustav Szenen. »Du bist so dumm, begreifst du nicht, dass sie dir nur hinterherläuft, um sich an mir zu rächen?«

Er wollte nicht mit ihr streiten, also ging er schweigend aus der Küche in sein Zimmer. Ida ging ihm hinterher und verspritzte weiter ihr Gift. »Erinnerst du dich nicht, was sie uns absichtlich alles angetan hat, als sie hier gewohnt hat? Wie schwer das für uns war?«

Gustav drehte sich um. »Verwechselst du da nicht etwas? Soweit ich weiß, haben wir Mira geärgert. Vor allem du fühltest dich von ihr gestört.«

»Du musstest doch ihretwegen in das Kämmerchen ziehen.«

Gustav sah sich in seinem winzigen Zimmerchen um. »Und weißt du, warum ich hier geblieben bin? Weil du nicht zu ertragen bist. Hau ab und lass mich endlich in Ruhe.«

Als er mir das erzählte, lachte er, aber es war ein trauriges Lachen. Ida soll beleidigt gewesen sein und wollte sich bei ihrer Mutter beschweren. Wie ich Tante Ivana kannte, maß sie ihren Beschwerden kein großes Gewicht bei, aber bei ihrem Vater fand Ida Verständnis. Er legte große Hoffnung auf seinen Sohn, jahrelang redete er ihm ein, er solle in seine Fußstapfen treten und Soldat werden, er sah schon die Sterne auf den Schulterklappen. Schließlich hörte Gustav ihn jedes Mal an, sagte nie, dass er andere Vorstellungen von seinem Leben hatte, und dann erklärte er auf einmal, er wolle Geschichte studieren.

»Geschichte? Was für eine Zukunft hast du mit so einem Studium? Du wirst im Museum sitzen und Exponate abstauben. Das ist keine Arbeit für einen Kerl. So kannst du keine Familie ernähren.« Verzweifelt schüttelte er den Kopf.

»Nun«, mischte sich Tante Ivana ins Gespräch, die wie jede Mutter zu ihrem Sohn hielt. Sie widersprach ihrem Mann selten, aber jetzt hatte sie das Gefühl, es zu müssen. »Wenigstens wird er etwas von seiner Familie haben. Nicht so wie du, wenn sie dich andauernd von einer Stelle auf die andere versetzen.« Was die Wahrheit war, denn im Moment diente Onkel Jarek in Kroměříž und kam nur am Sonntag heim zur Familie.

»Ihr hättet mit mir umziehen können, aber das wolltet ihr nicht.«

»Sollen wir etwa alle zwei Jahre umziehen?«

Der Streit kam vom ursprünglichen Thema ab und Gustav verschwand still und leise. Aber dass er sich durchsetzte und anstelle der Militärschule sich für die Elfjährige anmeldete, verzieh ihm der Vater nicht. Er ließ vor seinem Sohn verächtliche Bemerkungen fallen und als er von Gustavs Freundschaft zu mir erfuhr, gewann Ida einen mächtigen Verbündeten.

In den Jahren, die ich bei Tante Hana wohnte, hatte sich in der Wohnung mit den Fenstern zum Marktplatz nichts verändert. Die Dinge hatten ihren festgelegten Platz und Hana unveränderliche Gewohnheiten. Nur ich und die Wanduhr waren der Beweis, dass die Zeit voranschritt.

Ich erinnerte in nichts mehr an das magere Mädchen mit dem ewig zerzausten Zopf und Schorf an Knien und Ellbogen. Ich war zwar nicht sehr gewachsen, aber die dichten Haare trug ich in einem langen Pferdeschwanz. Ich hatte keinen Pony, weil es niemanden gab, der ihn mir hätte schneiden können, und so verschwand er mit der Zeit auf natürliche Weise. Jarmila sagte, ich habe ein herzförmiges Gesicht, aber ich war strenger mit mir. Mir kam es vor, als hätte ich ein apfelrundes Gesicht mit einem angeklebten spitzen Kinn. Ich begann Mama zu ähneln, so wie ich sie von der Fotografie kannte, die beim Spaziergang im Park gemacht wurde. Nur meine Augen waren nicht braun, sondern ziemlich dunkelblau von Papa, und anstelle von Mamas Zartheit hatte ich Papas untersetzte Figur geerbt.

Manchmal nahm ich die mehr als fünfzehn Jahre alte Aufnahme vor dem Schlafen aus der Schublade, wo ich sie vor Tante Hana versteckte, und so wie Mama alle Neuigkeiten den steinernen Grabmalen erzählte, vertraute ich meine geheimen Gedanken der vergilbenden Fotografie an. Beim Anblick des jungen Paars mit dem Kinderwagen fand ich es immer trauriger, dass mir das erwachsenere Aussehen der Eltern aus dem Gedächtnis gefallen war.

Vor der Tante erinnerte ich nie an die Eltern, und auch wenn es in der Vergangenheit unserer Familie viele Dinge gab, nach denen ich gern gefragt hätte, wusste ich, dass es sinnlos wäre. Sie würde mir nicht antworten und sich in ihrem Schlafzimmer einschließen, wie sie es zu tun pflegte, wenn mein Geschwätz sie zu sehr belastete. Ich war es gewohnt, ihr alles zu erzählen, oder fast alles, was mir im Verlauf des Tages passierte, und genauso war ich es gewohnt, dass sie nie zu erkennen gab, dass sie mich hörte. Deshalb erstaunte es mich, wie scharf sie sich meldete, als sie begriff, dass Gustav, von dessen wundervollen Eigenschaften ich schon monatelang redete und mit dem ich viel Zeit verbrachte, der Sohn von Ivana und Jaroslav Horáček war.

Sie begann mit der Faust auf den Tisch zu hauen, um mich zu übertönen, und selbst als ich überrascht verstummte, hörte sie nicht auf und wiederholte abgehackt: »Nein, nicht der, nicht Horáček.«

»Gut, dann nicht, ich erzähl dir nicht mehr von ihm«, sagte ich ein bisschen beleidigt, aber Hana beruhigte sich nicht und schrie:

»Trau denen nicht, denen darfst du nicht trauen.« Sie packte mich am Ärmel und zog verzweifelt daran.

»Gut«, sagte ich wieder, aber die Tante stand schon auf und schlurfte auf ihren geschwollenen Beinen in ihr Schlafzimmer.

Als ich nach einer Weile zu ihr hineinsah, lag sie im Bett, hatte die Federdecke über den Kopf gezogen und zitterte am ganzen Körper.

Die Anfälle der Tante kannte ich gut. Ich wusste schon, dass sie bei der Erwähnung unserer Verwandten in tiefes Schweigen versinkt, manche Neuigkeiten aus der Umgebung regen sie so auf, dass sie sich hinlegen muss, und jegliche Veränderung in der eingespielten Ordnung bringt sie dazu, den ganzen Tag im Bett zu liegen. Aber diesmal hatte ich keine Ahnung, was sie so aufgeregt hatte.

Also kann ich Gustav nicht mitbringen, überlegte ich mir, kochte eine Tasse Melissentee, stellte sie der Tante auf den Nachttisch und ging in mein Zimmer, um Hausaufgaben zu machen.

Während Tante Hana jede kleinste Abweichung vom täglichen Kreislauf aus dem Gleichgewicht brachte, sehnte ich mich nach Abwechslung. Gustav wurde zu meiner Flucht vor dem Alltag, mein Freund und Geliebter. Weder Jarmila noch Tante Hana erzählte ich jetzt noch von den gemeinsam verbrachten Augenblicken. Ich wusste, dass keine von beiden Verständnis für mich hätte. Obwohl meine Freundin mit vielen Jungen auf dem Weg am Fluss spazieren ging, erlaubte sie keinem von ihnen, auch nur ihre Hand zu halten. »Ich werde mich doch nicht wegwerfen«, pflegte sie zu sagen und dann lachten wir beide über den altmodischen Ausdruck.

Ich war nicht so vorsichtig. Ich wollte einen mir nahen Menschen haben, jemanden, den ich ganz und gar gern haben konnte und der meine Liebe erwidern würde. Auch das war ein Grund, warum ich Gustav mit auf den Speicher im alten Haus nahm. Und auf dem quietschenden alten Bett, auf dem ich an meinem dreizehnten Geburtstag eine der schrecklichsten Nächte meines Lebens verbracht hatte, erlebte ich jetzt das Glück, von dem ich hoffte, dass es ewig dauern würde. Beide hatten wir klare Vorstellungen von der Zukunft. Ich war dem Zauber der Geschichten verfallen und wollte mich der Literatur widmen. Gustav bevorzugte Fakten und war fest entschlossen, Geschichte zu studieren.

Das, was er für Diskussion hielt, beurteilte der junge Geschichtslehrer Bohumil Brouček, Käferchen, von den Schülern Marienkäfer genannt, als Versuch, seine Würde zu untergraben. Auf viele von Gustavs Fragen hatte er keine Antwort, weil für ihn – im Gegensatz zu seinem begeisterten Schüler – Geschichte nur ein Schulfach war, das er sich zum Studium der Kunsterziehung dazuwählen musste.

Anstatt zuzugeben, dass er sich nicht sicher war, und zu versprechen, dass er die Antwort mit Gustav zusammen herausfindet, verstrickte er sich in unsinnigen Ausflüchten. Bei den verzweifelten Versuchen, zufriedenstellend auf Gustavs Fragen zu antworten, sah er die amüsierten Blicke der Schüler, die zwar nicht ein Zehntel seines Wissens hatten, aber sich an der Verlegenheit des Lehrers ergötzten, und in diesen Augenblicken fühlte er Gustav gegenüber eine Abneigung, die an Hass grenzte.

Auch wenn Gustav irgendwann begriff, dass es sinnlos war, dem jungen Lehrer Fragen zu stellen, die über den Stoff des Lehrbuchs hinausgingen, und nichts mehr fragte, ging Marienkäfer mit verkrampftem Magen in die Klasse. Irrtümlich verwechselte er Gustavs Schweigen mit Verachtung und er hätte alles gegeben, damit dieser respektlose Schüler aus der Klasse verschwand.

Obwohl Gustav kein historischer Zusammenhang entging, tappte er gewissermaßen in der modernen Welt im Dunkeln. Er selbst war geradeaus und nicht hinterhältig, und deshalb konnte er Heimtücke nicht erkennen. Genauso wie er mit zehn Jahren Idas Einflüsterungen Glauben geschenkt hatte, weil er keine Ahnung hatte, warum die Schwester sich etwas ausdenken sollte, so kam der achtzehnjährige Gustav nicht auf die Idee, dass er gegenüber seiner Umgebung vorsichtiger sein sollte. Er verstand nicht diese grundlegende Sache, die Eltern in allen volksdemokratischen Ländern oder anderen Diktaturen ihren Kindern von dem Moment an beibrachten, wenn sie das erste Wort aussprachen. Er hatte keine Ahnung, dass man sich manche Dinge denken konnte, aber auf keinen Fall aussprechen oder darüber schreiben durfte. Und erst recht nicht in der Schule, und dazu noch vor einem Menschen, der ihn nicht gerade mochte.

Es war ein paar Tage nach dem Tod von Zdeněk Nejedlý. In der Schulzeitung erschien ein bombastischer Nachruf aus der Feder des jungen Marienkäfers. »Welch großer Mensch ist von uns gegangen«, schrieb er, »welch großes Werk hinterließ uns Zdeněk Nejedlý, wie viel hat er uns beigebracht. Er war es, der uns die Bedeutung der Hussitenbewegung entdeckte, die unerschöpfliche Wissensquelle in den Alten Böhmischen Legenden von Alois Jirásek aufzeigte.« In diesem Ton hielt sich der kurze Artikel, der keinen der Schüler so interessierte, dass er mehr als die Überschrift gelesen hätte.

Außer Gustav. Der hielt es für seine Pflicht, Irrtümer und Unwahrheiten geradezurücken, die sich seiner Meinung nach in dem veröffentlichten Beitrag fanden, und lebte sich in seine Rolle so sehr ein, dass er sich nicht nur gegen Marienkäfer einschoss, sondern auch auf den nichtwissenschaftlichen Umgang des Genossen Nejedlý mit historischen Fakten hinwies.

Ich konnte mir lebendig die Betroffenheit des jungen Lehrers vorstellen, als Gustav ihm den Artikel zur Veröffentlichung brachte. Er verstand sofort, welchen Fehler der Schüler machte, und wahrscheinlich eher aus Angst, sich in etwas zu verwickeln, als aus Sympathie für Gustav, schlug er ihm vor: »Wie wäre es, wenn Sie ein paar Sätze umformulierten, Gustav?«

»Welche zum Beispiel?«, fragte Gustav überrascht.

»Na zum Beispiel die über den nichtwissenschaftlichen Ansatz des Genossen Nejedlý. Sie als Schüler können doch nicht einen geschätzten Wissenschaftler kritisieren, einen Professor und ehemaligen Kulturminister.«

»Nicht einmal Sie können es für wissenschaftlich halten, Fakten aus den Alten Böhmischen Legenden zu schöpfen«, antwortete Gustav.

Dem jungen Lehrer schienen die Worte *nicht einmal Sie* aus Gustavs Mund abfällig zu klingen, und so überredete er ihn nicht weiter. »Gut, wenn Sie darauf bestehen, gebe ich Ihre Arbeit zur Genehmigung an den Genossen Direktor weiter.«

Er besuchte seinen Vorgesetzten und erklärte angemessen verärgert Gustavs Einstellung zu dem heiklen Thema. Und der Genosse Direktor fühlte seinen Direktorensessel unter sich wanken. Wenn er seinen Sessel behalten wollte, musste er der Kritik an dem großen Genossen die Stirn bieten und etwas opfern. Deshalb berief er den Pädagogischen Rat ein, führte mit seiner Hilfe ein rituelles Opfer aus und schloss Gustav drei Monate vor dem Abitur aus der Schule aus.

Das war für lange Zeit das Ende der beschaulichen Tage der Familie Horáček. Gustavs Weg führte anstatt zur Hochschule zur Musterung. Das Oberhaupt der Familie,

Onkel Jarek, erhielt nicht die erwartete Beförderung und Ida bangte um eine positive Empfehlung für das Hochschulstudium. Vor den Seufzern der Mutter, den Vorwürfen des Vaters und der Schwester flüchtete Gustav auf unseren Dachboden. Dort liebten wir uns und diskutierten lange die Möglichkeiten, die die Zukunft in nur eingeschränkter Menge für uns bereithielt.

Am meisten bedrückte mich, dass Gustav zwei lange Jahre der sozialistischen Heimat dienen musste und wir nicht zusammen studieren konnten. Gustav bestand darauf, dass ich studiere, und ich wollte auch wirklich, aber schließlich musste ich vom Studium aus einem ganz einfachen Grund Abstand nehmen. Noch vor Gustavs Dienstantritt beim Militär stellte ich fest, dass ich schwanger war.

Schon die Schwangerschaft an sich war ein Grund, aus der Schule geworfen zu werden, und weil die ganze Schule wusste, dass ich zu Gustav gehörte, würde der Kelch nicht an mir vorbeigehen. Deshalb vertraute ich mich niemandem an, nicht Jarmila, nicht Tante Hana, und erst nach dem Abitur – nicht so erfolgreich, wie ich ursprünglich gehofft hatte, weil ich mich überhaupt nicht aufs Lernen konzentrieren konnte – teilte Gustav zu Hause mit, dass wir heiraten.

Zu dem Zeitpunkt war ich schon volljährig. Gustav war im Militärdienst, also musste er in der hässlichen grünen Uniform heiraten, die nach Desinfektion roch und unangenehm kratzte, und mein Bauch ließ sich unter keinem Kleid mehr verstecken.

Geld für eine Feier hatten wir nicht, also luden wir Jarmila und Gustavs Freund Štěpán, die unsere Trauzeugen waren, nach der Zeremonie zum Mittagessen und eigenhändig gebackener Hochzeitstorte in das Haus meiner Eltern ein. Wir hatten beschlossen, dort einzuziehen. Mit einem kleinen Kind könnte ich nicht bei der Tante wohnen, die der kleinste laut ausgesprochene Satz aus der Fassung brachte, und erst recht Kindergeschrei.

Noch vor dem Einrücken zum Militärdienst hatte Gustav mit Hilfe einiger Freunde die Wände weiß gemalert und mir geholfen, die Schränke auszuräumen, die viele Jahre von niemandem geöffnet worden waren. Den größten Teil des Inhalts erkannte ich nicht mehr. Ich behielt die Möbel, das Geschirr und die Fotos in einer alten Hutschachtel.

Es war ein seltsames Gefühl, in das Haus meiner Kindheit zurückzukehren. Seit dem Tod der Eltern war fast ein Jahrzehnt vergangen und die Zeit hatte die tiefe Trauer in eine stille Wehmut verwandelt. Ich wanderte durch die Räume, in die ich früher nur selten ging, um den schmerzhaften Erinnerungen aus dem Weg zu gehen, und stellte fest, dass die Vergangenheit sich fast verflüchtigt hatte. In der Küche sah ich nicht mehr Mutters Schatten, auf der Treppe hörte ich nicht Vaters leise Schritte und ich erinnerte mich nicht einmal mehr, welche Augenfarbe meine Geschwister hatten.

Nach der Hochzeit verbrachten wir nur eine einzige Nacht im neuen Heim, weil Gustav gleich am nächsten Tag wieder zu seiner Einheit zurück musste. Ich sah meinem Mann hinterher, wie er durch die enge Gasse lief, und als er hinter der Ecke verschwand, schloss ich das Fenster und schaute mich in der Küche um.

Ich atmete tief ein. Nichts erinnerte mehr an den modrigen Geruch. Ich streckte die Hand aus, fuhr mit den Fingern über den frisch lackierten Tisch, strich mit der Handfläche über die kühle weiße Wand des alten neuen Heims und fühlte, dass wir einander verstehen würden.

# ZWEITER TEIL
## Die vor mir
*1933–1945*

# ZEHNTES KAPITEL
## 1933–1937

Ich konnte nie begreifen, warum sich Menschen nicht dafür interessieren, was vor ihrer Geburt passierte, warum sie nicht ihre Eltern und Großeltern ausfragen, wie sie gelebt haben, womit sie zufrieden sind und was sie anders machen würden, wenn sie könnten.

Als meine Eltern und Geschwister ins Jenseits gingen und vergaßen mich mitzunehmen, war ich noch zu klein, um Fragen zu stellen, und die Geheimnisse, die sich hinter Tante Hanas Trauer und ihrem seltsamen Verhalten verbargen, deckten sich mir im Laufe unseres mehrjährigen Zusammenlebens erst langsam und nach und nach auf, wie der Boden eines austrocknenden Flusses.

»Ohne sie gäbe es dich nicht«, sprach Mama vorwurfsvoll, wenn ich gelangweilt auf dem Friedhof wartete, bis sie fertig die Gräber abgefegt und den Toten die Neuigkeiten erzählt hatte. Aber wenn ich damals besser zugehört und nach den Schicksalen hinter den goldenen Aufschriften gefragt hätte, ließen sich heute die Ereignisse, die meiner Geburt vorausgingen, aus den Tausenden Erinnerungsschnipseln viel leichter zusammenfügen.

Meine Großmutter Elsa Helerová verwitwete nach fünfzehn Ehejahren. Sie behauptete, das Zusammenleben mit Ervin Heler, den sie einundzwanzigjährig geheiratet hatte, sei ruhig und glücklich gewesen, und deshalb hatte sie während der gesamten Ehe keine einzige Falte und kein einziges weißes Haar bekommen.

Großzügig vergaß sie die Poltrigkeit ihres Mannes, seine Unordnung, wie wütend Ervin sie mit seiner Angewohnheit, den Leuten ins Wort zu fallen, machte, und sprach nie über die Tatsache, dass ihr verstorbener Ehemann unglaublich dickköpfig war und jedes Mal das letzte Wort haben musste. Was Eigenschaften waren, die ihn – jedenfalls meinte das Elsa – ins Grab brachten.

Hätte er auf seine Frau gehört und die Papierbögen nicht ganz oben auf das höchste Regal gelegt, hätte er nicht den vorstehenden Nagel übersehen und sich nicht den Daumen aufgeschnitten. Hätte er anstelle der Schimpftiraden und Klagen über die nachlässigen Handwerker den Daumen versorgt, wie sie ihm riet, wäre keine Infektion hineingelangt. Und wenn er nicht störrisch darauf beharrt hätte, dass Quendelkraut die Infektion herauszieht, sondern zu Doktor Janotka gegangen wäre, worum ihn Elsa tagelang bat, hätte sich das Gift nicht im ganzen Körper ausgebreitet und Ervin wäre sicher älter als nur einundvierzig Jahre geworden.

Nach Ervins Tod war Elsa ratlos. In der Küche war sie die Königin, die Deckchen auf den polierten Tischen und Schränkchen waren ordentlich gestärkt und die Töchterchen dazu erzogen, die Erwachsenen zu ehren, aber praktische Kenntnisse, die man zum Kohlenkauf, für Behördengänge oder die Führung des Schreibwarenladens brauchte, waren für sie große Unbekannte.

Sie konnte nicht einmal das Begräbnis ausrichten, sie wusste nicht, ob sie dem Entschlafenen eine Trauerfeier in der Kapelle ausstatten sollte oder eine Zeremonie nach jüdischen Vorschriften, wie es die Familie verlangte.

Die Schwierigkeit lag darin, dass sich Ervin gleich nach der Eheschließung mit Elsa unterm Baldachin vom jüdischen Glauben lossagte. Seine Abkehr vom Glauben verziehen ihm die Schwiegereltern nie. Besonders die

Mutter. Bei ihren seltenen Besuchen aus dem unweiten Nový Jičín sprach sie grundsätzlich deutsch, um den patriotisch gesinnten Schwiegersohn, der Masaryk und seine Republik verehrte, zu reizen, und aß keinen Happen von dem, was Elsa vorbereitet hatte, als glaubte sie nicht, dass es koscher sei. Damit tat sie ihrer Tochter sehr Unrecht, denn obwohl ihre religiösen Gefühle unter dem Einfluss ihres Mannes deutlich abkühlten, besaß sie immer noch zwei Sätze Geschirr, einen für Milch und den anderen für Fleisch, und nahm nie Kaninchen oder Schwein in den Mund. In die Synagoge ging sie aber nur noch mit den Eltern zu Besuch in ihrer Heimatstadt und von den Feiertagen beging sie nur noch Chanukka, das ihre Töchter irrtümlicherweise für einen Teil der Weihnachtsgebräuche hielten. Sie freuten sich auf das Entzünden der Kerzen und vor allem auf das Kleingeld, das sie von den Eltern geschenkt bekamen.

Ervin beschloss unter dem Einfluss von Masaryks Humanismus, dass die Töchter das Recht hätten, sich nach eigenem Ermessen die Religion zu wählen, wenn sie erwachsen sind. Elsa war einverstanden, weil sie den Mann, den ihre Eltern ihr ausgesucht hatten, was sie später bitter bereuten, achtete und ihm vertraute, dass er das Beste für die Kinder wollte, worauf die Besuche von Elsas Eltern merklich seltener wurden.

Nach Ervins Tod kamen allerdings alle Verwandten von Elsas Seite in dem Haus der Witwe an der Ostseite des Platzes zusammen und begannen eine schnellstmögliche Beerdigung nach den alten Traditionen zu verlangen. Die erschütterte Elsa kniete neben dem Verstorbenen, der unter einem weißen Laken auf dem Boden lag, mit einer brennenden Kerze neben dem Kopf, und nahm entfernt wahr, wie die Eltern ein weißes Totenhemd aus einer Leinentasche zogen, mit gesenkten Stimmen mit Ervins Geschwistern berieten, wer zum Kantor geht, wer den Holzsarg holt und wie am schnellsten das Datum des Begräbnisses festgelegt werden kann. Sie wusste, dass sie zwar gerade von vielen Menschen umgeben war, aber ab jetzt mit allem allein dastand.

Auf ihren Schultern wird die Sorge ums Haus liegen, den Haushalt, den Schreibwarenladen im Erdgeschoss. Sie wird jetzt die Ernährerin der Familie sein. Sie muss nun selbst dafür sorgen, dass die ältere Hana, deren Schönheit mit jedem Tag gefährlicher wurde, nicht dem Hochmut erlag, und die kränkliche Rosa immer genug zu essen und genug Liebe hatte.

Plötzliche Stille, die von lauten Schluchzern der Mutter unterbrochen wurde, riss sie aus ihren Gedanken. Das überraschte sie. Ihre Mutter mochte Ervin nicht, und auch wenn sie dem Toten die vorgeschriebene Ehre erwies und sich aller Bemerkungen über ihn enthielt, bedauerte sie den Tod des Schwiegersohns nicht so sehr, dass sie laut klagen musste. Elsa schaute sich um. Alle Blicke ruhten auf ihr.

»Ich war beim Kantor«, sagte Ervins Bruder leise. »Er sagt, wir können Ervin nicht bei den unsrigen beerdigen, weil er sich von seinem Glauben losgesagt hat.«

Elsas Mutter schluchzte verzweifelt auf. Ervins Körper wird jetzt irgendwo mit Steinen bedeckt oder zu Staub verbrannt. Was wird mit seiner Seele? Erlebt sie die Auferstehung? Sie wollte ihre Tochter mit einem abgesicherten Geschäftsmann, fest im Glauben, verheiraten, und anstelle dessen hatte sie sie einem Abtrünnigen überlassen. Sie hatte Elsa und ihre Kinder der Gefahr ausgesetzt, dass sie nach Ankunft des Erlösers nicht errettet werden. Diese Vorstellung erschreckte sie so, dass sie ihren Kopf zwischen den Händen versteckte.

Elsa war von der Mitteilung des Schwagers weder überrascht noch erschreckt. Ervin war nicht mehr. Was lag schon daran, wo sein Körper ruhte? Sie zuckte die Schultern. »Also?«, fragte sie.

»Ein ziviles Begräbnis«, sagte der Schwager, und Elsas Mutter stöhnte auf.

An das Stöhnen der Mutter, das wie das Wehklagen einer Gebärenden klang, konnte sich Elsa noch nach Jahren erinnern, weil dieser ängstliche Aufschrei der Moment war, in dem sich die zarte und sorglose Elsa zu einer entschlossenen, selbstständigen Person mauserte.

»Nun gut«, sagte sie. Sie fuhr mit den Fingern über den Saum des Lakens, unter dem der Körper ihres Ervins lag, von der Blutvergiftung bis zur Unkenntlichkeit verändert, erhob sich und wandte sich an Ervins älteren Bruder: »Schwager, ich bin Ihnen dankbar, wenn Sie alles Nötige veranlassen. Die Auslagen übernehme ich.«

Die Mutter öffnete den Mund zu einem weiteren verzweifelten Aufschrei, aber beim Anblick von Elsas kummervollen, aber entschlossenen Ausdruck machte sie den Mund wieder zu.

Und so kaufte die Witwe Helerová auf dem Stadtfriedhof ein Grab für sich und ihren Ehemann, ein Grab, in das sie nie gelegt wurde, obwohl auf dem Grabstein auch ihr Name stand. Während Elsas Mutter Tränen über das Schicksal, das die Seelen der Tochterfamilie erwartete, vergoss, und den überraschten Enkelinnen bei der Beerdigung wenigstens heimlich zum Zeichen der Trauer die Feiertagskleider einriss und in den nächsten Monaten an ihrer Stelle die Gebete sprach, die die nächsten Angehörigen dem Toten schuldeten, hielt Elsa nicht einmal die Pflichtwoche Schiwa ein, während der sie zu Hause bleiben und untätig trauern sollte, sondern widmete sich praktischeren Angelegenheiten.

Fast die gesamten Ersparnisse musste sie für das Grab und die Beerdigung aufwenden, und weil sie sparen musste, warf sie den Handlungsgehilfen Urbánek hinaus. Der ansehnliche junge Mann mit den buschigen Brauen und dem frechen Blick war noch nie nach ihrem Geschmack gewesen. Ihr schien, dass er im Geschäft nur herumlümmelte, und hatte oftmals ihren Mann gebeten, ihn loszuwerden. Ervin trat für seinen Gehilfen ein. »Die Kundinnen mögen ihn«, sagte er. »Er ist entgegenkommend und kann mit ihnen reden. Und überhaupt, das Geschäft ist meine Sorge, ich mische mich beim Kochen auch nicht ein.«

Gleich am ersten Tag begriff sie, was für einen Fehler sie gemacht hatte. Sie kannte sich im Laden nicht aus, wusste nicht, wo Ervin die Ware bestellte, konnte die schweren Kisten mit Heften und Kalendern nicht selbst heben und verstand nichts von Rechnungen. Nach einer Woche Chaos und Verzweiflung schluckte sie ihren Stolz herunter, ging zum rausgeworfenen Verkäufer und bat ihn zurückzukommen.

»Wissen Sie, Frau Helerová«, sprach der Handlungsgehilfe und schaute dabei irgendwo hinter Elsas Rücken. Er verstand sofort, dass die Witwe am Ende ihres Lateins war, und wollte die Situation ausnutzen. »Ich habe schon eine Stelle in der Glashütte gefunden. Dort werde ich zwei Hunderter jede Woche bekommen. Also höchstens, wenn Sie mir mehr geben würden.«

Auch Elsa war nicht von gestern, sie wusste, dass es keine Arbeit gab, und das Märchen von der Stelle in der Fabrik glaubte sie nicht. »Mehr kann ich nicht geben, Sie wissen, dass wir es nach dem Tod meines Mannes nicht so dicke haben.«

»Ja eben«, gab Urbánek nicht auf. »Jetzt werde ich mich allein abrackern müssen, wo Herr Heler nicht mehr ist.«

»Ich werde da sein.«

Der Gehilfe schnaubte so geringschätzig, dass sie fast beleidigt war. »Und dann soll ich Ihnen auch noch sagen, was und wie. Sie sollten mir mehr zahlen, das Geschäft bringt Gewinn und Miete müssen Sie in Ihrem eigenen Haus nicht zahlen.«

»Und wie viel mehr soll ich denn zahlen?«, fragte Elsa und plante im Stillen, den Verkäufer gleich wieder hinauszuwerfen, wenn sie alles bei ihm gelernt hatte.

»Dreißig Kronen die Woche, Frau Helerová.«

Diese ungeheuerliche Summe erboste Elsa so, dass sie auf dem Absatz umkehrte. Und als der Verkäufer, der begriff, dass er wohl übers Ziel hinausgeschossen war, rief: »Oder wenigstens zehn«, drehte sie sich nicht einmal um.

Sie übertrug die Sorge um den Haushalt und die jüngere Rosa der vierzehnjährigen Hana und widmete selbst all ihre Kraft und Fähigkeiten dem Schreibwarenladen. Am Tag verkaufte sie, abends machte sie im Lager Ordnung, um zwei der Räume im Erdgeschoss einem Kioskverkäufer zu vermieten. Nachts versuchte sie, die Rechnungen und Bestellungen zu durchdringen. Früh am Morgen stand sie auf, weckte Hana und sie kochten gemeinsam. Sie wollte, dass die ältere Tochter alles lernte, was zur

Haushaltsführung gehörte. »Rosa braucht warmes Essen und regelmäßige Spaziergänge«, wiederholte sie. »Also achte darauf.«

Und Hana hörte auf die Mutter, denn sie war es gewohnt zu gehorchen. Zeitig am Morgen kochte sie und nachmittags, nach der Schule, kümmerte sie sich um die dünne Rosa. Sie achtete darauf, dass die Schwester ordentlich aß, sich warm anzog und nicht zu schnell rannte oder sich verkühlte. Aber am liebsten setzte sie sich auf das Küchensofa, nahm Wolle und fertigte mit flinken Fingern mit Strick- oder Häkelnadeln feine Kragen, Deckchen, Blusen und Kissenbezüge. Und bei jeder Masche träumte sie von ihrem zukünftigen Leben. Von dem Mann, den sie mit ihrer Liebe bestricken wird, von den Kindern, die sie in Häkeldecken ausfahren wird, und von der Wohnung mit den schönsten Häkelgardinen in der Stadt. Die Kunde von ihren geschickten Händen drang bald aus dem Haus, und Freundinnen, ja sogar viel ältere und erfahrenere Nachbarinnen bewunderten ihre Werke, ahmten ihre einfallsreichen Muster nach und baten sie um Rat.

Mit der Schwester hatte Hana nicht viel Arbeit. Rosa war ein stilles, einzelgängerisches Geschöpf. In ihren ersten Lebensjahren erschuf sie sich ihre eigene stille Fantasiewelt, eine Welt, in der es keine Krankheiten und Kräftigungspillen, Erholungsspaziergänge und vor allem den verhassten Lebertran gab.

Sie spielte still wie ein Mäuschen, konnte aber genauso still verschwinden und sich in einer dunklen Ecke verstecken, wo sie von der Sonne, Blumen und fernen Ländern träumte und nur schwer aufzustöbern war. Mit der Zeit entdeckte die Familie ihre Verstecke, aber manchmal gelang es Rosa, ein neues zu finden, und die Mutter geriet in Panik, öffnete alle Schränke und durchsuchte sie, weil sie fürchtete, dass Rosa in einem ihrer perfekten Schlupflöcher erstickte. Sie beruhigte sich erst, wenn sie sie fand – schlafend in der Speisekammer hinter einem Mehlsack oder unter den im Flur hängenden Mänteln.

In dem Jahr, als Ervin Heler starb, war Rosa neun Jahre alt, und obwohl sie immer noch das Alleinsein bevorzugte, suchte sie sich keine dunklen Schlupflöcher mehr und versetzte die Familie nicht mehr durch plötzliches Verschwinden in Schrecken. Nicht, weil sie etwa klüger geworden wäre und die Eltern nicht erschrecken wollte, sondern eher, weil sie größer geworden war, und ein Versteck zu finden, in das sie hineinpasste, war nicht so einfach. Mit Menschen kam sie gut aus, weil sie mit ihnen auskommen musste, aber in Wirklichkeit brauchte sie sie nicht.

Den Vater liebte sie, aber bald nach seinem Tod stellte sie fest, dass es sich ohne ihn leichter lebte. Sie musste nicht den Lärm ertragen, der ihn überall begleitete, die lauten Schritte, das Türenschlagen, die lärmende Stimme, das Geklapper mit dem Besteck auf dem Geschirr und das unangenehme Schmatzen. Die Mutter hatte nicht so viel Zeit für sie, also belastete sie sie auch nicht mit ihrer Aufmerksamkeit, und Rosa hatte mehr Zeit zum Träumen.

Sie hatte nie eine enge Freundin, und als Hana sie fragte, ob ihr Freundschaft nicht fehle, antwortete sie überrascht: »Aber ich habe doch Mama und dich.« Und sie sah sie mit ihren großen braunen Augen an, die Hanas so ähnlich waren. Aber Rosas Augen riefen in einem Menschen das Gefühl hervor, sie könne dahin sehen, wo jeder seine geheimsten Geheimnisse versteckte, und wer sie nicht kannte, wandte lieber schnell den Blick ab und brachte die Rede auf andere Themen.

Zu Hause waren sie an ihre Augen gewöhnt. Die Mutter wies Rosa nur manchmal darauf hin, dass es nicht höflich war, jemanden unverwandt zu beobachten. Aber wenn Hana den Blick ihrer Schwester spürte, während sie über die Arbeit gebeugt saß, ermahnte sie sie scharf: »Rosa, glotz nicht.«

Während beide Schwestern zu Schönheiten heranwuchsen, wurden Elsas Haare grau und müde Falten gruben sich in ihr Gesicht. Auch so warf manchmal jemand ein, sie solle wieder heiraten und die Sorge ums Geschäft einem Ehemann übertragen. Daran verschwendete Elsa keinen Gedanken. Sie lebte jetzt nur für ihre Töchter, dachte an sie, wenn sie aufstand, mit dem Gedanken an ihre Zukunft legte sie sich schlafen. Sie knauserte mit jeder Krone und träumte davon, dass ihre Töchter Bräute mit einer großen Mitgift sein und an der Seite eines netten Mannes in guten Verhältnissen leben würden. Dann wird Elsa sich endlich ausruhen, die Enkel hüten, ihnen Apfelstrudel backen und an den Abenden kleine weiße Deckchen stricken.

## ELFTES KAPITEL
## 1937

Ludmila Karásková war nie krank, aber im September des Jahres 1937 verspürte sie Schwäche in den Beinen und die Hände zitterten. Zuerst dachte sie, sie hätte sich überanstrengt. Dann begann sie über Schwellen und Teppichkanten zu stolpern, Dinge fielen ihr aus den Fingern, sie zerschlug vier Teller und zwei Tassen aus dem Porzellanservice von ihrer Großmutter und ihre Knie waren so schwer, dass sie nicht die Treppe hochkam. Eines kalten Morgens brachte Karel Karásek die Mutter zum Arzt und die nächsten Tage verbrachte Ludmila im Krankenhaus in Vsetín.

Sie war im Schlafzimmer im zweiten Stock eines Hauses nah am Marktplatz zur Welt gekommen und seitdem – also ganze sechzig Jahre – hatte sie nur einmal unter einem anderen Dach geschlafen als unter dem, wo sie geboren wurde. Damals war sie schon etwas über dreißig und ging auf Wallfahrt zum heiligen Ort Hostýn, um die Jungfrau Maria um ein Kind zu bitten, auf das sie nach zehn Jahren Ehe immer noch wartete.

Die Nachbarinnen meinten, es sei sinnlos, weil der Körper nach dreißig schon vertrocknet und alt war, aber Ludmila war so von ihrer Idee gefangen, dass sie sich das nicht ausreden ließ. Ich weiß nicht, was sie der Muttergottes versprach, aber innerhalb eines Jahres wurde ihr Sohn Karel geboren, und nur er blieb ihr auch, als ihr Mann Mojmír nicht aus dem Großen Krieg zurückkehrte. Eine Tochter konnte sie nicht mehr bekommen und so stellte sie sich wenigstens manchmal eine vor. Es wäre ein zartes Mädchen mit blauen Augen wie Mojmír und hellen Haaren, wie sie welche hatte.

Elsa Helerová, die nach dem ersten Krieg in die Stadt einheiratete und genau zwanzig Jahre jünger war als Ludmila, ähnelte der erträumten Tochter überhaupt nicht, aber trotzdem hatte Ludmila sie sehr gern. Als die frisch gebackene Ehefrau Elsa nach Meziříčí kam, kannte sie niemanden und fühlte sich in der Stadt verloren. Auf einmal gehörte sie nirgendwo mehr hin. Alle grüßten sie freundlich, schauten sie aber argwöhnisch an.

Sie war Jüdin, aber in die Synagoge am Flussufer ging weder sie noch ihr gut aussehender Ehemann Ervin, was ihnen manche jüdischen Einwohner verübelten. Es ist nicht gut, wenn sich der Mensch vom Glauben abwendet, sagten sie sich. Abtrünnigkeit zeugt ganz sicher von Charakterschwäche.

Die Nachbarn beguckten sich die neu Angekommenen neugierig und waren sich einig, dass Ervin arbeitsam war und Elsa ein angenehmes Persönchen. Dann merkte jemand an, dass die Juden anfingen, sich ganz schön breitzumachen in Meziříčí. Und dass sie den Einheimischen die Arbeit wegnahmen. Und dass in der Zeitung Lubina geschrieben stand, dass auch der ärmste Jude reicher war als ein ehrlich arbeitender Bauer. Und überhaupt – Juden sollten nicht einmal in der Armee dienen, denn eigentlich sind es ja Deutsche, sie reden ja auch allein selig machend deutsch. Schließlich sollten auch der Schön und der Rosenfeld aus dem tschechischen Turnverband Sokol austreten …

Diese Meinung teilte zwar kaum jemand, allein schon deswegen, weil der Fabrikant Reichl ein Jude war und einer Menge Leuten Arbeit gab, aber Argwohn war wohl nicht verkehrt, wenn die Juden doch schon immer ein bisschen verdächtig waren. Man musste nur an die Ereignisse des Herbstes 1899 denken. In Meziříčí waren die antisemitischen Unruhen nicht so stark wie in Vsetín, wo ein paar Menschen ums Leben kamen, aber ein paar Fenster in jüdischen Häusern und der Synagoge mussten auch daran glauben.

Ludmila Karásková, damals schon Witwe, hörte diese Reden nicht, oder vielleicht wollte sie sie nicht hören, und nahm Elsa, auch wenn sie ein völlig fremder Mensch war, unter ihre schützenden Flügel. Sie war es, die Elsa riet, nur tschechisch zu sprechen, obwohl sie aus ihrem heimatlichen Nový Jičín ans Deutsche gewöhnt war, und die ihr erklärte, dass die Leute in Meziříčí gegen diese Sprache patriotisch empfindlich waren. Sie war es, die Elsa beibrachte, wo sie einkaufen und welche Geschäfte sie lieber meiden sollte, sagte ihr, mit welcher Nachbarin sie ein paar Worte wechseln sollte und welche lieber nur freundlich grüßen.

Als Elsa verwitwete, ihre Mutter schlaflose Nächte in Angst um Elsas Schicksal verbrachte und in der Synagoge in Nový Jičín für die Tochter, die Enkelinnen und die Seele von Elsas gottlosem Ehemann betete, war es aber Ludmila Karásková, an die sich Elsa wandte, wenn sie sich keinen Rat mit den Behörden oder den Geschäftsrechnungen wusste.

Ludmila Karásková war Augenzeugin von Elsas Verwandlung. Tag für Tag, Monat für Monat verfolgte sie, wie ihre junge, zuerst so unsichere und ratlose Freundin zu einer selbstständigen, energischen und vorausschauenden Frau wurde, die entschlossen war, alle Schwierigkeiten zu meistern.

Sie sah aber auch die Falten, die sich um die braunen Augen gegraben hatten, die besorgten Kerben um den

Mund und wusste um das Grau an den Schläfen, obwohl Elsa es geschickt unter einem Tuch verbarg, das sie hinten verknotete. Sie bemerkte, dass Elsa zu lächeln vergaß, die Mundwinkel in tiefen Falten herunterhingen und ihr Gesicht einen strengen Ausdruck annahm. Trotzdem glaubte sie, dass es unter allen Schichten von Trauer, Sorgen und Ängsten immer noch die Elsa war, die sie vor Jahren kennengelernt hatte. Eine liebende, entgegenkommende und immer hilfsbereite Frau.

In jenem September, als sie wegen ihres kraftlosen Körpers die angenehm wärmende Sonne draußen nicht wahrnahm und jede Bewegung sie so erschöpfte, dass sie die Geranien in den Holzkästen vertrocknen ließ, konnte sich Ludmila Karásková überzeugen, dass sie sich nicht getäuscht hatte. Während der Tage, an denen sie im Krankenhaus unangenehme Untersuchungen über sich ergehen ließ, die sowieso nichts brachten, kam Elsa ein, zwei Mal in der Woche in den kleinen Laden im Erdgeschoss, wo Karel Karásek über den Uhrwerken saß. Sie erkundigte sich nach der Gesundheit seiner Mutter und stellte eine Kasserolle mit Mittagessen auf den Ladentisch.

Man könnte meinen, dass es Ludmilas Sohn recht wäre, aber so war es nicht. Er mochte Elsa Helerová nicht. Ihm gefielen der strenge Blick, die fest zusammengepressten Lippen und ihr Tonfall nicht, der ihm das Gefühl gab, dass Elsa ihn für einen Trottel hielt. Und genau das hielt Elsa auch von ihm, weil es stimmte. Was soll man sonst von einem Sechsundzwanzigjährigen halten, der sich für nichts anderes als kleine Zahnrädchen und winzige Federn interessierte, auch wenn ihm die Welt so viel Schönheit und Freude anbot? Wie sollte man einen jungen Mann sonst nennen, der keine Frau finden konnte, obwohl es in der Stadt zig heiratslustige Schönheiten gab?

Nach der Rückkehr aus dem Krankenhaus fühlte sich Ludmila etwas besser, aber alle ahnten, dass sich ihre Krankheit allmählich verschlechtern würde. Sie war ständig müde, ihr Teint war grau geworden und ihre Körperhaut raschelte wie Papier. Sie schaffte es gerade so zu kochen und lag viel.

Und Elsa setzte ihre Besuche fort. Manchmal kam sie gegen Abend auf ein paar Worte vorbei und am Sonntagnachmittag brachte sie einen Teller Buchteln oder ein Stück Strudel. Karel verschwand jedes Mal an sein Tischchen im Laden. Er interessierte sich nicht für Frauengeschwätz, endlose Gespräche über schlecht ausgemahlenes Mehl, muffigen Kaffee und die allgemeine Teuerung. Ihn interessierten Elsas Klagen über den Kioskbesitzer nicht, der sich in den zwei Erdgeschossräumen neben dem Schreibwarenladen heimisch fühlte, das ganze Haus mit Tabakgestank verpestete und Miete nur unter Androhung von Räumung zahlte. Und so hatte er zum Glück keine Ahnung, dass, nachdem sie alle weniger wichtigen Angelegenheiten besprochen, das neue Kleid der Nachbarin bewertet und ihrer verstorbenen Ehemänner gedacht hatten, sein Junggesellendasein an die Reihe kam.

»Selbst der Josef Hanáků wird heiraten«, seufzte Ludmila. »Und der ist zwei Jahre jünger als mein Karel. Ich sage ihm immer, dass er sich eine suchen soll, damit er nicht allein ist, wenn ich nicht mehr bin, aber es ist kein Reden mit ihm.«

Elsa sagte nichts, streichelte nur ihre Hand. Beim Blick auf Ludmilas immer mehr eingefallene Wangen hatte sie nicht die Kraft, der Freundin ins Gesicht zu lügen und zu behaupten, sie würde noch eine Weile auf der Welt bleiben.

»Schade, dass du nicht zehn Jahre jünger bist«, lächelte Ludmila. »Dich hätte ich gern zur Schwiegertochter. So muss ich noch eine Weile ausharren und warten, bis deine Töchter heranwachsen.«

Elsa lachte, aber im Stillen bekreuzigte sie sich. Also bitte! Frau Ludmila mochte sie gern, aber so einem Stoffel, wie es ihr Sohn Karel war, würde sie ihre Tochter niemals geben.

Hana stand im Schlafzimmer vor dem Toilettentischchen und kämmte ihre Haare. Die Flügel des dreiteiligen Spiegels stellte sie so ein, dass sie sich von allen Seiten sehen konnte, und betrachtete wohlgefällig, wie ihre schwarzen Haare glänzten und den Rücken bis unter die Taille herabflossen.

Sie hatte wunderschöne Haare, das wusste sie, aber lieber wäre es ihr, wenn die Mutter erlauben würde, dass sie sie nach der neuesten Mode kurz schnitte. Sobald es nur ein bisschen möglich ist, lässt sie sich einen Bubikopf schneiden.

Sie stellte sich seitlich an das Tischchen, machte sich gerade und streckte die Brust vor. Sie war schlank wie die Filmschauspielerinnen, hatte schmale Hüften und einen flachen Bauch, aber ihre Brüste waren ihrer Meinung nach zu groß. Sie machte einen Buckel, um sie ein bisschen zu verstecken. So war es besser. Dann trat sie näher an den Spiegel, schaute forschend ihr Gesicht an und lächelte versuchsweise. Die Lücke zwischen den Zähnen war immer noch da. Klein, aber sichtbar. Die Mutter versicherte ihr, die Lücke würde mit zunehmendem Alter kleiner, aber Hana kam sie immer breiter vor. Sie bleckte die Zähne und steckte die Zungenspitze zwischen die Schneidezähne.

Aus der Küche erklang Lachen. »Du fletschst die Zähne wie ein Hund.«

Hana sah sich nicht einmal um. »Schau nicht mir zu, mach deine Hausaufgaben. Ich kontrolliere sie gleich.«

Rosa war schon dreizehn und ging in die Bürgerschule. Das Lernen machte ihr keinen großen Spaß, aber Mama wollte, dass sie nach der Bürgerschule in das Lehrerinstitut zum Studium ging – wie Hana. »Einen Beruf zu haben, ist wichtig«, sagte sie, als Rosa sich sträubte. »Vielleicht wirst du nie Lehrerin, aber ein bisschen Bildung schadet dir nicht.«

Rosa presste die Lippen zusammen, sah in das Heft vor sich und murmelte Richtung Hana: »Es ist Sonntag, und ich muss rechnen. Du wirst wirklich eine gute Lehrerin.« Sie versuchte eine Zahlenspalte zusammenzurechnen, aber ihr Blick glitt immer wieder zur Schwester. »Das steht dir, keine Angst, du wirst ihm gefallen.«

»Wem?«, fragte Hana, aber sie wusste sehr gut, wen die Schwester meinte.

»Tu nicht so. Herrn Jaroslav natürlich. Meinetwegen geht er nicht mit uns spazieren.«

Hana band die Haare zu einem Pferdeschwanz zusammen. »Vielleicht geht er wegen Iva mit.«

»Phh. Und deshalb begleitet er uns bis zur Tür?«, lachte Rosa. »Dir gefällt er, nicht wahr?«

»Schlecht ist er nicht«, sagte Hana gespielt gleichgültig und fuhr sich mit einem Spuckefinger über die Augenbrauen. In Wirklichkeit war Jaroslav nach ihrer Ansicht der bestaussehende Mann, den sie bislang getroffen hatte. Wann immer sie an ihn dachte, bekam sie so komisch Luft – und sie dachte fast dauernd an ihn.

»Verdreh dich lieber nicht mehr so vor dem Spiegel. Jeden Augenblick kommt Mama und wenn sie sieht, dass du dich wieder putzt, wird sie böse.«

»Ich muss mich doch kämmen, oder?«, sagte Hana, brachte aber zur Sicherheit den Spiegel in die Ausgangsposition zurück, schloss die Schlafzimmertür hinter sich, setzte sich neben Rosa und schaute ihr über die Schulter. »Das ist falsch. Du musst die Zahlen richtig untereinander schreiben.«

Während Rosa seufzend zum dritten Mal die Aufgabe abschrieb, überflog Hana mit einem Blick die Küche, ob sie nach Mutters Vorstellungen aufgeräumt war. Vielleicht lässt sie sie am Abend ins Kino, wenn alles so ist, wie es sein soll. Sie hat der Mama gesagt, sie ginge mit Ivana Zítková, einer ehemaligen Mitschülerin aus der Bürgerschule. Wenn sie wüsste, dass Jaroslav sie ins Kino eingeladen hatte, dürfte sie sicher nirgendwohin, oder müsste Rosa mitnehmen.

Elsa Helerová liebte ihre Töchter, daran zweifelte nicht eine von ihnen, aber sie hielt sie kurz. Selbst arbeitete sie von früh bis spät und Faulenzerei duldete sie weder bei Hana noch bei Rosa.

Hana neigte den Kopf zur Seite und versuchte zu hören, ob die Mutter schon die Treppe hinaufstieg. Jaroslav wird warten, sie möchte sich nicht verspäten. Sie sahen sich selten, weil Jaroslav gerade in Hranice diente, und waren noch nie allein, denn sie mussten überall die kleine Rosa mitschleppen.

Also Rosa war überhaupt nicht mehr klein. Nur Mama dachte, dass sie ständig betreut werden musste, und hütete sie wie eine Glaspuppe. Auch wenn Rosa ziemlich dünn war, unterschied sie sich in nichts von ihren Altersgefährtinnen. Aber die Mutter sah immer noch die blasse und müde Rosa und hatte Angst, sie auch nur eine Weile allein zu lassen.

Sie war immer besorgt, aber in der letzten Zeit übertreibt sie. Sie spart jede Krone aus dem Schreibwarenladen und von der Miete aus den zwei Räumen im Erdgeschoss und sagt, es sei für schlechtere Zeiten. Was für schlechtere Zeiten? Warum sollten schlechtere Zeiten kommen?

Abend für Abend sitzt sie am Radio und hört Nachrichten und am nächsten Tag bespricht sie mit den Kunden im Geschäft, wie furchtbar die Welt ist und wie sich dieser Hitler breitmacht.

Sie war erschrocken, als ihr Bruder Rudolf mit der Familie aus Deutschland wegziehen musste, weil Hitler da keine Juden und keine Fremden haben wollte, und der Onkel war beides. Das Stoffgeschäft wurde ihm geschlossen und die Familie des Onkelchens kam nach Böhmen, oder genauer zu den Helers nach Mähren. Und so wohnten sie eine Zeit lang alle in Meziříčí. Zu Großmutter und Großvater nach Jičín wollten sie nicht, weil die Ehefrau des Onkels keine Jüdin war, und das konnte Großmutter nicht ertragen.

Onkel Rudolf sagte, in Deutschland sei jeder aus dem Amt geworfen worden, der nicht Hitler wählte, und die Gefängnisse seien schon voller Bolschewiken. »Alle Deutschen tragen dieses Hitler-Kreuz und wollen wieder Krieg. Hitler kommt auch hierher«, sagte er. »Wir bleiben nicht hier, wir gehen nach England oder noch weiter. Und dir, Elsa, rate ich, das Haus zu verkaufen, solange noch Zeit ist, nimm die Mädchen und geht auch fort. Wer weiß, wie es kommt.«

»Wir leben im zwanzigsten Jahrhundert«, antwortete Mutter. »Die Zeit der Pogrome ist vorbei. Und wenn Krieg wäre, Frauen und Kindern tut niemand etwas.«

Das sagte sie laut, aber der Bruder hatte die Angst in ihr geweckt. Nach der Abreise seiner Familie wandelte sich Elsas Sparsamkeit in Knausrigkeit und die Abendnachrichten im Radio zur Obsession.

Hana verstand das nicht. Warum sollte jemand Krieg wollen? Man sollte sich keine unnötigen Sorgen machen. Die alten Leute sind von den Erinnerungen an den Großen Krieg verstört und sehen alles schwarz. Aber Hitler ist in Deutschland und die Helers leben hier, in der Tschechoslowakei. Und wenn er sich ausbreiten will, werden die Armee und die Verbündeten es ihm schon zeigen. Genauso sagte es Jaroslav. Jaroslav ...

Sie streckte die Hand aus und nahm Rosa, die sich auf die Aufgabe konzentrierte, das Zopfende aus dem Mund. »Hör auf, Haare zu lutschen.«

Rosa lachte. »Ich hab's. Kontrollierst du es?«

Schließlich ging die Tür auf und Hana erkannte an dem lauten Türschlagen gleich, dass Mama nicht bester Laune war. Entweder ging es Frau Karásková schlechter, oder sie haben zusammen Radio gehört und wieder eine schlimme Nachricht erfahren. Im Stillen wappnete sie sich und bereitete sich auf einen erbitterten Vortrag vor, ähnlich dem, den sie bekam, weil sie die Augen verdrehte, als die Mutter gefühlvoll das Leid und die Hinrichtung von Zivilisten in Spanien beschrieb, wo aus einem für Hana unverständlichen Grund die Spanier sich gegenseitig umbrachten.

»Wie kannst du so selbstsüchtig sein?«, zürnte Mama ihr damals. »Du denkst nur an dich. Dort sterben unschuldige Menschen und du drehst die Augen zur Decke. Dich belästigt schon, dir das nur anhören zu müssen.«

»Aber Mama, so ist das doch gar nicht«, verteidigte sich Hana. »Sie tun mir leid. Aber warum soll ich mir das anhören und mich quälen, wenn ich ihnen nicht helfen kann?«

Diesmal war Elsa Helerová nicht über das Unrecht in entfernten Ländern verärgert, sondern über die Unordnung im Flur im Erdgeschoss. »Als ob es nicht reicht, dass seinetwegen das Haus wie eine Kaschemme stinkt, da lässt er auch noch Kartons im ganzen Flur stehen, dass man nicht einmal durchkommt. Und der Dreck, den er von draußen reingetragen hat! Miete hat er schon vier Monate nicht gezahlt und fegt nicht einmal auf. Wenn Papa noch lebte, würde er das nicht wagen. Aber eine arme Witwe, da traut sich jeder.«

Der Kioskbesitzer Skácel war ein ewiger Quell für Elsas Beschwerden und Klagen. Am liebsten hätte sie ihn hinausgeworfen, hatte aber nicht das Herz, den Vater dreier Kinder und Ernährer der Familie seiner Einnahmequelle zu berauben. Während Elsa mit Räumung drohte, versprach Skácel, bezahlte manchmal etwas, aber seine Mietschuld für die zwei kleinen Räume, in denen er den Kiosk betrieb, wuchs unaufhörlich.

Hana begriff, dass sich die Situation zu ihren Ungunsten entwickelte. Wenn die Mutter anfängt, über Geld zu reden und zu zählen, wie viel der Mieter ihnen schuldet, wie wenig der Schreibwarenladen im vergangenen Monat einbrachte und wie viel Brot und Milch kosten, wird sie nicht den Mut haben, um den Eintritt fürs Kino zu bitten. In Wahrheit wird sie es nicht brauchen, denn Jaroslav weiß, was sich gehört, und bezahlt die Karten sicher, aber sie hat der Mama schon gesagt, dass sie mit Iva geht, also …

Elsa setzte sich auf das Sofa und versteckte ihr Gesicht in den Händen. Alle Wut und Härte waren auf einmal fort. Ihre Schultern sackten herunter und aus dem Tuch schaute eine graue Haarsträhne hervor. Hana setzte sich zu ihr und umarmte sie.

»Frau Ludmila sieht immer schlechter aus«, flüsterte Elsa in die Handflächen. »Wenn sie nicht mehr ist ... bin ich mit allem ganz allein.« Ihre Schultern begannen zu beben.

Hana drückte sich näher an sie. »Du hast doch mich und Rosa, Mama. Du wirst nie allein sein. Das verspreche ich.«

Elsa holte tief Luft, richtete sich auf und fuhr sich mit den Händen übers Gesicht. Dann hob sie den Kopf und sah Rosa an, die noch immer am Tisch über ihrem Heft saß. Das Mädchen sah verwirrt und erschrocken aus. Sie hatte noch nie gesehen, dass Mama sich keinen Rat wusste oder sogar weinte. Elsa zwang sich zu lächeln. »Hana geht mit Ivana ins Kino. Willst du nicht mitgehen? Ihr erlebt ja mit mir nicht viel, Mädels.«

Rosa sah schnell Hana an. Die saß neben der Mutter, in den Augen ein ratloser Ausdruck und konnte vor Schreck nicht sprechen.

»Mama, ich bleibe lieber bei dir. Ich habe keine Lust, noch in die Kälte hinauszugehen«, bat Rosa.

»Danke«, flüsterte Hana, als sie sich einen Moment später im Flur den Mantel anzog.

Rosa lachte. »Irgendwann fordere ich das zurück.«

Auch wenn Hana mit etwas Verspätung ins Kino losging und fast den ganzen Weg lief, blieb sie an der Ecke stehen, um zu Atem zu kommen, sich den Mantel und die Frisur zu richten. Unauffällig schaute sie hinter der Ecke hervor.

Jaroslav wartete schon vor dem Eingang. Gerade blieb ein Paar bei ihm stehen und redete mit ihm. Hana sah, wie Jaroslav sie freundlich begrüßte, den Kopf über die Hand der hellhaarigen Dame mit dem modisch auf die Seite gesetzten Hütchen beugte und dem beleibten Herrn an ihrer Seite die Hand reichte. Sie war stolz, dass so ein gutaussehender und galanter Mann gerade auf sie wartete.

Es war dunkel und die Lampe über der Tür erhellte nur ein kleines Stück, umgab Jaroslav wie ein Heiligenschein und veränderte die Farbe seines Armeemantels in grau mit goldenen Glanzlichtern. Der erste Soldat mit einem Heiligenschein, lachte sie im Stillen. Auf einmal drang ihr ein unangenehmer Geruch in die Nase. Sie trat von der Ecke zurück, die die nächtlichen Trinker wohl anstelle öffentlicher Toiletten benutzten. Aber der Geruch ließ nicht nach. Sie schaute ihre Schuhe an und fühlte in der Dunkelheit mehr, als dass sie sah, dass sie in Hundekot getreten war. Sie begann schnell den Schuh an der Treppenkante abzuwischen und der Magen hob sich ihr vor Übelkeit. In dem Moment hob Jaroslav den Kopf und winkte ihr zu. Dann sagte er etwas zu seinen Begleitern und kam in ihre Richtung. Sie wollte weinen vor Wut und Erniedrigung. Am liebsten hätte sie sich umgedreht und wäre fortgelaufen, aber das hätte die Situation nicht viel besser gemacht.

Sie blieb also stehen und versuchte sich an einem Lächeln. Jaroslav war schon auf ein paar Schritte heran, aber sie streckte die Hand aus, um ihn zurückzuhalten. »Komm nicht näher, bitte.«

Überrascht blieb er stehen. »Ist etwas passiert?«

»Ein Unfall.«

»Was für ein Unfall?« Er sah sie von Kopf bis Fuß an, fand aber nichts Ungewöhnliches. Er sah immer verwirrter aus.

»Ich bin in etwas hineingetreten.« Sie fühlte, wie ihr Gesicht brannte, und war froh, dass es dunkel war.

Jaroslav sah forschend auf die Knöchelschuhe. »Das wird schon«, sagte er.

Ja, Jaroslav gefiel Hana schon lange und sie dachte, dass sie noch keinen schöneren Mann getroffen hatte. Aber an diesem Abend, einem der ersten Dezembertage, als er sie auf eine Bank setzte und selbst den steilen Abhang zum Fluss hinunterlief, um den furchtbar stinkenden Schuh zu säubern, verliebte sich Hana wirklich in Jaroslav. Dass sie nach dem Wochenspiegel ins Kino kamen, störte Hana überhaupt nicht, und es hätte sie auch nicht gestört, wenn sie zur Hälfte des Films gekommen wären, denn von der Handlung bekam sie sowieso nichts mit. Sie dachte nur an den Mann neben sich, an die Hand, die leicht ihre Hand umschloss, und an die gemeinsame Zukunft, die sicher auf sie wartete.

# ZWÖLFTES KAPITEL
# 1938

Jaroslav Horáček war kein böser Mensch. Vielleicht war er ein bisschen eigensüchtig und selbstverliebt, aber er sehnte sich aufrichtig nach der Liebe und Nähe eines anderen Menschen. Und obwohl bei seinem ursprünglichen Zögern, ob er Ivana oder Hana den Hof machen sollte, Geld die entscheidende Rolle spielte, wäre es doch etwas ungerecht, den jungen Mann der Habgier zu bezichtigen.

Jaroslav brauchte eine Braut mit Geld, weil er Soldat von Beruf war. Und so waren eben die Zeiten – wenn ein Offizier der tschechoslowakischen Armee heiraten wollte, musste er die amtliche Erlaubnis seiner Vorgesetzten haben, und die bekam er nur, wenn die Braut eine entsprechende Mitgift besaß.

Ivana war hübsch, wenn auch nicht irgendwie blendend, aber dafür lächelte sie mehr und war zugänglicher als Hana, die nicht viel sprach. Wesentlich war aber, dass Hanas Mutter Elsa Helerová ein Haus am Marktplatz besaß, wo sie im Erdgeschoss den einzigen Schreibwarenladen in der Stadt betrieb, und Einnahmen auch noch aus zwei weiteren vermieteten Räumen hatte. Hana war keine arme Braut, während Ivana nicht einmal weiter zur Schule gehen konnte, weil sie zum Familieneinkommen beitragen musste. Und damit war es entschieden.

Während Hana nach einem halben Jahr ihrer Bekanntschaft wusste, dass sie Jaroslav heiraten würde, und begann, an ihrer Aussteuer zu arbeiten, abends vor dem Schlafengehen den Schnitt ihres Brautkleides ausdachte und die Wahl zwischen Satin und Spitze sie nicht schlafen ließ, stand Jaroslav – zu dieser Zeit schon aufrichtig verliebt – vor einem unlösbaren Problem. Hana war Jüdin.

Er selbst hielt diese Tatsache am Anfang für nicht wichtig, aber mit der Zeit begann es ihm Sorgen zu machen, dass Hanas Herkunft so viele Leute in seinem Umfeld aus dem Gleichgewicht brachte.

Beide hatten ihre Geheimnisse. Hana verbarg ihre Bekanntschaft mit Jaroslav vor der Mutter und überlegte lange, wie sie ihrer Mutter so schmerzlos wie möglich – wenigstens für sie selbst – beibringen konnte, dass sie sich schon monatelang mit einem Mann traf, den sie nie erwähnt hatte.

Und Jaroslav hoffte, dass nie der Moment kommen möge, in dem er sich zwischen der zarten Hana und einer Zukunft bei der Armee entscheiden musste.

Er fuhr so oft zu Hana, wie es seine dienstlichen Verpflichtungen erlaubten. Ob es ihn störte, dass Hana ihre »Freundschaft« vor der Mutter verbarg, ließ er nicht erkennen. Im Gegenteil, er schien Gefallen an den Regeln von Hanas Versteckspiel zu finden.

Er wartete in Seitenstraßen auf sie, spazieren gingen sie auf den Wegen am Fluss und zwischen Feldern und Wiesen hinter der Stadt. Am liebsten hatte er es, wenn hinter einer Wegbiegung jemand auftauchte. Dann zog er Hana ins Gebüsch oder eine dunkle Ecke und drückte sie an sich. »Wir wollen doch nicht, dass uns jemand erkennt, oder?«, flüsterte er ihr ins Ohr. Er küsste sie auf die Haare, auf die Wangen und den Mund und Hana presste sich erfreut an ihn, erstickte das Lachen in seinen Mantelaufschlägen und dachte nicht im Geringsten daran, dass hinter Jaroslavs Benehmen mehr stecken konnte als das Bemühen, ihrem Wunsch entgegenzukommen und sich dabei ein bisschen zu vergnügen.

In Wahrheit begrüßte Jaroslav Hanas Heimlichtuerei. Sie schob die Entscheidung hinaus, die unausweichlich schien. Und er hoffte, dass etwas passierte. Er wusste selbst nicht was, einfach irgendetwas – ein Wunder. Die erste unbestimmte Warnung hatte er schon damals, als er vor dem Kino wartete, bekommen.

An diesem Abend, als er voller Unsicherheit auf dem Bürgersteig herumtrampelte, weil seine Füße in den Ausgangsschuhen langsam kalt wurden, sprach ihn eine Stimme an, die ihm irgendwie bekannt vorkam. »Ist sie noch nicht gekommen?«

Jaroslav drehte sich um und hob unwillkürlich die Hand, um seinem Vorgesetzten zu salutieren, aber Horník lächelte ihn an und wies mit einem Kopfnicken auf die rundliche Blondine an seiner Seite. »Mařenka, bist du schon mit Fähnrich Horáček bekannt?«

Mařenka schüttelte den Kopf. »Nein, Fanánek, ich glaube nicht. Sehr angenehm.« Und streckte Jaroslav die Hand hin.

Jaroslav beugte sich zu einem Handkuss darüber, dankbar für die gesellschaftlichen Regeln, die es ihm gerade ermöglichten, das erheiterte Lächeln zu verstecken, das er nicht unterdrücken konnte. Er hatte seinen Vorgesetzten noch nie anders als in Uniform gesehen. In dem zu langen Mantel und dem Hut, der kaum die hohe Stirn bedeckte, sah er aus wie ein Hausierer, der Insektenschutzmittel für den Haushalt verkaufte, und die familiäre Anrede seiner Frau verstärkte den Eindruck, er sei gerade von einer langen und erfolgreichen Handelsreise zurückgekehrt, und hätte sich entschieden, seine treu wartende bessere Hälfte »auszuführen«.

Jaroslav schüttelte dem Hauptmann die Hand, die in diesem kühlen Wetter unangenehm warm war, und schaute unwillkürlich in die Richtung, aus der verspätete Kinobesucher heraneilten. Am Ende der engen Gasse stand Hana und auch im Dunklen war zu sehen, dass sie verlegen war. Sie scheute sich wohl, sich zu ihm zu gesellen, weil sie ihn in unbekannter Gesellschaft antraf.

»Da kommt sie schon«, sagte er und die Köpfe der Eheleute Horník drehten sich in Hanas Richtung.

»Ah, Hanička Helerová«, atmete Marie Horníková aus, offensichtlich erfreut, dass sie beim Teekränzchen ihren Freundinnen etwas zu erzählen hatte.

»Aber ist die nicht Jüdin?«, fragte der Hauptmann und sah Jaroslav forschend an.

Jaroslav wusste nicht, wie er antworten sollte, und stieß deshalb verlegen hervor: »Entschuldigen Sie mich?« Er deutete eine Verbeugung an. »Gnädige Frau.« Und ging Hana entgegen.

Die Frage des Hauptmanns blieb ihm aber im Gedächtnis hängen und drängte sich den ganzen Abend wieder auf – als er Hana begrüßte und half, den Schuh von dem stinkenden Unglück zu säubern, und auch dann, als er im Halbdunkel im Kino den Mut fasste, Hanas Hand zu nehmen. Er ließ sie erst aus dem Kopf, als er Hana einen Gutenachtkuss auf die Lippen drückte.

Er konnte sie aber nicht vollkommen vergessen. Nach nicht ganz zwei Monaten und weiteren Treffen mit Hana, in einer Zeit, als sich Hanas dunkle Augen und ihr weiblicher Geruch schon tief unter seine Haut gegraben hatten, bestellte ihn Hauptmann Horník in sein schmales Büro mit den hohen Fenstern und unbequemen Holzstühlen. Nach ein paar amtlichen Angelegenheiten, sicher nicht so wichtig, dass Jaroslav sie sich in der vertraulichen Atmosphäre des Büros anhören musste, und einer langen gesellschaftlichen Vorrede, in der der Hauptmann nicht die

Bedeutung des familiären Hintergrunds zu erwähnen vergaß und als Beispiel für eine glückliche Ehe seine zwanzigjährige Verbindung mit Mařenka anführte, kam Horník endlich zur Sache.

»Treffen Sie sich noch mit Fräulein Helerová?«, fragte er, als wäre es ihm gerade eingefallen, trommelte mit den Fingern auf dem Tisch, sein Blick war irgendwohin vor dem Fenster gerichtet.

»Nun, ja, Herr Hauptmann.« Jaroslav begriff sofort, dass das nicht nur eine höfliche Frage war.

Eine Weile schwiegen sie beide.

»Jaroslav«, sagte Horník, sah seinen Untergebenen endlich an und räusperte sich, als ob ihm eine Fischgräte im Hals stecken geblieben wäre. »Sie sind ein junger Mann mit Aussichten, Sie haben die Zukunft noch vor sich«, wieder räusperte er sich, »Sie sollten sich vorsehen, dass Sie nicht einen unnötigen Fehler machen.«

Jaroslav begann zu verstehen, worauf der Hauptmann zielte, wusste aber nicht, was er sagen sollte. »Aber Hauptmann Jirák ist doch auch ... so wie Hana, und niemanden stört das ...«, stotterte er verlegen.

»Bislang noch, bislang noch. Aber Sie wissen, wie die Zeit ist, man muss sich nur die Situation anderswo anschauen – zum Beispiel in Deutschland. Nicht, dass ich gegen irgendjemanden voreingenommen wäre, Jaroslav. Aber mit diesen Juden gab es immer Schwierigkeiten, es ist sicher kein Zufall, dass Hitler gerade gegen sie etwas hat. Ich sage das als Ihr Freund. Es gibt so viele hübsche Mädchen auf der Welt, warum sich das Leben kompliziert machen? Verstehen Sie mich?«

Jaroslav schwieg eine Weile, weil in seinem Mund ein Schimmelpilz gewachsen war und in seine Lunge drückte. »Ja, Herr Hauptmann.«

»Das freut mich«, sagte Horník und sah wirklich aus, als sei er erleichtert.

»Gestatten Sie wegzutreten, Herr Hauptmann?«, fragte Jaroslav. Die Zimmerwände zogen sich um ihn zusammen, die Decke senkte sich und der Luft fehlte Sauerstoff. Im Mund hatte er einen sauren Geschmack. Er lief hinaus aus dem Offiziersgebäude, bog um die Ecke und an einer Stelle, wo ihn niemand sehen konnte, beugte er sich hinunter, die Hände auf die Knie gestützt, und atmete tief die Winterluft ein.

Erschüttert starrte er auf das morastige Fleckchen vor sich. Wollte ihm Horník wirklich sagen, dass er sich zwischen einer Zukunft in der Armee und Hana entscheiden musste? Er lehnte sich an die graue Mauer des Bürogebäudes und stand noch lange so da, nachdem die Übelkeit vorüber war.

Am Mittag warf sich Elsa den Strickumhang über die Schultern, verschloss die Tür des Schreibwarenladens, und lief an diesem Sonnentag, der Hoffnung auf den kommenden Frühling machte, quer über den Platz und ging durch die enge Straße in Richtung Uhrmacherei. Sie ging daran vorbei und sah hinter der Auslage im Lampenlicht Karel Karásek über die Arbeit gebeugt dasitzen. Sie ging die Treppe hoch, klopfte leise an die Küchentür und trat ein.

Ludmila Karásková saß am Esstisch, auf ihren Knien war ein Geschirrtuch ausgebreitet, vor ihr lagen ein paar Kartoffeln. Unter dem Tisch, neben dem Stuhl und in der ganzen Küche lagen Schalen und halb abgeschälte Knollen herum. Mit der linken Hand hielt sie die Kartoffel auf dem Brettchen auf dem Tisch fest, und die rechte, in der sie das Messer hielt, flog ungehorsam durch die Luft, als ob sie nicht zu ihr gehörte. Nur manchmal gelang es dem Messer eher zufällig als durch Ludmilas Willen, ein Stück Schale abzuhacken, viel häufiger traf es daneben.

Elsa packte Ludmila vorsichtig am Unterarm und nahm ihr das Messer aus der Hand. Sie war selbst erstaunt, wie viel Kraft sie brauchte, bis es gelang. Sie musste nicht fragen, warum Ludmila nicht ihren Sohn um Hilfe gebeten hatte. Karel verbrachte schon immer die meiste Zeit unten in der Werkstatt an seinem Arbeitstisch, aber seit seine Mutter krank war und ihre Probleme sich verstärkten, ging er nur noch nach oben, wenn er wirklich musste. Er trat vorsichtig auf, wich mit dem Blick aus und tat, als bemerke er die Schwäche der Mutter nicht.

Auch Ludmila war klar, dass sich ihr Zustand von Tag zu Tag verschlechterte, aber sie kämpfte gegen ihre Krankheit, indem sie sie übersah. Sie sprach nicht darüber, dass die Erde unter ihren Füßen schwankte, die rechte Körperhälfte nicht den Befehlen aus dem Gehirn gehorchte und ihr eigenes Leben führte. Die Angst vor der Zukunft und die Ohnmacht brodelten aber immer häufiger an die Oberfläche.

Sie schaute Elsa an. Aus ihren Augen quollen Tränen und aus dem Mund erstickte Schluchzer. »Wie wird es weitergehen? Wie wird es weitergehen?«, flüsterte sie.

Elsa setzte sich zu ihr und griff nach der nächstliegenden Kartoffel, um sie zu Ende zu schälen. »Sie sollten sich eine Hilfe einstellen.«

Ludmila nickte. »Daran habe ich auch gedacht.« Sie sprach langsam, die Worte kamen tief aus ihrem Hals.

»Soll ich mich nach jemandem umschauen? Aus Österreich sind ein paar Familien angekommen, die es geschafft haben, vor Hitler zu fliehen. Vielleicht wären sie froh, wenn jemand Arbeit bekäme?«

Ludmila schüttelte den Kopf.

»Stört es Sie etwa, dass es Juden sind?«

Ludmila sah sie fast vorwurfsvoll an. »Weißt du«, sagte sie langsam, »das hat mich nie gestört. Aber diese Leute gehen nicht in den Dienst. Die müssen nicht, sie haben sicher genug Mittel, wenn sie vor Hitler fliehen konnten. Sie bleiben sowieso nicht hier. Sie fahren so weit wie möglich weg, so wie dein Bruder mit der Familie.« Sie schwieg. »Du solltest auch fortgehen. Verkauf das Haus, oder vermiete es wenigstens. Bis die Situation besser wird, passen Karel und ich darauf auf. Nimm die Mädchen und zieht zu deinem Bruder. Hier erwartet euch nichts Gutes.« Sie seufzte müde und öffnete ein paarmal trocken den Mund, als ob sie nicht genug Luft bekäme.

Elsa warf die geschälten Kartoffeln in einen Topf, stand auf und ließ Wasser ein. Ludmila sprach die Befürchtungen laut aus, die sie selbst schon seit Monaten verfolgten.

»Also höre ich mich mal nach einer Hilfe für Sie um«, sagte sie, als hörte sie Ludmila nicht.

»Das ist nett von dir.« Ludmila schluckte ein paarmal schwer, hielt mit der linken Hand die ungehorsame Rechte fest, erhob sich schwerfällig vom Tisch und ging mit unsicheren Schritten zum Sofa. »Versprich mir wenigstens, dass du über das, was ich dir gesagt habe, nachdenkst.«

Elsa, die mit dem Rücken zu ihr stand, nickte nur leicht. Während die Hände das Gemüse für die Suppe schnippelten, liefen ihr zig entgegengesetzte Gedanken durch den Kopf. Sie fühlte, dass Ludmila Karásková recht hatte, sie verbrachte ihre Abende nicht umsonst vor den

Nachrichten, aber das Haus zu verkaufen und in ein Land zu ziehen, dessen Gebräuche und Sprache sie nicht kannte, kam ihr wie ein zu großer Schritt ins Ungewisse vor. Ich muss das ordentlich durchdenken und planen. Rosa hat ja noch nicht einmal die Bürgerschule abgeschlossen und Hana wird in diesem Jahr mit ihrem Studium am Lehrerinstitut fertig. Zuerst müsste ich einen verlässlichen Mieter für das Haus finden, damit wir von etwas leben können. Wo finde ich so einen? Und wie viel Miete könnte ich verlangen? Kann ich denn die Eltern hierlassen? Und wer kümmert sich um Ervins Grab? Und was, wenn Hitler wirklich bis hierher kommt, wie er droht? Was wird mit uns?

Die Gedanken brannten und sprangen sie wie Wassertropfen aus spritzendem Öl an. Niedergeschlagen von Ludmilas zunehmender Hilflosigkeit und der eigenen Zukunftsangst, die sie nicht tief atmen ließ, ging sie von den Karáseks nicht zum Marktplatz, sondern zum Fluss. Das Geschäft macht sie später auf, die Kunden müssen heute auf ihre Servietten, Notizbüchlein und Bleistifte warten. Sie muss unbedingt ein Stück gehen, sich überzeugen, dass der Fluss noch immer in seinem Bett fließt und sich an den Bäumen Knospen bilden.

Langsam ging sie zum Fluss hinunter, lehnte sich an den Stamm eines alten Baums, schloss die Augen und hielt ihr Gesicht in die erste Sonne. Der Fluss rauschte besänftigend und übertönte die Stadtgeräusche. Elsa hätte sich am liebsten auf das Wasser gelegt und sich weit von Kummer und Sorgen forttragen lassen. Weg von der Verantwortung und der Notwendigkeit, Entscheidungen zu fällen.

Sie drehte sich vorsichtig um, um nicht auszurutschen, und ging zurück hinauf auf den Pfad. Sie sah noch ein letztes Mal auf den Fluss, dessen einzige Sorge es war, das Wasser in seinen Ufern zu halten, auf die Bäume, die viel geduldiger als sie auf den Frühling warteten, und bemerkte am Ende des Fußwegs zwei sich entfernende Gestalten.

Sie sah sie nur von hinten, wusste aber sofort, dass das Mädchen, das sich vertraulich an den Arm des jungen Mannes in Uniform schmiegte, Hana war. Wie sollte sie nicht die herrlichen langen Haare und den in der Taille aufspringenden Mantel erkennen, den sie gemeinsam ausgesucht hatten. Trotzdem beugte sie sich etwas vor und betrachtete das Paar aufmerksam.

Hana sollte noch in der Schule sein. Sie behauptete, am Donnerstag Unterricht bis um vier zu haben ... Sie log. Was verbarg sie wohl noch vor ihr?

Sie ging zur Stadt zurück. Trauer und Enttäuschung vermischten sich mit Angst und ergossen sich in einen Sumpf voller Hilflosigkeit. Aber Elsa konnte sich nicht erlauben, hilflos und verzweifelt zu sein. Sie hatte zwei Töchter, um die sie sich kümmern musste. Sie war es, die über die Zukunft entscheiden musste, ihnen gewährleisten, dass sie glücklich wurden, nötigenfalls auch gegen ihren Willen.

An die Ladentür hängte sie ein *Geschlossen*-Schild, was sie seit Ervins Tod nur einmal gemacht hatte, als sie so quälende Rückenschmerzen plagten, dass sie sich nicht gerade machen konnte. Sie setzte sich auf das breite Fensterbrett mit dem Ausblick auf den Platz und wartete auf Hana.

Hana lief atemlos die Treppe hinauf. Sie sah das Papier an der Tür des Schreibwarenladens und dachte gleich, es müsste der Mama oder Rosa etwas Schreckliches passiert sein.

»Was ist passiert?«, platzte sie noch in der Tür heraus.

Elsa drehte sich nicht um, hielt den Blick weiter nach draußen gerichtet, als ob sie nur die Menschen, die über den Platz liefen, interessierten. »Ich schreibe dem Onkel nach England und bitte ihn, für uns eine Wohnung zu suchen«, sagte sie anstelle einer Antwort.

Hana rutschte der Boden unter den Füßen weg. Sie hielt sich mit der Hand am Tisch fest. »Aber warum?«

»Warum? Du fragst, warum?« Elsa drehte sich vom Fenster um und Hana bemerkte, dass ihre Augen rot waren. »Weil ich Angst habe. Angst, dass Hitler kommt und uns das Geschäft wegnimmt, wie er es Onkel Rudolf genommen hat. Was, wenn uns jemand auf der Straße schlägt, nur weil wir Jüdinnen sind, wie es ihm passiert ist?«

Mit jedem weiteren Wort war Elsa sich sicherer, dass sie wirklich fortgehen sollten.

Auch Hana erinnerte sich noch an die blasser werdende Schwellung im Gesicht des Onkels, wollte aber nicht glauben, dass etwas Ähnliches auch in Meziříčí passieren konnte. »Wer weiß, wie das alles war ... Und hier sind wir schließlich nicht in Deutschland.«

»Noch. Wenn Hitler in dem Tempo weitermacht, werden wir bald in Deutschland sein.« Elsa sah wieder auf den Platz. Die Sonne versteckte sich hinter den Wolken und das Frühlingsversprechen war dahin. »Ist es nicht eher so, dass du wegen dieses Soldaten hierbleiben willst, mit dem du heute am Fluss spazieren warst?«

Hana schwieg, also fuhr Elsa fort. »Du bist zu jung, um eine Liebschaft zu haben. Du sollst studieren und mir mit Rosa helfen, also warum treibst du dich mit einem Mann herum, für den du dich wohl schämst, wenn du ihn nicht einmal erwähnt hast?« Ihre Verärgerung wuchs und ihre Stimme wurde lauter und bekam einen erbosten Ton. »Wie lange lügst du mich schon an?«

»Mama …«

Hana weinte schon, aber Elsa konnte sich nicht beherrschen. Alle Angst, Unsicherheit, Wut auf die Welt, die sie verriet und zwang, schwere Entscheidungen zu treffen, projizierte sich in ihre Stimme und wendete sich gegen ihre Tochter. »Du bist eine Lügnerin, nichts als eine Lügnerin.«

Sie ging an der schluchzenden Hana vorbei und blieb in der Flurtür stehen. »Du und Rosa beendet das Schuljahr, ich versuche, das Haus zu vermieten. Wenn wir unsere Visa bekommen, fahren wir. Das ist mein letztes Wort, das kannst du deinem Verehrer ausrichten.« Sie nahm den Ladenschlüssel vom Haken und schlug die Tür hinter sich zu.

# DREIZEHNTES KAPITEL
# 1938

Hana war eine gehorsame Tochter. Sie kümmerte sich um den Haushalt und ihre jüngere Schwester Rosa, und sie machte das gern, weil sie es der Mutter leichter machen wollte. Sie besuchte das Lehrerinstitut, obwohl sie nicht den Wunsch verspürte, Lehrerin zu werden, und sich nicht vorstellen konnte, sich vor eine Klasse glotzender Kinder zu stellen. Von den Übungen der Turnervereinigung Sokol und den Theaterproben, wo sie die verantwortungsvolle Rolle der Souffleuse innehatte, ging sie geradewegs nach Hause, um ihre Zeit Rosa zu widmen, obwohl sie wusste, dass Rosa sich ziemlich gut um sich selbst kümmern konnte.

Sie war eine gehorsame Tochter, aber dieses eine Mal beschloss sie, den mütterlichen Wunsch nicht zu erfüllen. Sie würde Jaroslav nicht aufgeben und nicht nach England gehen. Mama und Rosa müssen ohne sie fahren.

Elsa Helerová setzte sich noch am selben Abend an den Küchentisch. Sie schlug die gebügelte Decke zurück und übermittelte dem Bruder mit sauber auf das weiße Papier gemalten Buchstaben die Grüße von Bekannten, zählte auf, wer gestorben war und wer geboren, beschrieb, wie das Geschäft lief, und klagte über die Teuerung. Erst als fast das ganze Papier beschrieben war und nur noch Platz für einen letzten Absatz blieb, fügte sie die Bitte an, die sie so lange aufgeschoben hatte.

*Es scheint*, schrieb sie, *dass ich Deinem Rat folgen und die Republik verlassen muss. Wir fühlen uns hier nicht mehr sicher. Hilfst Du uns, teurer Bruder, eine Wohnung zu finden? Herzliche Grüße an die Schwägerin und die Kinder. Deine Schwester Elsa Helerová.*

Ohne den Brief noch einmal durchzulesen, faltete sie ihn schnell, steckte ihn in einen Umschlag und klebte ihn zu. Als sie mit ordentlichen Buchstaben die kompliziert klingende fremdländische Adresse auf den Umschlag schrieb, überfiel sie wieder die Panik. Sie kann ja nicht einmal den Namen der Stadt lesen, wo ihr Bruder lebt. Sie kann doch in England nicht einmal um Brot bitten! Wie soll sie ihren Lebensunterhalt verdienen? Eine Weile starrte sie auf den zugeklebten Briefumschlag, stand dann aber auf und ging entschlossenen Schrittes zum Mantel, der im Flur an der Garderobe hing, und steckte den Brief in die Tasche. Und darin blieb der Brief eine Woche, bis sie sich entschloss, eine Briefmarke zu kaufen, und zwei weitere Tage dauerte es, bis sie den Brief doch endlich in den Briefkasten warf und die ersten Schritte zum Erwerb der Pässe und Visa unternahm.

Hana war nicht so unentschlossen. Gleich bei der nächsten Begegnung beschrieb sie Jaroslav, wie ernst die Situation war.

»Mama will uns fortschaffen«, beschwerte sie sich, und sah sich misstrauisch um. Sie überlegte, wer sie bei ihrem letzten Spaziergang am Fluss beobachtet und der Mutter verpetzt hatte. Sie war sich vollkommen sicher, dass Jaroslav die verzwickte Situation lösen würde. Er würde zur Mutter gehen und ihr sagen, er liebe Hana und lasse nicht zu, dass sie abfährt. Er würde sich um sie kümmern und nicht zulassen, dass jemand ihr ein Leid zufügt.

Jaroslav verstörte die plötzliche Entdeckung völlig. Sicher, er wusste, dass er sich nicht für immer mit Hana verstecken können würde. Trotzdem hoffte er weiter, dass ETWAS passieren würde, ETWAS sich veränderte und es Hanas Mutter egal sein würde, dass die Tochter für eine Bekanntschaft noch sehr jung war, und dem Hauptmann

Horník und den Vorgesetzten bei der Armee egal, dass seine Zukünftige Jüdin war.

Ja, seine Zukünftige. So dachte er immer über Hana. Aber jetzt auf einmal war er sich nicht mehr sicher. Auf einmal erschien ihm das Leben kompliziert – wie eine Mathematikaufgabe, die keine richtige Lösung besaß. Egal was er tut, es wird ein Fehler sein. Aber auch Fehler gibt es große und kleine. Welcher der möglichen Fehler wird der kleinste sein?

Ihm wurde bewusst, dass Hana ihn fragend ansah und auf eine Antwort wartete. Er hatte nicht einmal die Frage mitbekommen. »Wie bitte?«

Misstrauisch sah sie ihn an. »Was werden wir machen?«, wiederholte sie die Frage.

Was *werden wir* machen? Wenn er das wüsste. Sie erwartet doch wohl nicht, dass er für sie entscheidet? Versteht sie denn nicht, dass das das Ende ist? Er hat ihr doch erklärt, dass er nur mit Erlaubnis der Vorgesetzten heiraten darf und nur eine Frau mit entsprechender Mitgift. Jetzt bekommt Hana von ihrer Mutter keine Mitgift mehr. Keine Mitgift, keine Hochzeit. Will sie das wirklich laut ausgesprochen hören?

»Irgendetwas denken wir aus«, sagte er. Zeit, wiederholte er sich im Stillen. Ich brauche Zeit zum Nachdenken. Bestimmt finde ich eine Lösung.

In Wahrheit kannte er die Lösung schon, wollte sie sich nur nicht eingestehen. Unter normalen Umständen hätte er Hana gern geheiratet, ja wäre sogar bereit, für ihre Beziehung zu kämpfen, aber die Umstände waren nicht normal.

Für Hana ist es auch am sichersten, wenn sie fährt, sagte er sich. Es ist nicht ausgeschlossen, dass es Krieg gibt, und was würde sie da hier allein anfangen, wenn die Familie emigriert und er kämpfen muss. Und das müsste er, er ist schließlich Soldat ... Aber wenn er Hana heiratete, wäre er kein Soldat mehr ... Eine schreckliche Vorstellung. Sie treffen sich ein bisschen mehr als ein halbes Jahr und zum Glück ist nichts passiert, was ihn an sie binden würde. Ein paar Küsse, mehr nicht. Hana begreift sicher, dass er wegen einer kurzen Bekanntschaft nicht seine Zukunft aufgeben kann.

»Was denken wir aus?«, fragte sie. Er wusste, dass sie eine eindeutigere Antwort erwartete. Aber es war schwer, ihr die Wahrheit zu sagen.

Dass es so vielleicht für beide das Beste ist.

Hana fährt dahin, wo es niemanden stört, dass sie Jüdin ist, und er wird später ein Mädchen heiraten, dessen Herkunft ihm nicht die Armeekarriere verdirbt.

»In ein paar Monaten schließe ich meine Lehrerausbildung ab«, sagte sie, und Jaroslav empfand das als Aufforderung. Sie glaubte wohl ernsthaft, er bitte sie jetzt um ihre Hand. Aber Hana fuhr zum Glück fort. »Mama möchte warten, bis ich mit der Schule fertig bin. In der Zwischenzeit will sie einen Mieter für unser Haus finden und in den Ferien nach England zum Onkel abfahren.«

Jaroslav war erleichtert. Bis zum Sommer würde er die Beziehung mit Hana beenden. Langsam, allmählich, schmerzlos. Er würde immer weniger Zeit für sie haben und schließlich würde ihre Bekanntschaft absterben.

»Siehst du«, sagte er, nahm ihr Gesicht in seine Hände und schaute in die dunklen Augen, die ihm noch vor kurzem unwiderstehlich schienen. Jetzt ärgerte ihn der unverwandte Blick. Er küsste sie auf die Stirn. »Du machst dir unnütze Sorgen. Bis dahin kann noch so einiges passieren. Vielleicht überlegt es sich deine Mutter anders.«

Das war nicht die Antwort, die Hana erwartete, trotzdem beruhigte sie sie. Jaroslav hatte recht. Vielleicht war sie ganz umsonst erschrocken. Bis zu den Ferien war noch eine Menge Zeit.

Mit neuer Tatkraft stürzte sie sich ins Studium, entschlossen, die Schule mit den bestmöglichen Ergebnissen abzuschließen, um die Mama und sich selbst zu überzeugen, dass sie gern Lehrerin werden und die Kinder in tschechischer Geschichte, tschechischer Sprache und der Liebe zu tschechischen Büchern unterrichten wollte, was sie schließlich nur in einer tschechischen Schule konnte. Vielleicht sieht Mama ein, dass so eine große Anstrengung und so ein Wunsch nicht wegen unklarer Befürchtungen und überflüssiger Umzieherei zunichte gemacht werden können.

Aber mit der Zeit begann auch in Hanas Bewusstsein der Gedanke vorzudringen, dass Mutters Befürchtungen nicht so übertrieben waren, wie sie sich wünschte. Elsa Helerová war nicht die Einzige, die nach Ausreisemöglichkeiten suchte. Hana konnte nicht übersehen, dass die Tschechoslowakei für die jüdischen Flüchtlinge nur eine Durchgangsstation war, so wie sie es auch für die erste Welle der jüdischen und nichtjüdischen Auswanderer aus Nazideutschland war. Sie nahm ihre Nervosität und den Drang wahr, so weit wie möglich wegzufahren, spürte ihre Angst und den Wunsch, zwischen sich und ihre Verfolger einen Ozean oder wenigstens ein Meer zu bringen.

Die Visa-Ausgabe zog sich hin, es verbreiteten sich Gerüchte über Quoten, die die Aufnahme von Flüchtlingen in Übersee begrenzten, und Elsa Helerová wartete noch immer auf den Brief vom Bruder und überlegte, ob sie gleich Mieter für ihr Haus suchen sollte, oder warten, bis – oder ob überhaupt – ihr Gesuch um Pass und Visum positiv entschieden würde.

Im Juni kam endlich der Brief von Onkel Rudolf. Zu der Zeit war Hana schon eine erfolgreiche Absolventin des Lehrerinstituts und hatte ein weiteres unangenehmes Gespräch – oder eher einen Streit – mit der Mutter hinter sich.

»Jetzt, wo du das Abitur hast, solltest du dich endlich an die englische Sprache machen«, sagte Elsa. Hana hatte einen Abschluss mit Auszeichnung nach Hause gebracht und war angemessen stolz darauf, erwartete also Lobesworte. Aber Mama war an gute Ergebnisse gewöhnt, musste außerdem wichtigere Angelegenheiten regeln, und so überflog sie das Zeugnis mit einem Blick und gab anstelle von Lob nur eine weitere Anweisung aus. So einen Blick auf die Dinge musste Hana ungerecht und hart finden.

»Aber Mama, warum sollte ich Englisch lernen? Du hast mir doch das Lehrerinstitut ausgesucht. Du hast immer behauptet, es sei für mich genau das Richtige, Lehrerin zu werden, und jetzt willst du mich fortschaffen? Stört dich Jaroslav so sehr?«

»Mich stört nicht dein Jaroslav, auch wenn er mir nicht besonders gefällt, und ganz sicher denke ich nicht, dass er für dich nicht der Richtige ist«, antwortete sie noch friedfertig. Hanas Zeugnis war wirklich ausgezeichnet und unter normalen Umständen hätte es sie sehr erfreut. »Mich stört der Schreihals Hitler, der in Berlin sitzt und sich überall breitmacht.«

»Willst du damit sagen, dass ich mich jetzt vier Jahre umsonst gequält habe?«

»Bildung ist nie umsonst.«

»In England könnte ich nicht Lehrerin werden, ich habe einen tschechischen Abschluss.«

»Englisch lernst du. Du kannst gleich damit anfangen.«

»Ich fahre nicht nach England.«

»Und ob.« Elsa wurde laut. »Was willst du hier ohne uns anfangen?«

»Heiraten.«

»Hat dir das dein kleiner Soldat schon angeboten?« Sie schwieg. »Hat er nicht und wird er nicht. Der sucht eine Braut mit Mitgift, und die wirst du, mein liebes Mädchen, nicht haben!«

Hana drehte sich um und lief gedemütigt aus der Küche. Das Schlimmste war, dass Mama recht hatte. Jaroslav sprach überhaupt nicht von Ehe. Sie trafen sich immer seltener, weil er viele Verpflichtungen in der Kaserne hatte und oft zu Übungen fuhr. Auch er behauptete, die Situation sei schlecht, und Hana hatte zuweilen das Gefühl, er schiebe ihr den Gedanken unter, nach England zu gehen, sei die beste Lösung. Einmal fragte sie sogar, ob er wolle, dass sie fortgeht, aber Jaroslav wich einer direkten Antwort aus und wiederholte genauso wie die Mutter, er wolle für sie nur das Beste.

Und Hana wusste, was das Beste für sie war. Das Beste war, bei Jaroslav zu bleiben und daran zu glauben, dass sie zusammen glücklich sein werden.

Der dünne weiße Umschlag mit einer einzigen, exotisch aussehenden Briefmarke und vielen eckigen und runden Stempeln, der von Onkel Rudolf aus England ankam, hatte eine umgeknickte Ecke und war zerknittert, als ob er sich das Recht auf Zustellung erkämpfen musste. Elsa riss ungeduldig die schmalere Seite auf, zog ein gefaltetes Blatt Papier heraus und fand den Anfang.

Der Ton des Briefes verschreckte Elsa. *Endlich hast Du Dich entschlossen*, schrieb er. *Verkauf schnell das Haus, das Geld wirst Du brauchen. Vielleicht ist es noch nicht zu spät. Viele Menschen flüchten vor Hitler nach England und die Einheimischen beginnen sich zu beschweren. Sie verlangen eine Begrenzung der Einwanderungswelle, beeil Dich also und bring auch die Eltern mit. Du kannst sie nicht dort lassen, sie werden bald auf unsere Hilfe angewiesen sein ... Auch andere Länder nehmen noch Flüchtlinge auf – die Vereinigten Staaten, Kanada, wohl auch die Dominikanische Republik – und am allerbesten wäre es wohl, um Ausreise nach Palästina zu ersuchen ... ich erwäge das auch.*

Der Brief des Bruders verwirrte Elsa. Er treibt sie zur Eile an, will aber gleichzeitig, dass sie das Haus verkauft. Das wird eine Weile dauern. Ursprünglich war doch die Rede davon, es zu vermieten, die Mieter würden ihr das Geld in ihr vorübergehendes Zuhause schicken, und sobald alles wieder in die alten Gleise kommt – das muss schließlich mit der Zeit so kommen –, wird es einen Ort geben, wohin sie zurückkehren können. Der Bruder lädt sie nach England ein, aber dabei fühlt er sich selbst nicht willkommen. Warum zählt er noch andere Länder auf? Erwähnt er sie als weitere Möglichkeit, oder rät er ihr direkt, sich dorthin um Visa zu bemühen? Er schreibt, sie solle die Eltern mitbringen, und im nächsten Satz erwähnt er, dass sie altern ... als ob er nicht wüsste, dass sie aus Nový Jičín nicht fortgehen. Er muss ziemlich Angst um sie haben.

Sie überflog den Brief erneut, fand aber nichts Neues. Nur die offensichtlich in Eile geschriebenen Buchstaben, holpriger und ungehorsamer als in anderen Briefen Rudolfs, zeugten von der Aufregung des Bruders.

Gleich am nächsten Tag vertraute sie Hana das Geschäft an und machte sich nach Nový Jičín auf, um den Eltern die Nachricht des Bruders zu überbringen. Sie erwartete eine eindeutige Ablehnung, und so überraschte es sie nicht, dass sie von Ausreise nichts hören wollten.

»Aber ihr fahrt doch so schnell wie möglich zu Rudolf«, sagte der Vater und die Mutter nickte zustimmend. »Haltet euch nicht unnötig auf. Wenn du möchtest, erstellen wir eine Vollmacht für den Hausverkauf, damit ihr gleich abreisen könnt, sobald ihr die Papiere bekommt. Das Geld schicke ich dir dann.«

Elsa rechnete nicht damit, dass die Eltern gewillt sein könnten, aus dem Land fortzugehen, in dem sie geboren wurden und das ganze Leben verbracht hatten, aber dass sie ihr die Reise nicht ausredeten, ja sie im Gegenteil zur Eile antrieben, verblüffte sie.

»Nein, das ist nicht nötig«, sagte sie. »Wer weiß, wie lange wir auf die Visa-Ausgabe warten müssen, und ich habe auch noch keinen Käufer gefunden. Ich glaube, dass wir nicht früher als im Herbst ausreisen werden.«

»Denk darüber nach«, drängte der Vater. »Wenn du Geld für die Reise brauchst, geben wir es dir.«

Als sie beim Fortgehen das weiße Hakenkreuz an der Wand des gegenüberliegenden Hauses bemerkte, verstand sie. Sie sah den Vater an, der sie die Treppe hinunter begleitet hatte. Er nickte. »Diese Schmierereien sind überall in der Stadt. Du weißt doch, hier leben viele Deutsche, und die sind jetzt alle durchgedreht und wollen zum Reich. Gestern Abend sind sie durch die Straßen gezogen, haben geschrien und gesungen. Das war schrecklich.« Er schluckte schwer. »Mama hat geweint.«

Die letzten Worte erschreckten Elsa am meisten. Sie hatte ihre Mutter oft klagen gehört, die Hände zum Himmel ringen sehen und beten. Sie hatte gehört, wie sie schluchzte und sich theatralisch die Haare und die Kleidung raufte. Aber niemals einfach nur weinen.

Elsa sah den Vater auf einmal mit neuen Augen. In ihrer Kindheit waren sie sich nicht nah. Da lag eine unsichtbare, aber trotzdem unüberwindliche Wand aus Gebräuchen und traditioneller Erziehung zwischen ihnen. Sie gestattete ihnen kein freies Gespräch, geschweige denn Streicheln oder eine Umarmung. Der Vater war der Vater, der Familienernährer, ein Mensch, der seine Frau und seine Töchter versorgen konnte. Ein Mann, dank dem sich seine Frau am Leben erfreuen konnte und auch jammern und über die Schwierigkeiten klagen, die zum Leben dazugehören. Bisher musste er aber keine Tränen der Ohnmacht und Angst anschauen, ohne sie stillen zu können.

Bruno Weis ging jeden Morgen ins Büro und am Abend kehrte er heim, um sich an das Kopfende des Tisches zu setzen, sein koscheres Essen zu essen, das seine Frau Greta zubereitete, und sich dann später in seine Bücher zu vertiefen. Er sprach nur selten mit den Kindern, und wenn ja, dann um sie zu ermahnen oder an eine nicht erfüllte Pflicht zu erinnern. Er sprach die Gebete seiner Väter und hielt sich an alte Gebräuche, weil das seine Eltern taten, die Nachbarn und Freunde. Er kannte nur das Leben mit der Jarmulke und konnte sich kein anderes vorstellen und wollte das vielleicht auch gar nicht.

Er war ein Teil von Elsas Leben und Elsa war sich die ganze Kindheit über bewusst, dass der Vater der Mensch war, den sie brauchte, um sich sicher zu fühlen.

Erst nach ihrer eigenen Hochzeit, als sie und ihr Mann sich vom Glauben abwandten, begriff sie, dass der Vater sie auch liebte. Im Gegensatz zur Mutter hatte er kein

Wort des Vorwurfs für sie, sprach keine schreckliche Drohung aus und zeigte mit seinem Schweigen, dass er, auch wenn er sich sein Teil dachte, ihr Recht auf freie Wahl anerkannte. Er belastete ihre Seele nicht mit Vorwürfen, und das war für Elsa ein größerer Beweis väterlicher Liebe, als er mit Worten ausdrücken konnte.

Jetzt stand er neben ihr und sah verloren aus. Er kannte sich in der Welt nicht aus, in der er siebzig Jahre gelebt hatte, erkannte die Stadt nicht mehr, durch deren Straßen er täglich ging, fürchtete die Nachbarn, die ihm mit den Blicken auswichen, oder schlimmer, ihn ohne Gruß oder ein Lächeln frech anstarrten wie einen bettelnden Hund.

»Vielleicht solltet ihr doch mit uns fahren«, sagte Elsa.

Der Vater schüttelte den Kopf. »Mach dir keine Sorgen. Was können sie uns Alten schon tun? Wir leben hier schon noch irgendwie bis zum Ende. Aber für deine Kinder gibt es hier keine Zukunft.« Er reichte ihr eine Tasche. »Hast du nicht die Kolatschen vergessen, die Mama dir eingepackt hat?«

Am Ende der Straße, in der sie früher immer gespielt hatte, drehte Elsa sich um. Obwohl Sommer war, lief ihr beim Anblick der beschmierten Wände ein Schauer über den Rücken.

Im Sommer des Jahres 38 ging Elsa Helerová sehr oft zu den Karáseks. Sie sagte zwar, sie käme zum Schwatzen zu Frau Ludmila und auch um Rat einzuholen, aber in Wahrheit räumte sie während des Gesprächs die ganze Zeit auf oder fegte, weil Ludmila ohne Hilfe nicht einmal mehr vom Sessel hochkam.

Einmal in der Woche kam eine Aufwartefrau und die Wäsche holte Frau Zítková, die für kleines Geld den wohlhabenderen Hausfrauen die Wäsche machte, damit die sich nicht die Finger in den Wäschetrögen kaputt machen mussten. Zurück brachte sie duftende, gebügelte und ordentlich gefaltete Wäschestöße und Frau Ludmila dachte jedes Mal, wenn sie die abgerackerte Wäscherin bezahlte, etwas neidisch, dass sie gern selbst den Rücken über dem Waschbrett krumm machen würde. Sie seufzte ein wenig, dankte und lobte die geleistete Arbeit, auch wenn sie der Ansicht war, dass die Zítková die Laken nicht so sehr stärken müsste, dass sie auf der Haut kratzten.

Mit fortschreitender Krankheit fiel es Ludmila schwerer, sich am Morgen und am Abend über die steile Treppe zu bewegen, und so siedelte sie dauerhaft in die Küche um. Sie schlurfte langsam herum und verbrachte die meiste Zeit des Tages im Sessel am Fenster mit dem Ausblick in die enge Gasse, hörte dem Rauschen des nahen Flusses und dem Blättersäuseln in den Baumkronen zu und legte sich zur Nacht auf dem Küchensofa nieder. Karel brachte ihr den bequemen Sessel aus dem Wohnzimmer, das nur dem Empfang seltener Besuche diente. Dort wurde aus Spargründen nie geheizt, sodass es in den Wintermonaten nicht warm wurde. Auch deshalb hielt sich Besuch nie lange auf und ging trotzdem ganz durchgefroren wieder fort.

Während des Sommers 38 begann Elsa auch Hana zu den Karáseks mitzunehmen und am Sommerende schickte sie sie schon oft allein, um Frau Ludmila zu helfen.

Hana ging nicht gern zu den Karáseks. Es störte sie nicht, der kranken Frau Ludmila im Haushalt zu helfen, schließlich war es völlig egal, ob sie Waren im Laden ordnete oder den Fußboden in der Küche der Karáseks fegte. Sie hatte zwar einen Abschluss als Lehrerin, aber sich nicht um eine Arbeit im Schulwesen beworben. Mama

Elsa wünschte das im Hinblick auf die geplante Abreise nach England nicht, und Hana hatte keine Einwände, weil sie wegen Jaroslav frei sein musste.

Auf ihren immer selteneren Treffen war er immer abweisender. Hana erklärte sich Jaroslavs schlechte Laune mit Sorgen. Schließlich hatte er es überhaupt nicht leicht und sprach nur davon, dass er wohl bald versetzt würde. Er wusste selbst nicht, wohin, und so wollte Hana sich nicht binden, um mit ihm gehen zu können.

Etwas verstimmt war sie, als er erwähnte, dass er sie vielleicht eine Weile nicht treffen könnte und dass es angesichts der gespannten Situation und des drohenden kriegerischen Konflikts wahrscheinlich war, dass er keine Möglichkeit hätte, ihr seinen Aufenthaltsort mitzuteilen. Aber sie sagte sich, dass die zukünftige Frau eines Berufssoldaten auf solche Unannehmlichkeiten vorbereitet sein musste.

Trotzdem fasste sie sich ein Herz und fragte auf dem letzten Treffen direkt: »Willst du mich überhaupt heiraten, oder habe ich mich in dir getäuscht? Mama behauptet, dir geht es nur um meine Mitgift. Sag mir die Wahrheit. Wenn du mich nicht willst, gehe ich mit der Familie nach England und du hast Ruhe vor mir.«

»Natürlich will ich dich heiraten«, stieß Jaroslav hervor. Konnte er etwa nein sagen, auch wenn er das gern gewollt hätte? Sie hatte ihm ja gerade ins Gesicht gesagt, dass sie ihn der Lüge verdächtigte. Ihn beschuldigt, sie an der Nase herumzuführen. So eine Ungeheuerlichkeit. Er hatte sich immer für einen ehrlichen Menschen gehalten und wollte, dass auch die anderen so von ihm dachten. Was untersteht sie sich, an ihm zu zweifeln? Zorn packte ihn, aber er beherrschte sich. »Jetzt ist aber nicht der richtige Moment, um über die Hochzeit zu sprechen. Siehst du nicht die schwierigen Zeiten? Wir können schließlich nicht nur an uns denken. Aber du musst keine Angst haben, ich sorge für dich – das verspreche ich dir.«

Und so konnte Hana nicht ahnen, dass er noch am selben Abend, als er mit dem Zug in die Kaserne nach Hranice zurückkehrte, zu dem Entschluss kam, es sei das Beste, wenn er Hana nie wiedersähe.

Bei den Besuchen bei den Karáseks – wenn man die mit Putzen und Kochen verbrachten Stunden überhaupt Besuche nennen konnte – schreckten Hana zwei Dinge – Ludmilas Krankheit und Karels feindselige Blicke.

Hana war jung und gesund und der Anblick der hinfälligen Ludmila Karásková machte ihr Angst. Das war keine Angst um die kranke Frau, sondern Grausen, weil die Zeit dahinfloss, Furcht vor der eigenen Zukunft. Ludmila Karásková war für sie ein unangenehmes Beispiel dafür, was Menschen in ihrem Leben geschehen konnte. Eine Erinnerung daran, dass im Leben Dinge wie Alter, Krankheit, Verzweiflung und Ohnmacht existierten. Ludmila sprach immer unverständlicher, der Mund gehorchte ihr nicht mehr, und manchmal passierte es, dass die Worte sich weigerten, aus dem Mund zu kommen, und sich im Hals verklemmten. Die Folge war ein unverständlicher Laut, etwas wie Schluchzen oder Bellen, und Hana wusste nicht, wie sie sich verhalten sollte.

Sollte sie tun, als verstünde sie, oder fragen und weiter quälend warten, ob es der zittrigen Frau gelang zu sagen, was sie von ihr wollte? In diesen Momenten war Hana wütend auf die Kranke, dass sie sie so peinlichen Augenblicken aussetzte.

Karel Karásek verstand leichter, was die Mutter sagte, nur verbrachte er die meiste Zeit in der Werkstatt. Zum Glück. Hana ertrug die Art nicht, wie er mit ihr sprach. Dieser Leisetreter ließ noch unwilliger Worte fallen als seine Mutter und sah sie wie einen Eindringling an, eine verlauste Straßenkatze, die sich bei ihnen einschmeicheln wollte.

Und sie ahnte nicht einmal, wie nah sie der Wahrheit kam. Hätte sie eins der abendlichen Gespräche gehört, das Karel Karásek mit der Mutter führte, hätte sie nie wieder einen Fuß über diese Schwelle gesetzt.

»Mami, lad nicht immerzu die Helerová mit der Tochter ein«, konnte sich Karel manchmal nicht zurückhalten. »Ich weiß, dass du Hilfe brauchst, aber wir können uns doch leisten, jemanden zu bezahlen.«

»I-ich mag s-sie. Elsa ist ei-ne Freu-eundin.«

Karel setzte sich neben seine Mutter und nahm ihre Hand. »Ich weiß. Nur haben die so seltsame Augen. Die alte Helerová benimmt sich, als wüsste sie etwas über mich, und die junge schaut immer woanders hin.«

»S-sie ist ni-nicht alt.« Sie hob die schwere Hand und streichelte dem Sohn über die Haare. Manchmal benimmt er sich wie ein kleines Kind, dachte sie. Ich hätte mich wohl nicht bei Elsa beschweren sollen, dass Karel es nicht eilig mit dem Heiraten hat. Wer weiß, was sie jetzt von ihm dachte. »I-ich brau-che Gesell-schaft.«

»Ja eben. Wenn wir eine Haushaltshilfe anstellen, kommt die jeden Tag und du bist nicht allein hier.«

»Nein, i-ich will kei-ne Fre-Fremden.« Noch nicht, dachte sie.

Wie lange kommst du noch ohne fremde Hilfe aus, sagte sich ihr Sohn im Stillen. Er wusste, dass es überflüssig war, die Mutter zu quälen und laut zu fragen. Beide ahnten, dass eines Tages – ohne Rücksicht auf ihre Wünsche – dieser Moment kommen würde.

»Sie fah-ren so-wie-so bald nach Eng-England«, sagte Ludmila nach kurzem Schweigen.

Wenn es nur schon so weit wäre, dachte sich Karel, erhob sich mit einem Seufzen und lief mit leisen Schritten hinunter in seine sichere Werkstatt zu seinen Uhren.

# VIERZEHNTES KAPITEL
## 1938

Das Grüppchen trat auseinander, um den Männern in den weißen Kitteln mit der Trage Platz zu machen, und schloss sich gleich wieder hinter ihnen. Die Leute außerhalb des Kreises stellten sich auf die Zehenspitzen, um besser über die aufgespannten Regenschirme sehen zu können, und teilten ihre Beobachtungen und Vermutungen den Umstehenden mit.

»Der lebt nicht mehr.«

»Die sind zu spät gekommen.«

»Haben Sie gesehen, wie er fiel?«

»Er griff sich ans Herz und aus war es mit ihm.«

»Wie ist das möglich? Ich kannte ihn. Ein sehr netter Mann war das. So einen Tod hat er nicht verdient.«

Die letzte Bemerkung kam Ivana Zítková besonders dumm und überflüssig vor. Ja, der Herr Lehrer Erban war ein netter Mensch. Sie hatte ihn in der Schule in Tschechisch und Geschichte, und soweit sie sich erinnerte, wurde er nie laut zu den Kindern, selbst wenn sie unter der Bank lasen oder mit den Nachbarn flüsterten, weil sie die Ausführungen des Lehrers, mit monotoner, näselnder Stimme vorgetragen, langweilten. Aber seit wann ist es von Bedeutung, ob jemand nett oder böse ist? Glaubt wirklich jemand, das Leben sei gerecht?

Sie drehte sich um und ging zurück ins Feinkostgeschäft, um ihrer Chefin Frau Pašková das abgeholte Paket zu übergeben und das letzte Tablett mit belegten Brötchen fertigzustellen. Die Frau Chefin sah bedeutungsvoll auf die Armbanduhr. Als wüsste sie nicht, dass es bis zur Post und zurück nicht in weniger als vierzig Minuten zu schaffen war, nicht einmal, wenn am Schalter keine Schlange stand und nichts so Außerordentliches passierte, wie wenn der Mensch, der einem entgegenkam, auf einmal den Regenschirm losließ, einen seltsamen Schritt zur Seite machte und wie hingemäht zu Boden fiel. Ein Mann in dunkelblauem Sakko lief los, über die Pfützen, in das nächste Geschäft, um wegen eines Doktors anzurufen, aber Ivana sah auf den ersten Blick, dass das sinnlos war. Die Augen des Herrn Lehrer waren verdreht, der Unterkiefer hing herunter und der Kopf war in unnatürlichem Winkel verbogen, genau wie bei ihrem jüngeren Brüderchen, das vor sechs Jahren an Diphterie starb. Nein, das Leben ist nicht gerecht.

Wenn es nach Verdienst gehen würde, müsste sie nicht ganze Tage im Anrichteraum stehen und Schinkenschnittchen, verziert mit Ei und einer Gurkenscheibe, für die Dämchen zubereiten, die sie sich nur schmecken lassen konnten, weil sie geschickt zur Welt kamen. Wer entscheidet dort oben, ob ein Mensch in Reichtum oder Armut hineingeboren wird? Wer hat entschieden, dass Ivana Schnittchen belegt, die ihre Eltern nie kosten werden, weil sie kein Geld dafür haben? Dass sie sich nie an ein rundes Tischchen setzen, Fruchtlimonade oder sogar Weinschorle süffeln konnten, oder nie vornehm den kleinen Finger an der Hand mit dem filigranen Kaffeetässchen abspreizen und aus den Leckerbissen wählen würden, die das Feinkostgeschäft anbot, in dem ihre Tochter arbeitete?

Sie soll froh sein, dass sie so eine gute Arbeit gefunden hat! Denkt wirklich jemand, dass sie glücklich sein kann, dass sie Kundinnen bedienen darf, die sich für etwas Besseres halten, nur weil ihre Geldbörse dicker ist? Sicher, belegte Brötchen herzustellen und Kaffee auszutragen, ist bestimmt angenehmer, als wie ihre arme Mutter für fremde Menschen Wäsche zu waschen, aber Ivana wäre glücklich, wenn sie nicht hier hängen müsste und weiter zur Schule gehen könnte. Dann würde sie eine Arbeit finden, bei der nicht die Füße wehtun, weil sie den ganzen Tag stehen musste, und die Mundwinkel nicht vom krampfhaften Lächeln schmerzen würden, das die Käufer und Käuferinnen gratis zu den Nachspeisen und den Häppchen dazubekamen.

Gerechtigkeit! Gerecht wäre, wenn an ihrer Stelle Hana Helerová stehen würde. Die wollte gar nicht studieren, immer sagte sie, die Schule mache ihr keinen Spaß, aber ihre Frau Mama wünschte, die Tochter solle gebildet sein. Wie auch nicht. Sie hatte mehr Verstand als ihre beiden Töchter zusammen.

Was würde Ivana nicht dafür geben, wenn sie aufs Gymnasium könnte, oder wenigstens das Lehrerinstitut ... Und Hana besaß die Frechheit, sich auch noch zu beschweren. Manchmal kam sie bei Ivana im Feinkostgeschäft vorbei, bestellte sich einen Spritzkringel mit Eiercreme – die mochte sie am liebsten – und wartete, bis Ivana den Anrichteraum aufgeräumt und alle Tische poliert hatte. Die Frau Chefin lächelte sie mit einem Lächeln an, das für die besten Kundinnen reserviert war, und ließ die Frau Mutter grüßen, und Ivana flüsterte sie dann beim Gehen in der Tür zu, sie müsse am nächsten Morgen früher kommen, um vor dem Öffnen noch zu wischen.

Dann ging Ivana mit Hana nach Hause, wie früher, als sie noch beste Freundinnen waren. Aber jetzt waren sie keine Freundinnen mehr, nur Hana hatte das noch nicht bemerkt. Ihre Freundschaft erlitt einen schweren Schlag, als Ivana die Schule verlassen musste, und starb völlig, als Jaroslav Horáček Hana zum ersten Rendezvous einlud.

Ivana hätte geschworen, dass sie es war, die mit ihrem Lächeln Jaroslavs Aufmerksamkeit geweckt hatte. Dass es ihre Hüften waren, die ihn verzauberten, und ihr Entgegenkommen, das ihm den Mut gab, sie anzusprechen. Der junge Mann in Uniform teilte seine Aufmerksamkeit zuerst gerecht, er lächelte beide Mädchen genauso strahlend an, egal ob Ivana oder Hana, sagte beiden artige Komplimente, aber nach ein paar Wochen bemerkte Ivana, dass es Hana war, die er häufiger nach etwas fragte, die er häufiger am Ellenbogen nahm und die er bis zur Haustür begleitete. Und da war es ihr klar.

Schuld hatte dieses Haus am Platz. Die Wohnung im ersten Stock, der Schreibwarenladen im Erdgeschoss und der Kiosk zum Vermieten. Es war nicht Hanas Zauber, sondern der Besitz, der das Glück auf ihre Seite drehte. Bei diesem Gedanken verzog sich Ivanas Mund vor Bitterkeit und auf der Zunge häufte sich Missgunst an, die sich nicht schlucken ließ. In diesem Moment hätte sie lieber Hanas schmalen Hals zugedrückt und festgehalten, bis … Nein, das nicht. Aber wenn Hana vom Erdboden verschwände, würde sie Ivana absolut nicht fehlen.

Ivana hob das Tablett hoch und brachte es aus dem Anrichteraum ins Geschäft. Sie schaute aus dem Fenster. Der Regen, der seit ein paar Tagen die Stadt peinigte und über Mittag zu einem Nieselregen wurde, war wieder stärker geworden. Der Menschenauflauf hatte sich zerstreut und die Straße war fast leer.

Ein seltsamer Tag. Der bewölkte Himmel fiel herab und kam näher wie eine feindliche Armee, die auf den Befehl zum Angriff wartete. Gewöhnlich war es am Samstagnachmittag voll, aber heute war nur ein einziger Tisch besetzt. Die Frau Chefin schaute Ivana finster an, als sei es ihre Schuld, dass die Leute nicht hinaus in den Regen wollten. Sie drehte am Radioknopf, aber als anstelle von Musik nur Nachrichten kamen, stellte sie das Radio angeekelt wieder aus.

Wer wollte schon von den unablässigen Zugeständnissen hören, mit denen die tschechoslowakische Regierung versuchte, die aufgebrachten Sudeten zu beschwichtigen.

Die Chefin schloss die Kasse ab und ließ in Ivanas Richtung fallen: »Ich komme gleich wieder. Schaffen Sie das hier?«

Das kennen wir, dachte sich Ivana. Du weißt, dass heute nicht viele Leute kommen, und da gehst du ein Nickerchen machen. Nun ja, die Frau Besitzerin kann sich das erlauben. »Ja, Frau Chefin.« Sie verzog die Mundwinkel zu einem Lächeln. »Sie können sich auf mich verlassen.«

Sie nahm ein sauberes Tuch und ging die Tische neu polieren. Irgendwie musste sie sich die drei Stunden bis zur Schließzeit vertreiben.

Das Glöckchen über der Tür läutete aufdringlich. Ivana sah sich um, aber beim Anblick der Gestalt in Uniform zuckte sie zurück, drehte sich um und beugte sich wieder über die Tischplatte, um einen nicht existierenden Fleck wegzuputzen. Sie brauchte einen Augenblick, um zu sich zu kommen und die Atmung zu beruhigen.

Das Feinkostgeschäft war ein Ort, wo sich Damen trafen, um etwas Feines zu essen, und wohin die Mamas ihre Sprösslinge führten, um ihnen beim Nachmittagsspaziergang für eine Weile den Mund mit Eis oder einem Stück Torte zuzukleben. Männer kamen weniger und meistens nur zur Begleitung – sie gaben einem Bier in einem der vielen Bierlokale oder Restaurants den Vorzug vor Milchgetränken oder Kaffee mit Schlagsahne. Ivana grüßte und setzte ein höfliches professionelles Lächeln auf – das ließ sie sich angelegen sein, dass Jaroslav nicht etwa dachte, seine Gegenwart würde sie aus der Ruhe bringen.

»Sind Sie zu uns gekommen, um sich vor dem Regen zu verstecken?«

»Sie dürfen noch einmal raten.«

Kam ihr das nur so vor, oder schäkerte Jaroslav mit ihr? »Haben Sie hier ein Stelldichein mit Hanička?«

Jetzt trat Jaroslav von einem Fuß auf den anderen, wobei er so aussah, als wäre ihm die Erwähnung Hanas unangenehm. Aber aber, was ist denn hier los? Etwa Wolken im Paradies? Davon hatte Hana nichts erwähnt, und dabei haben sie erst vor zwei Tagen geredet. Im Gegenteil – Hana behauptete, dass sie nicht wegfährt, auch wenn die Mutter sie nötigt, mit der Familie nach England zu gehen, weil sie bei Jaroslav bleiben will. Aber sie sagte auch, dass sie sich in der letzten Zeit nicht häufig sehen, weil Jaroslav mit seiner Einheit irgendwo bei einer Übung ist und bestimmt erst im nächsten Monat zurückkommt. Interessant …

»Ist Fräulein Helerová noch nicht nach England abgereist? Als wir uns zum letzten Mal sahen – wir haben uns im Sommer zufällig getroffen – erwähnte sie, dass sie die Abfahrt zum Ferienende planen.«

Also das war seltsam. Sehr seltsam. Ivana ging zur Theke zurück, lehnte sich vor und stützte sich auf die Ellbogen. »Sie sollte fahren, aber ihre Schwester hat noch keinen Pass. Sie wollte nicht allein fahren.« Das hatte Hana ihrer Mutter gesagt, als die drängte, Hana solle ohne sie vorausfahren. In Wahrheit wollte sie aber überhaupt nicht fahren. Sie plante, es ihr erst am Abreisetag zu sagen. Und an dem Tag wollte sie auch zu Jaroslav ziehen.

Hatte sie etwa vergessen, ihm das zu sagen? Lügt hier etwa jemand?

»Ich bin nach Hause gekommen, um zu sehen, ob alles in Ordnung ist«, änderte Jaroslav schnell das Thema. »Nach diesem Regen ist der Fluss an manchen Stellen über die Ufer getreten und meine Eltern wohnen im Überschwemmungsgebiet.«

»Wirklich?« Ivana hob in vorgetäuschtem Erstaunen die Brauen. In Wahrheit wusste sie sehr gut, wo Jaroslav wohnt. Damals waren ihre ehemalige Freundin Hana und sie absichtlich dort langspaziert, in der Hoffnung, ihn *zufällig* zu treffen. Und einmal trafen sie ihn wirklich und dann ging Jaroslav in der Dämmerung auf dem Fußweg am Fluss mit Hana spazieren. »Ich hoffe, es ist alles in Ordnung«, fügte sie höflich hinzu.

»Ja, diesmal sind wir dem Hochwasser entgangen«, lachte Jaroslav. »Ich muss noch heute in die Kaserne zurück, aber ich sagte mir, ich habe lange meine hübsche Freundin nicht gesehen, und so konnte ich nicht widerstehen und bin auf dem Weg zum Bahnhof hier bei Ihnen vorbeigekommen.«

Ivana meinte gleich, er wolle eher herausfinden, ob die Helers noch in der Stadt waren, wurde aber trotzdem rot. »Nehmen Sie etwas?«, fragte sie schnell.

Und Jaroslav bestellte sich ein Schnittchen, stützte sich mit dem Ellbogen auf die Theke und erzählte Ivana vom Hochwasser, das zum Glück nur bis zur unteren Stufe reichte. Beim letzten Mal, ja, da hatten sie es in der Küche und mussten das Wasser in Eimern hinaustragen, aber er bekam gar keinen ab und so trug er das Wasser wenigstens in der Porzellantasse, und anstelle eines Lobs nahm Mama ihm die Tasse weg und haute ihm noch eine hinter die Ohren, weil die Porzellantasse ein Erbstück von der Oma war. Aber das konnte er doch nicht ahnen, er war doch erst drei. Und Ivana lachte und vergaß ganz, dass Jaroslav zu ihrer einstigen besten und jetzt schon ehemaligen Freundin Hana gehörte, oder vielleicht vergaß sie es nicht, aber es war ihr ganz egal, weil Jaroslav ihr gefiel, und sie versprach ihm, dass sie beim nächsten Mal, wenn er nach Meziříčí kommt, mit ihm am Fluss spazieren gehen und über seine Geschichtchen lachen würde.

Und Jaroslav hörte Ivanas Lachen zu, das viel fröhlicher und sorgloser klang als Hanas selbst zu Zeiten, als sie noch lachte, und sagte sich im Stillen, dass es Hanas Schuld war, dass er jetzt im Feinkostgeschäft an der Theke bei Ivana steht, weil sie überhaupt nicht mehr lächelt, ihn nur mit Sorgen belastet, als ob er nicht auch so genug eigene hätte, und will, dass er ihre Probleme löst. Wie kann sie so selbstsüchtig sein!

Und auf dem Weg vom Feinkostgeschäft ging er zur Sicherheit auf Nebenstraßen zum Bahnhof und nahm sich vor, erst wieder nach Meziříčí zu kommen, wenn Hana aus der Stadt fort war.

Hana fuhr in jenem September nicht fort, und später auch nicht. In Zeiten, in denen sie dafür noch die Kraft hatte, dachte sie dann oft nach, wie anders nicht nur ihr Leben, sondern auch das ihrer Schwester Rosa und ihrer Mama Elsa gewesen wäre, hätten sie damals das Haus verkauft, die Koffer gepackt und wären in den Zug gestiegen. Hätte sie Jaroslav nicht kennengelernt, sich nicht in den Kopf gesetzt, ihn zu lieben, und sich so verhalten, wie sie sich hätte verhalten sollen.

Als vier Jahre später Elsa Helerová mit ihren Eltern vor dem ausgehobenen Graben wankte, der schon fast ganz mit Körpern gefüllt war von denen, die vor ihnen an dieser Stelle standen, schloss sie fest die Augen und dachte daran, dass das Schicksal ihr diese Prüfung bereitet hatte. Es war aber Hana, die am Ende des Sommers 38 das Schicksal änderte und beschloss, alles dafür zu tun, dass die Abreise nach England so weit wie möglich verschoben wurde. Hana war es, die nicht tat, um was die Mutter sie gebeten hatte.

Alle Pässe und Visa waren fertig, bis auf einen – Rosas. Die Ausgabe von Rosas Dokumenten verzögerte sich, weil sie nicht volljährig war und bei Beantragung nicht das Einverständnis beider Eltern vorlag.

»Ihr Vater ist tot«, brummte Elsa, als sie die Bonbonschachtel hervorzog, in der sie wichtige Papiere aufbewahrte. Dort, zwischen Besitzurkunden fürs Haus, Gewerbeschein, Heirats- und Geburtsurkunden lag auch der Totenschein ihrer Mannes Ervin. »Die ganze Stadt kennt mich und weiß, dass ich Witwe bin, aber der Herr Beamte muss für alles ein Papier haben«, fuhr sie fort, als sie den Schein in einen Umschlag schob. »Wenn du zu Frau Ludmila gehst, bring den Brief auf die Post«, rief sie Hana. »Wegen eines Stücks Papier renn ich nirgendwohin. Ich habe sowieso keine Zeit, es sollen Leute kommen, die sich das Haus anschauen wollen.«

Sowie es sich herumgesprochen hatte, dass das Haus am Platz zum Verkauf stand, tauchten ein paar Interessenten auf. Wer würde nicht gern ein gut erhaltenes Haus mit Geschäft und Kiosk im Erdgeschoss und einer schönen Wohnung darüber haben wollen? Die Schwierigkeit war, dass alle ahnten, warum die Witwe Helerová das Haus verkaufte, wussten, dass sie es eilig hatte, und die Summe, die sie ihr anboten, lag weit unter dem tatsächlichen Wert. Elsa war verzweifelt, das ja. Sie war verängstigt wie Tausende anderer Menschen, denen bewusst war, dass Europa – und vor allem die kleine Tschechoslowakei – kein sicherer Ort zum Leben war. Aber ihre Verzweiflung war noch nicht auf dem Niveau, dass sie sich von Leuten rupfen ließ, die ihre schwere Situation ausnutzen wollten, und sie wartete ständig, dass jemand mit einem anständigen Angebot käme. Vielleicht waren es gerade die Drozds, mit denen sie heute zum dritten Mal verabredet war.

Hana nahm den Umschlag und steckte ihn in die Tasche ihrer leichten Jacke.

»Steck den nicht dorthin. Nimm eine Handtasche. Du verlierst ihn noch und wir fahren nirgendwohin.«

Hätte Elsa Helerová diese Worte nicht ausgesprochen, wäre Hana nie auf die Idee gekommen zu tun, was sie tat. Ganz sicher wäre sie zur Post gegangen, hätte eine Briefmarke gekauft und den Brief abgeschickt. Ein paar Tage später hätte Rosa ihre Dokumente bekommen, und weil sich die Drozds als anständige Menschen erwiesen, die nach kurzem Verhandeln mit Elsas Preis einverstanden waren, wären die Helers im September nach England abgereist.

Hana ging los zur Post, aber schon, als sie die Treppe hinunterlief, wusste sie, dass sie den Brief nicht abschicken würde. Sie hatte ihn auch gar nicht dabei, sie hatte ihn zwischen die Seiten von »Krieg und Frieden« gesteckt. Dort war er sicher. Elsa würde nie so ein dickes Buch zur Hand nehmen und Rosa las immerzu nur »Gabra und Málinka«.

Jaroslav hatte sie zwar drei lange Wochen nicht gesehen – sicher war er irgendwo zu Übungen – aber beim letzten

Treffen sagte er frei heraus, dass er es ernst mit ihr meinte und sich um sie kümmern wird. Bevor er diese Worte aussprach, hatte sie sich fast von Mutters unschönen Bemerkungen an Jaroslavs Adresse ins Wanken bringen lassen und die lange Reise wirklich in Betracht gezogen, aber jetzt wusste sie, dass sie bleiben musste. Weil ihre Zukunft hier war, mit Jaroslav.

Den Brief mit dem letzten nötigen Papier für die Dokumente ihrer Schwester wird sie später abschicken. Aber jetzt noch nicht.

Nach langer Zeit fühlte sie sich fast glücklich. Sie hatte die Zeit gewonnen, die sie so brauchte.

## FÜNFZEHNTES KAPITEL
September 1938 bis Februar 1939

Im September war Hana verzweifelt, weil Jaroslav schwieg, und verängstigt von der Vorhersage, dass nach Österreich die Tschechoslowakei Hitlers nächstes Ziel sei. Ein paar Mal war sie versucht loszulaufen und den Brief mit Rosas Bestätigung doch noch abzuschicken.

In den Sudeten brachen Unruhen aus, die Henlein-Leute plünderten tschechische und vor allem jüdische Geschäfte und Hana wurde von schweren Träumen aus dem Schlaf gerissen. Radio und Zeitungen brachten Nachrichten von Schusswechseln, ja sogar von Toten. Es war erschreckend, welche Leidenschaften jede von Hitlers im deutschen Rundfunk übertragenen Hassreden hervorrief.

Dann griff die Armee ein und das Stehlen hörte auf. Hana war erleichtert, konnte aber die Angst um Jaroslav nicht loswerden. Sicher war er irgendwo dort, in den Sudeten. Warum sonst hätte er sich so lange nicht melden sollen? Noch immer hatte sie keine Nachricht von ihm. Zweimal versuchte sie ihm an die Kasernenadresse zu schreiben, bekam aber keine Antwort. Damit rechnete sie. Hatte er doch schon bei den seltenen, kurzen Treffen am Sommeranfang gesagt, sie solle ihm nicht schreiben, dass es sinnlos war, weil er nicht antworten könnte, aber Hana wusste nicht, wie sonst sie etwas über ihn erfahren sollte.

Sie stellte sich ihn vor, wie er irgendwo an der Westgrenze die Befestigung verteidigte, von der er behauptete, sie sei undurchlässig, und in der Brusttasche hätte er ihre Fotografie.

In einem täuschte sie sich nicht. Jaroslav trug wirklich eine Fotografie in der Brusttasche, aber von Ivana. Auch wenn er wegen der ständigen Alarmbereitschaft fast die ganze Zeit in der Kaserne oder auf Übungen verbrachte, fand er doch mal ein Weilchen für einen Besuch bei seinem neuen Mädchen. Er wartete unter den großen Bäumen der Allee in Krásno auf sie, beobachtete sie durch das Glasschaufenster des Feinkostgeschäfts und umging auf dem Weg durch die Stadt sorgfältig den Marktplatz, um Hana nicht zu treffen.

Als Präsident Beneš die allgemeine Mobilisierung ausrief, begriff Hana, dass der Krieg, vor dem die Mutter sie schützen wollte, näher kam. Und dass sie die Familie der Gefahr ausgesetzt hatte. Die Mobilisierung ist der erste Schritt zum Krieg. Und Krieg heißt Mangel, Angst, Elend und Tod.

Aus dem Bücherregal im Zimmer, das sie mit Rosa teilte, zog sie Tolstois dickes Buch heraus, aus dem die Menschheit nichts gelernt hatte, weil Menschen, die Klassiker lesen, klug genug sind, um auch ohne die Beschreibungen seiner Grausamkeit zu begreifen, dass Krieg sinnlos war. Und die, die etwas lernen sollten, nehmen nie ein kluges Buch zur Hand.

Sie nahm den Brief heraus, steckte ihn in die Tasche und schaute in die Küche: »Ich habe Frau Karásková versprochen vorbeizuschauen.« Bevor die Mutter fragen konnte, worum es ging, fügte sie hinzu: »Ich bin bald zurück.« Dann lief sie zur Post, als ob sie den ganzen Monat einholen könnte, den sie den Brief aufgehalten hatte. Vielleicht ist es noch nicht zu spät, sagte sie sich, vielleicht schaffen Rosa und Mama noch zu fahren. Was sie selbst tun wollte, wusste sie nicht. Jaroslav hatte sich schon zwei ganze Monate nicht gemeldet.

Rosas Dokumente kamen Mitte Oktober. Nur dass sich inzwischen die Situation verändert hatte und Elsa Helerová nicht mehr damit rechnete, nach England zu fahren. Sie machte die Bestellung bei der Spedition rückgängig, die den Transport der wertvollsten Möbel und Kisten mit der notwendigsten Ausstattung übernehmen sollte, zerriss die lange vorbereitete Liste von Dingen, die sie nicht vergessen wollte, und trug die sorgfältig ausgewaschenen Koffer zurück auf den niedrigen Dachboden.

Nach dem Münchner Abkommen fielen die Sudeten an Deutschland und Nový Jičín, jetzt Neutitschein, der Geburtsort von Elsa und ihren Eltern, wurde Teil des Deutschen Reiches.

Erst jetzt wurde es Bruno und Greta Weis ganz und gar bewusst, wie bedeutungslos sie waren.

Drei Viertel der Einwohner von Nový Jičín bekannten sich zur deutschen Nationalität. Auch die Weis sprachen zu Hause deutsch und ihre Kinder besuchten deutsche Schulen. Aber sie waren Juden und nicht nur die Nachrichten von ihrem Sohn und anderen aus Deutschland Geflüchteten, sondern auch die historische Erfahrung, die tief in den Genen verankert war und von Generation zu Generation weitergegeben wurde, brachten sie dazu, den wertvollsten Besitz, bewahrt von Eltern und Großeltern und übers ganze Leben zusammengeknausert, zu packen und zur Tochter zu fahren. Sie warteten nicht, bis die deutsche Armee die Stadt besetzte und verblödete Haufen durch die Straßen ziehen und Hassparolen skandieren würden.

Als in Meziříčí die Möbel vom Umzugswagen geladen wurden, ließ Elsa sie auf den Hinterhof tragen und mit Planen bedecken. Im Laufe der nächsten Woche kam

Karel Karásek mit Umzugshelfern und half, die wertvollsten Stücke auf seinen Boden hinüberzutragen. Ludmila Karásková wollte sich so bei den Helers wenigstens ein bisschen für die Hilfe bedanken. Unters Dachbodenfenster stellten sie Teile des Betts, in dem einmal Elsa zur Welt gekommen war und vor ihr der Bruder Rudolf, in die Mitte stellten sie Schränke mit Türen aus gebogenem Holz, entlang der Wände stellten sie Thonet-Stühle auf und hofften, dass einmal der Tag käme, an dem sie wieder den Möbelwagen packen und die Familie Weis und ihr Besitz zurück nach Nový Jičín umziehen könnten.

Am Marktplatz wurden im Haus der Helers Brunos Sessel und Gretas Geschirr für Milch- und Fleischgerichte in die Wohnung über dem Schreibwarenladen getragen. Beim Anblick der sich aufhäufenden Dinge packte Elsa Helerová die Angst. Bald würden sie sich im Haus nicht mehr bewegen können. »Aber Mutti«, protestierte sie, als die Mutter eine weitere Kiste öffnete. »Wohin soll das alles? Ich habe doch genug Geschirr.«

»Hitler hat mich aus meinem Haus und meiner Küche vertrieben, also wirst wenigstens du mich wohl nicht zwingen, unreines Essen zu essen«, erklärte Greta Weisová. »Von heute an koche ich.« Sie öffnete ein Schränkchen, kniete sich seufzend auf den Boden, nahm Elsas Töpfe heraus und begann ihr Geschirr in die Regale einzuordnen. Elsa drehte sich lieber weg und ging den Möbelpackern zeigen, wohin die Betten sollten.

»Bringen Sie alles ins Wohnzimmer«, sagte sie. »Wir brauchen keinen Salon, wir sind sowieso lieber in der Küche.« Und dort stellten sie auch des Vaters dunkelblau gepolsterten Armlehnsessel unters Fenster, den sich angeblich schon sein Großvater anfertigen ließ. In diesem Sessel pflegte Bruno Weis zu sitzen, dort las er und hob manchmal den Kopf und sah in die Richtung, in der er seine Stadt erahnte.

Im blauen Sessel saß Bruno Weis auch an jenem Novembertag, als die Frau von Arnošt Langer mit ihrer Tochter aus Nový Jičín nach Meziříčí kam. In den guten alten Zeiten waren die Weis und die Langers Nachbarn, trafen sich auf der Treppe, grüßten sich respektvoll, sprachen übers Wetter und richteten ihren Gegenübern Grüße aus. Während der Tage, die Frau Langerová mit ihrer Tochter bei den Helers verbrachte, sprachen sie aber nur über eines. Was wohl mit Arnošt Langer und seinem Sohn Max wird, die nach der Kristallnacht in Neutitschein von den Gendarmen fortgebracht wurden. Sie behaupteten, sie wollten sie vor der erregten Menge beschützen, die sich durch die Straßen wälzte und jüdische Geschäfte plünderte und auch die Synagoge zerstörte.

»Sie haben alle Männer fortgebracht.« Die beleibte Frau Langerová schluchzte und ihre verschreckte dünne Tochter kauerte auf dem Sofa und wischte sich die Augen mit einem schmutzigen Taschentuch. »Ich sagte ihnen, Max sei noch keine achtzehn, aber sie glaubten mir nicht. Sie schrien mich an und drohten, uns auch mitzunehmen. Als ich ihnen aus dem Fenster hinterherschaute, sah ich, dass sie sie auf die Ladefläche eines Lastwagens gesetzt hatten. Die war fast voll.«

»Frau Langerová«, machte sie Elsa aufmerksam, »in Meziříčí sollten Sie nicht deutsch sprechen. Die Einheimischen mögen das nicht – erst recht jetzt.«

Nun heulte Frau Langerová auch schon. »Tschechisch, tschechisch! Ich kann doch gar nicht richtig tschechisch!«

Frau Langerová und ihre Tochter waren die ersten Schlafgäste, die ein Obdach bei den Helers fanden. Hana und Rosa mussten ihnen ihr Zimmer überlassen und im Schlafzimmer der Mutter auf der linken Ehebetthälfte schlafen. Besonders die einzelgängerische Rosa störte das schrecklich. »Ich verstehe nicht, warum sie gerade zu uns gezogen sind«, brummte sie. »Noch ein bisschen und unsere Wohnung wird eine Herberge.« Sie senkte die Stimme. »Hast du gesehen, wie Frau Langerovás Bauch wackelt, wenn sie weint?«

»Rosa!«, ermahnte sie Hana, musste aber auch lachen. Frau Langerová war so dick, dass an ihr einfach alles wackelte.

Nach der Besetzung der Sudeten verabschiedete sich Elsa Helerová endgültig von dem Gedanken, nach England zu ziehen. Auch wenn sie sich das nicht eingestehen wollte, war sie ziemlich froh, dass die Umstände für sie entschieden hatten, weil sie Angst vor der Emigration hatte. Jetzt hatte sie das Gefühl, dass die Gefahr vorbei sei und ihr Platz in dem Hause, in dem sie den Unglücklichen, die ihr Heim verloren hatten, wenigstens vorübergehend Obdach bieten konnte. Sie konnte sich in sie hineinversetzen und hatte das Gefühl, dass nicht viel fehlte und sie in derselben Situation in England gewesen wäre.

»Hitler hat bekommen, was er wollte, vielleicht wird er jetzt Ruhe geben«, antwortete sie, als ihr Vater sie überzeugen wollte, doch noch mit den Mädchen abzureisen.

»Du vergisst«, sagte er, »dass, wenn du einem bettelnden Hund eine Wurstscheibe hinwirfst, er keine Ruhe gibt, bis er noch eine und noch eine bekommt.«

Elsa wollte nicht zugeben, dass der Vater recht hatte. »Und wo würdet ihr wohnen, wenn ich das Haus verkaufe und zu Rudolf verschwinde? Hier kann ich mich nützlich machen. Schau dir die Armen an, die nicht wissen wohin. Die Langers sind sicher nicht die Einzigen.«

Nach drei Wochen wurden Herr Langer und sein Sohn unter der Bedingung freigelassen, dass sie deutschen Boden verlassen. Für die Reise bekamen sie nur zehn Reichsmark und die Empfehlung, nie mehr zurückzukommen. Elsa Helerová half ihnen, in Meziříčí eine Untermiete über der hiesigen Schusterwerkstatt zu finden. Die Langers wären am liebsten weit weg gefahren, zum Beispiel nach Amerika, aber sie waren mittellos, weil ihr gesamter Besitz in den Sudeten blieb. Und nach den Langers kamen weitere und weitere.

In die Uhrmacherwerkstatt kamen nur wenige Kunden, an manchen Tagen nur zwei, drei, um eine Reparatur zu beauftragen oder eine neue Uhr zu kaufen. Reparaturen gab es genug, denn damals wurde nichts weggeworfen. Die Menschen waren geduldiger, sie wussten, dass alles – Beziehungen und Dinge – seine Zeit brauchte. Sie ließen sich nicht bei den ersten Unstimmigkeiten scheiden und gaben nicht bei den ersten Schwierigkeiten Geld für neue Dinge aus. Die Handwerker leisteten ordentliche Arbeit, damit ihre Erzeugnisse lange hielten, und so überlebten viele Dinge ihre Erschaffer und ihre Besitzer und blieben über Generationen in den Familien.

Karel Karásek mochte seine Arbeit. Kaum ein Uhrwerk, das er in die Hände bekam, glich einmal einem anderen. Jede Reparatur stand wie eine Herausforderung vor ihm, wie ein Rätsel, das man lösen musste.

Er liebte die Ruhe der Erdgeschosswerkstatt und seine einzige Musik waren die leisen Melodien der Uhrwerke, das Schaukelgeräusch der Pendel und das Schlagen der Wanduhren. In der Werkstatt fühlte er sich sicher. Es war nicht schwer, auf die Fragen der Kunden eine Antwort zu finden, und die beifälligen Dankesworte für gute Arbeit schmeichelten ihm und weckten das Gefühl, er sei doch nicht so ein Tölpel, wie seine Mutter und die eingebildeten Heler-Frauen dachten.

Ja, manchmal fühlte er sich unbehaglich, vor allem in der Gesellschaft von Frauen ging es ihm nicht gut, aber er war nicht grundlos unsicher. Er wuchs nur mit der Mutter auf, an den Vater erinnerte er sich kaum. Er wusste nicht, wie sich ein Mann gegenüber Frauen benehmen sollte, ahnte nicht, wo die Grenze ist, an der höfliches Benehmen endet und Dreistigkeit beginnt. Er hatte Angst, Frauen mit seinen Blicken zu beleidigen, und so schaute er sie nicht an. Er wusste nicht, worüber Männer mit Frauen sprachen, und so schwieg er lieber. Er wollte nicht, dass sie sein Lächeln als verwegen ansahen, und so schaute er finster. Und dann stellt sich heraus, dass er sich wie ein Rüpel benimmt! Da soll sich doch einer auskennen mit diesen Frauen!

Es verdross ihn, denn er wollte nicht das ganze Leben allein bleiben. Frauen gefielen ihm. Ihre Hände verzauberten ihn. Sie waren voller Leben – zierlich, mit schlanken Fingern und weichen Handflächen. Er stellte sich vor, wie es wäre, könnte er sie berühren.

Besonders sehnte er sich danach, Ivana Zítkovás Hände zu berühren. Wie es wohl wäre, mit den Händen über ihre Arme nach oben zu gleiten, bis zu den Schultern, die Finger in die langen Haare zu graben, zu den Blusenknöpfen herunterzurutschen, den Kopf an die weichen Brüste zu legen und von nahem den süßen Zuckerduft zu atmen, der Ivana umgab. Vor dem Einschlafen ging er in seinen Vorstellungen weiter, viel weiter, und dann schämte er sich, als ob er wirklich ein unschuldiges Mädchen geschändet und sie dem Gerede ausgesetzt hätte.

Manchmal, wenn Frau Zítková mehr Kreuzschmerzen als sonst hatte, musste Ivana nach der Rückkehr vom Feinkostgeschäft die gebügelten Wäschestöße zu den Kunden bringen. Und weil die Wäscherin nicht die Jüngste war, wurde mit der Zeit das abendliche Wäscheaustragen zu einer weiteren von Ivanas Pflichten. Karel Karásek hatte daran – im Gegensatz zu Ivana – seine echte Freude. Jeden Dienstag, wenn sie kam, wartete er ungeduldig in der Werkstatt, um einen Moment mit ihr allein zu sein, freute sich, wenn sie die Arbeit seiner geschickten Finger lobte, und nur ihr allein erlaubte er, die ausgestellten Uhren zu berühren. Nur ihretwegen kam er um den Arbeitstisch herum, öffnete die Glastüren der hohen Standuhren, und während er von nahem den süßen Duft einatmete, zeigte er ihr, wie man das Uhrwerk mithilfe der Gewichte an den Metallketten aufzog.

Dann bezahlte er für die Wäsche, gab noch etwas Kleingeld dazu und versprach sich im Geiste, dass er beim nächsten Mal, beim nächsten Mal ganz bestimmt den Mut finden würde, um Ivana vielleicht ins Kino einzuladen, oder sogar auf einen Abendspaziergang durch die Stadt. Und Ivana lächelte mehr und mehr und Karel fiel überhaupt nicht ein, dass ihr Lächeln nicht ihm gehörte, dass sie bei dem Gedanken an die paar Münzen lächelte und auch, weil in der Dämmerung an der Straßenecke schon Jaroslav wartete. Ivana freute sich auf ihn, weil es zu der Zeit, im Januar 39, schon nicht mehr Hanas, sondern ihr Jaroslav war, und die einzige Schwierigkeit darin bestand, dass die ehemalige Freundin es noch nicht wusste.

»Wenn ich heirate, schaffe ich mir solch eine Uhr an«, sagte Ivana, schloss vorsichtig die Glastür und legte den Schlüssel in Karels offene Hand.

Die fast vertrauliche Berührung brachte ihn aus dem Gleichgewicht. »Und wann wird das sein?«, platzte er heraus. Ihn selbst überraschte der Mut, mit dem er fragte.

Sie lächelte. »Wenn es nach mir ginge, gleich. Aber mein Jaroslav ist Soldat ...« Sie ließ das Satzende verklingen und seufzte tief.

Karel Karásek starrte sie nur an. Natürlich hatte er eine ganz andere Antwort erwartet. Irgendetwas wie »Ich habe niemanden zum Heiraten« oder »Wer würde mich nehmen« – und er würde antworten »Vielleicht ich« und dann würden sie zusammen ins Kino gehen und schon ginge das Schlag auf Schlag. Sie würden heiraten und Ivana wäre eine wunderbare Frau, das wusste er, auch um Mama würde sie sich gut kümmern ... Er hatte das so gut durchdacht. Aber jetzt stand er mitten in seiner Werkstatt, sah verständnislos das Mädchen an, mit dem er in seinen Vorstellungen nicht wenige Abende verbrachte, und brachte nur taktlos heraus: »Jaroslav Horáček? Der geht doch mit Hana Helerová.«

Ivana ließ sich nicht aus der Ruhe bringen. Sie wartete schon lange auf eine Gelegenheit, jemandem die Nachricht von sich und Jaroslav mitzuteilen, der sie ganz sicher an die richtige Stelle gelangen ließ – also zu Hana. »Aber Herr Karel, das ist schon lange vorbei. Sie haben sich getrennt, als Hanička sich entschloss, nach England zu gehen.« Sie nahm das Geld vom Tisch, steckte es ins Portemonnaie und das zusätzliche Kleingeld in die Tasche, knöpfte den Mantel bis zum Hals zu und lächelte zum Abschluss strahlend. »Dann wieder in einer Woche, Herr Karel.«

»Leben Sie wohl«, sagte Karel und kehrte an seinen Tisch zurück, als sei nichts geschehen, und obwohl er noch zwei Stunden dasaß, reparierte er keine einzige Uhr mehr.

Hana Helerová fuhr fort, an ihrer Aussteuer zu arbeiten. Sie nähte zweimal Bettwäsche, umsäumte Handtücher und Küchentücher, strickte einen Überwurf für das Ehebett und für das Küchensofa. Im Schrank wuchsen die Stapel Kissenbezüge in eckigen und runden Formen und Hana fuhr geduldig fort, feine Gardinen und Tischdecken und Deckchen zu häkeln, und hoffte stets, dass Jaroslav Zeit für mehr als ein paar flüchtige, eher zufällige Begegnungen haben würde.

»Die Zeiten sind schwierig«, wiederholte er immer wieder, als ob sie das nicht selbst wüsste. »Wir müssen Geduld haben. Hab keine Angst, das wird schon irgendwie.« Und dann verschwand er und sie sah ihn mehrere lange Wochen nicht.

Ihre Hoffnungen, Gedanken und die Last auf ihrer Seele strickte sie an den Abenden in die feinen Muster ihrer Deckchen ein. Wie hätte sie sich beschweren sollen? Bei wem? Sie wusste selbst, dass ihr Kummer im Vergleich zu den Schwierigkeiten, mit denen die anderen klarkommen mussten, völlig nichtig war.

Die Welt geriet in Bewegung. Es gab keine Woche, in der nicht eine weitere jüdische Familie aus dem von den Deutschen angegliederten Gebiet nach Meziříčí gekommen wäre. Die Familien Tintner, Haas, Klein, Honighwasch ... Sie quartierten sich bei Verwandten ein, oder mieteten etwas, was ihnen die Stadt und Vereine zu finden halfen. Um Hilfe bemühten sich vor allem die Jüdische Religionsgemeinschaft und ihre Mitglieder, aber auch Elsa

Helerová, die nicht dazugehörte, versuchte sich nützlich zu machen. Das Haus der Helers wurde für die jüdischen Flüchtlinge vorübergehend zu einem Zufluchtsort, in dem sie dank Greta Weis den ganzen Tag koscheres Essen bekamen und am Abend in den Gesprächen mit Bruno Weis Trost über dem Daf Jomi, einer Seite der Tora und den Kommentaren zum entsprechenden Tag.

Elsa Helerová hatte wirklich weder Zeit noch Lust, sich mit dem Herzeleid ihrer ältesten Tochter zu beschäftigen, und Hana wäre auch nicht bereit gewesen, sich ihr anzuvertrauen. Sie wusste, dass der Mutter Jaroslav nie ganz passte, und mochte sich keine Reden darüber anhören, dass die Mutter recht hatte.

Die kleine Rosa fühlte den Kummer der Schwester und aus der Sicht ihrer fünfzehn Jahre erschien ihr Hanas Situation tragisch. Das Unglück der Menschen, die ein paar Tage bei ihnen verbrachten, betraf sie nicht so. Sie verstand es als etwas, das nur den anderen passierte, so wie Krankheiten oder Verkehrsunfälle, etwas, was ihr und ihren Nächsten nie zustoßen konnte. Dafür tat Hanas Traurigkeit ihr weh, aber sie wusste nicht, wie sie sie trösten sollte.

Seit dem Sommer hatten sich Hana und Jaroslav kaum viermal gesehen, kurze Treffen, gekennzeichnet von Jaroslavs Unruhe und Gereiztheit.

Ende Februar begegnete sie ihm auf dem Weg vom Schuster. Erfreut lief sie auf ihn zu, und hätte sie sich nicht geschämt, hätte sie sich ihm an den Hals geworfen. »Du bist hier?«

»Heute, aber nur für einen Nachmittag. Ich hätte dir Bescheid gegeben, wusste aber nicht wie, wo deine Mutter doch nicht begeistert von unserer Bekanntschaft ist.«

»Und wann wirst du das nächste Mal frei haben?«

»Ich bin ständig im Dienst«, erklärte er ungeduldig, als hätte sie ihm Vorwürfe gemacht. »Und wenn ich nach Hause komme, versuche ich ein bisschen den Eltern zu helfen, sie sind ja nicht mehr die Jüngsten.« Und Hana nickte mit dem Kopf. »Aus den Sudeten sind viele Soldaten abgezogen worden und du kannst dir nicht vorstellen, wie viel Arbeit die Demobilisierung macht. Und da rede ich noch nicht einmal davon, dass die neue Grenze gesichert werden muss.«

Hana verstand Jaroslavs Schwierigkeiten, aber sie wollte nicht über die schwierige Situation der Armee reden. »Dann schreib mir doch wenigstens manchmal eine Postkarte, damit ich weiß, dass es dir gut geht.«

»Ich kann dir nicht schreiben, das habe ich dir doch schon erklärt.«

»Warum bist du verärgert? Ich mache mir nur Sorgen um dich.«

»Um mich sorg dich nicht, kümmer dich lieber um dich selbst.«

»Wie meinst du das?« Hana schossen Tränen in die Augen. »Du hast doch gesagt, dass ich keine Angst haben muss, dass du dich um mich kümmern wirst.«

Ja, das habe ich gesagt, wollte Jaroslav schreien. Das habe ich gesagt, als ich dachte, du verschwindest in dieses verfluchte England. Hast du wirklich nicht begriffen, dass wir beide kein Paar mehr sind? »Sicher, sicher«, sagte er laut. »Ich kümmere mich.«

»Verzeih«, sagte Hana. »Ich weiß, dass du müde bist, und ich belaste dich mit unnötigen Klagen. Aber doch nur, weil ich dich mag und mir an dir liegt.« Sie lehnte die Stirn an Jaroslavs Mantelaufschlag.

Verlegen sah er sich in der leeren Straße um und streichelte ihr über die Haare. »Ich weiß doch. Aber jetzt muss ich zum Zug.« Nach kurzem Zögern fügte er hinzu: »In zwei Wochen habe ich vielleicht am Sonntag frei. Treffen wir uns für eine Weile um fünf Uhr an unserem Platz am Fluss. Was meinst du, kannst du?«

»Bestimmt«, nickte Hana. »Das richte ich irgendwie ein.«

Jaroslav neigte schweigend den Kopf und versprach sich selbst, dass er bis dahin eine Idee hat, wie er die verschleppte Bekanntschaft mit Hana schmerzhaft, aber endgültig beendet.

Der Mensch denkt, aber etwas – ob es die Ereignisse sind, Zufälle, oder die Tücken des Schicksals – lenkt die Pläne. Und Jaroslavs Pläne wurden durch das Geschehen in der Slowakei und der Westukraine geändert, das die Anwesenheit der tschechoslowakischen Truppen erforderte. Und so fand sich Jaroslav diesmal wirklich nicht durch eigene Schuld im Zentrum der Ereignisse wieder und konnte nicht zu dem verabredeten Treffen kommen, auf das sich Hana ehrlich freute und das Jaroslav berechtigt fürchtete.

Hana redete sich bei der Mutter mit einem Besuch bei Frau Karásková heraus, aber diesmal verkürzte sie die Zeit bei der Kranken auf die kürzestmögliche und eilte zum Fluss, zu dem dunklen Platz unter den Bäumen, wo sie sich trafen, als sie noch ein richtiges Paar waren. Nach mehr als einer halben Stunde vergeblichen Wartens begriff sie, dass sie ihren Jaroslav wieder nicht sehen würde. Und ganz durchgefroren und auch verängstigt von den Geräuschen, die aus dem Dunkel am Fluss besonders schrecklich klangen, kehrte sie enttäuscht heim, um weiter an den Vorhängen zu häkeln. Mit dem neuen Muster, das ihr Großmutter Greta beigebracht hatte.

# SECHZEHNTES KAPITEL
## März 1939

Vom Himmel fielen nasse, mit Regen vermischte Schneeflocken und verwandelten die Straßen in schwappende Matschbahnen. Feuchtigkeit und Kälte fielen über die Stadt und überschwemmten sie genauso wie die deutschen Soldaten, die langsam durch die Straßen von Krásno fuhren und über die Brücke ins Zentrum der Stadt. Der Platz, auf dem an Markttagen Gemüse und Obst aus dem eigenen Garten verkauft wurde, die Käufer hausgemachten Honig kosteten, kennerisch das Geflügel befühlten und die Erzeugnisse geschickter Handwerker begutachteten, füllte sich mit Militärfahrzeugen und hässlichen Motorrädern mit eckigen Seitenwagen. In den geparkten Fahrzeugen saßen schweigend Soldaten in wasserdichten Mänteln und taten, als wollten sie nie wieder fortgehen.

Die Menschen standen still auf den Bürgersteigen um den Platz herum und drückten sich an die Häuser. Vielleicht hofften sie, dass die Wände sie vor dem feuchten Wetter und auch vor der bösen Wirklichkeit beschützen könnten. Eine Weile sahen sie schweigend zu, als ob sie nicht den Radionachrichten trauten und sich mit eigenen Augen von ihrem Unglück überzeugen müssten. Und dann kehrten sie erniedrigt, mit unter der Gedankenlast gesenktem Kopf, in die Stirn gezogenen Hüten, nass und voller Zukunftsangst heim.

Helers mussten nicht aus dem Haus, der ganze Schrecken spielte sich genau unter ihren Fenstern ab. Elsa und die Eltern packte Entsetzen. Ratlos saßen sie in dem mit Möbeln vollgestopften Wohnzimmer, dessen Fenster zur anderen Seite hinausgingen. Unterbewusst wollten sie wohl so weit wie möglich vom Platz weg sein, oder vielleicht die Mädchen mit ihren Tränen nicht noch mehr erschrecken.

Rosa kehrte zu ihrer Kindheitsgewohnheit zurück, sie kauerte sich mit ihrer Postkartensammlung in die Ecke hinterm Kleiderschrank und blätterte mit dünnen Fingern durch Bilder sonniger Orte, an denen sie gerade jetzt gern wäre. Nur Hana blieb in der Küche, setzte sich auf das breite Fensterbrett und beobachtete, wie auf dem Platz Militärlastwagen und Motorräder hielten. Weitere Wagen voller Soldaten fuhren nur durch in Richtung Kaserne.

Vor dem Rathaus bremste ein Auto und heraus stiegen Gestalten in langen Militärmänteln und platten Mützen. Hana sah von Ferne, wie sie sich nach einem Begrüßungskomitee umsahen, aber von den Ratsmitgliedern war niemand erschienen. Nur über dem Eingang hing schlaff eine einzige Fahne mit einem Kreuz mit falsch aufgenähten Haken. Die Männer stiegen die breite Treppe hinauf und verschwanden hinter der Tür.

Der Wind drehte sich, die nassen Flocken klebten sich an die äußere Scheibe des Doppelfensters und versperrten Hana die Aussicht. Sie rutschte vom Fensterbrett und ging ins Schlafzimmer. Sie setzte sich neben ihre Schwester und lehnte sich mit dem Rücken an die Wand. Schweigend beobachtete sie, wie Rosa die Postkarten anschaute.

»Hier könnten wir sein.« Rosa gab ihr ein Bild vom Buckingham Palace, das ihnen Onkel Rudolf geschickt hatte.

»Da wohnt schon der König«, versuchte Hana zu scherzen, aber Rosa lächelte nicht einmal.

»Ich wollte so gern das Meer sehen«, fuhr sie fort. Hana sah sie dabei nicht an. »Auch deswegen wollte ich so gern nach England. Ich habe mich gefreut, dass wir auf einem dieser großen Schiffe über den Ärmelkanal fahren.« Sie hob die dunklen Augen zur Schwester und sah sie mit einem Blick an, bei dem sich Hana der Hals zusammenschnürte. »Du wolltest wegen Jaroslav hierbleiben, nicht wahr?«

In Rosas Frage war kein Vorwurf, aber Hana hörte ihn da. Für einen Moment dachte sie, dass Rosa von dem Papier, das einen Monat in dem dicken Buch versteckt war, wusste, und ihr die Verzögerung verübelte. Sie war versucht, der Schwester zu erklären, warum sie das getan hatte, aber Rosa fuhr fort. »Jetzt lösen sie die Armee auf. Das heißt, dass Jaroslav heiraten kann.« Sie schwieg, sah aber nicht weg. »Heißt das, wenn du ihn heiratest, bist du keine Jüdin mehr?«

»Wie kommst du denn auf so etwas?«

»Mama hat heute Nachmittag zu Oma Greta gesagt, dass das am besten wäre. Weil die Deutschen die Juden hassen, und eine Ehe mit jemandem, der kein Jude ist, könnte dich wohl schützen.«

»Schützen? Wovor würde mich das schützen?«

Rosas Augen schauten Hana immer noch an, als ob sie überhaupt nicht zwinkern müssten. »Weiß ich nicht. Man kann jetzt nirgendwo mehr hin, sie lassen uns nicht mehr weg.« Sie zog die Knie näher an den Körper und drückte sich tiefer in die Ecke zwischen Wand und Schrank. »Ich glaube, ich werde nie das Meer sehen.«

Hana streckte die Hand aus und klapste sie vorgetäuscht spielerisch aufs Bein. »Sei nicht dumm, wir sind doch nicht einmal ordentliche Juden. Du weißt, dass Oma Greta ständig klagt, dass wir nicht wüssten, wie wir uns in der Synagoge benehmen sollten, wenn wir zufällig dort hinkämen.« Sie erhob sich und reichte Rosa die Hand, um ihr beim Aufstehen zu helfen.

Ein ähnliches Gespräch fand auch im Nebenzimmer statt. Die Eltern versuchten Elsa zu überzeugen, sie solle noch versuchen, aus dem Land zu kommen. Vergeblich, Elsa fürchtete die Reise durch das von Faschisten besetzte Land mehr als die unbestimmte Gefahr, die ihnen drohte, wenn sie blieben.

»Ich kann doch meine Kinder nicht um ihre Heimat bringen. Und schon gar nicht euch hierlassen«, wiederholte sie. »Lebte Ervin noch, hätte ich Angst um ihn, aber Frauen und alten Menschen werden sie doch nichts tun. Wir sind ungefährlich für sie.«

»Sie nehmen uns sowieso alles weg«, wollte der Vater sie überzeugen. »Hast du nicht gehört, was die Langers und die anderen erzählten, die aus den Sudeten flüchteten? Wovon willst du leben? Das Geschäft lassen sie dir nicht, damit rechne nicht. Wer weiß, wie es mit dem Haus wird. Nimm die Mädchen und fahrt. Versucht es. Papiere habt ihr. Vielleicht schafft ihr es noch.«

Aber Elsa hatte sich schon entschieden. Und wie sie es in den Jahren der Witwenschaft gelernt hatte, wischte sie die Tränen fort und begann zu überlegen, wie sie die kommenden schweren Jahre überleben sollten. Planen beruhigte sie immer.

»Hana muss so schnell wie möglich diesen Horáček heiraten. Und wir versuchen mit dem Kioskbetreiber Skácel zu verabreden, ob er das Geschäft nicht zum Schein von mir kauft. Ich erlasse ihm ein paar Schulden und senke die Miete.«

»Mädchen, du stellst dir das sehr einfach vor. Sobald der Schreibwarenladen auf ihn überschrieben ist, bekommst du ihn nie wieder zurück.«

»So dumm bin ich nicht. Ich lasse mir natürlich beim Anwalt ein Papier schreiben, dass das Geschäft in Wahrheit mir gehört.«

Der Vater schüttelte den Kopf. »Elsa, lass dir raten ...«

An diesem Abend konnte keiner von ihnen einschlafen. Bruno und Greta Weis berieten leise, wie sie Elsa zur Abreise bewegen könnten. Elsa versuchte zu überlegen, wie sie Skácel überzeugen sollte, dem fiktiven Verkauf zuzustimmen und sie nicht zu betrügen. Hana stellte sich Jaroslavs Gesicht vor, wenn sie ihm sagte, dass Mama einverstanden sei. Und Rosa lag auf dem Rücken und bemühte sich, die Augen offen zu halten, weil immer, wenn die Lider sich schlossen, mehr und mehr Lastwagen aus der Dunkelheit kamen und unendliche Reihen Soldaten von ihnen herabsprangen.

Gleich am nächsten Tag ging Elsa um einen Rat zu Doktor Lewy. Der Anwalt Karel Lewy hatte wie Elsa und Ervin Heler den jüdischen Glauben aufgegeben, und diese Tatsache weckte in Elsa die unbegründete Hoffnung, er würde ihre Situation verstehen. Auch er fühlte sicher, dass er irgendwo im Flachwasser zwischen den Strömungen feststeckte und nirgendwohin gehörte. Die Juden hielten ihn nicht mehr für einen von ihnen und die anderen hielten sein Judentum für selbstverständlich. »Zu welchem Anwalt gehst du nochmal?«, fragte man. Und bekam eine eindeutige Antwort: »Zu diesem Juden.« Was eine Antwort war, die noch vor einiger Zeit nicht viel bedeutete. Im Gegenteil, Judentum war für den Anwaltsberuf eher eine Empfehlung, weil allgemein von den Juden bekannt war, dass sie sich im Handel und Rechtswesen auskannten. In der letzten Zeit bekamen diese Worte aber einen anderen, gefährlicheren Subtext, und die Leute sprachen sie mit gesenkter Stimme aus, als schämten sie sich für sie.

Elsa kehrte mit gemischten Gefühlen heim. Doktor Lewy hielt Hanas Eheschließung mit einem Arier für eine gute Idee. »Aus dem, was ich über die neuen deutschen Gesetze weiß, lässt sich schließen, dass eine Mischehe ihre Tochter nicht vom Judentum befreit, aber eine gewisse Form des Schutzes darstellen kann«, sagte er und fügte hinzu: »Im Übrigen verlässt sich auch mein Bruder darauf.« In der Angelegenheit des Geschäftsverkaufs versprach er Elsa Helerová zwar seine Hilfe, machte sie aber gleichzeitig darauf aufmerksam, dass es in ihrer Situation keine Garantie gab, dass sie der Mieter nicht betrog. »Sie müssen sich gut überlegen, wem sie ihren Besitz anvertrauen, Frau Helerová. Wählen Sie einen Menschen, dem Sie wirklich vertrauen.«

Und das war der Haken. Elsa Helerová wusste, dass sie Skácel nicht trauen konnte. Sie konnte sich aber nicht vorstellen, wem sie den Laden überschreiben sollte, ohne dass es zu augenfällig war. Sie dachte auch an die Karáseks, wusste, dass sie das für sie tun würden, aber es war nötig, dass der neue – wenn auch nur vorgeschobene – Besitzer auch wirklich im Geschäft arbeitete. Und damit konnte sie bei Karel Karásek nicht rechnen. Ihr fiel ein, sie könnte sich mit dem Kürschner Berger beraten. Berger war ein erfahrener Mann, hatte schon viel erlebt und wusste sich immer zu helfen. Vielleicht wusste er eine bessere Lösung.

Sie zog das Tuch enger um den Kopf, schlug den Kragen hoch und ging gedankenversunken zum Platz. Sie sah sich lieber nicht viel um, denn der Anblick der bewaffneten Soldaten in den Straßen der Stadt beklemmte sie. Was tat es schon, dass sie versuchten, sich wie Befreier zu geben und sogar Essen an Arme verteilten. Alle wussten sehr gut, dass die Lebensmittel aus den Vorräten der hiesigen tschechischen Kaserne stammten.

Der Platz war fast leer. Elsa bog zur Kürschnerei ein, hatte aber kaum ein paar Schritte getan, als sie bemerkte, dass die Schaufenster des Geschäfts mit den schweren Rollläden verschlossen waren und vor der Tür ein Gendarm stand. Ein tschechischer Gendarm. Sie zögerte, fasste dann aber Mut und trat an ihn heran.

»Wurde die Kürschnerei ausgeraubt?«, fragte sie, aber ihr selbst kam die Frage dumm vor. Welcher Dummkopf stiehlt schon, wenn die Stadt voller Uniformen ist!

Der Gendarm hob die Brauen. Offensichtlich dachte er dasselbe. Dann sah er sich um, schüttelte vorsichtig den Kopf und sagte leise: »Gehen Sie nach Hause, Frau. Herr Berger hat sich erhängt.«

Sie musste nicht fragen warum. Der Gendarm wusste es, Elsa wusste es, die ganze Stadt wusste es. Der geschätzte Bürger der Stadt Meziříčí Josef Berger war Jude. Er kannte Hitlers Judenhass, hörte Geschichten von Verhaftung, Verfolgung und Erniedrigung seiner Glaubensbrüder und von brennenden Synagogen in der Kristallnacht und wollte nicht das erleiden, was kommen musste. Während der Mittagspause kehrte er früher in sein Geschäft zurück und nahm sich das Leben. Er wählte seine eigene Lösung, was seine Witwe Rudolfína, von der Verzweiflung gelähmt, für Schwäche hielt, aber ein paar Jahre später, als sie im Ghetto von Łódź ihrem eigenen Tod in die Augen sah, als Weitblick umwertete.

So eine Lösung konnte Elsa aber nicht wählen. Sie war nicht allein auf der Welt. Sie trug Verantwortung für ihre zwei Töchter. Sie hatte sie geboren, wollte immer das

Beste für sie und wird sich auch jetzt um sie kümmern. Sie muss sich um sie kümmern.

Sie drehte sich um und eilte über den Platz nach Hause. In der Haustür traf sie Skácel. Sie musste so schnell wie möglich mit dem Kioskbetreiber sprechen und eine Vereinbarung treffen, aber jetzt gerade hatte sie keine Kraft dafür. Sie grüßte und wollte hineingehen, nur stand Skácel so ungeschickt in der Tür, dass sie nicht an ihm vorbeikam.

»Sie gestatten«, sagte sie und machte einen Schritt vorwärts.

Skácel bewegte sich nicht und Elsa begriff, dass er absichtlich da stand.

»Ich möchte durch.« Sie versuchte sich an ihm vorbeizudrängen.

Skácel lachte und schob sich noch weiter zur Seite, um den Durchgang einzuengen. Elsa blieb überrascht stehen. »Was ist denn das für ein Scherz? Lassen Sie mich durch, ich will nach Hause.«

Skácel lachte lauter, als hätte sie etwas wirklich Lustiges gesagt, und trat dann zur Seite. »Gehen Sie nur, Frauchen. Lange werden Sie sich hier sowieso nicht mehr breitmachen. Hitler wird solche wie Sie bald zurechtstutzen.«

Elsa stand da wie begossen. »Wie meinen Sie das? Ich war immer anständig zu Ihnen.«

»Anständig? Sie rupfen mich mit schamlos hoher Miete und für einen Heller würden Sie Ihre Großmutter verkaufen. Eine echte Jüdin.«

Elsa lief zur Treppe los.

»Das ist Ihr Ende, Helerová«, hörte sie hinter sich. »Was, wenn Sie es machen, wie Ihr Freundchen Berger?«

Sie schlug die Tür hinter sich zu und lehnte sich dagegen. Ihre Knie zitterten und in den Schläfen hämmerte die Wut. Sie mochte Skácel noch nie, aber so einen Hass hatte sie von seiner Seite nicht erwartet. Bis jetzt hatte er höflich mit ihr gesprochen.

Auf einmal begriff sie. Gestern war sie zu einem Menschen zweiter Klasse geworden. Ein schrecklicher Gedanke überkam sie. Werden sich jetzt alle so zu ihr und ihren Töchtern benehmen?

Rosa schaute in den Flur. »Mama, wir haben Besuch.« Argwöhnisch schaute sie die Mutter an: »Ist etwas passiert?«

Elsa schüttelte den Kopf: »Ich bin nur zu schnell die Treppe hochgelaufen und außer Atem.«

»Du hast schon von Herrn Berger gehört, nicht?«, sagte Rosa und nahm der Mutter den Mantel ab, um ihn aufzuhängen.

»Ihr wisst das schon?« Die Geschwindigkeit, mit der sich die Nachricht durch die Stadt fortpflanzte, überraschte Elsa.

»Das hat uns der Herr gesagt, der zu dir gekommen ist. Angeblich wegen unseres Geschäfts.«

Aha, dachte Elsa. Da sind die Geier schon.

Der Mann, der sich vom Stuhl erhob, um sie zu begrüßen, kam Elsa bekannt vor, aber sie konnte sich nicht erinnern, woher.

»Einen schönen Nachmittag, Frau Chefin«, sagte der Besucher und da erst fiel ihr auf, dass es Alois Urbánek war, der ehemalige Handlungsgehilfe in Ervins Schreibwarenladen. Er war nicht mehr jungenhaft schmächtig und in den sechs Jahren, die sie sich nicht gesehen hatten, waren seine Gesichtszüge gröber geworden, aber seine Haare waren immer noch schwarz und nach Elsas Meinung viel zu sehr pomadisiert. Verlegen knetete er in den Händen die Hutkrempe.

»Setzen Sie sich«, sie zögerte, wie sie den Besucher anreden sollte. »Herr Urbánek«, fuhr sie nach einem Moment fort, währenddessen beide Eltern den Blick auf den Tisch gerichtet hielten, woraus sie schloss, dass sie zu lange geschwiegen und sich nicht höflich verhalten hatte. »Was führt Sie zu uns ... nach so langer Zeit?«

Alois Urbánek setzte sich auf den Stuhlrand und sah sie mit diesem Blick an, dessentwegen sie ihn früher nicht ertragen konnte. »Ich hörte, dass Sie ins Ausland fahren. Man sagt, Sie vermieten das Geschäft, also dachte ich mir ... Ich weiß, dass ich nicht nett zu Ihnen war, als der Herr Chef starb, und ich entschuldige mich. Sie haben mich gebraucht, und ich habe nur an Geld gedacht. Das muss schwer für Sie gewesen sein. Aber ich habe mein Lehrgeld gezahlt, glauben Sie mir. Ich arbeite in der Fabrik, das ist keine schlechte Arbeit und sie sind zufrieden mit mir, aber ich gehöre ins Geschäft, Frau Chefin. Das Verkaufen lag mir immer, Herr Heler hat mich gelobt, also dachte ich, wenn Sie das Geschäft vermieten wollen, würde ich Ihnen jeden Monat die Miete schicken, oder so oft Sie wollen. Ich weiß, dass Sie denken, ich würde wieder Ihre Situation ausnutzen wollen, aber glauben Sie mir, ich bin nur so schnell gekommen, damit mir niemand zuvorkommt.«

Elsa schwieg.

»Was meinst du, Elsa, das ist keine schlechte Idee«, mischte sich der Vater ins Gespräch.

Aber Elsa schüttelte den Kopf. »Sie irren sich, Herr Urbánek, wir wollen nicht fort.«

Elsas Vater seufzte tief und ließ den Kopf hängen.

»Dann entschuldigen Sie bitte, ich wusste nicht, ich dachte …«, stotterte der ehemalige Gehilfe. Er erhob sich und ging zur Tür.

»Warten Sie«, hielt ihn Elsa auf. »Vielleicht habe ich einen Vorschlag für Sie.«

Alois Urbánek blieb stehen und schaute sie abwartend an.

»Was, wenn Sie das Geschäft von mir kaufen?«

»Aber Frau Helerová«, lächelte Urbánek traurig, »wo sollte ich so viel Geld hernehmen? Ich habe eine Frau und zwei Kinder, da kann man nicht viel sparen.«

»Rosa«, drehte sich Elsa zur Tochter, »geh Hana im Geschäft helfen.« Als Rosa unwillig hinter der Tür verschwunden war, sprach Elsa den ehemaligen Gehilfen wieder an. »Setzen Sie sich doch wieder, ich erkläre es Ihnen.«

Und während draußen die Leute, die über den Platz gingen, von weitem zuschauten, wie der Sarg mit dem Körper des armen Herrn Berger aus der Kürschnerei getragen wurde, und der Kioskbetreiber Skácel zufrieden lächelte, weil er es der Helerová endlich ordentlich gegeben hatte, vereinbarte Elsa mit Alois Urbánek, dass er das Geschäft zum Schein von ihr kauft.

Gleich am nächsten Tag gingen sie gemeinsam zu Doktor Lewy, von dem sie nicht nur guten Rat, sondern auch Hilfe bekamen. Er schlug vor, den Vertrag zurückzudatieren in die Zeit nach dem Tod von Elsas Mann Ervin Heler. »Das wird weniger auffallen«, fügte er hinzu.

»Aber das ist doch nicht so einfach, Herr Doktor«, wandte Elsa ein. »Es war doch alles auf meinen Namen geschrieben, das Gewerbe, die Steuern …«

»Frau Helerová, um diese Angelegenheiten kümmere natürlich ich mich. Und sicher muss ich Ihnen nicht sagen, dass Sie es niemandem gegenüber erwähnen sollten.« Lewy sah den jungen Mann an Elsas Seite an. »Mit ein bisschen Glück ist diese schreckliche Zeit bald vorbei und Sie bekommen zurück, was Ihnen gehört.«

Alois Urbánek begriff und nickte.

# SIEBZEHNTES KAPITEL
## März 1939 bis Dezember 1939

Elsas eilige Maßnahme erwies sich bald als sehr umsichtig. Gleich in der nächsten Woche erging die Verordnung, die Juden verbot, Fabriken und Werkstätten, Gasthäuser, Restaurants, Geschäfte und kleine Lädchen zu verkaufen oder zu vermieten. Allen war klar, dass das erst der Anfang war.

Zu dieser Zeit arbeitete Alois Urbánek schon im Schreibwarenladen und Elsa musste anerkennen, dass der selige Ervin recht hatte. Der junge Mann war fürs Geschäft wie geschaffen. Die Kunden – und vor allem die Kundinnen – lobten den neuen Verkäufer sehr.

»Da haben Sie sich aber einen geschickten Helfer ausgesucht, Frau Helerová«, sagten die Dämchen, wenn sie außer dem Packpapier, das sie ursprünglich kaufen wollten, auch noch Tüten aus Wachspapier, Papierförmchen und ein Notizbuch, ohne das eine echte Hausfrau keinesfalls auskommen konnte – wie der neue Verkäufer sagte –, nach Hause trugen.

»Herr Urbánek gehörte immer zum Geschäft«, antwortete Elsa unbestimmt, um einmal, wenn es nötig würde, sagen zu können: »Das habe ich doch gesagt, dass das hier Herrn Urbánek gehört!«

Sie sprach es nie laut aus, aber sie bedauerte, ihn damals vor Jahren hinausgeworfen zu haben. Hätte sie sich mit ihm geeinigt, hätte sie sich einen Haufen Sorgen erspart. Vielleicht wären ihre Haare nicht so schnell ergraut und die Sorgenfalten an der Nasenwurzel wären nicht so tief. Vielleicht hätte sie mehr Zeit mit den Töchtern verbringen und ihnen nicht nur etwas beibringen können, sondern vielleicht auch zuhören, was sie mochten, was ihnen Kummer bereitete und was sie vom Leben erwarteten.

Sie seufzte tief. Was vergangen ist, ist vorbei. Es hat keinen Sinn, unnötig darüber nachzudenken. Sie hatte getan, was sie für nötig hielt. Damals, als Ervin sie auf einmal allein ließ, und jetzt, wo sie sich mit Urbánek geeinigt hatte. Mehr konnte sie für die Rettung des Familienbesitzes nicht tun. Jetzt muss sie sich noch um die Töchter kümmern.

Die Eltern wollten sie überzeugen, sie zu Rudolf nach England zu schicken, aber das hieße Rosa aus der Schule zu nehmen. Bis zum Abschluss der Bürgerschule blieben der jüngeren Tochter nur ein paar Monate. Die Schule musste sie abschließen, was würde aus ihr ohne jede Bildung? Diese Unannehmlichkeiten konnten doch nicht ewig dauern. Früher oder später werden sich die Dinge irgendwie stabilisieren. Das war immer so.

Und Hana brauchte Elsa. Sie ging oft an ihrer Stelle zu Ludmila Karásková. Half beim Aufräumen, kochte etwas Kleines und leistete manchmal der Kranken Gesellschaft. Nein, die Mädchen bleiben hier, wo sie geboren sind.

Doktor Lewy meinte, eine Hochzeit mit einem Arier sei keine schlechte Lösung. Rosa war zum Heiraten natürlich noch viel zu jung, aber Hana sehnte sich offenbar danach. Seit Monaten arbeitete sie an ihrer Aussteuer und seufzte, dass es nicht anzuhören war. Soll sie also ihren Soldaten heiraten!

Am Abend, als Hana zu Frau Karásková ging und Rosa sich am Küchentisch mit ihrem Aufsatz abrackerte, zog sich Elsa im ehemaligen Wohnzimmer, das jetzt das Schlafzimmer von Bruno und Greta Weis war, einen Stuhl zum Sessel des Vaters und vertraute ihren Eltern an, worüber sie nachdachte. Wenn sie einen Rat erwartete, bekam sie keinen. Vater Bruno nickte mit dem Kopf und wiederholte wohl zum hundertsten Mal seine Bitte, sie möge mit den Mädchen zu Rudolf nach England fahren. Mutti Greta betete leise. Sie musste selbst entscheiden.

Sie kehrte in die Küche zurück, setzte sich Rosa gegenüber und sah zu, wie sie Satz um Satz zu Papier brachte. Hana kam in dem Augenblick in die Tür, als Rosa das letzte Wort schrieb und siegreich das Heft zuklappte.

»Hanička«, sagte Elsa und nahm ihrer Tochter die Tasche mit der Kasserolle ab, in der sie den Karáseks etwas Kartoffelsuppe geschickt hatte, »würde dein Jaroslav am Sonntag zu uns zum Mittagessen kommen?«

Wie sollte Hana der Mutter sagen, dass sie keine Ahnung hatte, wo Jaroslav war? Die tschechoslowakische Armee existierte seit der Errichtung des Protektorats nicht mehr. Berufssoldaten lehnten das Angebot, in die Regierungsarmee einzutreten, meistens ab und traten allmählich aus der Armee aus. Wie sich Jaroslav entschieden hatte, konnte Hana nur raten, aber da er sich seit ihrem letzten zufälligen Treffen nicht gemeldet hatte, meinte sie, er sei noch nicht zurück in der Stadt.

Sie entschloss sich, Jaroslav eine Nachricht zu schreiben, er möge bei ihr vorbeikommen, und sie selbst zu seinen Eltern zu bringen. Und weil sie bemüht waren, ihre Bekanntschaft geheim zu halten, war sie vorher noch nie in dem kleinen Haus unweit des Flusses gewesen und kannte Jaroslavs Eltern nicht.

Aber jetzt, wo die Mutter ihre Meinung geändert hat, wird alles anders, dachte sie. Sie werden keine Angst mehr haben, jemanden zu treffen, der sie verrät.

Sie klopfte an die Tür des ebenerdigen Hauses und während sie wartete, schaute sie sich um. Das Wasser war in den letzten Tagen gestiegen, floss über die Steinblöcke, die normalerweise aus dem Wasser schauten, und die Bäume sahen ohne Blätter wie Gerippe aus, die die dürren Arme nach Brot ausstreckten. Kälte und nebliger Dunst hingen in der Luft und setzten sich überall in kleinen Tropfen ab – auf dem morastigen Fußpfad, dem überfrorenen Gras, den Häuserdächern und auf Hanas warmem Mantel.

Hana klopfte wieder, diesmal nachdrücklicher, und bevor sie die Hand zurückziehen konnte, öffnete sich die Tür. Das Erste, was Hana einfiel, war, dass diese winzige Frau in der Wollweste nicht Jaroslavs Mutter sein konnte. Sie war so zart und klein.

»Sie wünschen, Fräulein?« Sie lächelte genauso wie Jaroslav und die Beklemmung fiel von Hana ab.

»Guten Tag, Frau Horáčková. Ich bin Hana Helerová. Ich habe eine Nachricht für Jaroslav, könnten Sie sie ihm bitte übergeben, wenn er nach Hause kommt?« Sie zog den Brief aus der Tasche.

Frau Horáčková sah den Umschlag an, nahm ihn aber nicht. »Aber er ist doch zu Hause, Fräulein Hana. Ich rufe ihn gleich her und Sie können ihm den Brief selbst geben.« Sie machte ein paar Schritte zur Tür auf der rechten Seite und rief hinein: »Jarek, Besuch.« Sie lächelte Hana an und verschwand im Haus.

Jaroslav schaute in den Flur hinaus und tat überrascht. »Hana ...«, sagte er und schloss schnell die Tür hinter sich. Hana lächelte ihn an, steckte den Brief zurück in die Tasche und sah flüchtig auf ihre Schuhe, ob sie nicht schmutzig waren, damit sie keinen Dreck in die Diele trug. Aber Jaroslav bat sie nicht herein. Er nahm einen Mantel vom Haken in dem schmalen Gang, zog ihn eilig an, ohne ihn zuzuknöpfen, schnappte Hana am Ellbogen und führte sie fort.

»Warte«, entzog sich Hana. »Warum ziehst du so an mir? Freust du dich denn nicht ein bisschen, dass du mich siehst?«

Jaroslav sah sich um, und als er feststellte, dass sie aus den Fenstern des niedrigen Hauses nicht zu sehen waren, hielt er an und ließ Hana los. »Was machst du hier?«

»Ich bin gekommen, um dich zum Mittagessen einzuladen. Mama lädt dich zum Mittagessen ein, verstehst du?« Sie lachte ihn an wie ein begriffsstutziges Kind und winkte zurück in die Richtung, aus der er sie mit Gewalt fortgezogen hatte. »Wir müssen uns nicht mehr verstecken. Mama sagt, wir können heiraten.«

»Heiraten?«, wiederholte Jaroslav ungläubig.

»Sie sagt sogar, dass die Hochzeit so schnell wie möglich sein sollte.« Sie zögerte etwas, ob sie fortfahren sollte, damit Jaroslav nicht dachte, sie wolle ihn aus Berechnung heiraten. »Es soll gut sein, dass du kein Jude bist.«

Jaroslav sah auf einmal müde aus. »Du verstehst das nicht, oder?«, sagte er leise.

»Was verstehe ich nicht?«

»Dass die Schwierigkeit nicht in deiner Mutter liegt.«

Hana hob überrascht die Arme. »Also …« Sie ließ die Arme wieder fallen.

Er seufzte. »Es geht darum, dass du Jüdin bist.«

Hana holte Luft. »Nun, Mama sagt gerade, dass wenn wir heiraten …«

»Wir heiraten nicht, gerade weil du Jüdin bist. Wo lebst du? Hast du nicht gemerkt, in was für einer Situation du bist? Hitler hasst die Juden! Ich habe dir gesagt, du sollst abreisen. Also zieh mich da jetzt nicht hinein.«

»Nichts dergleichen hast du gesagt.«

»Aber ich habe es dir nicht ausgeredet.«

»Du hast gesagt, dass du mich heiratest, dass du dich um mich kümmerst.«

»Weil ich gedacht habe, dass du genug Verstand hast und nach England verschwindest. Du und deine Mutter. Zuerst war ich ihr nicht gut genug, und jetzt auf einmal würde ich passen.« Er sah sich um, als fürchtete er, es könne jemand hören, was er sagt. »Du hast von den Judengesetzen gehört, die in Deutschland gelten. Wenn sie auch hier gelten werden, was sie werden, wird es euch sehr schlecht ergehen.«

Hana presste sich die Hände auf die Ohren. Jetzt schaffte sie es nicht mehr, die Tränen zurückzuhalten. Sie begriff, warum sie sich in der letzten Zeit nur so selten sahen. Warum ihre Treffen so kurz waren und woher Jaroslavs Unruhe kam, die er ständig auf die schweren Zeiten schob. Endlich gestand sie sich ein, was sie lange ahnte. Jaroslav wollte sie einfach nicht.

Sie drehte sich um und eilte fort. In einem Winkel ihrer Seele hoffte sie, dass er sie zurückrufen, sie umarmen und um Vergebung bitten würde. Vielleicht sagt er, dass sie ihm zu ungestüm war und ihn erschreckt hat. Er rief nicht und als sie sich auf der Brücke umsah, war der Fußweg leer.

Sie wischte sich das Gesicht ab, bohrte ihren Blick in den Bürgersteig, damit die Vorübergehenden nicht ihre geröteten Augen bemerkten und überlegten, was wohl passiert war, und eilte nach Hause. Sie kam am Schreibwarenladen vorbei, wo die Mutter gerade einen Soldaten in deutscher Uniform bediente, lief die Treppe hinauf und schloss sich im Zimmer ein. Sie setzte sich aufs Bett und wollte die Erniedrigung, die Enttäuschung und Hoffnungslosigkeit aus sich herausweinen.

Obwohl sie Jaroslav nur noch selten sah, war er doch immer noch Teil ihres Lebens. Wenn er nicht bei ihr war, unterhielt sie sich wenigstens in Gedanken mit ihm. Sie stellte sich vor, was sie ihm sagt, wenn sie zusammen sind. Wie sie ihm ihre Sorgen beichtet und er sie tröstet. Dann sagt er, dass sie sich nicht fürchten muss, weil er sich um sie kümmert.

Jetzt wusste sie, dass das Lügen waren. Sie wartete, dass die Tränen die Ohnmacht und Leere fortspülen, die sich vor ihr ausbreiteten, aber die Tränen kamen nicht.

Zwei Tränen, dachte sie. Zwei im Mantelärmel versickerte Tränen. Mehr wert war Jaroslav nicht. Sie trat an den Schrank, schob die vorbereitete Aussteuer hinein, packte die Schrankseiten und stopfte den Haufen Bezüge und Deckchen mit dem Fuß in die dunkelste Ecke.

Am Abend sagte sie der Mutter, Jaroslav käme nicht zum Essen, weil sie sich nicht einigen konnten. Und dass ihre Bekanntschaft zu Ende sei.

»Ginge das nicht irgendwie ... Jetzt ist keine gute Zeit für kleinliche Zwistigkeiten«, versuchte es Elsa.

Hana sah der Mutter direkt in die Augen. »Mami, du hattest recht, er wollte mich nie heiraten.«

Sie schaffte es nicht, der Mutter die Wahrheit zu sagen und zuzugeben, dass Jaroslav sie nicht wollte, weil sie Jüdin war. Das schien ihr genauso erniedrigend, als wenn sie zugeben müsste, dass er wegen Mundgeruch oder schmutzigen Fingernägeln auf sie pfiff.

Elsa zuckte nur mit den Schultern und fragte nicht weiter. Ihr war dieser Horáček sowieso nie ganz recht, aber sie war gewillt, sich mit ihm abzufinden, nur um der Tochter die Demütigungen zu ersparen, die sie in der Zukunft wegen ihrer Herkunft erleiden mochte.

Zum Glück weiß der Mensch nicht, was ihn erwartet. Das ahnten weder Elsa noch Hana oder Rosa, und nur deshalb konnten sie sich Abend für Abend ins Bett legen und am Morgen wieder aufstehen und hoffen, dass dieser Tag um nichts schlechter wird als der vorherige. Aber so war es selten. Den Verhaftungen gleich in den ersten Tagen nach der Besetzung entgingen die Helers, aber den Maßnahmen, die durch die deutschen Okkupationsbehörden unmittelbar nach der Errichtung des Protektorats eingeführt wurden, konnten sie nicht entgehen. Im Juni traten die Nürnberger Gesetze in Kraft.

»Ich weiß gut, dass ich Jüdin bin, dazu brauche ich keine amtliche Mitteilung«, kommentierte Elsa die Einführung der Gesetze bei einem Besuch bei Frau Karásková. »Selbst wenn ich noch einmal heiraten wollte, würde ich sowieso keinen von diesen schreienden Deutschen nehmen und meinen Töchtern würde ich das schleunigst austreiben.«

Frau Karásková nickte nur. Sie wusste, dass Elsa versuchte, ihre eigenen Sorgen zu übertönen, und wollte die Freundin nicht noch mehr verschrecken. Außerdem wurde das Sprechen immer anstrengender für sie und man musste an ihre schwerfällige Sprechweise gewöhnt sein, um sie zu verstehen.

Im September überfiel Deutschland Polen und Hana und Rosa mussten wieder in Mutters Schlafzimmer umziehen, weil oft Schlafgäste bei den Helers waren. Die schickte oder führte heimlich Frau Anna, die Ehefrau des Vorsitzenden der Jüdischen Gemeinde von Meziříčí, zu ihnen – und nicht nur zu ihnen, wie die Mädchen bald feststellten. Und manchmal brachte sie auch Doktor Lewy.

Die Herrschaft in der Helerschen Küche übernahm Mutti Greta und Elsa teilte ihre Zeit zwischen dem Schreibwarenladen und der Sorge um die Flüchtenden. Hana und Rosa hörten verängstigt der Beschreibung der schrecklichen Ereignisse in Polen zu. Sie konnten nicht wissen, dass sich ein Wind erhob, der bald zu einem Sturm werden und auch sie fortfegen würde. Polen schien so weit weg zu sein ...

Die Flüchtlinge waren meistens junge Menschen, hielten sich nur eine oder zwei Nächte auf und setzten ihre Reise dann wieder im Dunkeln fort, unbekannt wohin, und kamen nie wieder zurück.

Elsa war oft so erschöpft, dass sie keine Kraft mehr für die vorabendlichen Besuche bei der kranken Ludmila Karásková hatte. Immer häufiger ging an ihrer Stelle Hana zu den Karáseks. Sie räumte auf, was nötig war, und half Ludmila bei Dingen, die Karel nicht tun wollte oder nicht konnte. An einer sinnvollen Konversation mit der Kranken hinderten sie die absolut unterschiedlichen Charaktere, Interessen, Lebenserfahrungen und der Abstand zweier Generationen stärker als die langsame Sprechweise der Kranken. Über die gelegentlichen Schlafgäste, die von Norden nach Süden wanderten, konnte sie nicht reden, und deshalb bot sie Frau Ludmila an, ihr aus der Zeitung vorzulesen, um ihrer Mission als guter Gesellschafterin gerecht zu werden.

»Lie-ber einen Ro-man«, sagte Frau Ludmila. »Mit gu-tem En-de.«

Und so las die enttäuschte, kummervolle Hana Liebesgeschichten vor, die wenigstens in den Heften »Abende im Lampenlicht« alle Hürden überwanden, und verabschiedete sich jedes Mal noch bevor Karel Karásek aus seiner Uhrmacherei im Erdgeschoss kam.

Als sie an einem kalten Abend schwere Schritte auf der Treppe hörte, dachte sie, die Karáseks hätten Besuch. Karel erwartete sie nicht. Schließlich ging er leise wie ein Geist, und außerdem kam er erst nach Hause, wenn die Mutter allein war. Hana schlussfolgerte zu Recht, dass er keine Besuche mochte – erst recht nicht ihren – und ihr deshalb aus dem Weg ging. Die Küchentür öffnete sich und Hana hob den Kopf vom Buch. Karel drückte sich seitlich durch die Tür, weil er den ganzen Arm voller gemangelter Wäsche hatte.

»Das arme Fräulein Ivanka«, sagte er und legte den Wäschehaufen auf den Tisch. »Sie hat das zwar auf einem Handwagen gebracht, aber bei dem …«

Hana erhob sich und griff nach ihrem Mantel. »Iva Zítková? Dann laufe ich. Ich habe sie schon lange nicht mehr gesehen, vielleicht hole ich sie noch ein.«

Karel hüstelte verlegen: »Sie sind noch immer befreundet?«

»Warum nicht? Wir sind zusammen zur Schule gegangen.«

»Nun, ich dachte …« Beim Blick auf seine Mutter stockte er.

»Was dachten Sie?«

»Ach nichts.« Karel drehte ihr den Rücken zu und nahm Küchentücher aus dem sauberen Wäschehaufen, um sie in den Schrank zu räumen.

Hana sah Frau Karásková an, aber die wich ihrem Blick aus.

»Ist etwas?«

Karel antwortete nicht.

»Warum wollen Sie es mir nicht sagen? Glauben Sie, dass, wenn Sie mich nicht mögen, sich jeder an mir stört?«

Karel drehte sich um, stützte sich mit den Händen auf den Tisch und holte tief Luft: »Also gut. Ich dachte einfach, dass es Sie stören könnte, dass Ihre Freundin diesen Horáček heiratet.« Er klemmte sich die Bettbezüge unter den Arm und schlug die Tür zu.

»Hasst er mich so?«, sagte Hana. Ihre Augen brannten vor Wut, Trauer, Verrat und Demütigung. Sie sah den mitleidigen Blick von Frau Karásková und begriff, dass es die Wahrheit war.

Ohne sich zu verabschieden, lief sie aus der Küche, die Treppe hinunter, schlüpfte in Schuhe und Mantel und ging hinaus. Ans Ende der Straße gelangte sie gerade rechtzeitig, um zwei Gestalten zu sehen, die einen Handwagen hinter sich herzogen.

Hana Helerová stand an der Ecke der Brückenstraße, drückte die Aufschläge des offenstehenden Mantels an sich und sah zu, wie ihre beste Freundin Ivana Zítková den Handwagengriff losließ, Schnee vom Brückengeländer in die Hand nahm und einen Schneeball auf den Mann an ihrer Seite warf. Im Lampenlicht sah sie, wie der Mann sich lachend umdrehte, den Mantel abklopfte und dann dem Mädchen den Arm um die Schulter legte und mit der freien Hand den Handwagen nahm. Sie sah ein bekanntes Profil, aber da wusste sie sowieso schon, dass Karel Karásek nicht gelogen hatte.

Auch wenn die Nürnberger Gesetze entwürdigend waren, bis zum September 1939 spürten die Helers sie nicht besonders. Aber nach dem Überfall auf Polen und dem offiziellen Kriegsbeginn begannen sich die Ereignisse zu überschlagen. Es kam eine Bekanntmachung gegen die Juden nach der anderen. Es begann mit dem Verbot, Kinos und Theater zu besuchen. In Gasthäusern und Hotels mussten besondere Plätze für sie abgeteilt werden und Elsa beschloss augenblicklich, dass niemand von ihnen auch nur einen Fuß in so eine Einrichtung setzt. Hana hielt die Ankündigung der Mutter für überflüssig, weil sie wegen der Sparsamkeit, für die Elsa berühmt war, nie in Restaurants gingen.

Dann kam das Ausgehverbot nach acht Uhr abends. Elsa verstieß hartnäckig dagegen und hielt sich an ihre regelmäßigen vorabendlichen Besuche bei den Karáseks, aber nur bis zu dem Moment, als ihr Skácel auflauerte und drohte, sie anzuzeigen. Skácels Drohungen konnte sie nicht auf die leichte Schulter nehmen. Sie verstand, dass er auf eine Gelegenheit wartete, die ihm half, die wachsenden Schulden loszuwerden. Seit März hatte er keine Krone an Miete gezahlt und die früheren Ausreden über die schlechten Zeiten ersetzte er durch gehässige Beschimpfungen.

Im November begann es richtig Ernst zu werden. Für alle jüdischen Betriebsstätten wurde ein *Treuhänder* bestimmt. Wem der treu war, war allen klar. Die Hauptrolle des Verwalters bestand darin, jüdische Betriebe zur Arisierung vorzubereiten. Das war der Augenblick, auf den der Kioskbetreiber Skácel gewartet hatte. Die Verordnung war noch nicht einmal ordentlich bekannt, als der Kioskbetreiber sein Interesse an der Verwaltung des Schreibwarenladens der Jüdin Helerová erklärte.

Wie groß war sein Erstaunen, als er erfuhr, dass der Schreibwarenladen nicht Elsa Helerová gehörte, sondern dem Urbánek, der da in letzter Zeit verkaufte. »Helerová hat das Geschäft gleich nach dem Tod des Juden Heler an Alois Urbánek verkauft«, teilte man ihm im Vermögensamt mit.

»Das ist nicht möglich«, schrie er erbost. »Der Urbánek verkauft da kaum ein halbes Jahr. Vorher hat er sich da nicht blicken lassen.«

»Den Papieren nach gehört ihm das Geschäft seit 1933. Aber wir können das natürlich überprüfen.«

Doktor Lewy hatte gute Arbeit geleistet. Die Überprüfung bestätigte, dass die Witwe Helerová schon seit sechs Jahren nicht mehr Besitzerin des Schreibwarenladens war. Als das Skácel im Amt endgültig mitgeteilt wurde, fiel er in die erste Kneipe ein, und obwohl es erst Vormittag war, betrank er sich ordentlich. Im angetrunkenen Zustand wankte er bis zum Schreibwarenladen, stellte sich vor den Verkaufstisch und schrie den überraschten Urbánek an: »Ich krieg diese stinkende Jüdin hier noch raus! Und dich gleich mit. Glaubt nicht, dass ihr gewonnen habt. Wenn ich rauskriege, wie ihr das gemacht habt, wandert ihr in den Bau – alle.«

Während Elsa Helerová nicht wagte, die Nase aus dem Lager zu stecken, und hoffte, der Lärm möge nicht nach oben in die Wohnung dringen, ging Urbánek um die Theke herum, packte den betrunkenen Skácel und stieß ihn aus der Nebentür hinaus über den Gang bis in seinen kleinen Verkaufsraum. Dort drückte er ihn an die Wand und flüsterte ihm direkt ins Gesicht: »Schrei mal nicht so viel solche Dinge herum, sonst hört das noch jemand und man findet dich hier eines Tages hängend. Oder weißt du nicht, was man mit Verrätern macht?«

Skácel merkte sich die leise Drohung wohl trotz seiner Trunkenheit, weil er seine weiteren Schritte auf hasserfüllte Blicke beschränkte. Er ahnte offensichtlich nicht, dass Alois Urbánek von seinen eigenen Worten viel mehr verängstigt war als er und zwei Nächte nicht ordentlich schlief. So überrascht war er von seinem plötzlichen Mut. Erst als er begriff, dass Skácel ihn wirklich fürchtete, wurde ihm leichter zumute. Obwohl er in großer Versuchung war, prahlte er zur Sicherheit nicht einmal vor seiner Frau mit seiner heldenhaften Tat, weil er verschwommen ahnte, dass er viel eher als das verdiente Lob unverdiente Vorwürfe bekäme.

# ACHTZEHNTES KAPITEL
# 1940–1941

Wie oft wünschte Elsa Helerová sich, die Zeit zurückdrehen zu können. Im Jahre 40 kamen weitere Verordnungen für Protektoratseinwohner jüdischer Herkunft heraus. Ohne Rücksicht darauf, ob das Judentum für sie von Wichtigkeit war, wie für Elsas Eltern, die das schwere Los als althergebrachtes Schicksal ihres Volkes annahmen, oder sie nie über ihr Judentum nachdachten, wie Hana und Rosa. Die hielten bis vor nicht allzu langer Zeit ihre Herkunft für eine normale Erbangelegenheit, die man mit geerbter Augenfarbe oder dem Hang zum Dickwerden vergleichen konnte. Und Elsa wusste schon, dass sie einen nicht wiedergutzumachenden Fehler begangen hatte.

Es war furchtbar, sich das persönlich vom Vorsitzenden der Jüdischen Religionsgemeinschaft zugestellte Formular kaufen und die Immobilien eintragen zu müssen, die ihr gehörten, aber noch schrecklicher war es zuzusehen, wie peinlich es dem ehemaligen Anwalt war, Geld für das Formular von ihr zu nehmen, um es dann im Kreisamt abzugeben.

Es versetzte sie in Schrecken, als die deutschen Behörden im März die Verordnung herausgaben, alle Juden müssten innerhalb zweier Wochen alle Dinge aus Gold, Silber, Platin, Edelsteinen und Perlen abgeben. Elsa hatte keinen Schmuck und ihren Ehering, die Erinnerung an ihren verstorbenen Ehemann, weigerte sie sich herzugeben. Obwohl sie an Schwindel litt, kletterte sie die steile Leiter hinauf, zwängte sich durch die enge Öffnung auf den ungenutzten niedrigen Dachboden und versteckte den Ring in einem Astloch im Balken so gut, dass ihn nie wieder jemand fand.

Zum Sommerende kam der Befehl zur Registrierung sämtlichen jüdischen Eigentums. Jetzt konnte Elsa vor Angst kaum noch atmen. Viel trauriger aber war es, den ergebenen Gesichtsausdruck der beiden alten Eltern und die unausgesprochene Frage in den Augen der Töchter zu sehen. Wie geht es weiter, fragten ihre Blicke, und Elsa kannte zum Glück die Antwort nicht.

Dann erging das Verbot, Juden in öffentlichen Diensten zu beschäftigen, und Hana durfte nicht anfangen, an der örtlichen Grundschule zu unterrichten. Danach hatte sie sich im Übrigen nie gesehnt, aber weil sie arbeiten musste, ging sie als Hilfskraft in die Gobelinmanufaktur, wonach sie sich noch weniger sehnte. Zu Hause brauchten sie aber Geld, denn die Einnahmen aus dem Schreibwarenladen, die ihnen Alois Urbánek rechtschaffen heimlich auszahlte, reichten nicht für fünf Leute. Elsas Eltern hatten wegen ihrer jüdischen Herkunft kein Anrecht auf eine Pension oder Unterstützung und Rosa war nur zum Schein im Papierladen angestellt, weil Elsa immer noch unter unsinniger Angst um die Gesundheit der Tochter litt.

Die Arbeit für Hana fand Doktor Lewy ein paar Wochen bevor ihn die Gestapo holte und wegen antideutscher Tätigkeit einsperrte. Eines Vormittags läuteten sie an der Tür des Anwalts und schleppten ihn nur in Hauskleidung und Pantoffeln hinaus. Bevor sie ihn ins Auto stießen, schaffte es seine Mutter Berta, vom Haken hinter der Tür ein Sommersakko zu reißen und ausgetretene Schuhe vom Boden aufzuheben, die er trug, wenn er im Garten seine Rosenbeete harkte. Sie stopfte alles in eine Leineneinkaufstasche, lief schnell zum Auto und steckte sie ihm im letzten Moment zu. Dann sah sie nur noch zu, wie das Auto losfuhr und am Ende der Straße in Richtung Vsetín abbog. Damals sah sie ihren Sohn zum letzten Mal.

Die Reichsgerichte mit dem Fall irgendeines Juden aus Meziříčí zu belasten, war überflüssig. Und so wurde Karel Lewy, der noch vor ein paar Monaten zu den geachtetsten Einwohnern der Stadt zählte, nach zehn Tagen Verhör in der Vsetíner Gestapo in Haushose, dünnem Sakko und ausgetretenen Arbeitsschuhen in das polnische Auschwitz gebracht, wo er nach zwei Monaten an Erschöpfung starb.

Nach seiner Verhaftung lebten die Helers ein paar Wochen in quälenden Ängsten, ob die Ermittler bei den Verhören herausfanden, dass Lewy Elsa geholfen hatte, den Verkauf des Papierwarenladens zu fälschen, und dass die Helers Juden, die aus Polen entkommen waren, Obdach boten.

Im September des Jahres 41 saß Hana wieder neben Oma Greta. Den Kopf hielt sie über eine Handarbeit gebeugt. Diesmal stickte sie kein Monogramm in ein weiteres Stück ihrer Aussteuer. Sie nähte auf Mäntel, Blusen und Pullover gelbe Sterne mit der schwarzen Aufschrift *Jude*.

»Wenn ihr auf uns gehört hättet und rechtzeitig gefahren wärt, müsstet ihr jetzt nicht wie Vieh gekennzeichnet herumlaufen«, weinte Oma Greta und Hana bemerkte, dass die Mutter nur den Kopf schüttelte und aus der Küche ging.

»Mach das ordentlich«, ermahnte Oma Greta Hana. »Siehst du nicht, dass dieser Zipfel lose ist? Du willst doch nicht, dass die Leute uns auch noch nachreden, wir seien abgerissen.«

An dem Tag, als Hana das erste Mal in einem Mäntelchen mit dem auf der Herzseite aufgenähten gelben Stern auf die Straße ging, war sie dankbar für die seltsame Gewohnheit des tschechischen Volkes, die Arbeit um sechs Uhr morgens zu beginnen. Eine Gewohnheit, die noch zu Zeiten Österreich-Ungarns der an Schlaflosigkeit leidende Kaiser Franz Josef eingeführt hatte und die nach dem Zerfall des Kaiserreichs die Menschen in anderen Ländern klugerweise als ungesund und belastend verwarfen, die Hana aber half, fast unbeachtet durch die dunklen Straßen zu kommen. Die Frauen in der Gobelinfabrik wandten den Blick von dem gelben Stern ab und taten, als bemerkten sie ihn nicht. Und so kam es nach einer Zeit auch wirklich. Hana bemerkte, dass sie öfter als sonst mit ihr sprachen, dass auch die ein Gespräch mit ihr anfingen, die sie früher nicht sehr beachteten, und begriff, dass sie so ihr Nichteinverständnis mit dem schmachvollen Zeichen und ihre Unterstützung zum Ausdruck brachten.

Mit diesem Bewusstsein ging es sich leichter nach Hause. Die meisten Menschen taten, als sähen sie das aufgenähte Zeichen nicht, manche Vorübergehenden wendeten schuldbewusst den Blick ab, aber andere nickten ihr grüßend zu, obwohl Hana sich nicht erinnerte, sie zu kennen.

Zur gleichen Zeit wurden Arbeitskolonnen eingerichtet. Weil Hanas Mutter Elsa als Hausfrau geführt wurde und genau wie die Eltern nicht arbeitete und also als unnütze Person galt, die nicht zum allgemeinen Wohl des Reiches und seinem Sieg beitrug, wurde sie in eine Arbeitsgruppe aus sechs Leuten eingeteilt.

Gemeinsam mit den anderen Unglücklichen fegte sie die Bürgersteige in der Stadt, schrubbte mit Kreide geschriebene antideutsche Aufschriften weg, die manchmal an Mauern in Seitenstraßen auftauchten, und in Schnürschuhe, dicke Strümpfe und ihren wärmsten Mantel gekleidet – nur mit dem gelben Stern geschmückt – schob sie im Winter mit einem Holzschieber Schnee.

Auch Greta und Bruno Weis wurden in die Reserveliste der Arbeitsfähigen aufgenommen. Die bestand aus ungefähr hundert Namen, und so fürchtete Elsa die ganze Zeit, in der die Weis in Meziříčí lebten, dass auch die Eltern mit ihren über siebzig Jahren die Besen nehmen und auf die Straßen müssten.

Es war ein kalter Novemberabend. Der Wind zerzauste Hanas Haar, pfiff durch die Ärmel und kalt unter den Rock. Ihre Finger, die die Taschenhenkel umklammerten, waren blau vor Kälte. Sie ging schnell. Im Dunkeln war sie ungern draußen, weil die Straßen wegen der Verdunklung so schwarz waren, dass fast nicht zu sehen war, wo der Bürgersteig endete, eine Stufe hervorstand oder ein Loch gähnte. Mehr als die Schlaglöcher ärgerten sie jetzt aber die Bemerkungen frecher Halbwüchsiger. Gezeichnet durch den gelben Stern, der hell am dunklen Mantel strahlte, fühlte sie sich ihnen auf Gnade und Ungnade ausgeliefert. Die Gruppe aus vier zehn- bis zwölfjährigen Jungen hatte sich auf der Brücke an sie gehängt, lief ihr hinterher, schrie Schimpfwörter und sang dumme Lieder. Unterhalb des Platzes fing Hana an zu laufen, aber die Jungen waren schneller. Vor dem Schreibwarenladen holten sie sie ein und umringten sie. »Du schmutzige Jüdin«, schrie einer. Ein Junge in Schirmmütze packte den Zipfel von Hanas Mantel, roch daran: »Pfui, stinkt wirklich!« Hana holte mit der Tasche nach ihm aus und versuchte, sich zur Haustür durchzudrängen. In dem Moment öffnete sich die Ladentür und Alois Urbánek kam herausgelaufen. »Fort mit euch, ihr Taugenichtse«, schrie er. »Noch einmal, und ihr werdet sehen, ich finde euch.«

Die Jungen liefen in die Richtung, aus der sie gekommen waren. In sicherer Entfernung wurden sie langsamer und einer schrie kühn über die Schulter: »Judenfreund!« Dann lachten alle und liefen wieder die Brückenstraße weiter.

Urbánek hielt Hana die Tür auf, damit sie eintreten konnte, und als er sah, dass sie mit den Tränen kämpfte, tröstete er sie: »Machen Sie sich nichts daraus, Fräulein Hana. Das sind doch nur Kinder. Die wissen doch nicht, was sie sagen.«

»Das haben sie aus dem Radio«, sagte Hana. Die Helers hatten zwar kein Radio mehr, weil Juden keine Rundfunkgeräte besitzen durften, aber Hana erinnerte sich aus der Zeit, bevor sie das Radio abgeben mussten, sehr gut an die Hetzsendungen. Dort sprachen sie von den Juden als Menschen ohne eigenen Staat, die ihr Gastland arm fressen, von der Arbeit anderer leben und die Gutmütigkeit derer missbrauchen, die arbeiten. Als solche verdienten sie keine Vergünstigungen, und deshalb bekamen sie keine Lebensmittelkarten für Obst, Fisch, Geflügel und Fleisch überhaupt. Hana erinnerte sich nicht, wann sie zum letzten Mal ein Stück Zucker in den Mund bekam, und nachts träumte sie von Brot mit Honig. Auf Süßes hatte sie aber als Jüdin keinen Anspruch.

»Danke, Herr Urbánek. Dass Sie nur keine Unannehmlichkeiten meinetwegen bekommen. Was, wenn die Jungen irgendwo erzählen, dass Sie für mich eingetreten sind?«

»Das machen sie nicht. Zu Hause bekämen sie für so ein Betragen sicher auch kein Lob«, beruhigte sie der Verkäufer, obwohl er sich auch nicht so ganz sicher war. »Aber Sie sollten abends nicht so hinausgehen. Im Hellen würden sie sich das nicht trauen.«

Hana schlug die Augen nieder. »Aber Sie wissen doch, dass uns«, sie schwieg ein bisschen und wartete, ob Urbánek verstand, was sie meinte, »nur von vier bis sechs das Einkaufen erlaubt ist. Und da ist es schon dunkel.« Sie schüttelte die halbleere Tasche. »Außerdem ist abends alles ausverkauft.«

Alois Urbánek sah die schlaffe Tasche an. »Sehen Sie, fast hätte ich es vergessen, ich habe Ihnen ein paar Äpfel mitgebracht. Wenn ich den Laden schließe, bringe ich sie Ihnen.«

»Leise«, schaute sich Hana erschrocken um. Sie hatte Angst, jemand könnte sie hören. Äpfel und anderes Obst waren für Juden verboten. »Danke«, flüsterte sie und lief die Treppe hoch.

Urbánek ging wieder auf den Platz hinaus, um das Gitter vor dem Schaufenster herunterzulassen. Als er den Haken an der langen Eisenstange ins Gitter schob, dachte er daran, wie oft er beim Kistenstapeln in der Fabrik davon geträumt hatte, eines Tages wieder in dem kleinen Schreibwarenladen am Marktplatz zu arbeiten. Jetzt leitete er das Geschäft sogar, und trotzdem ertappte er sich manchmal bei dem Gedanken, dass er lieber wieder im Fabriklager stehen und schwere Kisten auf Lastwagen laden würde.

Die dritte Stufe von oben war im Haus der Karáseks dunkler und weniger abgetreten als die anderen Stufen, die vom Erdgeschoss in die erste Etage führten. Im Jahre 38 war beim Hochtragen eines schweren Schranks aus dem Besitz der Weis' einem der Möbelträger der Tragriemen aus der Hand geglitten, der Schrank rutschte weg, fiel mit seinem ganzen Gewicht auf die Holzstufe und brach ein Stückchen davon ab. Der unglückliche Möbelträger fing sich schnell und stemmte sich mit der Schulter gegen den Schrank. An diesem Tag hob er keinen einzigen

Stuhl mehr hoch und die nächste Woche musste er zu Hause bleiben, worüber seine Frau gar nicht erfreut war, weil er nur dreckig schimpfte und seine geprellte Schulter mit kalten Umschlägen und Rum behandelte.

Karel Karásek erklärte, er würde ja immer sagen, dass diese Heler-Frauen Unglück bringen. Und dass die Helerová den Schaden bezahlen solle. Dann ging er, begleitet vom eisigen Blick seiner Mutter, zum Schreiner und ließ eine neue Stufe anfertigen. Dass sie sichtbar eine andere Farbe hatte, wäre gar nicht so schlimm. Aber das neue Holz jammerte bei jedem Auftreten verzweifelt. Es knarrte sogar unter den leisen Katzenschritten von Karel Karásek und manchmal stöhnte es mitten in der Nacht – vielleicht um nicht aus der Übung zu kommen.

Und bestimmt verriet gerade das Knarren der fast neuen Stufe Hana Helerová, als sie von Frau Ludmila kam. Karel Karásek tauchte aus der Tür auf, die vom Laden in den bewohnten Teil des Hauses führte, räusperte sich, um ihr zu sagen, was schon länger seinen Schlaf störte.

»Fräulein Helerová«, sprach er. »Darf ich Sie auf einen Augenblick zu mir bitten?«

Hana seufzte. Sie ertrug Karels vorsichtiges Sprechen, die gebeugten Schultern und die erschreckend leisen Schritte nicht. Immer wenn sie seine Flüsterstimme hörte, bekam sie Gänsehaut. Und der Tonfall, in dem er sie jetzt ansprach, reserviert und überheblich, ließ nichts Gutes ahnen.

Karel trat etwas zurück, und als sie in das Lädchen eingetreten war, schloss er leise die Tür hinter ihr. Hana dachte gleich, er wolle nicht, dass ihr Gespräch bis in die erste Etage zu Frau Ludmila drang. »Ich muss Sie bitten, dass Sie und Ihre Frau Mutter nicht mehr zu uns kommen.«

Hana musste nicht fragen, warum. Der Umgang mit Juden war verboten und Karel fürchtete, jemand von den Nachbarn könnte sie anzeigen. Und sie wusste auch, dass es leichter für ihn war, es ihr als ihrer Mutter zu sagen. Auf keinen Fall wollte sie ihm aber die unangenehme Situation leichter machen.

Sie tat überrascht. »Aber warum? Ich habe Frau Ludmila versprochen, ihr am Samstag den Kopf zu waschen.«

Karel Karásek wurde rot. Er dachte, Hana würde begreifen, fortgehen und weder sie noch ihre Mutter würden sich noch einmal bei ihnen zeigen. Auf Erklärungen war er nicht vorbereitet. »Das ist doch wohl klar, oder?« Vor Nervosität kippte seine Stimme über. Hana lächelte schadenfroh und Karel sah das. Er hob die Stimme. »Sie bedrohen uns. Sie wissen sehr gut, dass es für uns gefährlich ist, mit solchen Leuten wie Ihnen zu verkehren.« Er flüsterte, und doch schrie er. »Ich lasse mich nicht Ihretwegen einsperren. Ich bin doch nicht Ihr Freund.«

»Das sind Sie nun wirklich nicht«, sagte Hana, drehte sich um und ging hinaus in die Dunkelheit. Nach acht Uhr durften die Juden nicht mehr auf die Straße gehen und es blieben nur noch ein paar Minuten bis dahin, also ging sie schneller. Elsa wartete schon auf sie. »Ich hatte Angst, dass dir etwas passiert ist«, sagte sie zitternd, als sie ihr den Mantel abnahm und auf einen Bügel hängte. »Bleib beim nächsten Mal lieber nicht so lange bei den Karáseks.«

»Es gibt kein nächstes Mal«, antwortete Hana. »Stell dir vor, dass dieser Trottel Karásek uns verbietet ...«

»Warte«, stoppte die Mutter sie und flüsterte dann. »Nicht vor Rosa.«

»Warum ist Karásek ein Trottel?«, ließ sich Rosa aus der Küche hören.

»Man sagt Herr Karásek«, schrie Elsa sie an. »Und hör nicht zu, was Erwachsene sich unterhalten. Wenn du das Geschirr abgewaschen hast, geh der Großmutter vorlesen. Du hast es ihr versprochen.«

»Mama, ich bin doch schon erwachsen. Ich werde achtzehn.«

Elsa hob nur die Augenbrauen, sah Rosa streng an und die verschwand seufzend im Zimmer der Großeltern.

»Sie ist wirklich kein Kind mehr«, sagte Hana. »Sie sollte wissen, was los ist.«

»Ich will sie nicht unnötigen Sorgen aussetzen, sie ist doch so zart.«

Hana hob die Augenbrauen. »Rosa ist überhaupt nicht zart. Sie ist ein normales Mädchen. Vielleicht war sie ein bisschen seltsam, als sie klein war. Aber bestimmt ist sie nicht das einzige Einsamkeit liebende Kind. Und ich kann mich gar nicht erinnern, wann sie das letzte Mal krank war.«

»Beschwör das lieber nicht herauf«, ermahnte Elsa sie. »Aber nicht deswegen habe ich sie weggeschickt«, fuhr sie fort und bedeutete Hana, sich neben sie an den Tisch zu setzen. Sie senkte die Stimme. »Angeblich werden alle Juden in eine Stadt umgesiedelt.«

Hana hob die Hand zum Mund. »Um Gottes willen!«

Elsa fuhr fort. »Herr Mantel, der in einem Arbeitstrupp mit mir ist, sagte, das sei vielleicht am besten so. Dass wir da unter uns sind. Wir sollen da wohl unsere Geschäfte, Doktoren, Behörden haben, einfach eine jüdische Stadt. Jede Familie bekommt angeblich eine eigene Wohnung. Aber ich weiß nicht. Irgendwie gefällt mir das nicht, aber ich weiß keine Möglichkeit, wie wir dem entgehen können. Juden aus Mischehen dürfen angeblich bleiben, also habe ich mir gesagt, wenn du vielleicht jemanden weißt ... der dich nehmen würde. Und Rosa ...«

»Meinst du das ernst?«

»Vielleicht nur zum Schein ... Was ist mit dem Horáček?«

»Mami! Weder Horáček noch ein anderer! Soweit ich weiß, werden Mischehen eher geschieden. Man hat uns doch alles genommen. Niemand wird riskieren, seinen Besitz zu verlieren, nur damit ein paar Jüdinnen nicht umziehen müssen.«

Bei der Erinnerung an Jaroslav Horáček schnürte sich ihr der Hals zu. Sie hatte nicht einmal Lust, ihrer Mutter zu sagen, dass Jaroslav vor einer Weile Ivana Zítková geheiratet hatte. Die einst beste Freundin hatte es Hana nicht einmal wissen lassen. Vielleicht wollte sie nicht, dass sie jemand mit einer Jüdin sah, aber eher war es ihr wohl vor Jaroslavs ehemaligem Mädchen peinlich. Hana erfuhr es zufällig von einer gemeinsamen Bekannten in der Gobelinfabrik. Jetzt, nachdem zwei Jahre vorbei waren, verstand Hana nicht mehr, was sie in Jaroslav gesehen hatte. Wenn sie überhaupt noch etwas für ihn fühlte, dann nur Widerwillen und Verachtung.

»Ich dachte vielleicht Karel Karásek ... Schon wegen seiner Mama.«

»Karásek! Der Feigling hat mir heute gesagt, dass er nicht mit Juden verkehrt.«

»Vielleicht hat er recht«, sagte Elsa nach einer Weile. »Warum soll man unnötige Aufmerksamkeit auf sich lenken. Aber trotzdem glaube ich, wenn ich Frau Ludmila bitte, lässt er sich überreden.«

»Mama, damit rechne nicht. Möglicherweise ist es verfrüht, über irgendeinen Umzug nachzudenken. Vielleicht kommt es am Ende gar nicht dazu.«

»Du hast recht.« Elsa lächelte verkrampft. »Ich schlage wohl unnötig Alarm. Die Leute reden viel.« Aber tief im Innern ihrer Seele wusste sie, dass der Umzug an den für Juden bestimmten Ort unumgänglich war.

Über jeden deutschen Befehl, jede Verordnung wurde im Voraus geflüstert, und weil sie auf den ersten Blick unsinnig und demütigend waren, wollten die Leute es nicht glauben und hielten sie für Gerüchte. Aber alle wurden am Ende Wirklichkeit. Elsa Helerová hatte gehört, dass die Umsiedlung aus manchen Städten schon begann. Josef Mantel verriet ihr auch den Namen des Ortes, wohin man alle jüdischen Familien brachte. Er soll irgendwo hinter Prag sein und Terezín – Theresienstadt – heißen.

Als Herr Mantel den Namen aussprach, schaute er sich um, wo der Gendarm war, der sie bei der Arbeit beaufsichtigen sollte. Der Uniformierte stand im Windschatten, angelehnt an die Mauer in einer Einfahrt, rauchte und knüpfte aus Langeweile Gespräche mit Vorübergehenden an. »Nur bleiben nicht alle in diesem Terezín, Frau Helerová«, flüsterte Mantel. »Wie sollten sie auch alle da hineinpassen. Es heißt, von dort fahren Züge voller Menschen in Richtung Osten.«

»Und wohin?«

»Das weiß eben niemand. Aber niemand will fortfahren. Sie haben Angst, dass sie von da vielleicht nach dem Krieg nicht mehr zurückkehren könnten.«

Niemand weiß es. Diese Worte klangen Elsa im Kopf, als sie Hana über die Haare streichelte und wiederholte. »Ja, ja, die Leute reden viel.« Und im Stillen schwor sie sich, alles dafür zu tun, dass ihre Töchter nicht mit diesen rätselhaften Zügen wegfahren mussten.

# NEUNZEHNTES KAPITEL
## September 1942

Als Elsa Weisová im Jahr 17 Ervin Heler heiratete, wollte sie viele Kinder haben. Sie selbst hatte nur einen Bruder, viel älter als sie, und so verlebte sie eine einsame Kindheit mit einem schweigsamen Vater, der seine Tage auf dem Amt verbrachte und die Abende mit einem Buch, und einer besorgten Mutter, die mehr auf die sauberen Manschetten ihrer Tochter achtete als auf Wünsche und Sehnsüchte. Sie zweifelte nie, dass ihre Eltern sie liebten, konnte sich aber gleichzeitig nicht des Gefühls erwehren, dass eine Kindheit mit Geschwistern reicher und fröhlicher gewesen wäre.

Elsas erste Schwangerschaft endete in der achten Woche nach einem einfachen Stolperer. Elsa fiel nicht einmal hin, hielt sich nur mit der Hand an der nächsten Häuserwand fest, aber nach ein paar Schritten fühlte sie einen Ruck im Bauch, und noch bevor sie zu Hause ankam, war sie nicht mehr schwanger.

Bei der zweiten Schwangerschaft trat die Blutung ohne jeglichen Grund nach dem ersten Monat auf. Elsa litt an Unwohlsein, Krämpfen und einer Schwäche, die sie nicht aus dem Bett aufstehen ließ. Die Hebamme teilte Ervin hinter verschlossenen Türen vertraulich mit, es sei am besten, Elsa würde aufstehen und abortieren, denn das Kind würde sie früher oder später sowieso verlieren, also ist es besser gleich, damit sie sich nicht unnötig quält. Und beim Hinausgehen vergaß sie nicht hinzuzufügen, dass es einigen Frauen halt nicht vergönnt sei, Mutter zu werden.

Elsa stand nicht auf. Einerseits machten es ihr das Schwindelgefühl und das Erbrechen unmöglich, die sich jedes Mal beim Versuch sich aufzusetzen einstellten, und andererseits verbot es ihr Mutti Greta. Die Weis kamen zu ihrem regelmäßigen Besuch, bei dem sie gewöhnlich ein bisschen auf dem Sofa saßen, ein paar Worte mit der Tochter wechselten, Bruno Weis höflich auch mit seinem Schwiegersohn Ervin, und wieder nach Nový Jičín fuhren. Diesmal fuhr Mutti Greta nicht ab, sondern nahm sich ihrer Tochter und des Haushalts an. Die ganze Zeit der Schwangerschaft legte sie ihrer Tochter kalte Umschläge auf die Stirn, massierte ihr den schmerzenden Rücken, kochte kräftigenden Tee, rührte nahrhaften Brei an und stampfte Kartoffeln, fütterte sie, wusch sie, trug die Waschschüssel und den Topf hinaus. Es war eine schmerzhafte Leidenszeit nicht nur für Elsa, sondern auch für Ervin, mit dem Mutti Greta die ganze Zeit kein Wort sprach, ja ihn nicht einmal ansah, geschweige denn sich mit ihm an einen Tisch setzte.

Die Wehen setzten genau nach vierzig Schwangerschaftswochen ein und dauerten schreckliche drei Tage und Nächte, während denen sich Mutti Greta vorwarf, dass sie den Abort nicht zugelassen hatte, und Elsa schwor, dass sie, wenn sie diese Geburt übersteht, nie wieder eine erleben wollte. Und sollte das Kind tot auf die Welt kommen, bleibt sie eben kinderlos.

Am Ende des dritten Tages wurde mithilfe des herbeigerufenen Doktors und seiner Zange ein fast vier Kilo schweres und völlig gesundes Kind geboren, das den Namen Hana bekam. Ervin suchte den Namen aus, weil so seine Kindheitsliebe hieß, aber Elsa sagte er, Hana sei der Name der geliebten Großmutter väterlicherseits. Mutti Greta war froh, dass das Kind wenigstens einen jüdischen Namen bekam, nach der Mutter des Propheten

Samuel, wenn schon die Eltern sich vom Glauben losgesagt hatten. Aber Ervin fand keine Gnade bei ihr. Elsa war das in dem Moment völlig egal. Sie lag erschöpft auf dem blutigen Bett, wartete, dass der Mutterkuchen abging, und war sich sicher, dass sie bis zum Morgen tot sein würde.

Sie starb nicht und erstaunlicherweise erholte sie sich von der langwierigen Geburt so schnell, dass Mutti Greta endlich zu ihrem Mann Bruno und ihrem koscheren Haushalt abreisen konnte, worüber sich Ervin vielleicht noch mehr freute als über die Geburt der schwarzhaarigen Tochter.

Nach der leidvollen Schwangerschaft und der Geburt, während der sie nur durch ein Wunder nicht mitsamt ihrer Tochter starb, beschloss Elsa, Hana solle ein Einzelkind bleiben. Ervin, verschreckt durch die Todesnähe und die feindselige Schwiegermutter, war einverstanden, und es gelang ihnen wirklich, vier Jahre lang ein Eheleben zu führen, ohne ein Kind zu zeugen. Dann aber stellte Elsa fest, dass sie wieder schwanger war und war schier verzweifelt. Sie vertraute sich nicht einmal Ervin an, um sein Gewissen nicht unnötig zu belasten, und tat alles, um das Kind zu verlieren. Als das Treppenlaufen nicht half, sprang sie vom Küchentisch. In heißem Wasser badete sie ihre Beine zuerst bis zu den Knien und dann badete sie ganz in so heißem Wasser, dass sie zwei Tage krebsrot war. Sie trank Kräuter und aß scharfes Essen, schleppte schwere Taschen, und als alles nichts half, schlug sie sich vor Wut mit der Faust in den Bauch und weinte dabei laut.

Schließlich söhnte sie sich mit dem Unausweichlichen aus und gebar nach einer ruhigen Schwangerschaft im Februar 1924 ein zweieinhalb Kilo schweres Mädchen.

Alle Kinder haben angeblich nach der Geburt blaue Augen, aber dieser Säugling hatte große schwarze Augen und schaute Elsa damit vorwurfsvoll an. Siehst du, sagten ihr die Augen der Tochter, das ist deinetwegen, dass ich so klein und dünn bin. Deinetwegen bin ich so schwach, dass ich keine Kraft habe zu weinen, sondern nur wimmere wie ein Kätzchen. Weil du nicht wolltest, dass ich geboren werde.

Und die Angst um die Tochter, die sie Rosa nannten, verfolgte Elsa jeden Tag. Das Mädchen war zierlich, und so nötigte Elsa sie, Lebertran zu schlucken. Im Winter wickelte sie sie in Mäntel, Mützen und Schals und beim einfachsten Niesen geriet sie in Panik. Während Rosas Kinderkrankheiten durchwachte sie ganze Nächte, und jedes Mal wenn sich das Mädchen, ermüdet von der nicht nachlassenden Aufmerksamkeit der Mutter, in einer dunklen Ecke versteckte, um wenigstens einen Moment Ruhe zu haben, wurde Elsa panisch und schrieb das seltsame Verhalten einem seelischen Schaden zu, den sie ganz sicher mit ihrem Benehmen in der Schwangerschaft verursacht hatte.

Rosa wurde vor einem unwiederbringlichen Schaden durch die Überfürsorglichkeit ihrer Mutter durch den vorzeitigen Tod Ervins bewahrt. Elsa musste ihre Aufmerksamkeit jetzt auf die Grundbedürfnisse ihrer Familie richten und überließ Rosa der Obhut der älteren Hana, deren Blick nicht durch Schuldgefühle verschleiert war und die deshalb ganz klar sah, dass Rosa ein ganz normales Kind war, das mit der Zeit zu einem hübschen Mädchen mit großen braunen Augen und zartem Lächeln heranwuchs.

Ganze achtzehn Jahre fürchtete Elsa um ihre jüngere Tochter, sorgte sich um sie wie um den wertvollsten Schatz.

Deshalb beschloss sie in dem Moment, in dem die Helers wie alle anderen jüdischen Einwohner, die zu dem Zeitpunkt in Meziříčí weilten, den Befehl erhielten, sich am vierzehnten September zum Transport einzustellen, dass Rosa nirgendwohin fährt. Und sie hatte auch schon einen Plan.

Am Tag vor der Abreise ins Ungewisse füllte sie zwei gewöhnliche Einkaufstaschen mit Rosas Sachen, und obwohl es ein warmer Tag war, zwang sie sie, mehrere Schichten Kleidung anzuziehen. Die überraschte Rosa tat, was Mama sagte. Sie war gewohnt zu gehorchen und Mama antwortete sowieso nicht auf ihre Fragen. Ihr Mund war fest zugepresst, sie bewegte sich schnell und entschlossen, und als sie die Treppe hinabgingen, forderte sie Rosa zur Eile auf.

»Schneller geht es nun wirklich nicht«, verteidigte sich Rosa und wischte sich mit dem Handrücken die verschwitzte Stirn ab. »Ich bin ja eingepackt wie ein Schneemann. Wo gehen wir eigentlich hin?«

»Das wirst du sehen«, antwortete Elsa knapp und führte sie über den Bürgersteig um den Platz herum. Manchmal sah sie sich um, als ob sie etwas Verbotenes täten, dann schaute sie ein letztes Mal über die Schulter und zog die Tochter in eine Seitenstraße. Da verstand auch schon Rosa, dass sie zu den Karáseks gingen. »Mami, aber zu den Karáseks …«

»Still«, unterbrach Elsa sie und öffnete die Tür zur Uhrmacherei. Sie schaute sich nach Karel nicht einmal um, der sich zuerst zuvorkommend erhob, aber als er Elsa Helerová erkannte, nach Luft schnappte wie ein Karpfen auf dem Trockenen und sich wieder hinsetzte. Elsa zog Rosa durch die Seitentür in den Gang und die Treppe nach oben. Dort öffnete sie die Küchentür und sprach die im Sessel am Fenster sitzende Gestalt an. »Meine liebe Frau Ludmila, ich bin gekommen, um mich zu verabschieden. Morgen fahren wir, aber Rosa bleibt bei Ihnen, wie wir es verabredet haben.«

Die ausgezehrte Frau Ludmila saß zusammengesunken im Sessel, sie hatte einen dicken Wollpullover an und eine Decke über den Knien. Sie lächelte verzerrt, hob ein klein wenig die Hand und sagt kaum verständlich: »Gut.«

»Mama ...« Rosa heulte los und packte die Mutter fest bei der Hand. »Ich will mit euch fahren, lass mich nicht hier.«

Elsa schüttelte sie ab. »Du bleibst hier, wir kommen doch wieder.«

»Ich habe mich nicht einmal von Hana und Oma Greta und Opa verabschiedet.«

Elsa umarmte sie fest. »Ich richte ihnen die Grüße aus, und denk daran, dass ...« Sie wollte sagen, dass sie aufpassen musste, dass niemand sie sah, aber das Türklappen und Karels atemlose Stimme unterbrachen sie.

»Sie dürfen nicht zu uns kommen, Frau Helerová. Verstehen Sie doch, dass sie uns gefährden.« Er schwieg überrascht, weil Elsa zum letzten Mal Rosa fest an sich drückte, sie auf die Stirn küsste, in Richtung Ludmila Karásková Danke flüsterte, sich umdrehte und die Treppe hinunterlief.

Rosa blieb mitten in der Küche stehen, eingepackt in zweimal Strümpfe, drei Pullover und den Herbstmantel. Tränen flossen ihr aus den Augen und die Schultern schüttelten sich vor Schluchzern. Auf dem Küchentisch standen die Einkaufstaschen, im Sessel saß zur Seite gesunken Ludmila Karásková und ihr Sohn trat von einem Fuß auf den anderen, weil er sich nicht entscheiden konnte, ob er Elsa Helerová hinterherlaufen sollte, um sie aufzuhalten, oder Rosa packen und sie aus der Tür schieben.

Schließlich wandte er sich an seine Mutter. »Aber das geht nicht, das geht doch wirklich nicht. Sie kann nicht hierbleiben. Die werden uns alle erschießen.«

Er verstummte, als würde ihm erst jetzt klar, dass das, was er gesagt hatte, wirklich passieren konnte. Rosa schluchzte auf und wischte sich die Nase. Und beide sahen sie die hilflose Frau Ludmila an.

»Na und?«, sagte langsam Ludmila Karásková.

Weder Karel noch Rosa vergaßen ihre Leben lang diese Worte, obwohl sie sich jeder auf seine Weise auslegte.

Ich bin krank, verstand Karel die Worte der Mutter, ich sterbe sowieso bald und du bist zu nichts nütze. Warum fürchtest du um dein Leben, wenn du keins hast?

Vielleicht bin ich krank, hörte Rosa, aber niemand schreibt mir vor, wie ich leben soll und mit wem ich befreundet sein darf.

Rosa schnaubte aus, schüttelte den Mantel und alle Pullover ab, trat an die Kranke heran und wischte den Speichel weg, der ihr aus dem hängenden Mundwinkel floss. Karel Karásek trat an die andere Seite, gemeinsam setzten sie Frau Ludmila aufrecht hin und stützten ihr den Rücken mit einem Kissen. Dann setzten sie sich an den Tisch, mit dem Gesicht zum Sessel.

»Ich muss die Aushilfe absagen«, sagte Karel nach einer Weile und wandte sich an Rosa. »Zu uns kommt jeden Tag Frau Zítková zum Putzen«, erklärte er langsam. »Aber wenn ich das gleich absage, ist es auffällig. Wir warten ein oder zwei Monate. In der Zeit müssen Sie auf dem Dachboden versteckt bleiben, Fräulein Helerová.«

»Ich heiße Rosa«, sagte das Mädchen, wischte sich die Augen und schnaubte wieder. »Und ich möchte nach Hause.«

Nur hatte Rosa in diesem Moment schon kein »Zuhause« mehr. Im Haus am Platz, wo sie zur Welt kam und ganze achtzehn Jahre lebte, beendete Mama Elsa gerade die letzten Vorbereitungen für die Abreise. Auch sie weinte. Weinte, weil sie gerade ihre Tochter verließ und nicht wusste, ob sie sie je wiedersähe. Weinte, weil ihr die Eltern vorwarfen, dass sie nichts von ihrem Vorhaben gesagt hatte und ihnen nicht erlaubte, sich von Rosa zu verabschieden. Sie wollten nicht verstehen, dass Elsa keine Wahl hatte, weil sich der Abschied in eine herzzerreißende Szene verwandelt hätte und Rosa sich sicher geweigert hätte, die Wohnung zu verlassen.

Sie weinte, weil sie an Hanas Blicken und dem betroffenen Schweigen erkannte, dass die ältere Tochter ihr verübelte, dass sie wieder Rosa den Vorzug gegeben hatte.

»Hanička«, sagte sie und streichelte ihrer Tochter über die Hand, »ich würde mich freuen, wenn du auch hierbleiben könntest, aber ich habe niemanden gefunden, der dich verstecken würde.« Sie seufzte. »Die Urbáneks haben kleine Kinder – und auch so schon eine Menge für uns getan. Ich war auch bei deiner Freundin, Ivana Zítková, aber sie meinte, sie bekäme ein Kind …«

»Mama!« Hana setzte sich neben den offenen Koffer. »Ich will doch gar nicht hierbleiben.« Und schon gar nicht bei Ivana, wollte sie hinzufügen, stockte aber rechtzeitig. Ahnte denn Mama nicht, dass Ivana jetzt Horáčková hieß? Wie soll sie sich bei der Familie des Mannes verstecken, der sie nicht wollte?

»Wenn sie den Horáček geheiratet hat, ist sie dir das eigentlich schuldig«, sagte Elsa verärgert. »Er hat dich so lange an der Nase herumgeführt, wer weiß was versprochen, also sollte er sich kümmern.«

Also wusste Mama das. Sicher, über Hanas Demütigung wussten doch alle Bescheid. »Er hat mir nichts versprochen«, sagte Hana leise und faltete den Rock so klein wie möglich zusammen, damit er in den Koffer passte.

»Den lass hier.« Mama legte den Rock zur Seite. »Pack lieber den dicken aus Wolle ein. Und noch zwei Paar warme Strümpfe.«

Im Unterschied zu Josef Mantel gab sich Elsa Helerová nicht der Hoffnung hin, das Leben in jüdischen Städten würde erträglicher sein, nur weil man »unter sich« war. Von Juden, vor allem jungen Leuten, die aus Polen entkommen waren, hörte sie von den Schrecken, die sich bei der Umsiedlung jüdischer Familien in Ghettos abspielten, von den armseligen Bedingungen, unter denen sie dort vegetierten, vom Hunger, sich ausbreitenden Krankheiten, Hinrichtungen und der wachsenden Grausamkeit der Deutschen.

Die Nachrichten waren so grauenvoll, dass Elsa sich weigerte, sie zu glauben, aber trotzdem war sie entschlossen, alles zu tun, damit ihre Töchter in Sicherheit waren. Oder wenigstens scheinbarer Sicherheit. Wenn die Deutschen Rosa bei den Karáseks fänden, würden sie alle erschossen werden. Deshalb sagte sie weder den Eltern noch Hana, wohin sie Rosa gebracht hatte, auch wenn sie das natürlich ahnten. Und sie bedauerte, dass sie nicht auch Hana vor dem Transport bewahren konnte.

Jungen Mädchen droht immer die größte Gefahr, dachte sie, nahm die Seidenbluse aus Hanas Koffer und packte stattdessen ein Baumwollunterhemd dazu. Das Mädchen glaubt wohl, es fährt auf einen Ausflug.

Die paar wertvollen Dinge, die den Helers und den Weis noch verblieben waren, gab Elsa zur Aufbewahrung zu Alois Urbánek, obwohl in den Anweisungen, die sie zusammen mit der Einbestellung zum Transport erhielten, unter Androhung schwerer Strafen deutlich verboten wurde, etwas zu verschenken oder gar zu verkaufen. Jeglicher Besitz, der nicht in das Gepäck passte, eingeschlossen das Haus, Geld und Ausstattung, fiel an das Deutsche Reich. Elsa konnte aber nicht gestatten, dass aus dem Porzellanservice, das sie zur Hochzeit bekam, irgendeine hergelaufene Faschistin aß. Oder die vergoldete Uhr mit dem Glockenspiel aufzog oder das Ölgemälde mit dem dämmrigen Wald ansah, obwohl Elsa nicht glaubte, dass es Mařák selbst gemalt hatte, wie der verstorbene Ervin immer behauptete. Nur das Geld rollte sie zusammen und nähte es in den Mantelsaum, obwohl sie nicht wusste, ob sie es dort, wohin sie fuhren, gebrauchen konnte.

Die letzte Nacht im Haus am Marktplatz von Meziříčí sprachen Greta und Bruno Weis nicht über das schwere Los des jüdischen Volkes, sondern stritten sich darüber, ob man riskieren sollte, auch den verbotenen Tabak in den Handrucksack zu packen. Mutti Greta war grundsätzlich dagegen, aber Bruno wandte ein, dass ohne Zigaretten seine Hände zitterten, und als seine Frau eingeschlafen war, kletterte er leise aus dem Bett, schnitt mit einer kleinen Schere das Mantelfutter auf und steckte seinen Tabakschatz in den Ärmel.

Während Bruno Weis im Dunklen mit dem Futter kämpfte und Elsa in ihrem Schlafzimmer grübelte, ob sie nicht doch einen größeren Kochtopf einpacken sollte, lag

Hana zu einem Knäuel zusammengerollt im Bett und dachte darüber nach, dass sie schon dreiundzwanzig war. Ihre Schulkameradinnen sind verheiratet, kochen für ihre Kinder, versorgen ihren eigenen Haushalt und legen sich am Abend neben ihren Männern ins Bett. Sie dachte daran, dass sie nichts von alledem hatte und vielleicht nie haben wird. Sie wollte Meziříčí nicht verlassen, aber in einem Winkel ihrer Seele hoffte sie, dass vielleicht dort, wohin sie morgen alle fuhren, irgendwo unter den gelben Sternen einer wartet, der zu ihr gehört.

In der Nacht des vierzehnten Septembers 1942 stand Rosa Helerová am Dachfenster der Karáseks, versuchte mit ihrem Blick die schwarze Dunkelheit und den Tränenschleier zu durchdringen und die Gestalten zu erblicken, die über die Brücke in Richtung Bahnhof gingen. Aber die Nacht war dunkel, die Straßenlaternen waren wegen der Fliegergefahr gelöscht, die Fenster verdunkelt und deshalb sah sie überhaupt nichts. Und obwohl sie die Ohren spitzte, übertönten das Flussrauschen und ihre eigenen Schluchzer die schweren schlurfenden Schritte und Seufzer derer, die der Ewigkeit entgegengingen.

## ZWANZIGSTES KAPITEL
## September 1942 bis Sommer 1945

Obwohl die Aufstellung zum Transport erst am nächsten Abend war und Rosa also noch niemand suchte, konnte Karel Karásek kaum erwarten, dass das Mädchen endlich auf dem Boden war. Mit allen Sinnen nahm er Rosas Anwesenheit wahr, ihm schien, dass ihr Duft durch die Luft trieb und sich in die Stoffbezüge und den Putz setzte und jedem, der ihr Haus betrat, ihre Anwesenheit sofort verraten würde. Rosas leise Stimme hallte in seinen Vorstellungen von den Wänden wider, brachte die Fensterscheiben zum Klingen und brannte auf seiner Haut.

Er erlaubte ihr, mit ihnen zu Abend zu essen, ihm zu helfen, Frau Ludmila zu füttern, die zu dieser Zeit schon vollständig auf fremde Hilfe angewiesen war. Aber als sie vom Tisch abräumte und Wasser fürs Abwaschen aufstellen wollte, trieb er sie fast erbittert an: »Jetzt geh endlich. Was, wenn jemand kommt?«

Rosa wusste nicht, dass niemand außer der Zugehfrau zu ihnen kam, und so lächelte sie entschuldigend und begann ihre Kleidung einzusammeln. Da es in der Küche warm war und es einige Schichten waren, die sie im Verlauf des Nachmittags abgelegt hatte, dauerte das eine Weile. Karel griff sich in der Zwischenzeit ihre beiden Taschen und wartete ungeduldig in der Tür.

»Be-tt-wä…«, brachte Ludmila Karásková hervor.

Karel machte einen Schritt aus der Tür.

»Wir sollen Bettwäsche nehmen«, erinnerte ihn Rosa.

Unwillig drehte er sich um. »Das wäre auffällig. Wenn jemand auf den Dachboden kommt und frisch bezogene Federbetten sieht, weiß er gleich, dass sich da jemand versteckt.«

»Sie sind wirklich umsichtig«, sagte Rosa und Karel schien es, als hätte er sogar einen leicht bewundernden Ton gehört. Dann fügte sie aber hinzu: »Aber vor allem findet er mich, nicht wahr?«

Ich habe doch gesagt, dass es gefährlich ist, wollte Karel gern schreien. Warum bist du überhaupt zu uns gekommen! Im letzten Moment beherrschte er sich. »Wir müssen dir ein Versteck finden«, sagte er und bemühte sich, es so klingen zu lassen, als hätte er alles gründlich durchdacht. »Vielleicht im Schrank oder unterm Bett. Gerümpel gibt es da genug.«

Er hatte recht. Der Boden war voller Möbel, die Rosas Großeltern Weis aus Nový Jičín mitgebracht hatten, und weil sie keinen Platz dafür fanden, waren sie bei den Karáseks gelandet, einfach so stehen gelassen, wie es die müden Möbelträger hingestellt hatten. Während Rosa Kissen und Federbett bezog, die auf dem Boden über eine Schnur gehängt lüfteten und warteten, bis sie zu etwas nütze wären, machte sich Karel ans Bettaufbauen. Zusammensetzen, zusammenfügen und ausdenken, wo welches Stück hingehörte, konnte er gut, obwohl die Uhrrädchen und Federn, mit denen er in seiner Erdgeschosswerkstatt arbeitete, ganz andere Ausmaße hatten. Bevor es dunkel wurde, hatte er das Bett zusammengesetzt und mit Rosas Hilfe unter das Fenster im Südgiebel gestellt.

»Das Fenster ist hoch, aber zur Sicherheit halt dich davon fern. Lauf nicht viel herum, der Fußboden ist aus Holz und die Schritte hört man bis ins Erdgeschoss. Und vor allem mach kein Licht. Auf keinen Fall.«

Er stellte sich an die Falltür und sah sich auf dem Boden um. »Komm mir helfen. Die Schränke schieben wir in die Mitte, damit man nicht dahintersehen kann. Wenn es ganz schlimm kommt, wirfst du das Federbett über die Schnur, kletterst aus dem Fenster und springst auf das Nachbarhaus. Das ist zwar ziemlich hoch, aber das Dach ist flach, also …« Er sah sie an. »Wie ich sagte, wenn es ganz schlimm kommt …«

Rosa stellte sich aufs Bett, schaute vorsichtig aus dem Fenster in die finstere Tiefe unter sich und nickte. Nach ihrer Meinung konnte es nicht mehr schlimmer kommen.

Rosa verbrachte zwei Monate auf dem Dachboden. In den ersten Tagen erschrak sie bei jedem Türenschlagen und Treppenknarren. Sie wartete, wann die Gestapo sie holen kommt und die uniformierten Männer sie an den Haaren die Treppe hinunterziehen, wie sie es sah, als Eva Fuchsová verhaftet wurde. Jemand hatte sie denunziert, dass sie sich den gelben Stern vom Sakko abgetrennt hatte und außerhalb der für Juden bestimmten Stunden ins Geschäft ging, um für ihre Familie Waren zu kaufen, die in der Zeit, in der Juden in die Läden durften, schon ausverkauft waren.

Frau Fuchsová kam nicht mehr nach Hause zurück. Sie soll ins Konzentrationslager gekommen sein, aber Rosa war sich sicher, dass sie selbst geradewegs erschossen würde und die Karáseks mit ihr.

Die Nachmittage, wenn die Aushilfe, Frau Zítková, zu den Karáseks kam, verbrachte Rosa im Bett, weil es auf dem Dachboden kein bisschen wärmer als draußen war und das Dach nur einen Schutz vor Wind und Regen bot. Wenn genug Licht durch das Fenster über dem Bett fiel, las Rosa zugedeckt mit zwei Federbetten und im warmen Wintermantel von Frau Ludmila Liebesromane und alte Zeitschriften, die sich in den langen Jahren in den Truhen und Nachtschränken angesammelt hatten. Dann entdeckte sie in einem Schrank Stricknadeln und strickte aus Wolle aus aufgetrennten alten Pullovern eine ganze Schublade voller Socken. Dabei plante sie, wie sie damit unterm Weihnachtsbaum die Karáseks und beim nächsten Weihnachtsfest vielleicht auch Mama, Hana und die Großeltern überraschte. Beim Stricken dachte sie an Oma Greta, die ihr beigebracht hatte, wie man die Fersen strickt, dabei entrüstet über ihre unsaubere Arbeit seufzte und ihr Hanas perfekte Kreationen als Vorbild hinstellte.

Wenn es auf dem Dachboden dunkel wurde, schlief Rosa oder lag nur auf dem Rücken und beobachtete durch das Fenster über dem Bett die Wolken und die Sterne und träumte vom Leben nach dem Krieg.

Frau Zítková eilte nach dem Mittag von den Karáseks nach Hause, um an ihre Waschzuber zu kommen. Die Wäscheberge waren nicht mehr so groß wie vor dem Krieg, weil die schweren Zeiten die Kundinnen zum Sparen zwangen, aber Frau Zítková war darüber nicht froh. Für die Wäscherin war es nicht leicht, einen Haufen Kinder und einen kränklichen Mann zu ernähren, und so blieb ihr nichts übrig, als zusätzlich zum Waschen auch noch als Aufwartefrau zu arbeiten. Die älteste Tochter Ivana war schon verheiratet und war mit ihrem Mann und dem kleinen Sohn zu den Schwiegereltern in das kleine Haus am Fluss gezogen.

Rosa konnte kaum erwarten, dass sich die Tür hinter der Aufwartefrau schloss. Karel wartete immer ein paar Minuten, schloss dann sorgfältig die Eingangstür zweimal ab, kam die Treppe hoch und klopfte von unten an die Falltür, damit Rosa wusste, dass die Luft rein war. Rosa geduldete sich noch ein bisschen, dann schaute sie hinaus, ob Karel ins Erdgeschoss zurückgekehrt war, weil sie sich schämte, vor ihm den vollen Nachttopf hinunterzutragen. Dann kletterte sie vorsichtig die steile Treppe hinunter und sah sich dabei vor, nicht den Inhalt des Porzellantopfs zu verschütten.

Erst wenn die Hygieneprobleme gelöst waren, ging sie zu Frau Karásková in die Küche. Sie hätte gern mit dem Haushalt geholfen, aber viel konnte sie nicht tun, damit die Aufwartefrau ihre Anwesenheit nicht ahnte, und so kümmerte sie sich wenigstens um die Kranke. Obwohl es alles neu für sie war, bewältigte sie nach ein paar Tagen die Arbeit wie eine qualifizierte Pflegerin.

Im Gegensatz zu Hana hing sie an Frau Karásková. Der Geruch, der die Kranke trotz aller Pflege umgab, störte sie nicht. Sie fand es nicht schwer, mit ihr zu reden und die unverständlichen Antworten zu enträtseln, ihr Romane über arme Mädchen und reiche Bräutigame vorzulesen, sie zu füttern, umzukleiden, zu waschen, Kissen unterzulegen, damit Frau Ludmila sich nicht wundlag, und wenn sich doch rote Flecken auf der Haut zeigten, sie vorsichtig einzureiben und zu massieren. Rosa wollte es Karel wenigstens ein bisschen leichter machen, und weil man wegen der Gefahr des Wundliegens, das der Kranken wahrscheinlich einen schmerzhaften Tod bereitet hätte, Frau Ludmila in der Nacht mehrfach von einer Seite auf die andere drehen musste, bot sie an, dass sie bei ihr schlafen und immer bei Bedarf aufstehen könnte. Aber Karel bestand darauf, dass Rosa zur Nacht auf den Boden zurückkehrte.

Er hatte Angst, dass Soldaten ins Haus eindringen und alles durchsuchen, Angst, dass Rosa morgens nicht rechtzeitig, bevor die Aufwartefrau kam, wieder in ihrem Versteck war, oder dass sie eine Kleinigkeit übersahen, die sie verraten könnte. Als würde nicht der Duft reichen, der sich noch lange, nachdem Rosa weg war, in der Luft hielt, und den Karel auf Schritt und Tritt im Hause wahrnahm. Jeden Abend löschte er das Licht, öffnete weit die Fenster, bis der Duft ausgelüftet war. Trotzdem roch er ihn beim Einschlafen, wenn er nachts aufwachte und auch morgens, wenn er erwachte.

Mitte November saß Karel Karásek in seiner Werkstatt und versuchte mit der Pinzette einen Splint an die richtige Stelle zu bekommen. Er hatte es schon fast geschafft, als aus der Küche, die direkt über der Werkstatt lag, seltsame Laute kamen. Zuerst fiel etwas auf den Boden – da hatte wohl Frau Zítková den Besen fallen lassen, dachte er – und dann störten ihn endlos lange Schlurfgeräusche, als ob jemand einen Stuhl über den Boden zöge. Verärgert setzte er sich zurecht und der Splint rutschte aus der Pinzette. Himmel nochmal, diese Zítková macht den Krach wohl absichtlich.

Absichtlich! Er ließ die Pinzette fallen, sprang vom Stuhl auf, die Lupe fiel ihm aus dem Auge. Er lief in einem für ihn ungewöhnlichen Tempo aus der Werkstatt und hastete die Treppe hoch. Da hörte er schon die schweren Schritte, die aus dem zweiten Stock kamen, und sah Frau Zítková mit einer Schüssel voll gewaschener Wäsche im Arm. »Wissen Sie, dass Sie auf dem Dachboden Mäuse haben?«, fuhr sie ihn angriffslustig an und stellte die Schüssel auf den Fußboden.

»Mäuse?«, wiederholte Karel.

»Vielleicht auch Ratten, ich habe ganz deutlich gehört, wie sie da herumlaufen. Also da hänge ich keine Wäsche auf. Für die paar Stücke ziehe ich in der Küche eine Leine, wenn es Sie nicht stört.«

»Nein, das stört nicht«, sagte Karel leise und öffnete die Küchentür. Frau Ludmila saß im Sessel, der Stock, der gewöhnlich in der Nähe angelehnt stand, damit die Kranke im Notfall Karel durch Klopfen herbeirufen konnte, lag auf der Erde, und der Stuhl, auf den er ihr neben dem Sessel Dinge ablegte, war verschoben. Vorwurfsvoll sah sie ihn an. Wie konnte es sein, dass er nicht sofort verstanden hatte, dass sie ihn rief?

»Ich habe so einen Schreck bekommen, fast hätte ich mir in die Hosen gemacht«, fuhr die Zítková fort, augenscheinlich so von der Anwesenheit der Nager im Hause erregt, dass sie vergaß, dass man in anständiger Gesellschaft über manche Dinge nicht sprach.

»Ich stelle da gleich Fallen auf.« Karel schloss die Tür hinter sich und trat unentschlossen auf der Stelle herum. Die Mausefallen waren irgendwo in der Speisekammer und er wollte sich auf keinen Fall mit dem Suchen aufhalten. Durch die Küchentür hörte er die gedämpften Beschwerden von Frau Zítková, und weil nichts darauf hindeutete, dass die Aufwartefrau auf den nagerbesetzten Boden zurückkehren wollte, lief er in die zweite Etage hoch und dann die steile Treppe unters Dach. Er hob die Falltür an und schaute sich um. Alles war still. Der Dachboden sah völlig verlassen aus.

»Rosa?«, flüsterte Karel, bekam aber keine Antwort. Er kletterte hoch, schloss die Tür und wiederholte etwas lauter: »Rosa, melde dich. Ich bin das, Karel.«

Dann bemerkte er das auf den Boden geworfene Federbett und das Fenster über dem leeren Bett. Es stand offen. Er erinnerte sich an den Rat, den er Rosa bei ihrem Einzug gegeben hatte, und von den festgewurzelten Beinen kroch Panik in seinen ganzen Körper hoch. Er stolperte zum Bett, hielt sich am Fensterrahmen fest und sammelte den Mut, sich näher heranzuziehen und hinauszuschauen.

Was würde er sehen? Rosa, angeschlagen vom Fall auf das flache Nachbardach? Wie bekommt er sie da ungesehen herunter? Er kann sie doch nicht den ganzen Nachmittag da liegenlassen. Wenn sie nun verletzt ist? Wird er Kraft genug haben, sie hochzuziehen? Und was, wenn es noch schlimmer ist? Wenn Rosa sich nicht halten konnte und nach unten in den Nachbarhof oder auf die Straße gerollt ist? Sie musste den Sturz nicht einmal überlebt haben! Was war ihm da bloß eingefallen, so einen Unsinn zu raten? Warum hat er nicht lieber geschwiegen?

Er stellte sich aufs Bett und sah hinaus. Das Dach war leer. Das konnte nur eins bedeuten …

»Ich hab es nicht geschafft, mich hochzuziehen«, hörte er in seinem Rücken. »Ich bin so schwach.« Rosa saß mit verweinten Augen auf dem Boden des Kleiderschranks.

Karel Karásek konnte sich nicht erinnern, je so erleichtert gewesen zu sein. Er sank neben dem Schrank auf die Knie und drückte Rosa fest an sich. Er wusste selbst nicht, wann es passiert war, aber auf einmal konnte er sich seine Tage ohne Rosa nicht mehr vorstellen und wollte es auch nicht.

»Die Frau hat mich gesehen«, sagte Rosa und Karel fiel aus den Wolken auf die Erde. »Sie stand neben der Falltür und sah mich direkt an.« Rosa wischte mit dem Handrücken über die nassen Augen. »Sie zeigt mich nicht an, nicht wahr?«

Auch wenn Karel die erschütterte und sich immer aufs Neue entschuldigende Rosa beruhigte, dass Frau Zítková sie bestimmt nicht anzeigt, war er sich nicht ganz sicher.

Wer Juden versteckte, musste mit Erschießung rechnen, und die gleiche Strafe drohte auch denen, die von Versteckten wussten und es nicht meldeten. Frau Zítková war keine Denunziantin, aber sie hatte eine große Familie. Was, wenn sie sich sagt, dass das Hemd näher als der Rock ist?

Mit diesen Gedanken kehrte Karel Karásek in die Küche zurück. Selbst durch die geschlossene Tür hörte er Frau Zítkovás Jammerstimme, was schon an sich seltsam war, da die abgearbeitete Aufwartefrau meistens mit Worten geizte, als wolle sie nicht unnötig Kräfte verschwenden, die sie anderswo brauchte. Er blieb vor der Tür stehen, holte tief Luft und drückte entschlossen die Klinke. Man konnte nichts machen, er musste mit der Zítková reden, ihr erklären, dass sie keine Wahl hatten und Rosa aufnehmen mussten. Vielleicht konnte er auf ihre mütterlichen Gefühle einwirken.

Die Wäsche hing jetzt nachlässig auf einer Schnur über dem Herd und die Zítková stopfte gerade ihre zusammengelegte Schürze in die abgewetzte Tasche. »Spinnen stören mich nicht, ich habe auch keine Angst vor Schlangen, aber Mäuse kann ich nicht ertragen. Pfui«, schüttelte sie sich. »Jetzt sind sie auf dem Dach, und in ein paar Tagen sind sie in der Speisekammer und im ganzen Haus.« Sie wendete sich Karel zu. »Ich habe Ihrer Frau Mutter gesagt, dass ich mich nicht wundern würde, wenn Sie Ratten im Keller hätten. Sie sind hier nah am Fluss, die Keller sind feucht, das mögen diese Biester. Bestimmt laufen sie auch im Erdgeschoss rum. Nein, Herr Karásek, in so einem Haus kann ich nicht putzen. Seien Sie nicht böse, aber nein. Vor diesen Viechern fürchte ich mich schrecklich. Ich werde weiter für Sie waschen, das ja, aber fürs Putzen suchen Sie sich jemand anderen.« Energisch schloss sie die Tasche, und als könnte sie es nicht erwarten, fort zu sein, lief sie aus der Tür. »Sie bezahlen, wenn ich mit der Wäsche komme«, drehte sie sich unten an der Treppe um und war fort.

Karel Karásek hoffte nur, dass Frau Zítková bei ihrer Entscheidung, nichts als Ratten gesehen zu haben, so lange blieb, bis dieser schreckliche Krieg vorbei war.

Die Socken, die Rosa an den langen Tagen auf dem kalten Dachboden strickte, und nachdem Frau Zítková gegangen war, auch abends in der Küche, machten auch zu Weihnachten 1943 nicht denen eine Freude, für die sie bestimmt waren. Sie wanderten in die untere Schublade im Schrank im Schlafzimmer, das zu der Zeit schon Rosa und Karel Karásek teilten.

So wie es Frau Ludmila in den Tagen, als sie noch planen konnte und einen Sinn im Leben sah, annahm, nähern sich zwei junge Menschen, die eng beieinander leben und von der Umgebung abgeschnitten sind, früher oder später an, oder sie fangen an, sich zu hassen. In Rosas und Karels Fall passierte zum Glück Ersteres.

Rosa gefiel an Karel die Besonnenheit, mit der er an jede Entscheidung ging, und die viele – seine eigene Mutter eingeschlossen – für Unentschlossenheit hielten. Die Stille, die ihn umgab, beeindruckte sie, und sein ruhiger Tonfall vermittelte ihr ein Gefühl von Sicherheit. Karel war ganze vierzehn Jahre älter als sie, und so nahm sie an, dass er auch so viele Jahre weiser, erfahrener und weltgewandter war. Sie schaute so ehrfurchtsvoll zu ihm auf, dass sie am Anfang nicht einmal wagte, ihn zu duzen.

Wie sollte Karel dem hübschen Mädchen widerstehen, das ihn mit dunklen Augen so unverhohlen bewundernd anschaute, ihn mit ihrem Duft lockte und in Reichweite war?

Er mochte Rosa und fühlte sich wohl mit ihr, deswegen verwunderte es ihn selbst, dass er die Sehnsucht nicht vergessen konnte, die Ivana Zítková in ihm geweckt hatte. Ivana war jetzt eine verheiratete Frau und Mutter eines fast einjährigen Sohns, aber jedes Mal, wenn sie in die Uhrmacherei kam und die Wäsche auf den Ladentisch legte, die ihre Mutter gewaschen hatte, hatte Karel das Gefühl, sie hätte vielleicht nicht so viel dagegen, nähme er ihre Hände in die seinen, zöge sie an sich und zeigte ihr, wie sehr er sich nach ihr sehnte.

Er täuschte sich nicht. Ivana hatte sich zwar einen Traum erfüllt und den Mann geheiratet, den sie heiraten wollte, aber sie hatte nicht damit gerechnet, wie sehr sich Jaroslav Horáček veränderte und zerbrach, als er aus der Armee ausscheiden musste. Aus dem unterhaltsamen Mann wurde ein muffliger Pedant, der, anstatt Ivana zu sagen, wie hübsch sie sei und wie froh er war, mit ihr zusammen zu sein, nur über das Schicksal und die zu dünne Suppe murrte.

Und so genoss Ivana wenigstens einmal die Woche die bewundernden Blicke, auch wenn sie von einem ganz fremden Mann kamen. Und als sich Karel Karásek einmal traute und ihre Hand nahm, um ihr zu zeigen, wie man die antike Standuhr aufzog, zuckte sie nicht zurück. Im Gegenteil, sie drückte sich noch etwas enger an ihn und lehnte sich mit der Schulter auf seinen Arm. Karel Karásek, zu dieser Zeit schon durch die Liebesspiele mit Rosa erfahren, begriff augenblicklich, dass er nur einen kleinen Schritt von der Erfüllung seiner Träume entfernt war, und zögerte nicht. Mit einer schnellen Bewegung verschloss er die Tür zur Uhrmacherei und manövrierte seine Traumfrau zum Sofa, das dezent hinter einem Wandschirm versteckt war.

Obwohl es nur ein einziges Mal zu diesem Ereignis kam und die Viertelstunde in der verschlossenen Uhrmacherei für beide beteiligten Seiten eher eine Enttäuschung war, hatte sie sowohl für Karel als auch Ivana weitreichende Folgen. Karel wurde die Gewissensbisse seiner Rosa gegenüber nicht mehr los und Ivana war sich nie ganz sicher, wer der Vater ihrer blauäugigen Tochter Ida war.

Nach Frau Zítkovás Flucht zog Rosa auch gegen Karels anfänglichen schwachen Protest vom Dachboden herunter und übernahm den Haushalt. Die langen Tage, die sie verurteilt war, im Haus zu verbringen, gingen so schneller vorüber, weil sie keine Zeit hatte darüber nachzudenken, warum Mama nach der Abreise nach Theresienstadt nichts von sich hatte hören lassen. Rosa verstand, dass sie den Karáseks nicht schreiben konnte, um nicht die Aufmerksamkeit auf sie zu lenken. Aber warum sie nicht wenigstens Herrn Urbánek schrieb, das konnte sie wirklich nicht verstehen und es machte ihr Angst.

Karel Karásek ging ein paarmal im Schreibwarenladen vorbei, wartete, bis Urbánek allein war, und fragte dann: »Was ist mit den Helers, haben sie sich gemeldet?«

Alois Urbánek schüttelte den Kopf. »Das ist seltsam. Frau Helerová und ich hatten verabredet, dass sie mir ihre neue Adresse schreibt, damit ich ihnen manchmal etwas schicken kann ...« Er zögerte. Warum mehr als nötig sagen?

In Wahrheit hatte er Elsa Helerová versprochen, ihr jeden Monat die Miete für den Schreibwarenladen zu schicken. Da ahnte er noch nicht, dass gleich nach der

Abreise der Helers die Familie eines deutschen Offiziers aus der hiesigen Kaserne in ihre Wohnung zieht, den Sessel von Opa Bruno und das koschere Geschirr von Oma Greta hinauswirft, Gardinen aus Hanas Aussteuer vor die Fenster hängt, in Bettwäsche mit ihrem Monogramm schläft und Anspruch auf die Miete aus dem Papierwarenladen und dem kleinen Kiosk erhebt. So viel, dass Urbánek doppelt Miete zahlen könnte, brachte der Laden nicht ein, aber trotzdem hätte er sich bemüht, irgendwie zu helfen …

Von der Verabredung zwischen Alois Urbánek und Elsa Helerová erzählte Karel Rosa nichts, um ihre Befürchtungen nicht noch zu verstärken. Seiner Meinung nach konnte das nur eins heißen – Rosas Familie war nicht in Theresienstadt geblieben und von dem Ort, wohin man sie gebracht hatte, konnte man nicht schreiben. Auch wenn er Elsa und Hana nicht besonders mochte, hoffte er für seine Rosa, alle mögen sich nach dem Krieg wiedertreffen.

In freien Minuten saß Rosa am Sessel von Frau Ludmila und leistete ihr Gesellschaft auch an jenen Tagen, an denen die Kranke schwer mit der Welt der Lebenden zurechtkam, die Welt der Toten, nach der sie sich mit jedem Tag stärker sehnte, sie aber noch nicht aufnehmen wollte.

In den letzten Wochen unterschied Ludmila Karásková Tag und Nacht nicht mehr, konnte das Essen und Trinken nicht schlucken, das ihr Rosa geduldig löffelweise verabreichte. Sie schnappte nach Luft und fand nur in kurzem, ohnmachtsähnlichem Schlaf eine Weile Ruhe, aus dem sie bald wieder vom Sauerstoffmangel geweckt wurde.

Karel öffnete den Laden nur noch zwei Stunden täglich, wechselte sich mit Rosa am Bett der Mutter ab. Und auch wenn es keiner von ihnen laut sagte, wünschten sie sich nichts mehr, als dass Ludmilas Leiden endete.

Das geschah am Mittag des kürzesten Tages des Jahres 1943. Ludmila erwachte, sah Rosa an, die die Knoblauchsuppe kostete, die nach einem Rezept aus Ludmilas Familienkochbuch gekocht war, sah Karel an, der im Sessel neben dem Bett saß, und dann flog ihr Blick zum Fenster.

Vom Himmel fielen Schneeflocken, segelten durch die Luft, flogen hoch und wieder herunter, fielen aufs Fenster, setzten sich eine neben die andere und der Raum versank langsam im Dunklen. Frau Ludmila schloss die Augen wieder, aber aus der Dämmerung kamen erneut weiße Flocken hervor, wurden zu einem Schneewirbel und dann zu einer Lawine, die Ludmila Karásková hochhob, ihr nach langer Zeit erlaubte, wieder tief einzuatmen, und sie mit dem letzten Ausatmen von dieser Welt forttrug.

Der Tod der Mutter brachte Karel nicht die erwartete Erleichterung, sondern heftige Gewissensbisse. Wie konnte er sich so etwas Unumkehrbares und Endgültiges wünschen, wie es der Tod der Mutter war? Wollte er wirklich, dass ihr Leiden aufhörte, oder hatte er nur selbstsüchtig an sich und seine Ruhe gedacht?

Außer Gewissensbissen plagten ihn auch praktische Angelegenheiten. Solange die Mutter lebte, bekamen sie Rationen für zwei Erwachsene. Weil Frau Ludmila in den letzten Monaten nur sehr wenig aß, kamen sie mit den Lebensmitteln aus, obwohl sie Rosa bei sich hatten. Wie sollen sie jetzt mit Marken für eine Person auskommen?

Für eine Weile dachte er sogar, er könnte den Behörden den Tod der Mutter verheimlichen. Er könnte sie im Keller beerdigen oder auf dem kleinen Hof und ihr erst nach dem Krieg ein würdevolles Begräbnis ausrichten. Bei dem Gedanken war Rosa entsetzt und erklärte, lieber hungern zu wollen, aber auf keinen Fall zuzulassen, dass der Körper der geliebten Frau Ludmila irgendwo in einer Hofecke wie der Kadaver eines Haustiers vergraben wird. Karel beschloss, dass sie recht hatte. Auch er könnte nicht gut mit dem Gedanken schlafen, dass die Mutter nach dem Tod keine Ruhe fand, und noch stärker verfolgte ihn die Angst vor den Konsequenzen, denen er sich ausgesetzt sähe, würde der grauselige Betrug entdeckt.

Und so bekam Frau Ludmila eine bescheidene Trauerzeremonie und Karel und Rosa blieben allein zurück. Zuerst fanden sie es seltsam, nur zu zweit im Haus zu leben, keine Rücksicht auf die Anwesenheit eines Dritten zu nehmen, sich berühren, küssen und sogar lieben zu können, ohne ständig aufpassen zu müssen, ob Frau Ludmila nicht umgedreht werden musste, zu trinken oder ein Kissen unter den schmerzenden Rücken brauchte.

Nach ein paar Wochen gewöhnten sie sich aber ans Alleinsein, lernten, die Laute von draußen zu unterscheiden, sodass Rosa nicht jedes Mal gehetzt auf den Dachboden jagte, wenn an der Tür eilige Schritte vorübergingen, und Karel fürchtete sich nicht, sie allein zu Hause zu lassen, weil er wusste, dass sie still wie ein Mäuschen war und auf keinen Fall nah ans Fenster ging.

Vor Weihnachten 1944 hielt Rosa wieder Stricknadeln in der Hand, aber diesmal strickte sie keine Socken. Davon hatte sie eine ganze Schublade voll, in verschiedenen Farben und Größen, und nur schwer hielt sie sich an die Hoffnung, dass die, für die sie bestimmt waren, sie einmal anziehen würden. Jetzt strickte sie kleine Pullover, Mützchen und Schühchen für das Kind, das nach ihrer

Berechnung irgendwann in der Mitte des nächsten Jahres auf die Welt kommen sollte. Sie bemühte sich, tapfer zu sein, und nicht bei dem Gedanken, allein gebären zu müssen, zu heulen. Nur mit Karels Hilfe, der in diesen Dingen noch unerfahrener war als sie. Und wenn sie die Geburt übersteht, wird sie sich um das Kind kümmern müssen, obwohl sie noch nie ein kleines Kind auf dem Arm gehalten und sich noch nicht einmal um ein Kätzchen gekümmert hat.

Auch Karel gab seine Befürchtungen nicht laut preis. »Im Frühling ist der Krieg vorbei«, tröstete er Rosa und sich. »Bevor das Kind auf die Welt kommt, hauen die Germanen ab und wir schaffen sogar noch zu heiraten. Du wirst sehen. Und die alte Zítková wird unsere Trauzeugin!«

Rosa lachte, aber sie merkte sehr wohl, dass Karel nicht wagte, ihr zu versprechen, was sie am liebsten hören würde – dass Mama, Hana und die Großeltern endlich nach Hause kommen.

Zu Beginn des Jahres 45 näherte sich die Ostfront den Protektoratsgrenzen und die Deutschen begannen, aus den umliegenden Dörfern zwangsverpflichtete junge Männer herbeizuschaffen, damit sie Panzergräben schaufelten. Karel verfiel zuerst in Panik, dass er auch einberufen würde, und Rosa allein im verschlossenen Haus und ohne Hilfe zurückbleibt. Als er sich überzeugen konnte, dass nur nichterwachsene Jungen eingesetzt wurden, beruhigte er sich, aber bald darauf schreckten ihn die Flugblätter auf, die in der Stadt in fast jedem Schaufenster hingen. Darin stand, wohin sich die Einwohner im Falle von Bombardierungen zurückziehen und was sie in die Schutzräume mitnehmen sollten.

Rosa konnte aber in keinen Schutzraum, das war Karel klar. Verzweifelt lief er durch die feuchten Kellerräume, überlegte, welche Ecke am sichersten sei, und brachte schließlich schwere Rosshaarmatratzen vom Speicher in den Keller, in dem früher ein Brunnen war, und dessen Wände ihm am festesten erschienen.

Wenn eine der Bomben, die in der ersten Aprilhälfte auf die Stadt fielen, das Dach getroffen hätte, hätte das weder das Haus noch Rosa, Karel und ihr ungeborenes Kind überlebt. Umsonst wäre Rosa in den tiefen Keller gestiegen, vergeblich hätte sie sich an die mit Matratzen ausgelegten Wände gepresst. Anstelle des Hauses bliebe nur ein versengter Krater, so wie er von den Häusern übrigblieb, die vielleicht nur zweihundert Meter vom Platz entfernt standen.

Von ihren Bewohnern überlebte niemand und niemand erlebte den Maianfang, als sich von Süden und Osten sowjetische Einheiten Meziříčí näherten. Und obwohl der Kampf um die Stadt nicht lange dauerte, kamen zig Soldaten ums Leben, die am Kriegsende ganz sicher nicht sterben wollten, und die Brücke zwischen Meziříčí und Krásno wurde fast zerstört.

Und dann war es vorbei. Am Abend des sechsten Mai schritt Rosa nach fast drei Jahren über die Türschwelle und ging eingehängt bei Karel Karásek mit schweren Schwangerschaftsschritten durch die enge Gasse, bog nach rechts ab und auf den Marktplatz. Dort blieb sie vor dem Haus stehen, in dem sie aufgewachsen war. Sie hob den Kopf und schaute zu den Fenstern, vor denen die Gardinen hingen, die die geschickten Finger ihrer Schwester Hana gehäkelt hatten. Vor dem Schaufenster des Papierwarenladens war das schwere Gitter heruntergelassen und die Haustür war verschlossen.

»Morgen kommen wir hierher und holen uns die Schlüssel von Herrn Urbánek. Wir müssen doch aufräumen, bevor Mama mit Hana und Oma und Opa zurückkehren«, sagte Rosa und Karel nickte und streichelte ihre Hand.

Obwohl sie warten wollte, bis ihre Familie zurück war, gab Rosa Karels Drängen nach und heiratete ihn Anfang Juni. Karel wünschte, dass sein erstgeborenes Kind ehelich zur Welt kam, und so ließen sie sich im Stadtamt trauen.

Eine Woche später wurde ich geboren und die Eltern gaben mir den Namen Mira, was so viel heißt wie friedlich, umgänglich und wundersam. Friedlich bin ich bestimmt nicht, um Umgänglichkeit bemühe ich mich, aber was Wunder angeht, so begleiten sie mich seit meiner Geburt bis jetzt. Wundersam war es, wie ich auf die Welt kam, durch ein Wunder überlebte ich die Typhusepidemie, und so helfen mir vielleicht weitere Wunder, meine Träume zu erfüllen.

Es verging ein Monat und die geputzte Wohnung mit der Aussicht auf den Platz war immer noch leer. Es kamen weder Elsa noch Hana, Greta oder Bruno zurück. Es kamen nicht die Familien Hirsch, Bača, Klein und Perl. Von den Transporten, die im September 42 vom Bahnhof Meziříčí abfuhren, war bislang überhaupt niemand in die Stadt zurückgekehrt.

# DRITTER TEIL
## Ich, Hana
## *1942–1963*

## EINUNDZWANZIGSTES KAPITEL

In meinem Kopf ist nur Nebel. Manchmal ist er so undurchdringlich, so dicht, dass kein einziger Gedanke hindurchscheint. Das ist der Zustand, den ich für Glück halte. Dann wird der Nebel durchsichtiger und die Bilder kehren zurück. Sie bedrängen mich von allen Seiten und ihnen zu entkommen ist unmöglich. Meine Brust wird vor Angst eng, die Lungen schnappen schmerzhaft nach Luft. Die Angst presst meinen Körper zusammen und knickt mir die Beine weg.

Aus dem Nebel tauchen Gestalten auf, klar, viel klarer als die wirkliche Welt. Sie sprechen mit mir, schreien mich an, machen mir Vorwürfe, dass ich noch immer hier bin und schweige. Ich spreche nicht über sie, ich will sie wieder sterben lassen, auch in meinen Erinnerungen.

Wie sollte ich über sie sprechen? Niemand würde mir glauben. Niemand weiß, wie viel Leid ein Mensch ertragen kann. Ich sage ihnen das. Ich bitte sie immer und immer wieder, mich in Ruhe zu lassen, oder mich endlich zu sich hinüberzuziehen, in die Welt der Schatten. Sie wollen nicht. Noch nicht.

Das Einzige, was ich vom Leben möchte, ist, dass es mich aus den Fängen lässt. Warum hält es mich so hartnäckig fest? Ich habe doch gesehen, wie leicht es die verließ, die daran festhalten wollten, weil sie jemanden auf der Welt hatten, der ihnen wichtig war. Jemanden, für den sie wichtig waren. Ich habe so einen Menschen nicht mehr. Oder wenigstens dachte ich das, als ich am Bahnhof in Meziříčí aus dem Zug stieg.

## Sommer 1945

Zurück in die Stadt kam ich mitten im Sommer. Ich saß auf der Holzbank am heruntergelassenen Fenster des Personenzuges, die Augen weit offen, das Gepäck auf dem Schoß. Ich hielt die schwarze Stofftasche ganz fest an meinen Körper gepresst. Nein, ich hatte keine Angst, dass sie jemand stiehlt. Es war nichts darin, woran mir etwas gelegen hätte. Nur ein Pullover und ein paar Wäschestücke. Das Papier, das mir als Ersatzdokument dienen sollte, steckte in einer meiner Rocktaschen bei meinem wichtigsten Besitz, einem Stück Brot. Weitere Brotscheiben hatte ich in die anderen Taschen des Leinenkleides und des zwei Nummern zu großen, bis oben zugeknöpften dunklen Sakkos gesteckt. Und manchmal tastete ich danach, um mich zu überzeugen, dass sie noch da waren. Die Landschaft flog am Fenster vorbei, aber ich sah sie nicht. Ich nahm nur eines war – das regelmäßige Räderrattern des Zuges, der mich forttrug. Das Rütteln des Waggons und das Dröhnen der Schienen lenkten meine Gedanken gefährlich zu den Tagen zurück, an die ich nie wieder denken wollte. Aber ihr Grauen dauerte an und nahm mir den Atem. Ich fühlte, wie ich zurück in die Zeit sank. Das Wageninnere verdunkelte sich, ein süßer Geruch kitzelte mich in der Nase und der Hals schnürte sich mir zusammen. Ich schnappte nach Luft und griff mir an den Hals, um die unsichtbaren Hände davon loszureißen. Ich schrie wohl laut auf, denn alle Augen im Waggon drehten sich angewidert in meine Richtung und die Frau am Gang rutschte ein Stück weg und nahm das kleine Mädchen, das zwischen uns saß, auf den Schoß.

Die Blicke der Mitreisenden brachten mich in die Gegenwart zurück. Der Zug war voll, aber der Platz auf der

Holzbank neben mir blieb jetzt leer. Ich rutschte näher ans Fenster, um neben mir mehr Platz zu schaffen. Niemand setzte sich. Die Leute wollten nicht in die Nähe der ausgezehrten Frau in schlotternden Kleidern und Männerknöchelschuhen, die sich trotz des warmen Sommers in ihrer Jacke verkroch. Vielleicht ahnten sie, woher ich kam, sahen den Schmerz, der mich umgab, und wollten sich nicht anstecken. Der Krieg war schließlich vorbei und die Erde schritt einer hellen Zukunft entgegen.

Ich sah mich um. Der Mann in dem verschwitzten blauen Hemd mir gegenüber wich mit dem Blick aus und schaute aus dem Fenster, während die anderen ihre Blicke in den Fußboden bohrten. Ich wusste, dass ich kein schöner Anblick war. Ich zog mir das Kopftuch über den dünnen weißen Haaren tiefer in die Stirn, griff nach dem Brot in der Tasche, steckte mir eine Rinde in den zahnlosen Mund und ließ sie langsam darin zergehen. Der süß-salzige Brotgeschmack vertrieb für eine Weile die hässlichen Gedanken und ließ mich wieder in die neblige Zeitlosigkeit fallen.

Der Zug hielt quietschend an und die Leute drängten zum Ausgang. Verwirrt hob ich den Kopf.

»Meziříčí«, sagte der Mann auf dem gegenüberliegenden Platz, und als ich aufstand, atmete er auf und streckte bequem die Beine von sich.

Nach dem mehrstündigen Sitzen war ich steif und die Beine gehorchten mir nicht. Ich hielt mich am Griff an der Tür fest und versuchte, langsam auf die Stufe unter mir zu treten. Das linke Knie gab nach. Ich fiel von oben auf den rechten Fuß und ein scharfer Schmerz fuhr durch meinen geschwollenen Knöchel. Ich tastete auch mit der anderen Hand nach dem Griff und die Stofftasche fiel auf den Bahnsteig. Ich ließ mich vorsichtig auf die Erde hinunter und bückte mich nach der Tasche, aber das Blut schoss mir in den Kopf, mir wurde schwarz vor Augen und ich fiel auf alle viere. Ich hatte keine Kraft aufzustehen, und so kroch ich auf den Knien bis zur nächsten Bank und zog mich hoch. Die Muskeln zitterten, der Kopf drehte sich mir.

Auf dem Bahnsteig standen nur ein paar Leute, die auf den Bummelzug nach Rožnov warteten.

»Die ist bestimmt betrunken«, meinte ein junger Mann mit aus dem Mundwinkel hängender Zigarette. Und das Mädchen in den hochhackigen Pumps sah sich nach mir um und lachte amüsiert. Sie konnte vielleicht sechsundzwanzig sein – so wie ich. Die wäre nach links gegangen, dachte ich mir und tastete in der Tasche nach der Brotrinde.

Ich blieb auf der Bank sitzen, obwohl mein Kopf sich nicht mehr drehte und die Beine nicht mehr zitterten. Ich hatte es nicht eilig, wenigstens noch eine kleine Weile wollte ich den schwachen Hoffnungsfunken erhalten, dass am Platz immer noch unser Haus steht und ich die Steinstufen hinauf in die erste Etage gehe, in die Wohnung hinein, den vertrauten Geruch einatme, durch den Flur in die Küche gehe und am Tisch meine Familie sitzt. Mama Elsa, Oma Greta, Opa Bruno und mein Schwesterchen Rosa. Das wünschte ich mir sehr, aber ich wusste, dass die Hoffnung umsonst war, und wenn ich die Treppe hinaufsteige, wird der Traum vom Heim für immer vorbei sein, denn die Reise, auf die man uns in der Nacht des vierzehnten Septembers 1942 schickte, führte in die Hölle.

## September 1942

Damals fuhr der Zug nicht vom Bahnhof ab, sondern stand auf einem Nebengleis weit hinten hinter dem Park bereit.

Als wir bepackt mit Rucksäcken, Koffern und Tornistern mit Decken die Treppe unseres Hauses hinabgingen, war es schon dunkel. Die Beine zitterten mir vor Angst und ich wollte heulen, aber ich versuchte, mir das nicht anmerken zu lassen. Mama schloss die Wohnungstür ab und steckte den Schlüssel in die Tasche, um ihn den ausführlichen schriftlichen Anweisungen folgend, die wir zusammen mit der Aufforderung zum Transport bekommen hatten, am Zug dem zuständigen Beamten zu übergeben.

Auf der Brücke blieben wir stehen, weil wir einen Moment ausruhen mussten. Ich stellte den schweren Koffer auf die Erde, lehnte den Rucksack an das Steingeländer und schaute zurück auf den Platz.

Ich konnte fast nichts sehen. Die Nacht war dunkel und alle Lichter gelöscht, damit die Stadt kein leichtes Bombenziel wurde. Der Fluss tief unter unseren Füßen floss gleichgültig in seinem steinernen Bett dahin, die unbeweglichen Häuserumrisse sahen feindselig aus, als könnte es die Stadt nicht erwarten, uns loszuwerden und nicht mehr unsere tägliche Demütigung ansehen zu müssen. Sie wendete die Augen von uns ab – so wie auch ihre Einwohner.

Den Leuten war es unangenehm zuzusehen, wie Bekannte erniedrigt wurden, mit denen man lange Jahre in einer Straße wohnte, in derselben Fabrik arbeitete und in deren Geschäften man noch vor kurzem einkaufte. Jetzt war es nicht einmal mehr erlaubt, Juden zu grüßen, geschweige denn auf ein paar Worte mit ihnen stehenzubleiben.

Vielleicht waren sie froh, dass wir gingen. Sie können sich erleichtert fühlen. Sie müssen uns nicht mehr ausweichen, den Blick zum Bürgersteig senken und tun, als sähen sie uns nicht. Und vor allem werden sie nicht mehr daran erinnert, was auch mit ihnen passieren konnte. An ihre Angst, dass auch sie eines Tages an die Reihe kommen.

Dort irgendwo in einem dieser abgedunkelten Häuser, deren Umrisse ich mehr ahnte als sah, war Rosa. Ich wusste nicht, ob ich mich freuen sollte, dass sie nicht mit uns fährt. Damals nahm ich es Mama eher übel. Es schien mir nicht richtig, die Schwester bei fremden Leuten allein zu lassen, aber jetzt weiß ich, dass Mama gut daran tat. Bis heute habe ich keine Ahnung, ob sie so vorausschauend war, oder ob sie Nachrichten hatte, die sie lieber nicht mit uns teilen wollte.

Oma Greta und Opa Bruno atmeten immer noch schwer und streckten den müden Rücken, aber wir mussten weiter. Der vorgeschriebene Zeitpunkt, zu dem wir uns am Bahnhof melden mussten, kam näher. Wieder hoben wir unser Gepäck auf und zogen weiter über die Kopfsteinpflasterstraße.

In der Allee von Krásno trafen wir eine Familie mit zwei kleinen Kindern. Ihre Schritte klangen genauso wie unsere durch die nächtliche Stadt, wurden von den blinden Häuserwänden und dicken Baumstämmen zurückgeworfen. Das jüngere Kind schlief im Kinderwagen und das andere hielt sich am Rock der Mutter fest und weinte leise. Wir nickten uns zum Gruß nur zu und gingen zusammen weiter. Wir kannten niemanden aus der jungen Familie, aber wir wussten, dass Menschen, die zu dieser

Stunde auf der Straße waren, Juden waren, die zum Transport gingen, weil für die anderen Bürger heute Abend ein Ausgangsverbot herrschte.

Nach einer halben Stunde waren wir bis zum Abstellgleis gestolpert. Die Menschen mit den Rucksäcken und Koffern reihten sich in Schlangen vor den Männern mit den Papieren in den Händen ein, gaben die Wohnungsschlüssel ab, zeigten ihre Dokumente vor und nahmen Kärtchen mit Nummern entgegen, die sie im Tausch gegen ihren Schmuck um den Hals hängen sollten. Wir stellten uns ans Ende einer schnell vorrückenden Reihe. »Helerová Rosa?«, fragte der Protokollant, ohne die Augen von der Liste zu heben.

»Rosa ist schon vor drei Jahren zu ihrem Onkel nach England gefahren«, antwortete Mama, tat erstaunt und wartete auf die nächste Frage. Die kam aber nicht. Der Schreiber strich schweigend Rosas Namen, schrieb etwas daneben, gab uns die Kärtchen an dem Leinenfaden und nickte in Richtung der offenen Tür des bereitstehenden Zuges. »Steigen Sie ein.«

Wir atmeten auf. Wir hatten unangenehme Fragen und Überprüfungen erwartet und uns gut darauf vorbereitet. Noch zu Hause erfanden wir Einzelheiten über Rosas Abreise, lernten erdachte Daten und Gründe auswendig. Jetzt schien es, dass Rosa mit ein bisschen Glück niemandem fehlen würde.

Wir nahmen unser Gepäck und traten an die Menschentraube heran, die sich bemühte einzusteigen. Der Zug stand außerhalb des Bahnhofs und die erste Holzstufe war so hoch, dass es fast unmöglich war, ohne Hilfe hineinzuklettern. Irgendjemand reichte mir von oben eine Hand, Mama drückte mich an den Hüften hoch, und als ich oben war, reichte sie mir unsere Sachen. Dann zogen wir mit vereinten Kräften Großmutter und Großvater hoch. Es gelang uns sogar, einen Sitzplatz für sie zu finden. Mama und ich setzen uns auf die Säcke mit den Schlafsachen. Erst dann schaute ich auf mein Kärtchen. Ich hatte die Nummer 79.

Der Zug fuhr nicht direkt nach Theresienstadt, wie wir dachten, sondern brachte uns zum Sammelplatz nach Ostrava. Während wir tagelang auf weitere Transporte warteten, die die Juden aus der ganzen Umgebung herbrachten, waren wir in einem alten Schulgebäude untergebracht. Und dort wurde Oma Greta krank. Ihre Augen glänzten im Fieber, und obwohl sie sich unter die Decke kuschelte, war ihr ständig kalt.

»Ein paar Tage liegen wird helfen«, sagte der Doktor, den Mama unter den Deportierten fand, und zuckte die Schultern. »Das ist nur eine Erkältung.« Mehr konnte er auch nicht tun. Wenn er Medikamente hatte, würde er sie sicher nicht für den gewöhnlichen Schnupfen einer fremden alten Frau verschwenden.

Wie kann man eine Erkältung durch liegen auf kalten Fliesen in einem Raum, wo es von den Fenstern und der ständig offenen Tür zog, auskurieren? In einer Unterkunft voller Menschen, die reden, streiten, einer über den anderen steigen und versuchen, die Kinder zu bändigen, die von dem langen Warten gelangweilt waren und beunruhigt von dem seltsamen Benehmen der Erwachsenen?

»Wir sind bald in Theresienstadt, Mutti«, tröstete Mama die Oma, als hoffte sie, dort wäre größere Ruhe. Und ich überlegte, wie die Kranke den weiten Fußweg zum Zug schaffen sollte. Wie können wir das ganze Gepäck tragen, wenn wir Oma stützen müssen?

Auf dem Sammelplatz warteten wir vier Tage und Oma Greta wurde zunehmend von Stickhusten gequält. Am Abend vor der Abfahrt teilten wir den Inhalt ihres Rucksacks auf die anderen Gepäckstücke auf und als wir durch die leeren Straßen im nächtlichen Ostrava zum Transport marschierten, stützten wir sie von beiden Seiten. Opa Bruno hatte sich den Sack mit den Decken am Rucksackgurt festgebunden und sich auf den Bauch geworfen, um beide Hände frei zu haben und auch Omas Koffer nehmen zu können. Zur Probe ging er durch den Flur, hob absichtlich die Knie hoch und trat damit gegen den Sack, damit er lustig hüpfte, und wir taten so, als sei das wahnsinnig lustig. In Wirklichkeit schnitt ihm der Gurt in die Schulter und der Sack störte beim Gehen. Aber auf andere Hilfe als die eigene konnten wir nicht bauen. Großmutter war nicht die einzige Kranke und jeder hatte seine eigene Familie, seine Schwierigkeiten und seine Gedanken. Die Fahrt von Ostrava nach Theresienstadt schien mir endlos. Obwohl niemand ein- oder ausstieg, standen wir immerzu auf Abstellgleisen herum. Züge mit Waffen und Soldaten für die Ostfront hatten Vorrang und so kamen wir erst am Abend an unsere Endstation. Müde stiegen wir aus und unter dem Gebrüll von Soldaten in SS-Uniformen warfen wir die schwersten Gepäckstücke auf einen Wagen, reihten uns ein und machten uns in einem langen Zug zu Fuß auf den drei Kilometer langen Weg von Bohušovice nach Theresienstadt.

Niemand von uns glaubte, dass das Leben in Theresienstadt, der Stadt, die der Nazi-Propaganda zufolge Hitler den Juden geschenkt hatte, damit sie dort in Ruhe den Krieg abwarten konnten, besser sei als zu Hause. Vielleicht hofften wir ein bisschen, dass wir unter uns sein würden und der gelbe Stern nicht so schmachvoll an der Brust leuchtete.

Auf das, was uns in Theresienstadt erwartete, waren wir nicht vorbereitet.

Gleich im Innenhof des Ghettos nahmen uns brüllende SS-Männer die letzten wertvollen Dinge ab, die wir noch bei uns hatten, trennten Männer und Frauen und führten die verängstigten Neuankömmlinge in Gruppen zu den Orten, die ihre vorübergehende Heimat werden sollten.

Zum Zeitpunkt unserer Ankunft war das Ghetto überfüllt. Die Frauen- und Männerunterkünfte quollen über, die Leute drängten sich auf Gängen, in Kellern und auf Dachböden. Oma Greta, Mama und mich jagten sie zusammen mit anderen Frauen aus unserem Transport auf den Boden eines hohen Backsteinhauses. Großmutter, die vom Fieber, dem hartnäckigen Husten und der langen Fahrt erschöpft war, stützten wir von beiden Seiten. Wir gingen langsam und mussten immer wieder verweilen. Als wir endlich auf dem Boden ankamen, waren alle Matratzen verteilt und es gab kein freies Fleckchen auf dem Fußboden. Wir wollten uns im Zwischenstock niederlassen, aber ein Mann in Uniform und platter Mütze schob uns in die Bodentür, riss der nächsten Frau die Matratze weg und gab sie uns. Dann zwang er die Alteingesessenen mit Geschrei und einem Stock, ihre Matratzen aneinander zu schieben, und stopfte noch ein Dutzend Neuankömmlinge auf den Dachboden dazu.

Wir kamen genau unter das Oberlicht. Wir halfen der Großmutter, sich auf die Matratze zu legen, und setzten uns zu ihr. Die Frau auf der Nebenmatratze rückte ein Stück, damit wir mehr Platz hatten. Sie hatte ein wunderschönes Profil und lange schlanke Finger.

»Haben Sie keine Angst, morgen wird es hier wieder leerer.« Sie hob die Hand und zeigte einen dünnen Papierstreifen.

Wir wussten nicht, was das heißt. »Ziehen Sie woandershin um?«, fragte Mama.

Die Frau zuckte die Schultern. Sie mochte ungefähr so alt wie meine Mama sein, hatte aber kein einziges graues Haar. »Ich fahre morgen mit dem Transport nach Osten.« Sie winkte mit der Hand, als sei sie auf der Bühne. »Fast alle fahren ab.«

»Nach Osten? Wohin nach Osten?«

»Das weiß ich nicht, aber vor allem bin ich mit meiner Familie zusammen. Zuerst haben nur mein Mann und Sohn die Vorladung bekommen, aber ich habe darum gebeten, auch auf den Transport zu kommen. Ich kann sie nicht allein fahren lassen.«

Mama sah sich auf dem überfüllten Boden um. »Glauben Sie, dass es da besser ist als hier?«

Unsere Nachbarin schwieg eine Weile und antwortete dann etwas hochmütig: »Ein Ghetto wie das andere. Kann es etwa noch schlimmer werden?«

Noch am selben Nachmittag erhielten genauso einen Papierstreifen auch Oma Greta und Opa Bruno. Und meine Mama konnte ihre kranke Mutti Greta nicht verlassen und bat darum, auch in denselben Transport nach Osten aufgenommen zu werden wie ihre Eltern. Ein Ghetto wie das andere, wiederholte sie die Worte, die die schöne Frau sagte.

Warum hatte sie mir dann verboten, auch um Aufnahme in den Transport zu bitten? Warum wiederholte sie unablässig, ich müsse mich so lange wie möglich in Theresienstadt zu halten versuchen?

Die schöne Frau mit den langen Fingern war Musiklehrerin. Um sich ihrem Sohn widmen zu können, hatte sie das Konzertieren aufgegeben und zu Hause Klavierunterricht erteilt. Als ich meine Familie am nächsten Tag zum Transport begleitete, sah ich sie, wie sie sich an der Seite ihres Mannes und ihres Sohnes, der nicht älter als fünfzehn sein konnte, auf dem Sammelplatz meldete. Sie war genauso verängstigt wie meine Mama, Großmutter und Großvater und Hunderte Menschen, die in der Schleuse versammelt waren.

Dort umarmte ich meine Lieben ein letztes Mal und sah zu, wie sie unter der Last des Gepäcks, das hier in Theresienstadt um die beschlagnahmten Sachen leichter geworden war, langsam zurück nach Bohušovice gingen, um wieder in den Zug zu steigen und weiter nach Osten zu fahren. Im Ghetto hörte man, dass von dort aus nur noch hölzerne Viehwaggons fuhren, die früher ihre Passagiere zur Schlachtung brachten. Und sie sollen bis zum Platzen vollgestopft sein. Ich wollte das nicht glauben, aber die Vorstellung fraß sich in mein Gehirn und ich konnte sie nicht loswerden.

Ich sah zu, wie Oma Greta sich schwer auf Opa Bruno und Mama stützte, ich sah, wie Mama sich im Tor noch einmal umdrehte, aber ich weiß nicht, ob sie mich sah. Ich stand da, bis das Tor wieder geschlossen wurde.

»Wenn alles vorbei ist, treffen wir uns wieder zu Hause.« Das waren die letzten Worte, die Mama zu mir sagte.

Meine Mama sagte immer die Wahrheit, auch wenn diese Wahrheit nicht immer angenehm war. Aber damals in Theresienstadt log sie. Und wir wussten es beide.

Von da an war ich mit allem ganz allein.

## ZWEIUNDZWANZIGSTES KAPITEL
## Meziříčí, Sommer 1945

Ich streckte meine schwachen Beine, stellte mich vorsichtig hin und ging aus dem Bahnhof.

Als ob ich in das Bild eintreten würde, das in unserer guten Stube über dem Sofa hing. Ich schaute mich um und erkannte alles. Die Straßen und Häuser, die Bäume und den Himmel darüber. Ich atmete den bekannten Geruch ein, die Sonne schien mir ins Gesicht und der leichte Sommerwind hob meinen Tuchzipfel. Von allen Seiten umgaben mich Geräusche. Automotoren, Absatzklappern, gedämpfte Gespräche, Vogelgesang, Blätterrascheln in den Bäumen. Alles war mir bekannt, aber doch völlig fremd. Weil ich nicht mehr in dieses Bild gehörte.

Die Stadt hatte sich nicht verändert. Ich war es, ich war eine andere.

Ich schleppte mich durch die Straßen in Richtung Marktplatz, den Blick in den Bürgersteig gebohrt. Nur manchmal blieb ich stehen, um mich auszuruhen, und sah mich in dieser fremden Stadt um, in der ich vor sechsundzwanzig Jahren geboren wurde. Die Leute gingen um mich herum, manche achtlos, andere gereizt. Bestimmt sagten sie sich, was das für ein seltsames Frauenzimmer war, das da so mitten auf dem Bürgersteig stand und störte. Früher wäre mir das sicher unangenehm gewesen. Jetzt war es mir egal.

Ich zog mir das Tuch tiefer in die Stirn und zwang mich, den nächsten Schritt zu gehen. Einfach ein Bein vors andere setzen. Den nächsten Schritt machen und nicht daran denken, wie es weitergeht. Danach habe ich mich schließlich die ganzen drei Jahre gerichtet.

Ich kam zum Feinkostladen, in den ich vor dem Krieg oft auf einen mit Eiercreme gefüllten Spritzkringel und ein paar Worte mit Iva gegangen war, damals noch Zítková. Ich mochte sie sehr gern. Sie hatte so einen Funken in sich und dachte, sie habe das Recht, sich alles vom Leben zu nehmen, was es ihr anbot. Und das tat sie dann auch.

Aber jetzt wollte ich nicht an Dinge denken, die passiert waren ... Wann? In einem vergangenen Leben? Wem?

Ich musste mich ausruhen. Vor dem Feinkostladen standen zwei Tischchen mit schwarz-weiß karierten Tischdecken und Holzstühlen. An einem saß eine ältere Frau mit einem kleinen Jungen. Er schaukelte zufrieden mit den Beinen und leckte sein Eis. Ich setzte mich an den anderen, streckte die schmerzenden Beine aus und legte die Tasche auf den Nebenstuhl.

»Sie wünschen?«

Es dauerte eine Weile, bis ich begriff, dass die Frau in der Schürze mich meinte. Ich sah sie an. Mašková oder Pašková ... irgendwie so. Die Besitzerin des Feinkostladens. Sie hatte Mama gekannt und ließ sie immer grüßen. *Grüßen Sie Ihre Frau Mutter, Hanička ...*

Der freundliche Gesichtsausdruck der Besitzerin änderte sich nicht, nur der Tonfall. Sie drehte sich so, dass wir weder vom Nachbartisch noch aus dem Laden zu sehen waren, und zischte: »Wenn Sie nichts bestellen wollen, gehen Sie bitte.«

Ich war müde und schon lange daran gewöhnt, dass mich die anderen fortschickten. Mašková oder Pašková schnappte meine Tasche, stieß sie mir auf den Schoß. »Gehen Sie bitte. Hier können Sie nicht sitzen. Sie verjagen mir die Gäste.«

»Ein Wasser«, sagte ich.

»Wasser? Schenken wir nicht aus. Nur Limonade. Wollen Sie Limonade?«

Ich nickte und Mašková Pašková drehte sich verdrossen auf dem Absatz um und segelte in den Laden. Der Junge am Nebentisch hatte sich sein Hemd bekleckert und die Oma säuberte es mit einem Taschentuch. Dann spuckte sie noch einmal auf das Taschentuch und wischte seinen Mund ab. Ich stand auf und ging weiter in Richtung Platz.

Ich bog neben der Erdgeschosskneipe, die nach Rauch, Bier und Urin roch und schon jetzt am Nachmittag voller Stammgäste war, nach rechts ab, überquerte bei der Apotheke die Straße und ging in Richtung Fluss. Der steinerne heilige Valentin, der auf einem Sockel am Fuß der Brücke stand, schaute schon zwei Jahrhunderte lang über die Schulter. Wahrscheinlich hatte er lange nach mir Ausschau gehalten und fragte sich jetzt, ob ich das wirklich war, wunderte sich, dass ich so langsam ging, so zögerlich und ganz allein.

Der Blick über den Fluss war unverändert. Bäume, dahinter die Kirche, das hohe Haus der Karáseks, genauso langweilig und kalt wie sein Besitzer, die abgebröckelten Schlossmauern. Die einzige Erinnerung an den unlängst vergangenen Krieg war die Brücke. Auf der rechten Seite fehlten ein Stück Straße und das Geländer. Als ob ein riesiger Walfisch hineingebissen, ein Stück Fleisch aus dem Brückenkörper gerissen und sich damit zurück ins Meer gemacht hätte. Die Leute hatten die Verletzung einstweilig mit Holzbrettern versorgt und eine Schalung angebracht, um die Brüche zu heilen.

Von der Brücke zum Platz sind es nur einige zig Meter. Langsam schlurfte ich den Hügel hoch. Früher erschien er mir nicht so steil. Und dann auf einmal sah ich es. Unser Haus. Es stand da, als hätte sich nichts verändert. Ich ging näher heran und hob den Kopf zum ersten Stock. Ich erkannte die Gardinen, schließlich hatte ich sie selbst nach dem Muster von Oma Greta gehäkelt. Ein Fenster stand leicht offen. Was hieß das? Für einen Augenblick glaubte ich an ein Wunder.

Ich drückte die Klinke der Eingangstür, aber es war abgeschlossen. Ich ging am sauberen, sommerlich geschmückten Schaufenster vorbei und trat in den Schreibwarenladen. Er war leer, nur das Glöckchen über der Tür rief nach dem Verkäufer.

Ich wusste, dass nicht Mama hinter dem Ladentisch auftauchen würde, aber trotzdem schnürte sich mir der Hals beim Anblick von Herrn Urbánek zu und meine Knie fingen an zu zittern. Ich legte die Arme auf die Theke, stützte mich mit der Stirn auf der Holzplatte ab und heulte los. Ich weinte laut, schluchzte und stöhnte, schnappte nach Luft und erstickte fast. Herr Urbánek sagte etwas, aber ich hörte nichts. Auf einmal stand ein Stuhl neben mir, Herr Urbánek löste meine Hände von der Ladentheke und nötigte mich, mich zu setzen. Ich zitterte am ganzen Körper, schluchzte aber nur noch leise und wischte mir die nassen Wangen im Sakkoärmel ab.

»Geht es Ihnen gut, Frau? Soll ich jemanden rufen?«

Ich schniefte und hob den Kopf. Der besorgte Ausdruck in Herrn Urbáneks Gesicht wurde prüfend, dann überrascht und endlich mitfühlend. »Fräulein Hanička …« Er sah mich an und weinte. Ich konnte mir einreden, er weine aus Freude, dass er mich sieht, aber ich wusste, dass es Tränen aus Mitleid und Entsetzen waren. Mitleid, weil ich allein zurückgekommen war. Und Entsetzen darüber, wie ich aussah.

Ich hatte zwar schon zwölf Kilo zugenommen, aber zu meinem Vorkriegsgewicht fehlten noch weitere fünfzehn. In der Zeit meiner Rückkehr ahnte ich nicht, dass ich sie nie mehr zunehmen würde. Ich kann nichts dafür. Selbst wenn ich Appetit hätte, was ich nicht habe, erträgt mein Magen nicht sehr viel. Wenn ich mich schwach fühle, stecke ich mir ein Stück Brot in den Mund, schiebe es auf der Zunge hin und her und schlucke langsam. Es hilft und beruhigt mich auch. Brot habe ich ständig bei mir – in Taschen, Schubladen und sogar unter dem Kissen.

In dem Sommer nach dem Krieg fielen mir die Haare nicht mehr aus, aber sie wuchsen ganz weiß nach und dazwischen leuchteten kahle Stellen. Der Doktor meinte, sie würden mit der Zeit dichter, aber weiß bleiben. Als ob es darauf ankommen würde!

Wichtiger wäre mir, dass die Finger sich bewegen lassen. Die Fingergelenke waren viel stärker angeschwollen als die Gelenke an Beinen und Armen. Aber das konnte Herr Urbánek nicht sehen, und deswegen denke ich, dass ihn am meisten mein zahnloser Mund erschreckte, die eingefallenen Wangen und Augen. Meine Augen hatten so viel gesehen, dass sie sich tief versteckten, tief in den Augenhöhlen und mit schweren Lidern bedeckt.

»Fräulein Hanička …«

Ja, Fräulein Hanička war ich früher einmal. Und dann wurde ich ein gelber Stern, Transportnummer 79, vorübergehende Theresienstadt-Bewohnerin und am Ende eine sechsstellige Nummer in Auschwitz.

## Theresienstadt, September 1942

In Theresienstadt blieb ich allein unter Tausenden fremden Menschen zurück. Viele Neuankömmlinge fuhren bald in den vollgepferchten hölzernen Viehwagen weiter nach Osten. Zu jener Zeit fuhren sie jeden Tag aus dem überfüllten Ghetto ab, und mit ihnen auch die meisten Juden aus Meziříčí. Wenigstens denke ich das, weil ich in der ganzen Zeit, die ich im Ghetto verbrachte, niemanden aus unserer Stadt traf.

Ich kehrte auf den Dachboden zurück und besetzte meine Matratze gerade rechtzeitig, bevor die Frauen aus dem Nachmittagstransport ankamen und wieder der Kampf um jeden freien Platz begann. Ich saß in einem Raum voller Menschen, versuchte die Vorstellung vom Viehwaggon aus meinem Kopf zu vertreiben, in dem meine Familie gerade ins Ungewisse fuhr, und warf mir gleichzeitig vor, dass ich nicht wenigstens in Gedanken bei ihnen war.

Auf die Nebenmatratze setzte sich eine junge Frau mit einem ungefähr sechsjährigen Mädchen mit einer Brille, deren eines Glas mit Pflaster zugeklebt war. Ich schob meine Matratze näher an ihre, damit ein bequemeres Doppelbett entstand, und bot ihnen einen Teil meines Platzes an. Die Frau lächelte mich dankbar an und legte das Mädchen zwischen uns. Als die Kleine eingeschlafen war, nahm sie ihr vorsichtig die Brille ab und legte sie in das Etui.

»Wir müssen darauf achtgeben, wir haben nur die eine. Sie wird schon langsam zu eng, aber ich weiß nicht, ob ich eine andere bekommen kann.« Sie streichelte der schlafenden Tochter übers Haar. »Der Herr Doktor sagte, sie müsse sie wenigstens noch ein Jahr tragen, sonst schielt sie ihr Leben lang.«

»Ihr Töchterchen ist sehr hübsch«, sagte ich, weil mir nicht anderes einfiel und ich freundlich sein wollte. Schließlich war es die Wahrheit, und außerdem wurde mir langsam klar, dass ich für das Leben im Ghetto Freunde brauchte. Bevor ich sie fragen konnte, wie das Mädchen mit der Brille hieß, streckte sich die junge Frau neben ihrer Tochter aus, legte ihr einen Arm um die Taille und schlief ermüdet von der langen Reise ein.

An diesem Abend erhielten fast alle Dachbodenbewohnerinnen die Aufforderung zum nächsten Transport. Auch meine Nachbarin und ihre Tochter bekamen eine. »Was heißt das?«, fragte sie mich mit dem Papierstreifen in der Hand erschrocken.

»Theresienstadt ist überfüllt, also fährt der Großteil der neu Angekommenen weiter nach Osten, um neue Siedlungen vorzubereiten. Nach und nach sollen wir angeblich alle dahin umziehen«, wiederholte ich denselben Satz, den ich am Vortag gehört hatte. Die Frau beruhigte sich, mir schien sogar, sie sei von meiner Antwort erfreut. »Hier wäre es schwer zu leben«, sagte sie und schaute auf das löchrige Dach. »Und vielleicht bekomme ich da auch die Brille für Pavlínka.«

Daran zweifelte ich. Unablässig beschäftigte mich nämlich die Frage, warum man zu so einer schweren Arbeit, wie es der Bau neuer Städte zweifellos war, alte Leute und Familien mit kleinen Kindern schickte. Und warum bekamen die jungen Leute Zuweisungen zur Arbeit in Theresienstadt? Auch ich bekam eine. Und so begann ich am nächsten Tag in der Nähwerkstatt zu arbeiten. Vom Dachboden kam ich in die Frauenunterkunft in einem

Gebäude der ehemaligen Kaserne. Damals zog auch mein neuer Begleiter mit mir ein – fortwährende Angst. Angst vor Transporten, Strafen, Hunger, Krankheiten und Einsamkeit. In dem langen engen Raum drängten sich dreißig Frauen auf dreistöckigen hölzernen Betten, aber trotzdem war es besser, in vier Wänden zu leben als auf dem Dach. Mir wurde klar, was für ein Glück ich hatte, dass ich nicht auf dem Dachboden hängengeblieben war, wo man sich nicht bewegen konnte, es von allen Seiten durchzog und durchregnete. Auch in den Kasernen war es kalt, aber bestimmt nicht so wie auf den Dachböden, in den Holzschuppen, Kellern und feuchten Mauerzellen, wo die weniger Glücklichen schliefen.

Die meiste Zeit des Tages verbrachte ich in der Nähwerkstatt, gekleidet in die gesamte warme Kleidung, die ich dabeihatte. Ich reparierte deutsche Uniformen und wenn ich den groben kratzigen Stoff in den kalten Fingern hielt, war ich froh, unter einem Dach zu sein und nicht draußen bei den Grabenarbeiten, beim Glimmerspalten oder in dem großen Zirkuszelt auf dem Marktplatz, wo Motorenteile für Deutschland verpackt wurden. Ich dachte an Mama, dankte ihr im Stillen für ihre Voraussicht, mit der sie für uns alle das Gepäck vorbereitet hatte, und hoffte, dass es ihr da im Osten mit Oma und Opa besser ginge und sie nicht an Hunger und Kälte litten.

Hunger hatte ich fast ständig. Zum Frühstück bekamen wir etwas, was sie Kaffee nannten, zum Mittag Suppe oder Soße mit ein paar ungeschälten Kartoffeln, zum Abend Brot und manchmal auch Margarine.

Mehr als der Hunger quälten mich aber Trauer und Einsamkeit.

Als ich das erste Mal in den Schlafsaal kam und das Bett fand, das mir zugeteilt war, bemerkte mich niemand.

Der Raum war halbleer, weil viele Frauen anderswo im Ghetto Verwandte hatten und die freien Abende nutzten, um sich mit der Familie zu treffen. Einige Frauen lehnten an den Betten und unterhielten sich, andere lagen und ruhten sich aus.

Außer den Betten und Koffern gab es im Raum keine Möbel. Tisch, Schrank, Stühle ... nichts.

Nach kurzem Zögern stopfte ich meinen Koffer unter das unterste Bett. Ich wollte mich hinsetzen, wusste aber nicht wie. Meine Pritsche war in der Mitte und so störte ich die Frau unter mir mit den Beinen und stieß mit dem Kopf an die obere Liege. Ich drehte mich eine Weile hin und her und legte mich dann hin.

Das obere Bett hüpfte und unterm Holzrahmen erschien ein Kopf. »Wann bist du angekommen?«

Das Mädchen konnte etwa so alt wie ich sein, also überraschte mich das Du nicht. »Vorgestern«, antwortete ich.

»Ich bin Jarka«, sagte das Mädchen und streckte mir die Hand hin. »So ist das unbequem. Kann ich zu dir kommen? Da können wir uns besser unterhalten.«

Ich nickte, Jarka kletterte von der oberen Pritsche hinunter und sprang zu mir ins Bett. Ich rutschte bis an die Wand. Die Nähe eines völlig fremden Menschen war mir nicht sehr angenehm, aber ich fühlte mich nicht mehr so verlassen.

»Hast du jemanden hier?«

Ich schüttelte den Kopf und wollte sagen, dass meine Familie weiter nach Osten gefahren sei, aber Jarka wartete nicht auf die Fortsetzung. »Ich habe einen Jungen hier. Er arbeitet in der Selbstverwaltung im Büro, im technischen, also wenn du was brauchst ...«

Ich sagte nichts, weil ich damals nicht ahnte, wie wichtig in Theresienstadt Bekanntschaften egal welcher Art waren. Dank der Bekanntschaften konnte man eine bessere Unterkunft bekommen, eine leichtere Arbeit oder zusätzliches Essen. Manchmal schaffte es Protektion, auch vor einem Transport zu bewahren.

»Du solltest dir auch eine Bekanntschaft zulegen«, sagte Jarka.

Ich war völlig verwirrt. Eine Bekanntschaft legte man sich doch nicht zu. Ich hatte eine Bekanntschaft mit Jaroslav, und das hieß, dass wir uns trafen, einander gefielen und Verabredungen hatten, um eines Tages heiraten und das Leben gemeinsam verbringen zu können. So dachte wenigstens ich mir das.

Ich wollte Jarka fragen, was sie damit sagen wollte, aber sie sprach schon weiter. »Am besten ist es, jemanden aus der Selbstverwaltung oder der Küche zu haben.« Sie lachte. »Ich bin froh, dass ich eine Freundin habe. Mit der Majerová konnte man nicht reden.« Sie schwieg eine Weile. »Obwohl ich ihr den Transport nicht gewünscht habe, den wünsche ich echt niemandem.«

Ich erstarrte. »Warum haben alle so viel Angst vor dem Transport?«

Diesmal schwieg Jarka eine Weile. »Weil niemand von denen, die gefahren sind, sich je gemeldet hat. Das ist seltsam, findest du nicht?«

Ja, sehr seltsam. Beide dachten wir darüber nach, was das wohl heißen konnte.

»Wenn du willst, erzähle ich dir, was ich über unsere Nachbarinnen weiß«, sagte Jarka und mir fiel zum ersten Mal ein, dass sie so viel redete, um ihre Gedanken zu übertönen.

Bevor sie eine halbe Stunde später auf ihr Bett zurückkehrte, hörte ich so einige Beobachtungen und Urteile über die Mitbewohnerinnen. Ich hatte mich noch nicht entschieden, ob Jarka die richtige Freundin für mich war, als etwas auf meine Decke fiel. »Ein Geschenk für dich«, kam es von oben.

Ich tastete mit der Hand und fand eine Kartoffel. Eine große Kartoffel. Ja, Jarka war eine Freundin. Die Kartoffel war der Beweis.

# DREIUNDZWANZIGSTES KAPITEL
## Meziříčí, Sommer 1945

»Fräulein Hanička …«

Herr Urbánek war verlegen. Er redete und redete, seine Stimme sprang aus freudvollen Höhen in mitleidige Tiefen, aber mir fiel es schwer, mich zu konzentrieren. Ich war erschöpft und von allen Seiten stürmten Erinnerungen auf mich ein. Ich fürchtete zu fragen, was mit Rosa war, weil ich überzeugt war, es zu wissen. Wir hatten sie ganz allein in der Stadt zurückgelassen. Was für eine Chance hatte ein junges jüdisches Mädchen, drei ganze Jahre zu überleben?

Die Reise war ermüdend, die Begegnung mit der Stadt aufregend und die Welt begann, im Nebel zu verschwimmen. Ich schloss die Augen und durch den weißen Schleier drang entfernt das Glöckchenklingeln über der Tür zu mir durch. Als ich die Augen wieder öffnete, war ich allein im Laden, aber ich war zu müde, um mir darüber Sorgen zu machen. Ich steckte mir ein Stück Brot in den Mund, lehnte wieder den Kopf an die Ladentheke und versank in dumpfem Halbschlaf.

Jemand packte mich an der Schulter. Ich zuckte zurück, öffnete die Augen und drehte den Kopf. Es dauerte eine Weile, bis ich begriff, wo ich war. Neben Herrn Urbánek stand Karel Karásek, etwas dünner, als ich ihn in Erinnerung hatte. Er bemühte sich, nicht zu starren, aber die Neugier war stärker als das gute Benehmen. Er sah sich an, was von mir übrig war. Auch daran war ich lange gewöhnt. Mit dem Handrücken wischte ich mir den Speichel aus dem Mundwinkel, schaute an die Wand und wartete, was kommt.

Die beiden sagten etwas zueinander und wandten sich dann an mich, aber die Laute drangen durch den dichten Nebel nur schwer zu meinen Ohren durch. Sie traten näher, sogar unangenehm nah, jeder stellte sich auf eine Seite und streckte die Hände nach mir aus. Sie wollten mir wohl helfen aufzustehen, aber ich riss mich los. Ich ertrage die Berührung fremder Hände nicht.

Überrascht wichen sie zurück.

Herr Urbánek sagte wieder etwas. Ich verfolgte, wie sich seine Lippen bewegten, und versuchte aus ganzer Kraft, einen Weg aus dem Nebel zu finden. »Wir bringen ... zu Hause ... Rosa ... Karáseks.«

»Rosa?«, wiederholte ich.

»Ja. Wir bringen Sie dorthin.«

Ich wusste immer noch nicht, warum ich das Haus wieder verlassen sollte, nachdem ich endlich zu Hause war, aber ich ging mit beiden Männern hinaus auf den Bürgersteig. Sie führten mich über den sonnenüberfluteten Platz, gingen wie eine Militärwache an meiner Seite und ich überlegte still, warum ich gerade zu den Karáseks gehen sollte. Habe ich das richtig verstanden, dass Rosa da ist? Warum ist sie dann nicht zu mir gekommen? Und warum ist sie nicht bei uns zu Hause?

Das Nachdenken ermüdete mich noch mehr als das Gehen. Ich musste mich auf jeden Schritt konzentrieren und der Nebel im Kopf wurde wieder dichter. »Rosa«, sprach ich vor mich hin. »Rosa.«

Dann standen wir vor der Haustür, in die ich so oft unwillig hineingegangen war, um mich um Mamas Freundin Frau Karásková zu kümmern. Wir traten in die Kälte und Dämmerung des Eingangsflurs und hörten Füße die Treppe hinunterlaufen. Etwas packte mich an der Schulter, presste ein nasses Gesicht an mich und schluchzte in meine Schulter. Ich musste mich an der Wand abstützen. Ein bekannter Vanillegeruch umfing mich und mein Herz fing wieder zu schlagen an, weil mich in diesem Augenblick die Erkenntnis traf, dass ich nicht allein auf der Welt war.

»Hanička, Hanička … du bist zurück. Dann kommen bestimmt auch bald Mama und …« Das Licht im Treppenhaus ging an, Rosa sah mich zum ersten Mal richtig und fing an zu weinen, weil sie in dem Moment begriff, dass nur wir beide übrig waren.

Schuldbewusst wich ich zurück. Ich war es, die ihr diesen großen Schmerz bereitete. Niemand sprach, nur Rosa schluchzte leise und drückte meine Hand. Vorsichtig zog ich mich zurück.

## Theresienstadt, Herbst 1942 bis Herbst 1943

Das Leben in Theresienstadt hatte festgelegte Regeln. Ich begriff bald, dass die Stadt, die Hitler den Juden »schenkte«, zwar von einer jüdischen Selbstverwaltung organisiert wurde, aber das erste und letzte Wort die Nazikommandantur hatte.

Die Selbstverwaltung wurde vom Ältestenrat geleitet und verantwortete die Abläufe im Ghetto, vom Arbeitseinsatz über Essensverteilung, Gesundheitspflege, Jugendheime bis zu Beerdigungen. Sie stellte auch die Namenslisten für die Osttransporte zusammen, und das war Jarkas Meinung nach der Grund, warum es wichtig war, jemanden in der Selbstverwaltung gut zu kennen, wenn möglich jemanden mit Einfluss, damit er uns vor dem Transport schützte.

Jemanden »gut kennen« hieß in Jarkas Wortschatz mit dem Betreffenden zu schlafen, »mit Einfluss« hieß, die Möglichkeit zu haben, Essen oder Dinge, mit denen man handeln konnte, zu bekommen. Und »handeln« hieß bestechen und schieben.

Obwohl wir in Theresienstadt alle in einem Boot saßen, waren wir auch hier nicht gleich. Uns trennten Sprache, Glauben, Erziehung und Alter. Die höhergestellten Mitglieder der Selbstverwaltung bekamen größere Lebensmittelzuteilungen und wohnten mit ihren Familien in zugewiesenen Räumen. Anspruch auf größere Portionen hatten auch schwer Arbeitende und Kinder. Umso weniger Essen bekamen alte Leute, die nicht arbeiten konnten. Sie waren aufs Betteln angewiesen und wenn sie niemanden hatten, der sich um sie kümmerte, oder nicht mit den Transporten nach Osten fuhren, verhungerten sie. Eine gute Arbeit zu finden, war aber nicht nur wegen des Essens wichtig, sondern auch wegen der Unabkömmlichkeit. Die, die eine wichtige Arbeit ausübten, waren vor der Transportgefahr einigermaßen gefeit.

Es dauerte nur ein paar Monate, um mich zu überzeugen, dass im Ghetto niemand sicher sein konnte, was ihm der nächste Tag bringt. Weder die Mitglieder der *Ghettowache*, der jüdischen Polizei, die als Zeichen ihrer Funktion eine Mütze mit schwarzem Schild und eine weiße Armbinde trugen, sich um die Ordnung im Ghetto kümmerten und nachts die Vorladungen zum Transport austrugen, noch der Ältestenrat selbst, ja nicht einmal der *Judenälteste* Jacob Edelstein und seine Familie.

Die Arbeit in der Nähwerkstatt bot mir keinen großen Schutz vor dem Transport. Für das Reparieren von Uniformen musste man nicht wer weiß wie geschickt sein.

Eine Nadel in der Hand halten kann doch jede Frau. Nach Theresienstadt kamen mehr und mehr Menschen, und so ging in den Männer- und Frauenunterkünften nachts oft das Licht an und ein Mann aus der Ghettowache teilte in der Tür stehend Zettel mit der Aufforderung zur Weiterfahrt nach Osten aus.

Zuerst war ich so töricht, mir auch so ein Zettelchen zu wünschen und zu meiner Familie fahren zu können. Aber Jarka meinte, dass zwar alle Züge nach Osten fahren, aber nicht an den gleichen Ort. »Du würdest deine Familie sowieso nicht finden«, sagte sie, als sie mir die langen Haare schnitt, damit sich die Läuse besser herauskämmen ließen. »Und es ist besser, da zu bleiben, wo du dich auskennst, als ins Unbekannte zu hetzen.« Sie schwieg eine Weile und fügte dann hinzu: »Warum sollte die Selbstverwaltung sich bemühen, ihre Familien vor dem Transport zu schützen, wenn es da besser wäre?«

Die Freundschaft mit Jarka war wichtig für mich. Die Frauen in unserer Unterkunft waren freundlich, aber die meiste Zeit versuchten sie mit ihren Familien zu verbringen. Sie besuchten die Kinder in den Kinderheimen, wuschen ihren Männern die Wäsche und versuchten, mehr Essen zu besorgen. Jarka betrachteten sie ein bisschen von oben herab. Hinter ihrem Rücken sagten sie, sie habe lockere Sitten, aber sie war die Erste, zu der sie kamen, wenn sie Hilfe brauchten. Sie konnte Essen besorgen, Schuhe und Medikamente und manchmal gelang es ihr, jemanden aus dem Transport zurückzufordern. Die Frauen bedankten sich mit dem, was sie hatten, und redeten hinterher noch schlechter von ihr.

»Du musst die richtigen Leute kennen«, sagte sie, als ich sie fragte, wie sie das macht. »Ich sage dir doch dauernd, dass du dir jemanden suchen sollst.«

Gern hätte ich »jemanden« gefunden, wie mir Jarka riet, schon allein deswegen, weil ich dann einen Menschen hätte, dem etwas an mir liegt, aber es war nicht so einfach. Den ganzen Tag lang saß ich mit den Frauen in der Uniformreparatur, die freien Augenblicke verbrachte ich in Essensschlangen und die Abende in der Unterkunft. Außerdem wusste ich schon, dass Jarka mit diesem »jemand« einen einflussreichen Menschen meinte, der uns beschützen könnte.

Im September und Oktober fuhr ein Transport nach dem anderen ab, aber dann wurde der Menschenfluss nach Osten gestoppt. Aus den spärlichen Nachrichten, die die Neuankömmlinge ins Ghetto brachten, konnte man erraten, dass die Deutschen an der Ostfront Schwierigkeiten hatten, und so begannen wir zu hoffen, dass die Umzüge ein Ende hatten. Und dass die Deutschen was auf die Mütze bekommen, der Krieg endet und wir doch noch aus diesem verfluchten Theresienstadt nach Hause kommen. Nur dass es im Januar hieß, es sollten wieder Tausende nach Osten abfahren. Und wieder ging nachts in unserer Unterkunft das Licht an, ein Mitglied der Ghettowache las aus den Listen Namen vor. Ende Januar auch meinen.

»Siehst du, was habe ich dir gesagt«, meinte Jarka und riss mir wütend die Aufforderung aus der Hand. Sie meinte, dass ich mir schon lange einen Beschützer und eine Arbeit hätte suchen sollen, in der ich nicht so leicht zu ersetzen wäre. »Ich versuche das morgen früh zu erledigen.«

Am nächsten Tag strich ein Beamter der Selbstverwaltung meinen Namen von der Liste und ersetzte ihn durch einen anderen. Ich wollte Jarka irgendwie danken, wusste aber nicht wie. Sie war ungewöhnlich schweigsam und mein Dankeschön winkte sie weg. Nach der Rückkehr von der Arbeit kletterte sie auf ihre Pritsche und drehte sich mit dem Gesicht zur Wand.

Ich dachte, sie sei böse auf mich. Mich aus dem Transport zurückzufordern, kostete sie offensichtlich mehr, als sie geben wollte. Ich lag auf dem Rücken, versuchte die kalten Füße zu wärmen, starrte in die Dunkelheit und hörte zu, wie Jarka sich unruhig herumwälzte.

Am nächsten Tag sahen wir uns nicht, denn sie hatte Nachtdienst im Krankenhaus. Obwohl sie keine medizinische Ausbildung hatte, arbeitete sie als Pflegerin.

»Man braucht keinen Kurs, es reichen Bekanntschaften«, lachte sie mich aus, als ich fragte, wie sie diese Arbeit bekommen hatte. »Wenn du willst, richte ich dir das ein und wir arbeiten zusammen.« Das Angebot lehnte ich ab. Dank der Pflege von Frau Karásková hatte ich sicher mehr Pflegeerfahrung als sie, aber andererseits wusste ich, was für eine Verantwortung so eine Arbeit mit sich brachte. In Theresienstadt gab es auch ohne mein Zutun genug Unglück.

Am Abend gab es Unruhe in der Unterkunft. Ich kroch zu Jarka aufs oberste Bett, setzte mich neben sie und beobachtete von oben die Frauen, die die letzten Sachen für den morgigen Transport packten. Den Transport, mit dem auch ich ursprünglich fahren sollte.

»Wie hast du mich da herausbekommen?«, fragte ich sie.

»Das war leichter, als du denkst«, antwortete sie. Nach einer Weile sprach sie weiter: »An deiner Stelle fährt Frau Hanzelková. Ihre Miluška war auf der Liste, also hat sie sich freiwillig gemeldet, damit sie zusammen fahren können.«

Frau Hanzelková schlief in unserem Raum an der Tür. Jeden Abend kam sie erst kurz vor acht, weil sie ihre

Tochter im Kinderheim besuchte. Ich erinnerte mich gut an sie. Eines Abends kam sie zu spät, der Mann von der Ghettowache schnappte sie nach dem Zapfenstreich auf der Straße und brachte sie in die Kriminalabteilung, wo ein Protokoll aufgesetzt und eine Ordnungsstrafe verhängt wurde. Sie war aufgeregt und weinte. Sie hatte große Angst, für die Verfehlung in den nächsten Transport zu kommen. Damals ging es gut aus.

Ich beugte mich vor, um zu sehen, was sie machte. Sie stand an ihrem Bett und versuchte die dreißig erlaubten Kilos in zwei Handgepäckstücke zu packen.

»Der Arsch aus der Registratur hat das durchdacht«, sagte Jarka auf einmal. »Er schreibt die Kinder in den Transport und dann wartet er, bis ihre Mütter angelaufen kommen und ihn bitten, sie auch auf die Liste zu schreiben. Er ziert sich eine Weile, aber dann kommt er ihnen für ein gewisses Schmiergeld entgegen. Und dann schreibt er die Mutter an die Stelle von jemandem, der ihn schon vorher bestochen hat, damit sein Name aus der Liste gestrichen wird. Er nimmt von beiden Seiten. Und alle sind zufrieden.« Jarka schüttelte den Kopf. »Arschloch. Der weiß doch, dass die Kinder nicht mehr zurückkommen.«

»Das kannst du doch nicht wissen.«

Sie sah mich an. »Ich weiß es.«

Ich fragte sie nicht, wie sie sich so sicher sein konnte. Wenn sie recht hätte, würde es das bedeuten, was ich bis dahin nur ahnte. Dass ich meine Familie nie wiedersehe.

In dem Moment hasste ich Jarka.

Der Transport, aus dem mich Jarka herausgeholt hatte, war für lange Zeit der letzte. Im Frühjahr und im Sommer fuhr kein Zug nach Osten. Aber die im Juni des Jahres 43 von den Häftlingen fertiggestellte Anschlussbahn von Bohušovice nach Theresienstadt erinnerte uns daran, dass weitere Transporte drohten.

Ich lebte jetzt fast ein Jahr im Ghetto, und obwohl ich dünn und müde war, lebte ich immer noch und nichts deutete auf eine unmittelbar drohende Gefahr hin. Ich war jung, hatte Arbeit, und also einen Anspruch auf die *Essenkarte,* die mir jeden Tag drei armselige Mahlzeiten garantierte. Ich hatte gelernt, wie das so läuft im Ghetto, und hatte sogar eine Beziehung.

Leo arbeitete in der Küche und sagte, er habe mich ausgesucht, als ich mit der Menage Essen holte. Jedes Mal kam er zur Ausgabe, goss mir eine ordentliche Portion Soße ein und wechselte ein paar Worte mit mir. Die größere Portion freute mich, aber gleichzeitig war mir die vollere Schüssel unangenehm, weil die Leute um mich herum nörgelten. Leos Bemerkungen freuten mich gar nicht, für meinen Geschmack waren sie zu derb und ich war mir nicht sicher, ob ich nicht beleidigt sein sollte. Nur ist Hunger Hunger, und so lächelte ich ihn an und ging.

Trotzdem konnte ich nicht widerstehen und prahlte vor Jarka. Es schmeichelte mir, dass jemand Interesse an mir hatte, selbst wenn es ein ungehobelter Koch in einem schmutzigen Kittel war. »Ich würde nicht so viel darauf geben, dass er es nicht bei jeder versucht«, fügte ich hinzu.

»Umso mehr solltest du dich beeilen, bevor ihn sich eine andere schnappt«, riet mir Jarka und meinte das vollkommen ernst. Ein Koch hatte Zugang zum Essen und war demzufolge in Theresienstadt eine gute Partie.

Auch wenn ich ihren Rat hätte befolgen wollen, was ich nicht im Sinn hatte, konnte ich nicht, denn ich wurde krank. Die Müdigkeit, die ich auf den Essensmangel und die lange Arbeitszeit zurückführte, wuchs sich zu nicht enden wollender Übelkeit und Bauchschmerzen aus. Meine Haut juckte, aber den Ausschlag hielt ich nicht für ein Krankheitszeichen, denn gemeinsam mit uns lebten in den Theresienstädter Unterkünften Läuse und Wanzen. Nach einigen Tagen bemerkte die Werkstattleiterin, dass mein Augenweiß gelblich war, schimpfte, ich würde alle anstecken, und schickte mich zum Arzt. Von da kam ich direkt ins Krankenhaus. Dort kümmerten sie sich gut um mich, das ja, obwohl mein Aufenthalt in der Infektionsabteilung kaum eine richtige Behandlung war.

Im Ghetto waren Medikamente genauso kostbar wie Essen, und ich litt sowieso an Appetitlosigkeit, sodass ich zum ersten Mal seit langem keinen Hunger hatte. Außerdem blutete mein Zahnfleisch, ich hatte Furunkel im Mund und die Zähne begannen zu wackeln. Ich lag im Krankenbett, döste und wachte nur zur Visite und bei Jarkas Besuchen auf.

Obwohl sie als Pflegerin arbeitete, hatte auch sie keinen Zutritt zur Infektionsabteilung, aber Jarka wäre nicht Jarka, wenn sie es nicht einrichten könnte. Sie setzte sich zu mir aufs Bett und nahm meine Hand. »Freu dich, dass du hier so schön liegst. Der Doktor sagt, du schaffst das mit der Gelbsucht, aber dir fehlen wohl Vitamine, und das könnte Schlamassel bedeuten. Du hast Glück, dass die das rechtzeitig bemerkt haben, da lässt sich ja was machen.«

Ich dachte nicht, Glück zu haben, weil mir ständig schlecht war, und ich konnte mir überhaupt nicht vorstellen, wo man in Theresienstadt Obst oder Gemüse bekommen sollte. Außer den Äpfeln von Herrn Urbánek hatte ich seit Kriegsbeginn gar keine Vitamine.

»Hier«, steckte sie mir etwas in die Hand, damit es die anderen Patienten nicht sahen. »Das schickt dir dein Leo.« Eine rohe rote Bete, ein wahrer Schatz. Nur, selbst wenn ich Appetit hätte, könnte ich nichts abbeißen.

»Die ist zu hart. Nimm du sie.« Ich reichte die Rübe zurück, drehte mich auf die Seite und schloss die Augen. Ich wollte nichts als schlafen.

Sie steckte sie in die Tasche. »Dann koche ich dir Suppe daraus. Und sage Leo, dass du ihm dankst.«

Jarkas Suppe aus der roten Bete und Kartoffeln von Leo machten mich damals gesund. Als ich einige Wochen später aus dem Krankenhaus entlassen wurde, kam ich nicht in die Näherei zurück, sondern bekam einen Arbeitsplatz im Garten zugewiesen, wo das Gemüse für unsere deutsche Herrschaft gezogen wurde, die in schönen Wohnungen am Rande von Theresienstadt wohnte.

Als ich Jarka fragte, ob sie die Finger in meiner Versetzung hatte, zuckte sie nur mit den Achseln. »Du brauchst Vitamine, oder? Und sieh zu, dass du uns mal eine Tomate mitbringst.«

Mit »uns« meinte sie sich und Leo. Der Gedanke, ich sei Leo verpflichtet, gefiel mir nicht. Damit, dass er mir Essen schickte, riskierte er viel. Hätte ihn die *Küchenwache* erwischt, hätte er in der Kleinen Festung landen können. Ich ahnte, dass er sich nicht mit einem einfachen Dankeschön zufriedengäbe, und dass es nur eine Art gab, sich erkenntlich zu zeigen.

In Theresienstadt galten andere Regeln als die von mir gewohnten. Ich sah nichts Verwerfliches an Jarkas intimem Verhältnis mit dem Mann aus der Selbstverwaltung, das ihr in vielem das Ghettoleben erleichterte. Ich konnte mir nur nicht vorstellen, dass ich mich auch zu so etwas entschließen sollte. Jemandem erlauben, mich zu berühren, weil er mir ein größere Suppenportion eingoss oder manchmal eine Rübe oder eine Kartoffel zusteckte? Ja, das war in Theresienstadt ein triftiger Grund. Dieser Krieg musste ja einmal enden und mehr Essen bedeutete größere Chancen durchzuhalten und heimzukehren.

Am Tag konnte ich nicht zu Leo gehen, also ging ich am Abend nach der Arbeit in der Küche bei ihm vorbei. Ich war müde. Mein Körper hatte sich noch nicht ganz von der langen Krankheit erholt und der Doktor aus der Infektionsabteilung war der Meinung, meine Leber sei für immer von der Gelbsucht geschädigt. Ich hatte noch nie in der Landwirtschaft gearbeitet, und der lange Tag im Gemüsegarten war für mich ungewohnt schwere Arbeit. Jarka wollte mir sicher helfen und dachte, die frische Luft und das zusätzliche Gemüse könnten mir guttun, aber ich hoffte, noch vor den kalten Herbsttagen wieder zurück in die Werkstatt zu kommen.

Ich wollte Leo nur danken und schnell in die Unterkunft, aber Leo winkte mir von weitem zu, ich solle warten, wechselte ein paar Worte mit einem älteren Kollegen und zeigte dabei auf mich. Der grauhaarige Mann sah mich an, zuckte dann nur mit den Schultern, sagte etwas und Leo streifte im Nu den bekleckerten Kittel ab und kam hinausgelaufen.

»Ich will dich nicht aufhalten«, sagte ich, »ich wollte dir nur danken.« Ich sah mich um, ob mich jemand hörte: »Du weißt schon wofür.«

»Du hältst mich nicht auf.« Leo nahm meine Hand und zog mich durch die Straße, die voller Menschen war, die von der Arbeit zurückkehrten.

»Wohin gehen wir?«, fragte ich außer Atem, ließ mich aber weiterziehen.

»Nur noch ein Stückchen, du wirst sehen.«

Das musste er nicht einmal sagen. Im Ghetto war nichts weit entfernt. Leo bog in die erste Straße rechts ein und durch einen schmalen Durchgang in einen Hof. Gegenüber dem Holztor stand eine Reihe gemauerter Ställe. In der Zeit meiner Ankunft in Theresienstadt, als das Ghetto am übervölkertsten war, drängten sich hier zig Menschen. Jetzt waren sie leer. Leo kannte sich offensichtlich aus. Er drückte gegen eine Tür und zog mich hinein.

»Warum sind ...« Ich wollte fragen, warum er mich dahin gebracht hatte, aber ich wusste es ganz genau.

Leo hielt sich mit keiner Erklärung auf. Er zog mich in dem niedrigen Koben auf den gestampften Lehmboden, drückte sich an mich und schob mit der Hand meinen Rock hoch. Das ging schwer, weil er eng war, und außerdem lag ich darauf. »Nun mach schon, hilf mir doch mal«, knurrte er ungeduldig.

Ich war verstört, weil ich noch nie in so einer Situation war, und obwohl ich verstand, dass es in gewissem Maße um ein Geschäft ging, hatte ich mir mein erstes Mal doch ganz anders vorgestellt. Ich wollte keine Schwierigkeiten machen, also hob ich die Hüften und half, den Rock hochzustreifen. Er zog mir den Schlüpfer hinunter und fasste mit der Hand zwischen meine Beine, aber das war zu viel für mich und ich fing an zu zappeln.

»Spinnst du?«, ermahnte er mich und drückte mich mit Macht auf die Erde. Also biss ich die Zähne zusammen und wartete. Er küsste meinen Mund. Das kannte ich schon und ich wurde etwas ruhiger. Er tastete nach meinem Stoffbrotbeutel, schob ihn mir unters Gesäß, spreizte mit den Knien meine Beine und legte sich auf mich. Der Druck zwischen den Beinen wurde stärker und wurde zu einem dumpfen Schmerz im Unterbauch. Ich drehte den Kopf zur Seite, schloss fest die Augen und grub die Hände in die Erde. Er begann, sich in mir zu bewegen, zuerst langsam und dann schneller. Ich hoffte, dass Leos Anstrengungen nicht lange dauern würden, und wollte die Tränen unterdrücken, aber es ging nicht. Er atmete schwer auf mir, als würde er einen Berg hochlaufen, dann schrie er leise auf und legte sich mit seinem ganzen Gewicht auf mich.

Ich wartete, was jetzt kommt. »Beim nächsten Mal wird es besser«, flüsterte er außer Atem. Ich sagte nichts, an einem »nächsten Mal« war mir nicht gelegen.

Leo half mir beim Aufstehen und klopfte meinen Rock ab. Ich hob meinen Baumwollschlüpfer auf, und als er nicht hinsah, wischte ich das Nasse ab, das meine Schenkel hinunterfloss.

»Beeil dich«, trieb er mich an. »Gleich ist es acht.«

Ich weiß nicht, wie er das erkennen konnte. Alle Uhren hatte man uns schon in der Schleuse bei der Ankunft in Theresienstadt abgenommen. Zu spät kommen wollte ich aber nicht, und so wischte ich mir mit dem Handrücken die Tränen ab, stopfte den Schlüpfer in den Brotbeutel und zwängte mich hinter ihm aus der niedrigen Stalltür in den Sommerabend hinaus. Meine Beine zitterten noch.

»Warte«, hielt mich Leo im dunklen Durchgang auf. Ich dachte, er wolle mich zum Abschied küssen, aber er steckte mir etwas Weiches in die Hand, drehte sich um, sagte »dann am Sonntag« und lief fort. Ich sah auf die zwei Knödelscheibchen in meiner Hand, öffnete den Brotbeutel und stopfte sie zum Schlüpfer und den zwei völlig zerquetschten Tomaten, die ich für Leo und Jarka im Gemüsegarten gestohlen hatte.

# VIERUNDZWANZIGSTES KAPITEL
## Meziříčí, Sommer 1945

Der Holztisch, die Stühle, die weiß gestrichene Anrichte, das Sofa mit den bunten gehäkelten Kissen und die Geranien auf dem Fensterbrett vor dem leicht geöffneten Fenster – die Küche der Karáseks sah genauso aus, wie ich sie in Erinnerung hatte. Nur der Sessel, in dem die kranke Hausherrin immer saß, war verschwunden.

Herr Urbánek war gegangen, um die Rollläden am Schaufenster herunterzulassen und zu seiner Familie heimzugehen. Rosa, Karel Karásek und ich setzten uns an den Küchentisch. Rosa weinte leise, denn ich hatte ihr gerade die letzte Hoffnung genommen, dass noch jemand von unseren Lieben zurückkommt. Ich starrte auf die Tischdecke und Karel sah so aus, als wollte er gern gehen.

Rosa hatte schon aufgehört, mich auszufragen. Sie begriff wohl, dass ich auf keine der Fragen, warum, wo und wie, eine Antwort geben würde. Auf manche Fragen kannte ich die Antwort, weil ich schon wusste, wo die Züge aus Theresienstadt endeten. Aber selbst wenn es mir gelänge, die Worte auszusprechen, würde ich sie nie sagen.

Die Stille in der Küche war lang und drückend. Der Raum um mich herum begann zu verschwimmen wie die Farben in einem Aquarell. Ich war müde und musste mich hinlegen und hoffen, wenigstens im Schlaf die Hana zu sein, die ich früher war. Manchmal gelang es mir, aber das Aufwachen war umso schwerer. Ich schob den Stuhl zurück, stützte mich mit den Händen auf die Tischplatte und erhob mich schwerfällig. »Gehen wir nach Hause?«, fragte ich Rosa.

Überrascht sah sie mich an. »Bleibst du nicht hier bei mir?«

Das verstand ich gar nicht. Warum sollte ich dableiben? Und warum wollte Rosa hierbleiben?

»Hier?«

»Wenigstens ein paar Tage.«

Mir schien, dass Karásek unruhig auf dem Stuhl herumrutschte, aber er sagte nichts. Ich wunderte mich nicht. Warum sollte er wollen, dass eine weitere Fremde in sein Haus zieht?

»Sie soll doch hierbleiben?«, wandte sich Rosa an ihn.

»Nun, ja«, sagte er nicht überzeugend.

»Ich will nach Hause«, sagte ich und maß dabei mit den Augen die Entfernung vom Tisch zur Tür. Die Schnürschuhe pressten mir die Füße zusammen und der Boden schwankte – erst leicht, wie kleine Wellen auf einem Fischteich. Es war höchste Zeit zu gehen.

»Warte, willst du nicht die Kleine sehen?« Rosa packte mich am Ellbogen und führte mich durch die angelehnte Tür ins Wohnzimmer. Die Berührung brannte, aber obwohl ich mich bemühen musste, wich ich nicht zurück.

Im Wohnzimmer stand da, wo früher das Blumentischchen war, jetzt ein Kinderbett. Ich wich zurück.

»Das ist unsere Mira.« Rosa beugte sich über das Bettchen.

In dem Moment begriff ich alles. Karásek und das Kind hatten mir Rosa gestohlen.

Ich drehte mich um und stolperte fort.

## Theresienstadt, Sommer 1943 bis Herbst 1944

Anstelle der Matratze und der Decke, einer von denen, die Mama und ich vor der Abfahrt nach Theresienstadt genäht hatten, fand ich einige Tage nach meiner Rückkehr aus dem Krankenhaus auf meiner Pritsche nur noch einen muffigen Strohsack vor. Mir war klar, dass ich das gestohlene Gut nicht wiedersehen würde, und so ging ich, um die *Zimmerälteste* um eine neue Matratze zu bitten.

»Pass selbst auf deine Sachen auf«, speiste sie mich ab. Aber dann brachte sie mir doch wenigstens eine löchrige Decke, damit ich etwas zum Zudecken hatte.

Ich kehrte zu meinem Platz zurück.

Gemeingut zu stehlen, war in Theresienstadt nicht verwerflich, weil jeder so gut es ging zu überleben versuchte. Solche Diebstähle nannte man Organisieren oder Schleusen und das machte jeder, der die Gelegenheit dazu hatte – auch ich. Aber einen anderen Gefangenen zu bestehlen, galt auch in Theresienstadt als unmoralisch. »Frau Reissová, wissen Sie nicht, wer mir das weggenommen haben könnte?«, fragte ich die Nachbarin von der Nebenpritsche. Aber die schüttelte nur den Kopf und zog sich zurück.

»Haben Sie keine Angst, ich bin nicht mehr ansteckend.«

Das sagte ich im Scherz, aber die Reissová rümpfte die Nase. »Sittenlosigkeit ist offensichtlich ansteckend.« Sie sah die Frau auf der Pritsche daneben an. Ermuntert von dem zustimmenden Blick fuhr sie fort. »Ich sage das zu Ihrem Besten, Hana, Sie sollten nicht mit dieser Jarka befreundet sein. Sie wissen, was man sagt – gleich und gleich gesellt sich gern.« Sie drehte mir den Rücken zu.

Ich fühlte, wie ich rot wurde. Ich sah mich im Raum um. Aus dem Ghetto war seit einem halben Jahr kein Transport mehr weggegangen und so blieb die Zimmerbesetzung mehr oder weniger gleich. Mit jedem Tag dünner, blasser und erschöpfter, aber größtenteils freundlich und hilfsbereit. Was hatten Jarka und ich ihnen getan, dass sie uns nicht mochten?

»Jarka ist ein nettes Mädchen.« Ich tat, als ordnete ich meinen halbleeren muffigen Strohsack.

»Phh«, beendete die Reissová das Gespräch.

Ich rollte mich auf der Pritsche mit dem Rücken zur Welt in ein Knäuel und starrte an die Wand. »Sie ist neidisch«, sagte Jarka, als ich sie fragte, was die Reissová an uns stört. Wir saßen ganz oben und teilten eine grüne Gurke, die ich aus dem SS-Gemüsegarten im doppelten Boden des Brotbeutels geschmuggelt hatte, den mir Jarka geholfen hatte anzufertigen. Zuerst hatte ich Angst, aber die tschechischen Gendarmen, die uns beaufsichtigten, waren nicht sehr gründlich, und so konnte ich jeden Tag etwas durchbringen. Ich teilte gerecht mit Jarka und Leo, und das war Jarka zufolge der Hauptgrund, warum uns die Frauen nicht mochten – vor allem sie. Sie war in der Lage sich zu *kümmern*.

»Wenn sie jünger wären und jemand würde sie wollen, würden sie ihn auch ranlassen«, sagte sie, aber das war auch mir zu viel. Ranlassen? So nannte man das, was ich mit Leo machte? Ich sah mich verlegen um, ob jemand uns hörte.

»Guck nicht so. Es sieht sowieso so aus, dass wir bald hier wegkommen.«

Ich erschrak. »Glaubst du, dass es neue Transporte gibt?« Das hielt ich für keinen Grund zur Freude.

»Im Gegenteil.« Sie rutschte näher und senkte die Stimme. »Es soll ein Transport herkommen. Das sollen Kinder aus Polen sein. Jakub meinte, die Baracken, die sie am Ghettorand herrichten, seien für sie. Die Deutschen wollen sie gegen Gold oder irgendwelche Gefangenen austauschen, also ich weiß nicht. Die Hauptsache ist aber, dass sie Wärterinnen und Erzieherinnen für sie suchen.

Die dürfen hier keine Verwandten haben. Weißt du warum? Weil sie dann mit den Kindern in die Schweiz fahren. Begreifst du? Nicht nur weit weg vom Ghetto, auch weit weg vom Krieg! Also hab ich ihm gesagt, er soll uns da reinschreiben.«

»Nein«, platzte ich heraus. »Mich nicht, ich will nicht.«

»Bist du verrückt geworden? So eine Chance, von hier wegzukommen, und du willst nicht?« Jarka sah mich an, als sähe sie mich zum ersten Mal.

Aber ich konnte nicht wegfahren. Es war meinetwegen, dass Mama irgendwo weit im Osten war, und Rosa sich bei fremden Leuten versteckte, wenn sie überhaupt noch lebte. Ich habe sie einer verirrten Liebe geopfert, zu einem Menschen, an dessen Aussehen ich mich nicht einmal mehr erinnern konnte. Theresienstadt war die Strafe für meine Dummheit.

Und ich wollte auch nicht von Leo weg. Auch wenn unsere Treffen nur kurz waren und überwiegend aus dem bestanden, was Jarka mit so einem schrecklichen Ausdruck bedachte, nannte ich es im Stillen Liebemachen. Und schon gefiel es mir. Und manchmal unterhielten wir uns auch. Er erzählte mir von seinem Vorkriegsleben, von der Familie, seiner Stadt. Er sagte, dass wir nach dem Krieg gemeinsam nach Prag ziehen und ins Theater, in Cafés und jeden Freitag ins Kino gehen würden. Ich wusste, dass das nur Träume waren, aber Leos Versprechen halfen mir zu leben.

»Du willst Jakub verlassen?«

Jarka sah mich eine Weile an, so, als würde sie mich nicht kennen.

»Du verstehst das wirklich immer noch nicht? Hier bist du im Gefängnis, und wenn du die Chance hast, von hier fortzukommen, musst du sie nutzen. Es ist eine Gelegenheit.« Jarkas Stimme bekam einen bockig weinerlichen Anflug und ich wollte nicht weiter zuhören, ich wollte, dass sie weiter die starke Jarka ist, die weiß, dass es für jede Situation eine Lösung gibt. »Vielleicht ist das nur Gerede und es gibt gar keinen Austausch. Vielleicht komme ich nicht hier raus und werde für immer diesen Rotznasen die Nase wischen, aber was habe ich zu verlieren?« Sie sah mich trotzig an, auch wenn ich erkannte, dass sie nur ein kleines Schrittchen von den Tränen entfernt war. »Jakub würde auch von hier verschwinden, wenn er könnte. Jeder würde das.« Sie nahm meine Hand und drückte sie. »Du bist meine beste Freundin. Ich will dich nicht verlieren. Wenn du willst, bleibe ich mit dir hier.«

Ich erschrak. Ich würde das Schicksal eines weiteren Menschen ändern, und das konnte ich nicht auf mein Gewissen laden. »Du musst fahren. Und schick mir aus der Schweiz ein Päckchen. Die Adresse kennst du ja.«

Jarka steckte sich das letzte Gurkenstück in den Mund. »Ich schicke dir neue Schuhe. Deine alten sind komplett zerlatscht.« Dann fügte sie hinzu. »Aber denk trotzdem noch einmal darüber nach.«

In dieser Nacht konnte ich nicht schlafen. Das Stroh aus dem halbleeren, stinkenden Strohsack stach in meine Haut, genauso wie die hungrigen Insekten. Und mein Kopf war voller hoffnungsloser Gedanken. Ich wusste, dass meine Tage in Theresienstadt ohne Jarka noch einsamer werden würden, entschloss mich aber trotzdem dazubleiben.

Ende August kam wirklich der Sondertransport aus Polen in Theresienstadt an. Es war eine endlose, traurige Prozession. Als sie durchs Ghetto zog, durften wir nicht hinaus und uns nicht einmal den Fenstern nähern. Trotzdem wusste bald ganz Theresienstadt, dass keine Erwachsenen dabei waren, nur mehr als tausend Kinder im Schulalter – verstört, abgemagert und abgerissen. Die SS-Männer jagten sie durch die Desinfektion und brachten sie dann in Baracken am Ghettorand unter. Dann gaben sie bekannt, niemand dürfe sich den Unterkünften nähern. Wer versucht, mit den Kindern zu reden, wird erschossen.

Die strengen Vorkehrungen vergrößerten nur unsere Neugier. Kam doch der Zug aus dem Osten, offensichtlich von dort, wohin Familien, Freunde und Bekannte von vielen von uns hingefahren waren. Verschiedene Gerüchte und Vermutungen breiteten sich im Ghetto aus.

Es wurde gesagt, es seien Waisen aus polnischen Waisenhäusern. Ein anderes Gerücht behauptete, ihre Familien seien von den SS-Männern erschossen worden, aber das wollten wir nicht glauben. Warum sollten sie so etwas Sinnloses tun? Solange wir nützlich sind und arbeiten können, lassen sie uns leben.

Jarka packte ihr Köfferchen und siedelte in die Baracke zu den Kindern über. Wir verabschiedeten uns nicht einmal, weil wir nicht dachten, dass wir uns nicht mehr wiedersehen. Aber die Kinder und ihre Wärter durften ihre Unterkünfte nicht verlassen. Von Leo wusste ich, dass die Kinder erhöhte Essensrationen bekamen und sich erholten. Allem Anschein nach warteten die SS-Männer, bis sie besser aussahen, um sie dem Internationalen Roten Kreuz übergeben zu können. Sechs Wochen später fuhren die Kinder wirklich ab und Jarka mit ihnen. In der ganzen Zeit hatten wir uns nicht ein einziges Mal getroffen. Genauer genommen trafen wir uns überhaupt nie wieder. Und auf das Päckchen aus der Schweiz wartete ich vergebens.

Im Herbst endeten die Arbeiten im Gemüsegarten und auf den Feldern und ich wurde wieder zurückversetzt in die Uniformreparatur. Der Doktor hatte mich bei der Krankenhausentlassung gewarnt, ich würde wahrscheinlich nie wieder ganz gesund, aber die Müdigkeit, die ich tagtäglich überwinden musste, brachte mich um. In den Frühjahrsmonaten wurde es noch schlimmer. Ich hatte nicht einmal die Kraft für gelegentliche Treffen mit Leo. Aus der Werkstatt zurückgekehrt, sackte ich auf meine Pritsche, und obwohl ich alles anhatte, was ich besaß, zitterte ich unter der Decke vor Kälte.

Ich lag auf der Pritsche, kämpfte mit Übelkeit und unterdrückte das Gefühl, erbrechen zu müssen. Einerseits wollte ich nicht das Brot herausbringen, das ich zum Abend gegessen hatte, und andererseits hatte ich Angst, durch die undurchdringliche nächtliche Dunkelheit im Schlafsaal und in den Gemeinschaftsräumen zu irren. Dunkel war es, weil schon die zweite Woche Licht verboten war – als Strafe für irgendjemandes Vergehen. Auf der Etage war nur eine Toilette und es war nicht möglich, sie in den dunklen Nächten sauber zu halten, obwohl wir uns alle sehr bemühten. Der Gestank drang bis in unser Zimmer am entlegensten Ende.

»Ich hab Ihnen gesagt, Sie sollen sich von dem Mädchen fernhalten.« An der krächzenden Stimme erkannte ich, dass die Reissová mit mir sprach. Sie hatte wohl die Würgelaute gehört, die ich von mir gab. »Hier, sonst machen Sie sich noch das Bett schmutzig.« Ich fühlte, wie mich etwas in die Seite stieß, und ertastete einen Blechnapf. Die Rettung kam im letzten Moment. Mir wurde etwas besser. Ich lag eine Weile da und atmete tief. »Was hat Jarka damit zu tun?«, fragte ich.

»Wenn sie Ihnen nicht diese Manieren beigebracht hätte, wären Sie jetzt nicht angebufft.«

»Ich bin nicht angebufft.«

»Mädel, ich war sechsmal schwanger, mir erzählen Sie nichts. Aber vor der *Zimmerältesten* nehmen Sie sich in Acht, die müsste sie melden.«

»Ich bin nicht schwanger«, wiederholte ich, aber ich wollte wohl mehr mich als die Reissová überzeugen. Meine Menstruation war schon nach drei Monaten im Ghetto weg, also dachte ich, ich könnte nicht schwanger werden. Jetzt ging mir auf, dass ich mich getäuscht hatte. Übelkeit, Appetitlosigkeit, Schwäche, der vorgewölbte Bauch. Im Dunklen fasste ich mir an die Brüste. Sie waren voller als früher. In dem Moment schien mir, etwas bewegte sich in mir. Ganz leicht, als ob ein Fischchen zufällig einen Schwimmer streifte. Ich rollte mich zusammen und fing an zu weinen.

Ich hatte in Theresienstadt noch keine einzige Schwangere gesehen. Bei der Ankunft wurden alle Frauen gynäkologisch untersucht, und wenn sie schwanger waren, ging es geradewegs zur Abtreibung. Entsprechend dem Tagesbefehl, den der Lagerkommandant im Sommer 43 herausgab, musste jede Schwangerschaft unter Androhung strengster Strafe gemeldet werden. Und dann folgte die Abtreibung. Ich presste mir die Hand auf den Bauch. Ich hatte keine Ahnung, wie lange ich schwanger war, aber wenn ich es bisher nicht bemerkt hatte und – wie ich hoffte – außer der naseweisen Reissová auch niemand sonst, konnte ich so tun, als hätte ich von der Schwangerschaft nichts gewusst. Und dann ist es zu spät für einen Abort. Theresienstadt war zwar nicht der beste Ort für eine Geburt, aber wir würden ja nicht ewig hier sein. Vielleicht war etwas Wahres daran, dass die Deutschen verloren. Vielleicht habe ich Glück und der Krieg ist schneller zu Ende, als mein Kind kommt.

Ich weinte nicht mehr. Ich drückte beide Handflächen auf den leicht erhabenen Bauch. Ich beschloss, Leo vorerst nichts von der Schwangerschaft zu sagen. Vielleicht will er, dass ich es wegmachen lasse, aber das würde ich nicht tun und dann ist Schluss zwischen uns. Ich wollte nicht meinen einzigen Freund verlieren.

Ich überlegte, was die Leute sagen würden, wenn ich mit Kind und ohne Mann nach Hause komme. Ich kann behaupten, der Kindsvater sei gestorben. Es war so viel Tod um mich herum. Man starb an den gewöhnlichsten Krankheiten, Verwundungen, alte Leute starben an Hunger, Erschöpfung und der Kälte. In Theresienstadt war der Tod mehr zu Hause als das Leben.

Als mich die *Zimmerälteste* nach zwei weiteren Monaten meldete und ich zur gynäkologischen Untersuchung musste, war es schwierig zu behaupten, ich hätte nichts von der Schwangerschaft geahnt, weil der Bauch jetzt so vorstand, dass er an meinem abgemagerten Körper gut zu sehen war. Unter dem weiten Pullover, den ich in der Werkstatt trug, wo es von allen Seiten zog, war die Schwangerschaft noch verborgen. Auch Leo bemerkte bei dem gelegentlichen schnellen Liebemachen auf der harten Erde im dunklen Stall nichts, denn wir pressten uns in der Kleidung aneinander. Und auch die *Zimmerälteste* hätte es nicht bemerkt, wenn ich nicht bei einem nächtlichen Toilettenausflug direkt neben ihrer Pritsche in Ohnmacht gefallen wäre. Sie knöpfte den Pullover auf, damit ich besser atmen konnte. Sie stockte, tastete nach meinem Bauch und richtete sich auf. Eine Weile stand sie über mir, schaute, wie ich zu mir kam, dann trat sie mich mit der Schuhspitze leicht in die Seite und legte sich ohne ein Wort auf ihre Pritsche.

Am nächsten Tag erhielt ich die Aufforderung zur Untersuchung.

Ich hatte Angst, tröstete mich aber damit, dass die Schwangerschaft so weit fortgeschritten war, dass es für eine Abtreibung zu spät war. Für eine Abtreibung war es wirklich zu spät, und so sagten sie, sie leiteten eine vorzeitige Geburt ein.

Sie erklärten, ich habe mich unmoralisch verhalten, als ich schwanger wurde, ohne verheiratet zu sein. Und ob ich überhaupt wisse, wer der Vater sei. »Natürlich weiß ich das«, schrie ich. »Leo hat mich gern, er wird mich heiraten.«

»Welcher Leo?«

»Na Leo Gross doch. Der in der Küche arbeitet.«

Ich mühte mich, ich kämpfte, versuchte sie zu überzeugen, aber der Doktor schrieb nur etwas in ein Papier und schaute mich nicht einmal an.

»Das geht zur Kommandantur«, sagte er. »Dort wird entschieden.«

Als mein kleiner Junge zur Welt kam, war er so klein, dass er in meine zusammengelegten Handflächen gepasst hätte. Er lag nie darin, ich sah ihn nur, als die Schwester ihn forttrug. Er weinte nicht, bewegte sich nicht, aber ich weiß, dass er noch lebte. Die Schwester kam mit leeren Händen zurück, beugte sich zu mir, streichelte meinen Arm und flüsterte, dass sie mich gerade vor dem Transport bewahrt hatten. »Eine Schwangerschaft ist eine sichere Fahrkarte nach Osten, Mädelchen.«

Mir war das egal.

Manchmal stelle ich mir die Seele wie einen weißen Zuckerhut vor. Mit jeder schlimmen Sache, die im Leben passiert, springt ein Stück davon ab. Und so wird er kleiner und kleiner, bis eines Tages nichts davon übrig ist. Meine Seele war zu diesem Zeitpunkt schon arg angeschlagen, aber noch hielt sie zusammen. An dem Tag, als mein Sohn geboren wurde, dem ich den Namen Leo geben wollte, brach vom Zuckerhut so ein großes Stück ab, dass er in zwei Teile zerfiel. Und eine Hälfte fiel aus großer Höhe herab und zerbrach in Tausende Bruchstücke, als ich herausfand, dass Leo Gross eine Zuweisung zum ersten Herbsttransport bekam und in Richtung Osten abfuhr, während ich mich im Krankenhaus von der Geburt erholte.

Die Krankenhausschwester hatte sich getäuscht, die Geburt rettete mich nicht vor dem Transport. Den schmalen Papierstreifen mit meinem Namen überreichte mir die *Zimmerälteste* gleich am nächsten Abend.

# FÜNFUNDZWANZIGSTES KAPITEL
## Meziříčí

Am Anfang kam Rosa jeden Tag zu mir. Zuerst brachte sie Mira mit, aber dann fiel ihr auf, dass mich Kinderweinen stört, und ließ die Kleine zu Hause. Ja, das Weinen belästigte mich, aber noch mehr störte mich der liebevolle Blick in Rosas Augen, wenn sie Mira an sich drückte und tröstete. Mütter mit kleinen Kindern gingen von der Rampe geradewegs ins Gas, schoss mir durch den Kopf und ich stolperte fort in mein Schlafzimmer.

Rosa bemühte sich, mich zurück ins Leben zu ziehen. Sie nötigte mich hinauszugehen, die verstohlenen Blicke zu ertragen und Gespräche darüber anzuhören, dass auch die Leute in der Stadt es während des Krieges nicht leicht hatten. Es gab zu wenig Essen, sagten sie, wichen aber mit dem Blick aus. Man wusste nie, wann sie einen holen kommen, und das schreckliche Bombardement zu Kriegsende – aber man darf sich nicht unterkriegen lassen. Ihnen ist ja sicher nicht bewusst, was für ein Glück Sie eigentlich hatten. Sie im Lager waren in Sicherheit vor den Bomben der Alliierten. Sie können sich gar nicht vorstellen, welche schreckliche Angst wir um unsere Kinder hatten. Sie müssen sich doch wieder fassen, sich wieder aufraffen, aufhören, sich zu bemitleiden und weiterleben. Bla bla bla …

Ich schwieg, also begannen sie mir aus dem Weg zu gehen.

Auch mein Körper wurde nicht gesund, aber die Schmerzen, die mit jeder heftigeren Bewegung einsetzten, jedem Wetterwechsel oder jeder Aufregung, peinigten mich nicht so sehr wie die Angstanfälle. Ich hatte nichts, wofür ich leben sollte, aber ich konnte nicht sterben.

Rosa mühte sich lange, mich der Leere zu entreißen. Sie verstand nicht, dass ihr das nicht gelingen konnte, weil von mir nur noch die Hülle übrig war. Eine Seele, die aus dem Menschen einen Menschen macht, gab es in mir nicht. Sie war mit meiner Familie nach Osten gefahren, in den Theresienstädter Straßen verlorengegangen, im Viehwaggon Richtung Osten hängengeblieben, im Lagermorast steckengeblieben und in den Auschwitzer Öfen verbrannt.

Nach einer Weile begannen sie, mich von Arzt zu Arzt zu schleppen. Die Weißkittel schüttelten nur den Kopf und sprachen von Geduld. Dann fiel aber immer häufiger das Wort Anstalt und von da an bekam man mich in kein Sprechzimmer mehr. Nicht einmal wenn Rosa in diesem lieblichen Ton mit mir sprach, mit dem sie ihr Töchterchen beruhigte.

Ich selbst kannte nur eine Möglichkeit, den nächsten Tag zu überstehen. Minute für Minute, Schritt für Schritt. Aufstehen, sich anziehen, frühstücken, aufräumen. Einförmige Handlungen beruhigten mich. Sie beschäftigten die Hände, riefen keine Gedanken hervor, brachten mich nicht hinter den Stacheldraht zurück und ließen keine Stimmen vom anderen Ufer durch.

So überlebte ich weitere Jahre. Rosa begriff, dass ich nicht mehr die ältere Schwester sein würde, sondern eher ein weiteres Kind, das Liebe brauchte. Ich nahm ihr Gefühl wahr, auch wenn ich es nicht zurückgeben konnte, und ich war Rosa dankbar, obwohl ich das nicht mit Worten ausdrücken konnte.

Rosas Familie wuchs um ein weiteres Mädchen und dann noch einen kleinen Jungen und Rosa besuchte mich weiterhin oft, aber ich ging nur ganz selten in ihr neues

Heim in dem hohen Haus am Fluss. Karel Karásek ertrug mich genauso wenig, wie ich ihn mochte. Außerdem rief das kalte Haus Erinnerungen an die Zeit in mir wach, als ich die Holztreppe hochstieg, um Frau Karásková Gesellschaft zu leisten, und an die Abende, wenn ich durch die Stadt zurück in unsere Wohnung ging, die damals noch Heimat war.

Die Welt änderte sich, aber mich gingen die Veränderungen überhaupt nichts an. Herr Urbánek arbeitete wieder in der Fabrik, weil das Schreibwarengeschäft an den Staat fiel. Mir war es egal, auch wenn Rosa verärgert war. Im Gegensatz zu Herrn Urbánek zahlte mir der Staat nämlich keine Miete, und so musste ich von den paar Kronen überleben, die mir die Beamten zugestanden, als sie feststellten, dass ich zu nichts zu gebrauchen war. Wenn schon – was braucht man schon?

Ein bisschen Essen und im Winter warme Kleidung.

Und einen Grund zu leben.

Ich bemühte mich, ich bemühte mich wirklich. Ich bemühte mich ganze neun Jahre lang. Ich wollte aus den Tiefen der Erinnerung auftauchen und wieder aufatmen. Ich wollte das Rosas wegen, aber es ging nicht. Meine Füße steckten im Morast der Vergangenheit fest.

Dann kam Rosas dreißigster Geburtstag.

Die ganzen neun Jahre nach meiner Rückkehr in die Stadt verfließen in einem weißen Nebel, aber die Erinnerung an Rosas Geburtstag erhebt sich wie ein Berggipfel darüber. An diesen Tag erinnere ich mich ganz klar und wenn ich malen könnte, könnte ich ihn Minute für Minute aufmalen. Meinen letzten Tag mit Rosa.

Sie setzte mich an den gedeckten Tisch und ging in die Küche, um die Suppenschüssel zu holen. Karásek und die

Kinder saßen auf ihren Plätzen – Karásek tat gelangweilt und geringschätzig wie immer, Mira war ungewohnt betreten. Miras jüngere Schwester, an deren Namen ich mich in dem Moment für nichts in der Welt erinnern konnte, und Rosas jüngster Sohn Otík betrachteten mich verstohlen, weil sie mich nur ein paarmal im Jahr sahen. Ich griff in die Tasche, brach ein Stück Brot ab und steckte es in den Mund. Der Brotgeschmack beruhigte mich. Ich wälzte den Bissen im Mund hin und her und schaute aus dem Fenster. Der Tag war trüb wie meine Gedanken.

Von der Suppe, die Rosa gekocht hatte, aß ich nur ein paar Löffel, und um ihr eine Freude zu machen, aß ich sogar ein bisschen von der Bratensoße. Als Rosa einen Spritzkringel vor mich legte, überraschte mich das. Mir wäre nicht in den Sinn gekommen, dass auch ich eine Nachspeise essen sollte. Mir war manchmal ja schon von gewöhnlichen Kartoffeln schlecht.

In dem Moment begann Mira zu schreien, Karásek hob die Stimme, wie ich es noch nie gehört hatte, und Rosa wiederholte versöhnlich, sie habe Geburtstag. Mira stieß den Stuhl zurück und lief fort. Ich fühlte mich seltsam, als ob ich dafür könnte. Ich duckte mich ein bisschen, nahm vorsichtig das Kuchenstück in die Finger, zerdrückte es mit meinen zahnlosen Kiefern und ein süßer Vanillegeschmack floss durch meinen Mund. Ich aß den ganzen Kringel, genauso wie Rosa, Karel Karásek, die Kleine, deren Name mir noch immer nicht einfallen wollte, und der jüngste Otík.

Innerhalb einer Woche erkrankten wir alle an Typhus und nur ich überlebte. Den Ärzten zufolge starb ich nur nicht, weil ich schon einmal Typhus hatte.

## Theresienstadt, Oktober 1944, Auschwitz, Oktober 1944

Ganz Theresienstadt lebte wieder in der Angst vor den Transporten. Sie kamen völlig unerwartet. Waren doch die letzten Züge im Mai nach Osten gefahren und es begann so auszusehen, dass wir, die bislang dem Abtransport entkommen waren, vielleicht bis zum nahenden Kriegsende in Theresienstadt durchhalten könnten. Im SS-verwalteten, schmutzigen, von Krankheiten und Hunger gepeinigten, aber vertrauten Ghetto. Man hörte, die Alliierten haben Paris befreit und die Russen näherten sich der Weichsel. Die Niederlage der Deutschen schien unausweichlich. Wie lange konnte es noch dauern, bis die Kämpfe vorbei waren?

Ich kam mit der Reissová in die Schleuse, wo wir, die wir eine Aufforderung bekommen hatten, uns vor der Abfahrt melden mussten. Dazu ein paar Frauen aus unserem Zimmer, die sich freiwillig für den Transport gemeldet hatten. Ihre Männer oder Söhne waren mit dem ersten Herbsttransport abgefahren. Man sagte ihnen, sie würden in der Nähe von Dresden ein neues Lager bauen und in sechs Wochen wieder zurück nach Theresienstadt kommen. Einige Tage später gestattete die Ghettoleitung, dass sich ihnen die Ehefrauen und Mütter anschlossen.

Ich erinnerte mich an Mutters Bitte, zu versuchen, mich so lange wie möglich in Theresienstadt zu halten, und sagte mir, dass diese Frauen wohl niemand gewarnt hatte. Aber beim Anblick der verstörten, aber trotzdem entschlossenen Gesichter begriff ich, dass ihr Wunsch, ihre Nächsten wiederzusehen, stärker war als die Angst.

Nach drückend langer Wartezeit und immer neuer Zählung stopfte man uns in die Güterwaggons des bereitgestellten Zugs. Ich stand eingequetscht zwischen fremden Leuten, schnappte nach Luft und versuchte, mich zur Wand durchzudrängeln, um mich wenigstens anlehnen zu können. Dann packte mich jemandes Hand, zog mich durch die Menge und schob mich an die Wand. Die Leute brummten ablehnend, aber die Reissová schrie sie an. »Sie hat gerade geboren, sie muss sich hinsetzen.«

Ich setzte mich auf meinen Rucksack, lehnte mich mit dem Rücken an die hölzerne Waggonwand und versuchte vorsichtig zu atmen. Die Luft war schwer von den Körpergerüchen.

Der Zug ruckte und die Räder rollten in regelmäßigem Rhythmus los. Die Reise schien endlos und ich dachte an Opa Bruno und Oma Greta, die im Fieber aus Theresienstadt abgefahren war, und verabschiedete mich in Gedanken von ihnen. So eine Reise konnten Alte und Kranke nicht durchstehen. Ich musste auf die Toilette, fürchtete mich aber, meinen Platz zu verlassen, und außerdem schämte ich mich damals immer noch, mich vor anderen Menschen zu erleichtern. Männern, Frauen, Kindern ...

Nach einer Weile zeigte sich, dass auch die anderen ähnliche Schwierigkeiten hatten. Drei Leute stellten sich um den Eimer, der als Toilette diente, spannten eine Decke auf, um einen provisorischen intimen Raum zu schaffen, und so kamen wir allmählich alle an die Reihe. Das Gefäß war bald voll und begann überzulaufen, und nach dem Versuch, die provisorische Toilette durch das kleine, mit Stacheldraht vergitterte Fenster zu entleeren, stank der ganze Waggon unerträglich. Ich schloss die Augen und wiederholte mir im Stillen, dass ich das einfach aushalten musste. Vielleicht habe ich Glück und treffe dort, wohin wir fahren, Mama oder Leo. Ich muss nur die Reise überstehen. Dann kommt alles wieder in Ordnung. Wie viel schlimmer konnte es in anderen Ghettos sein als in Theresienstadt?

Das eintönige Räderrattern und den hohen Pfiff der Lokomotive habe ich bis heute in den Ohren. Ich fühle auch das Grauen, das mit jedem Kilometer im Waggon anwuchs. Denn als wir an Dresden vorbei waren und weiter nach Osten fuhren, wurde uns allen klar, dass unsere Männer und dann auch wir uns von falschen Versprechen und der Hoffnung, wir kämen wirklich in ein neues, Theresienstadt ähnliches Lager, hatten einlullen lassen. Wir kamen an Breslau, Oppeln und Kattowitz vorbei und hielten nach mehr als dreißig Stunden mitten in der Nacht auf dem Anschlussgleis ins Konzentrationslager Auschwitz.

Im Waggon war es dunkel, nur durch die stacheldrahtvergitterten Fensterchen drang kaltes Lampenlicht herein. Von draußen hörte man Geräusche. Schritte, scharfe deutsche Befehle, aber auch Jiddisch hörten wir vor den verschlossenen Türen. Wir klammerten uns an jede Hoffnung. Gleich werden wir aussteigen, atmen frische Luft, löschen den Durst und mit ein bisschen Glück bringt man uns schnell unter.

Dann öffneten sich polternd die Waggontüren, Hundegebell erklang und lautes Gebrüll: »*Schnell! Schnell!* Das Gepäck in den Waggons lassen.«

Wir drängten hinaus, einer über den anderen, und schauten uns verwirrt um. Niedrige Baracken von hohen Elektrozäunen und Wachtürmen umgeben. Stacheldraht. Morast unter den Füßen. Gestank, der aus der Dunkelheit kam. Der Zug umgeben von bewaffneten Wachen mit Hunden. Geschrei und Wehklagen.

Abgemagerte Männer in gestreiften Monturen und Mützen trugen unser Gepäck hinaus und legten alles auf einen Haufen. Sie schoben uns vorwärts und flüsterten: *»Auschwitz, Birkenau, Auschwitz, Birkenau.«*

Ich ging wohl zu langsam vorwärts, denn ich spürte einen Schlag in den Rücken. Meinen ersten Knüppelschlag in Auschwitz, und eigentlich überhaupt im Leben. Ich lief ein Stück vorwärts zu der Frauengruppe und der zweite Schlag glitt nur noch leicht über meinen Mantel. Die Männer auf die eine Seite, die Frauen auf die andere. Das Tempo wurde langsamer und ich fragte mich, ob ich jemals mein Gepäck wiedersehe. Ich hatte Wechselwäsche darin, warme Wintersachen und auch Familienfotografien. Die Reihe rückte vor und ich kam der Gruppe SS-Leute in gebügelten Uniformen näher. Einer von ihnen stieß mir mit der Reitgerte in die Schulter.

»Wie alt bist du?«

»Fünfundzwanzig.«

»Gesund?«

Welche Antwort ist wohl die richtige?, schoss mir durch den Kopf. Wenn ich sage, dass ich gerade geboren habe, schicken sie mich vielleicht mit den Kindern und Alten zu leichteren Arbeiten. Um mich herum hörte ich Rufen und verzweifeltes Weinen. Warum trennte man Familien?

»Gesund«, sagte ich entschlossen.

Die Reitgerte schob mich nach links und richtete sich auf die Reissová.

»Alter?«

»Zweiundvierzig.« Eine weitere Frage gab es nicht. Ich sah mich nach der Reissová um, aber die ging schon nach rechts. Hatte ich einen Fehler gemacht? Die Gruppe auf der rechten Seite war viel größer und bewegte sich langsam irgendwo nach hinten, während man uns in Fünferreihen durch die Drähte zu gemauerten Baracken jagte.

Jetzt weiß ich schon, dass ich einen Fehler gemacht habe. Wäre ich nach rechts gekommen, wäre ich noch am selben Tag gestorben und meine Asche hätte sich mit den Aschekörnern vermischt, die in dicken stinkenden Wolken aus den Schornsteinen der Auschwitzer Krematorien kamen. Ich hätte mich in einer Rauchwolke aufgelöst wie Leo, der eine Woche vor mir in Auschwitz ankam. Obwohl er jung und stark war, wurde er gleich nach der Ankunft umgebracht, weil er zur Strafe ins Lager kam, gekennzeichnet mit dem Zusatz *Weisung*, was einem Todesurteil gleichkam. Der fröhliche Leo, der drei ganze Jahre in Theresienstadt überlebte, musste nur deshalb sterben, weil ich im Krankenhaus verzweifelt seinen Namen rief und behauptete, er würde sich um mich und das Kind kümmern.

Meine Asche hätte sich auf die Barackendächer gesetzt, wäre in den morastigen Wegen versunken und vielleicht vom Wind über den Lagerzaun getragen worden. Wie das, was von Jarka geblieben war, die glaubte, die polnischen Kinder kämen in die Schweiz. Erst in Auschwitz stellte ich fest, warum ich umsonst auf das versprochene Päckchen gewartet hatte. Der Zug mit 1200 Kindern aus Białystok und ihren Wärtern endete sofort nach der Ankunft und ohne Selektion in den Auschwitzer Gaskammern.

Hätte man mich nach rechts geschickt, wäre ich auf einmal gestorben und müsste nicht Minute um Minute, Stunde um Stunde und Tag um Tag sterben. Und es wären nicht andere an meiner Stelle gestorben.

Nach ein paar Wegminuten kamen wir zwischen die gemauerten Baracken und die Gepäckhaufen. Verängstigt schauten wir uns um und traten eine nach der anderen in einen großen kalten Raum in einem Ziegelgebäude. Halblaut überlegten wir, wohin man uns führte, und die Mutigsten oder vielleicht Verzweifeltsten wagten es, die Soldaten, die uns aus den Zügen holten und jetzt an den Türen standen, auf Deutsch zu fragen, was mit uns wird und wo unsere Familien sind. Sie antworteten nicht, oder knurrten nur unwillig, dass wir die anderen später treffen.

Weibliche Häftlinge in ziviler Kleidung mit einem roten Streifen auf dem Rücken begannen, uns die Brotbeutel mit den Essensresten abzunehmen. Manche Frauen hielten sie verzweifelt fest, aber als ein SS-Mann eingriff und den Knüppel über die Hände schlug, gaben sie ihre letzten Sachen unter Tränen aber ohne Proteste ab. Ich hatte nichts abzugeben. Meinen Brotbeutel hatte mir jemand im Gedrängel beim Aussteigen aus dem Waggon weggerissen.

Es traten ein paar SS-Leute in den Raum. Vorn stand der große Mann mit der Reitgerte, der mich am Zug nach links schickte. Er sah sich um und kommandierte mit befehlsgewohnter Stimme: »Ausziehen!«

Wir zogen die Mäntel aus und sahen einander unsicher an. Die SS-Männer fingen an zu brüllen und klopften sich ungeduldig mit dem Knüppel in die andere Handfläche, als überlegten sie, wen von uns sie zuerst schlagen sollten. »Habt ihr nicht gehört? Der Herr *Obersturmführer* sagt, ihr sollt euch ausziehen. Also *schnell, schnell*. Ihr müsst duschen.«

Verständnislos sahen wir uns im Raum um und einige Frauen fingen an zu weinen. Sie wollen, dass wir uns ausziehen? Aber es sind doch Männer hier. Die Häftlinge in den gestreiften Kitteln und die Offiziere in den gebügelten Uniformen. Wir traten einen Schritt zurück. Die SS-Männer brüllten noch lauter, begannen mit den Stöcken zu fuchteln und zu drohen. Ein paar von uns bekamen weitere Schläge ab. Ich heulte vor Demütigung, wollte mich hinter den anderen verstecken, aber am Ende musste ich sowieso meine Kleidung auf den Haufen legen und nackt, nur mit den Schuhen in der Hand, vor den Tisch treten, wo man denen, die noch etwas hatten, den letzten Besitz abnahm. Eine dünne Silberkette, eine Haarspange ...

Während wir in der Reihe standen und versuchten, unsere Nacktheit mit den Händen zu bedecken, durchwühlten die Häftlinge unsere Sachen und nahmen, was ihnen zupass kam. Wir wollten etwas einwenden, aber es gab nur neue Schläge und Gebrüll. »Euch gehört nichts mehr, nach der Desinfektion bekommt ihr alles neu.«

Nackt mussten wir wieder am *Obersturmführer* vorbeigehen, der das Geschehen um sich herum betrachtete, als ginge es ihn nichts an. Mit einer Geste schickte er ein paar schwache Frauen auf die Seite.

Ich kam durch. Obwohl ich erschöpft war, verzweifelt und nach der kürzlichen Geburt geschwächt, hatte ich die ganze Zugfahrt durch gesessen und sah wohl so aus, als hätte ich genug Kraft, um noch ein paar Wochen Arbeit auszuhalten.

Die Gruppe der Ausgesonderten jagten sie aus der Tür und uns Restliche stießen sie in den Nebenraum, wo ein paar weibliche Häftlinge mit Rasierapparaten warteten. Ich war unter den ersten. Der Rasierapparat fuhr über meinen Kopf und die Haare fielen zu Boden. Die Frauen um mich herum veränderten sich bis zur Unkenntlichkeit.

Dann folgte eine kalte Dusche, endloses Warten in einem eiskalten Raum auf schmutzige Lappen, die sie uns auf einem Haufen hinwarfen, damit wir darum rauften wie die Hunde. Unterwäsche war bei dem verlausten Zeug überhaupt nicht dabei. Es gelang mir nur, mir ein Sommerkleid herauszuziehen, ein kurzes Sakko und Strümpfe. Noch nass zog ich mich an und versuchte, anstelle der Schuhe, die mir beim Duschen jemand geklaut hatte, wenigstens ein Paar gleich große Holzpantoffeln zu finden.

Die polnischen Frauen tätowierten uns allen mit einem Stift mit scharfer Spitze, den sie in Tinte tauchten, eine Nummer ein. Innerhalb weniger Minuten lösten sich unsere vergangenen und zukünftigen Leben auf und wir wurden von menschlichen Wesen zu bedeutungslosen Nummern. Unsere Leben gehörten uns nicht mehr.

Wir übernachteten in einem leeren Raum auf dem kalten Steinboden. Obwohl wir erschöpft waren, konnte keine von uns einschlafen. Wir drückten uns aneinander, um uns wenigstens etwas zu wärmen. Wir zitterten vor Kälte und weinten vor Ohnmacht, Erniedrigung und Angst.

Die Frau neben mir betete. Sie hieß Trude und ihre großen Augen erinnerten mich an Rosa. Lebt mein zartes Schwesterchen noch, fragte ich mich, oder hat sie ein ähnliches Schicksal getroffen? Versteckt die Stadt sie, aus der ich fort musste? Die Stadt mit dem rauschenden Fluss, den gepflasterten Straßen und den Häusern, die sich an die Menschen erinnerten, die lang vor meiner Geburt starben. Ich rollte mich zusammen. Auch ich werde sterben, aber allein und weit fort von zu Hause. Ich werde nie erfahren, was mit denen geschah, die ich liebte und die mich liebten.

Noch im Dunklen jagten sie uns hungrig und durchgefroren zum Appell hinaus. Der Gestank, den wir bei der Ankunft im Lager spürten, war noch stärker geworden. Er mischte sich mit dem Rauch, der über die niedrigen Dächer zog und gegen die Erde drückte. Wir standen auf einem großen Platz vor Holzbaracken und konnten uns kaum auf den Beinen halten. Als das Abzählen vorbei war, war es schon hell. Wieder jagten sie uns in die Baracke und wir bekamen endlich eine bittere dunkle Flüssigkeit zu trinken. Die Frauen drängten sich um die Inhaftierte, die auf einem Karren Eimer mit Tee ausfuhr, fragten sie aus, aber sie schüttelte nur den Kopf und schwieg.

Trude mit den schönen Augen packte sie fest bei der Hand, rüttelte sie und schrie: »Sag uns, wo sie unsere Kinder hingebracht haben, erzähl uns, wo unsere Kinder sind.«

Die Frau sah auf die Hand, die ihren abgemagerten Unterarm umklammerte, hob dann den Blick zu Trude und zeigte mit einem Kopfnicken auf den dunklen Rauch, der aus den Schornsteinen am Rande des Lagers quoll. »Sie wurden verbrannt. Alle verbrannt.«

Ein paar Sekunden war es still, dann kam der erste Schluchzer und ein verzweifeltes Wehklagen erfüllte den Raum. Wir hatten genug gesehen, um zu verstehen, dass es die Wahrheit war. Ich war froh, dass ich allein nach Birkenau gekommen war, weil der schlimmste Augenblick für die von ihren Familien getrennten Frauen die Sekunde war, in der sie begriffen, dass der allgegenwärtige, eklige, süßliche Brandgeruch, den wir seit unserer Ankunft im Lager einatmeten, das Einzige war, was von ihren Liebsten blieb.

# SECHSUNDZWANZIGSTES KAPITEL
## Meziříčí

Den Menschen, die ich liebe und die mich lieben, bringe ich Unglück. Das weiß ich schon lange. Mama starb, weil ich die Abreise nach England verzögert hatte. Leo verurteilte ich zum Tode, weil ich es nicht schaffte, den Mund zu halten, und ihn als Vater meines Kindes benannte. Damit stellte ich ihm die Fahrkarte nach Auschwitz aus. Auch unser Söhnchen konnte ich nicht retten.

In Auschwitz starben stärkere und entschlossenere Menschen als ich, und doch habe ich überlebt. Und auf einmal waren Rosa und ihre Familie tot, und ich lebte weiter. Bin ich wirklich nur am Leben geblieben, um weiteres Unglück zu verursachen?

Die ersten Tage, nachdem ich von Rosas Tod erfuhr, verschwammen mir zu einem schwarzen Fleck. Ich lag auf dem ungemachten Bett und mein Kopf war so leer wie mein Herz. Jedes Mal, wenn ich die Augen schloss, überschwemmte mich eine Welle aus Schuld und vertrieb mich aus dem Bett. Ich setzte mich an den Tisch, fischte ein Stück Brot aus der Schublade, brach die Kruste ab und steckte sie in den Mund.

Ganze neun Jahre bemühte sich Rosa, meine Seele zu heilen. Sie las die Stückchen auf, legte sie aneinander und nähte sie mit dem Faden ihrer Liebe zusammen. Wahrscheinlich wäre es ihr nie gelungen, alle Wunden zu heilen und mich dem Leben zurückzugeben, weil einige Bruchstücke für immer verloren waren, aber der Nebel schien mir nicht mehr so dicht und die Vorwürfe der Toten erklangen nicht mehr so laut. Der Faden, mit dem meine Seele zusammengeheftet war, war dünn und hielt so einen großen Schmerz nicht aus. Unter der Last der Vorwürfe rissen alle Stiche auf und ich stürzte wieder ins Leere.

Ich saß am Tisch und wartete auf den Tod, als ich durch den Nebel die Klingel hörte. Ich hob den Kopf, blieb aber sitzen. Der Weg zur Tür erschien mir zu weit und überflüssig. Dann klingelte es zum zweiten Mal. Ergeben stieß ich den Stuhl zurück und ging zur Tür.

Den Blick in den Augen des Mannes, der auf den kalten Fliesen im Flur stand, kannte ich. Schreck, Mitleid, Trauer, Abscheu. Mir war egal, dass die Leute mich so anschauten, aber dieser Mann, der durfte mich nicht so ansehen. Weil alles, was mir passiert war, wie ich aussah und was von mir übrig war, seine Schuld war.

Angeekelt wich er zurück.

»Was willst du hier?« Wut schüttelte mich. Durch das Rauschen des aufgewühlten Meeres in meinen Ohren hörte ich eine bellende Stimme. Sie wurde höher und lauter, kreiste in der Luft und fiel auf meine Schultern. Ich solle Mira abholen, sagte sie. Rosas Mira? Sie war bei den Horáčeks. Warum hat mir das niemand gesagt? Warum ist sie nicht zu mir gekommen?

Jaroslav Horáček lief schon die Treppe hinunter, und ich stand noch immer in der Tür und überlegte, was zu tun sei. Ich wusste nur eins – Jaroslav und Ivana überlasse ich Rosas Tochter nicht.

## Auschwitz, Oktober 1944 bis Januar 1945

Antreten zum Appell um vier Uhr morgens, braunes Wasser anstelle von Tee, weiteres endloses Stehen und Abzählen, Frost, Wind, zum Essen nur dünne Suppe am Mittag und ein Stück Brot am Abend. Dreistöckige Pritschen, auf denen wir aneinandergequetscht eine neben der anderen auf der Seite lagen. Anstelle der Toilette ein Kübel am Barackeneingang. Kälte, Hunger, Durst, Dreck, Läuse und erschöpfende Appelle. Nach jedem gab es ein paar weniger von uns.

Am fünften Tag wurden beim Morgenappell einige Nummern ausgerufen. Auch meine war dabei. Zu der Zeit war sie schon genauso in mein Gehirn tätowiert wie auf den Arm. Sie wählten acht von uns aus und brachten uns zwischen den doppelt mannshohen elektrischen Zäunen zum Tor, das aus dem Frauenlager führte und wo eine seltsame Kapelle aus weiblichen Häftlingen in blauen Röcken und weißen Blusen spielte.

Dort schloss sich unser Trupp an eine größere Gruppe an und in Fünferreihen marschierten wir zu den Steingebäuden der Lager und Hallen. Auf der Erde lagen in großen Haufen Sachen, die die SS-Leute den Neuankömmlingen gleich nach ihrer Ankunft im Lager gestohlen hatten. Ordentliche Kleidung wanderte nach Deutschland. Den deutschen Frauchen machte es offensichtlich nichts aus, Kleider von Juden zu tragen. Die verdorbenen Stücke, die man nicht wegschicken konnte, zerschnitten die weiblichen Häftlinge in drei Zentimeter breite Streifen und in einer anderen Werkstatt nähten sie andere Frauen zu langen Streifen aneinander. Daraus wurden Dichtungen für deutsche U-Boote und Kriegsschiffe gefertigt.

Der SS-Mann, dem man uns bei den Lagerhallen übergeben hatte, teilte uns Arbeit zu. Mich und zwei weitere Frauen brachte er in die Werkstatt, in der der geschnittene Stoff ähnlich wie Frauenzöpfe zu Seilen geflochten und dann in große Knäuel gewickelt wurde. Beim Erscheinen des SS-Mannes schnellten die Frauen aus den Holzbänken auf und hefteten ihre Blicke auf die Tische.

»Weiterarbeiten«, befahl er. Die Arbeiterinnen rückten zur Seite, um uns Platz zu machen, und wir fingen sofort mit der Arbeit an. Ich konnte mein Glück kaum fassen. Ich hatte eine leichte Arbeit im Sitzen und unter einem Dach bekommen! Auf einmal fühlte ich einen Stoß im Rücken. Der SS-Mann hatte mir seine Knute dort hineingebohrt. »Du da.«

Ich schoss hoch und nahm Haltung an.

Er zog seine Uhr heraus. »Wenn ich jetzt sage, fang an zu arbeiten. Jetzt.«

Ich zitterte, aber meine Hände waren damals noch flink. Sie erinnerten sich an meterweise Vorhänge und Tischdecken, die ich gehäkelt hatte, zig Kissenplatten und Decken, die ich gestrickt hatte, und flochten den Stoff in ein langes festes Seil.

Der SS-Mann nahm es in die Hände, zog es auseinander und legte es auf den Tisch. »Ihr dreckigen Juden«, schrie er. »Dieses Mädchen ist neu hier und schafft es, in so einer kurzen Zeit so viel zu flechten! So werdet ihr alle arbeiten. Wer ein kürzeres Stück hat, sieht das Tageslicht nicht wieder!« Er nahm die Uhr hervor und schlug mit der Knute auf den Tisch.

Die Augen der drei Frauen, die nicht so ein langes Seil geflochten hatten wie ich, schauen mich seitdem jede Nacht an. Sie weinten, gingen aber ergeben, als ob sie ein lange erwartetes Urteil eingeholt hatte.

Der SS-Mann ging und wir arbeiteten schweigend weiter. Niemand sprach mit mir, nicht am Tag, nicht auf dem Marsch von der Arbeit, weder beim Antreten zum Appell noch in der Baracke, in die ich verlegt wurde. Sie wichen mir mit den Blicken aus, gingen mir aus dem Weg.

Als sich die Tür zur niedrigen Baracke hinter uns schloss, landete ein Schlag auf meinem Rücken, der mir die Luft nahm. Ich presste die Hände auf den Brustkorb und schnappte nach Luft, aber schon presste mir die Blockälteste die Kehle zusammen. »Du verreckst«, zischte sie mir ins Gesicht. Sie war rot vor Wut und Tränen flossen ihr aus den Augen. So erfuhr ich, dass eine der Frauen, die meinetwegen an diesem Tag nicht in die Baracke zurückkehrten, ihre Schwester war.

Von dem Augenblick an war ich an allem schuld, was passierte. In der pferdestallähnlichen Baracke, in der sich zur Zeit meiner Ankunft Hunderte Frauen auf dreistöckigen Betonpritschen drängten, wurde ich zu einer Ausgestoßenen ohne den geringsten Anspruch auf Schutz oder Freundschaft der anderen. Die Frauen, die der Blockältesten gefallen wollten, schädigten mich offen, und die anderen hatten ganz gewöhnliche Angst, die Blockälteste gegen sich aufzubringen.

Die Abendsuppe trank ich aus zusammengelegten Handflächen, weil keine einzige Frau ihre Schüssel mit mir teilen wollte. Ans Essen gelangte ich unter den Letzten, und wenn ich mein Stück Brot nicht sofort in den Mund steckte, stahl es mir die Blockälteste. Zum Schlafen legte ich mich auf den Fußboden, und erst wenn es völlig dunkel war, gelang es mir manchmal, mich auf die niedrigste Pritsche zwischen die schlafenden Frauen zu drängen.

Noch beschützten mich meine flinken Finger. Ich arbeitete am schnellsten und die Frau, die in der Werkstatt der Kapo war, konnte sich sehr gut ausrechnen, dass je geschickter ihre Arbeiterinnen waren, umso sicherer ihr Platz war. Nur war ich nach ein paar Tagen so geschwächt, dass ich die Kraft in den Fingern verlor und mein Arbeitstempo nachließ.

Morgens auf dem Weg zur Arbeit sahen wir die Körper der Gefangenen in den Elektrozäunen hängen. Sie konnten nicht mehr und wollten das Lagerleben nicht ertragen. Also entschlossen sie sich, ein letztes Mal für sich selbst zu entscheiden, und sprangen in die Drähte. Ich war auch entschlossen, das eines Tages zu tun. Wenn ich nicht mehr weiterkann, lasse ich mich nicht in der Gaskammer ersticken, sondern sterbe nach eigener Wahl. Von dem Augenblick an, in dem ich den Entschluss fasste, empfand ich ein erhebendes Freiheitsgefühl.

Die Blockälteste ließ mich nicht in Ruhe, und wenn zu der Zeit nicht die Macht der Blockältesten schon eingeschränkt gewesen wäre und sie mich hätte totprügeln können, hätte sie es getan. Die Deutschen spürten aber, dass das Kriegsende näher kam, und beließen das Privileg, Gefangene zu töten, ganz bei sich. Ich verfiel in eine seltsame Lethargie. Ich klammerte mich an den Gedanken an den Tod, und wenn es mir am schlechtesten ging, stellte ich mir vor, wie ich langsam, Schritt für Schritt an die Drähte herantrete, den Kopf zu den Wolken hebe und die Hände zum Zaun. In meiner Vorstellung war der Himmel blau und meine Seele flog ihm entgegen wie ein Luftballon. Ich sah, wie ich langsam aufstieg und nichts fühlte. Keine Schmerzen, keine Schuld.

Nach einer gewissen Zeit war ich so schwach, dass die Grenze zwischen der wirklichen Welt und den Vorstellungen zu verschwimmen begann. Mein Körper zitterte vor Entkräftung, die Gedanken verloren sich einer nach dem anderen im Nebel und das Einzige, was ich wahrnahm, waren Kälte und krampfartige Schmerzen im Magen.

Mein Geist beherrschte den Körper nicht mehr, all meine Bewegungen waren unwillkürlich.

Das Weinen der bei den Selektionen aussortierten Frauen rührte mich nicht mehr. Ich wusste, dass auf den Pritschen mehr Platz sein würde und in den Eimern mehr Essen. Mich überwältigte keine Angst mehr, wenn ich die Karren mit den ausgezehrten toten Körpern sah, die genauso abgemagerte Häftlinge nach dem Appel hinter den Lagerbaracken aufsammelten und in Richtung Krematorien abtransportierten. Sie waren tot, weder Kälte noch Hunger quälten sie.

Meine Zehen waren schwarz, die Gelenke geschwollen und erstickender Husten quälte mich. Zwei Zähne fielen mir aus, die anderen wackelten. Jeden Morgen schaute ich die elektrischen Drähte an und näherte mich ihnen in Gedanken. Auf dem Rückweg, sagte ich mir, auf dem Rückweg berühre ich sie. In der Werkstatt arbeiteten meine Hände und der Nebel im Kopf wurde dichter.

Ich nahm kaum wahr, dass Anfang Dezember, als ich schon den zweiten Monat im Lager war, die schwere Auschwitzer Luft dünner wurde und aus den Schornsteinen nicht mehr der dicke schwarze Rauch quoll. Die SS-Männer waren gereizter und brüllten mehr als sonst. Vor den Verwaltungsgebäuden brannten Kartotheken mit Namen von Lebenden und Toten. Aus dem Lager fuhren Lastwagen und Züge mit zusammengestohlenen Sachen und Gefangenen ab, die im zerbombten Deutschland die Trümmer wegräumen sollten. Es gab nichts mehr, woraus man Stricke flechten konnte, und so jagten sie uns zum Ausräumen in die Lagerräume. Wir sortierten Sachen in Kisten und die männlichen Häftlinge trugen sie hinaus.

»Langsamer«, flüsterten sie uns zu. »Wenn wir hier damit fertig sind, erschießen sie uns. Das ganze Lager wird liquidiert. Die Russen kommen näher.«

Mich erschießen sie nicht, sagte ich mir. Mein Kopf dröhnte und mein Bauch war von schmerzhaften Krämpfen gepeinigt. Heute Abend berühre ich die Drähte und fliege in den Himmel. Ich schritt durch den Nebel, ging durch den Morast und zählte die letzten Schritte meines Lebens ab. Ich stellte mich mit den anderen Frauen zu meinem letzten Appell auf und wählte mit den Augen die Stelle, wo ich sterben würde. An diesem Abend bemühte ich mich nicht einmal, mich auf eine Pritsche zu zwängen. Ich setzte mich auf die Erde und griff in die Tasche nach der letzten Brotrinde, die mir verblieben war. Jemand packte mich am Handgelenk und die Blockälteste riss mir das Brot aus den Fingern. »Das brauchst du nicht mehr, du stinkendes Dreckstück. Morgen früh ist Selektion und da kommst du nicht durch. Du verreckst.«

Ich lächelte und legte mich auf die kalte Erde. Mir sollte kalt sein, aber der ganze Körper brannte. Die Blockälteste hatte recht. In allem. Ich war schmutzig, weil ich schon ein paar Tage nicht einmal bis zum Waschraum gekommen war. Das ging über meine Kräfte. Ich stank, weil alle stanken. Und ich sterbe. Aber nicht morgen früh. Sondern schon heute Abend.

In der Baracke war es vollkommen dunkel, als ich mich aus der Tür schleppte. Ich sah mich um und ging in Richtung Zaun. Ich hatte keine Ahnung, dass es so weit war. Linker Fuß, dann der rechte ...

»*Halt!* Stehenbleiben!«

Warum? Ich wollte weitergehen, aber ein harter Schlag in meine Waden schickte mich zu Boden. Ich fühlte einen Tritt in die Seite. »Steh auf.«

Ich erbrach mich.

Das Geräusch, das ich dann hörte, kannte ich. Ich wusste, dass jetzt ein Schuss folgt. Und dass es das Letzte sein wird, was ich je hören werde. Ich schloss die Augen.

»Überflüssig. Die verreckt sowieso. Die hat Typhus. Die sollen sie in die Fünfundzwanzig bringen.«

Nein, nicht die Fünfundzwanzig! Erschieß mich, oder lass mich bis zu den Drähten kriechen. Hätte ich die Kraft, würde ich das laut rufen. Auf die Fünfundzwanzig wurden die todgeweihten Frauen abgeschoben. Zweimal in der Woche wurde ausgeräumt, und wenn die Gefangenen bis dahin nicht gestorben waren, obwohl sie keine Essensrationen erhielten, kamen sie in die Gaskammern.

Ich fühlte, wie mich jemand an Fußknöcheln und Handgelenken packte, auf eine Karre warf, auf der Essen ausgefahren und die Körper in die Krematorien gebracht wurden, und danach weiß ich nichts mehr.

Ich kam auf einer Pritsche in einer gemauerten Baracke zu mir. Draußen war es schon hell, aber drinnen herrschte Halbdunkel. Ich hob den Kopf und schaute mich um. Auf den anderen Pritschen lagen etwa zwanzig Körper. Ein Schatten bewegte sich an der Tür und trat an mich heran. Ich fühlte, wie er mir über den Körper tastete und meine Taschen absuchte. »Brot, hast du Brot?«

Die Köpfe auf den Betten hoben sich ein bisschen und begannen leise zu stöhnen. »Trinken. Gebt mir zu trinken.«

Ich wollte die Frau wegstoßen, aber bei der heftigen Bewegung hob sich mir der Magen und ich begann zu erbrechen. Ein Schwall blauen Wassers ergoss sich aus mir. Die Frau stand eine Weile über mir und kehrte dann an ihren Platz an der Tür zurück.

Auf der Fünfundzwanzig wurde ich Mitte Januar eingeschlossen. Ich weiß das, weil ich mich an die Gebete erinnerte, mit denen die weiblichen Häftlinge in der Baracke das neue Jahr begrüßten. Sie beteten für ihre Nächsten und darum, aus dem Lager fortzukommen. Ihr Wunsch erfüllte sich. Während ich langsam in der Baracke für die Todgeweihten starb, jagten die SS-Männer alle Gefangenen aus dem Lagertor auf den letzten Marsch. Im Lager blieben nur die zurück, die nicht die Drohungen glaubten, das ganze Lager sei untermint, und sich versteckten, und die Schwachen und Kranken. Nach Abzug der SS fielen die Gefangenen über die Lagerräume her und einige hatten auch die Idee, die Tür zur Fünfundzwanzig aufzubrechen. Dort fanden sie achtzehn Tote und zwei Halbtote. Mich und die Frau an der Tür. Erst im provisorischen Krankenhaus stellte ich fest, dass es die schöne Trude war.

Im Lagerkrankenhaus, das die Sowjets und das Polnische Rote Kreuz verwalteten, lag ich ein paar Monate. Sie heilten meinen Typhus und fütterten mich von dreißig auf zweiundvierzig Kilo hoch. Die Schienbeinknochen, die mir ein Wachsoldat brach, als ich zum Draht zu gehen versuchte, wuchsen schlecht zusammen und die Erfrierungen an den Füßen heilten nicht mehr aus. Meine Zähne fielen aus und als mir wieder Haare wuchsen, waren sie schütter und ganz weiß. Der Schmerz setzte sich in Gelenken und Knochen fest, aber nie war er so stark wie die Qualen, die mir die Splitter meiner zerschmetterten Seele bereiteten.

Sie sagten, ich müsse vergessen, wieder zu leben anfangen. Vielleicht könnte ich den Hunger vergessen und den Frost während der auf dem Appellplatz durchgestandenen Stunden, vielleicht könnte ich den Schmerz in den zerbrochenen Knochen vergessen. Wie aber soll ich die Menschen vergessen, die in den elektrischen Zäunen hingen, die von Hunden zerrissenen Körper und die ausgekugelten Schultern der Männer und Frauen, die nur so aufgehängt wurden, zur Abschreckung für die anderen? Die endlosen Kolonnen von Kindern, Frauen und Männern, die vom Zug direkt in die Gaskammern gingen. Wie kann ich die Verzweiflung in Trudes Augen vergessen, als sie erfuhr, dass ihre Kinder ins Gas gebracht wurden?

Man riet mir zu vergessen, weil sie nicht hören wollten, was ich erzählen könnte. Sie hatten ganz umsonst Angst. Vergessen konnte ich nicht, die Erinnerungen sind für immer in meinen Kopf tätowiert wie die Nummer am linken Unterarm. Aber darüber zu sprechen, wäre mir unmöglich.

# SIEBENUNDZWANZIGSTES KAPITEL
## Meziříčí

Mira machte sich im Flur ganz klein. Sie sah so verloren und verängstigt aus, wie ich mich fühlte. Sie war zerzaust und zerdrückt, als käme sie geradewegs aus dem Bett, und ihre Augen, genauso groß wie Rosas, waren rot. Sie versteckte sich hinter Ivana, mit der ich in einem vergangenen Leben in der Schule in einer Bank saß, mir Jungmädchengeheimnisse zuflüsterte und von einem glücklichen Leben träumte. Ich war besser im Lesen und in Geschichte, Ivana wiederum beim Rechnen, und so schaffte ich es im Gegensatz zu ihr und ihrem Jaroslav nicht, mir auszurechnen, was am günstigsten für mich wäre.

Weder Jaroslav noch Ivana hatten den Krieg angefangen, der meine Familie vernichtete, aber ihre Lügen waren es, derentwegen wir nicht rechtzeitig nach England abfuhren. Ihretwegen vegetiere ich im Nebel dahin und die Toten schreien mir ihre Vorwürfe zu.

»Gehen wir.«

Ivana streckte die Hand nach mir aus und begann, irgendetwas zu erklären. Wut flackerte in mir auf, stärker als die Müdigkeit. Ich schrie los, packte Mira bei der Schulter und zog sie fort. Mira fing an zu heulen. Unter der Treppe blieb ich stehen. Ich nahm die Hand von Miras Schulter und machte mich langsam auf den Rückweg. Soll doch Rosas Tochter zu den Horáčeks zurückgehen, wenn sie will. Soll Ivana sie sich doch nehmen, so wie sie mir das Leben genommen hat, das mir gehören sollte.

Mich überraschte, dass Mira mir hinterherkam.

Ich holte sie aus dem Haus ab, das an ein in See stechendes Schiff erinnerte, aus der Straße, in der in der ehemaligen Villa des Rechtsanwalts Lewy sein Bruder wohnte, der als Einziger aus der ganzen Familie den Krieg überlebte, weil seine nichtjüdische Ehefrau sich weigerte, sich von ihm scheiden zu lassen, und ihn damit vor dem Transport rettete. Ich holte sie aus der Familie des Mannes ab, der auf gleiche Weise auch mich hätte retten können, es aber nicht getan hat. Mira muss fort von den Horáčeks, nur das wusste ich. Mehr nicht. Ich hatte überhaupt keinen Plan.

Es war schwer, sich in der Welt zurechtzufinden, sich darauf zu konzentrieren, was die Leute sagen, sich zu erinnern, was man tun muss.

Ich zog mir das Tuch fester um den Kopf, damit mir die Gedanken nicht fortliefen. Was war mir da nur wieder passiert?

Ich schaute mich um. Möglicherweise schien mir das alles nur so, vielleicht war es nur eine weitere Ausgeburt meiner verwirrten Gedanken.

Mira war immer noch da.

Und so holte ich mir Rosas Tochter nach Hause. Ich musste – das war ich Rosa schuldig.

Ich wollte mich um Mira kümmern und ihr ein Heim geben, aber wenn ich zurückschaue, sehe ich, dass Mira viel stärker war als ich. Ich brachte sie in dem Zimmer unter, wo früher Mama geschlafen hatte. Ich ging nicht gern dort hinein, weil mich da die Erinnerungen lauter bedrängten, aber von dem Moment an, in dem Mira die Schubladen mit ihren Sachen füllte und den gerupften Teddy auf das Bett setzte, erklangen keine Stimmen mehr im Schlafzimmer – außer Miras.

Zuerst schlich sie vorsichtig um mich herum, aber nach ein paar Wochen lebte sie sich in der früheren Wohnung ihrer Großeltern, wo ihre Mutter aufgewachsen war, ein, grad als ob sie schon immer hier lebte. Sie war es, die aus der Wohnung in dem Haus am Marktplatz wieder ein Heim machte. Sie füllte es mit Lachen und ihrer Stimme, sie erzählte mir, was sie erlebt hatte, und las mir aus Büchern vor. Mira hatte eine klingende, durchdringende Stimme, der man nicht entrinnen konnte. Manchmal war da so viel Stimme, dass ich in die Stille meines Schlafzimmers gehen musste.

Ich wollte mich um sie kümmern, aber jeder, den ich liebte, hat mich am Ende verlassen. Ich wollte nicht wieder die Angst durchleben, dass ich jemanden verliere, an dem mir etwas liegt. Angst haben, dass er stirbt oder einfach in die Welt hinausgeht.

Von Beginn an wusste ich, dass ich mich umsonst mühte. Mira drang in mein Leben, setzte sich dort fest und wurde zum neuen Mittelpunkt meines Seins. Wie wichtig dieser Mittelpunkt war, begriff ich, als Mira an ihrem dreizehnten Geburtstag über mich wütend war, mir vorwarf, mir liege nichts an ihr, und zur Nacht nicht nach Hause kam.

Ich wartete die ganze Nacht auf sie und als sie im Morgengrauen in der Tür auftauchte, erlebte ich etwas, das Glück sehr ähnlich war.

Wie sollte ich ihr erklären, dass ich mich an Geburtstage und Jubiläen nicht erinnere und mich auch nicht erinnern will?

Ich wollte ihr nicht davon erzählen, dass ihre Mama Rosa mir zu jedem Geburtstag und zu Weihnachten ein Geschenk brachte, aber ich ihr – und auch allen anderen – niemals etwas schenkte.

Auch wenn Rosa mir das Datum jedes Jahr im Kalender anstrich, auch wenn ich ein paar Kronen übrig hatte, konnte ich meine Gedanken nicht so sammeln, dass ich hinausgehen, in ein Geschäft treten und etwas kaufen konnte.

Damals, im Februar des Jahres 54, erkannte ich, wie wichtig Rosa ihr dreißigster Geburtstag war, weil sie ständig darüber sprach. Und dass ich dem einzigen Menschen, an dem mir etwas liegt, zeigen sollte, dass mir an ihm liegt. Ohne dass es mir bewusst wurde, war ich nach langer Zeit wieder fähig, vorauszudenken und zu planen.

Aus dem Haus ging ich nur montags, um Brot und die paar nötigsten Dinge zu kaufen. Von dem Laib schnitt ich zu Hause jedes Mal ein paar Scheiben ab und steckte je eine in die Schublade am Tisch, unters Kopfkissen und in die Taschen des dicken Pullovers. Das war meine Sicherheit.

An diesem Samstag, als sich der Schnee unter den Füßen in Matsch verwandelte, verließ ich die Sicherheit meiner Küchenwände, ging an der bekannten Bäckerei und dem Lebensmittelladen vorbei und kaufte in der Konditorei unter den Arkaden eine Schachtel mit Spritzkringeln mit Eiercreme. Am anderen Tag schenkte ich sie Rosa.

Spritzkringel mit Eiercreme und Zuckerguss, die Kringel, die aussahen wie kleine Kränze und in denen der Tod versteckt war.

Ich konnte Mira nicht sagen, dass ich ihre Familie umgebracht hatte.

Dass ich die Hölle nur überlebte, um den Tod weiterzutragen.

Ich liebte meine Einsamkeit, freute mich aber immer, wenn Mira zurückkam.

Ganze neun Jahre wartete ich, dass Mira aus der Schule kommt, mich mit Tausenden Geschichtchen überhäuft, die ihr und ihren Freunden an einem einzigen Tag passierten, sich dann mit einem Lehrbuch oder einem Roman ans Fenster setzt oder auf ihren Lieblingsplatz auf dem Sofa und mir manchmal einen mathematischen Lehrsatz aufsagt oder etwas vorliest.

Miras Hochzeit und ihr Umzug überraschten mich, aber ich konnte nichts tun. Am Anfang quälte mich sehr, dass sie den Sohn der Horáčeks heiratete, aber nach einer Zeit stellte ich fest, dass eine Menge Ereignisse und Dinge, die mir früher einmal wichtig erschienen, mit der Zeit ihre Bedeutung verloren. Ich fühlte immer noch die Abneigung gegen Jaroslav, aber Miras Ehemann ähnelte ihm überhaupt nicht. Zur Hochzeit ging ich nicht, das nicht – ich hätte hinausgehen müssen und die Leute hätten gestarrt – und so überraschte es mich sehr, als Mira mit ihrem Mann vom Amt zu mir kam.

»Entschuldige, Tante«, flüsterte sie mir zu. »Ich konnte es ihm nicht ausreden.« Ich sah, dass sie unsicher war. Bestimmt hatte sie Angst, dass ich wieder eine Szene mache. Ich war außer Fassung, und so erhob ich mich lieber nicht einmal vom Stuhl. Gustav setzte sich zu mir. »Ich bin gekommen, um Ihnen zu danken, dass Sie Mira ein Heim gaben.«

Er sprach weiter, aber ich hörte es nicht mehr. Ich nickte mit dem Kopf und schaute weiter auf den Tisch. Mira streichelte meine Hand und dann waren sie fort. Die Tischplatte begann vor meinen Augen zu verschwimmen und auf den Wangen fühlte ich Wärme. Ich heulte genauso los wie damals, als meine Mama sich in der Theresienstädter Schleuse von mir verabschiedete. Mit den Tränen sagte ich meiner Familie ade, Leo und unserem kleinen Jungen.

An diesem Nachmittag weinte ich alles heraus, was sich in den letzten zwanzig Jahren angesammelt hatte. Ich wusste, dass Mira ein besseres Zuhause verdient hätte, mehr Liebe und eine herzlichere Aufnahme, als sie von mir erhielt. Ich tat, was in meinen Kräften stand, aber mehr konnte ich nicht, und ich war froh, dass Mira das begriffen hatte. Das wusste auch ihr Ehemann, weil er, als Mira schon zur Tür ging, sich zu mir beugte und flüsterte. »Mira braucht Sie sehr, bleiben Sie bei ihr.«

Sie braucht mich. Das Wort blieb mir im Kopf hängen.

Im Herbst bekam Mira einen Sohn und sie kann nicht mehr jeden Tag bei mir vorbeigelaufen kommen. Also gehe ich sie in dem großen alten Haus am Fluss besuchen. Das hohe Haus gibt sich schroff, aber wenn man den Ofen anheizt, wird es weicher und freundlicher.

In den Zimmern zieht es von den Fenstern und den Türen und so bat Mira mich, ihr das Stricken beizubringen. Der kleine Otík braucht eine Menge Mützchen und Pullover.

Mira ist ein kluges Mädchen, sie hat Tausende Bücher gelesen und bestimmt gelingt ihr auch das Studium, weil sie immer alles schafft, was sie sich vornimmt, aber bei Handarbeiten ist sie ungeschickt. Wenn Oma Greta die unordentlichen Zotteln sehen könnte, die von ihren Nadeln herunterhängen, wäre sie entsetzt. Ich habe viele Dinge vergessen und manche vermischen sich seltsam im Kopf, aber als ich die Nadeln anfasste, erinnerten sich die Finger.

Und so sitze ich in dem Sessel, in dem einst Frau Karásková saß, und richte die Augen auf die Nadeln. Noch immer besuchen mich die Erinnerungen. Stets sind es viele bedrückende, aber es kommen auch solche dazu, derentwegen ich noch leben möchte.

*Der Mönch, das Kind und die Stadt*

In einem Bordell von San José kommt ein einäugiges Kind zur Welt, das folgerichtig auf den Namen Polyphem getauft wird. Die Huren verstecken den Jungen, und Jerónimo, Ex-Mönch und Bruder der Bordellköchin, kümmert sich um ihn und bringt ihm die Welt bei, wie er sie aus den gelehrten Büchern kennt. Mit einer Baseballkappe über dem Auge bricht Polyphem aus in die Stadt und spielt mit den Straßenkindern. Jetzt ist auch Jerónimo bereit, sich von Polyphem mitnehmen zu lassen, und gemeinsam ziehen sie durch die Straßen und Märkte, der Mönch und das Kind.

*Única blickt aufs Meer*

Hier auf der Müllhalde, wo die Sonne nur noch aus Gewohnheit aufgeht und die Regenbögen in den Ölpfützen sterben, lagert das schlechte Gewissen der Stadt. Das gigantische Müllmeer schwemmt alles an, was der Rest der Welt nicht mehr will – struppige Zahnbürsten, vergangene Nachrichten, alte Männer und vergessene Kinder. Única mag hier gestrandet sein, aber das ist noch lange kein Grund aufzugeben. Die eigenwilligen Gestalten in den krummen Hütten erklärt sie kurzerhand zu ihrer Familie, und gemeinsam tauchen sie in den unberechenbaren Fluten nach Beute: ein Rest Bohnen in der Dose, ein rostiges Stück Metall, und ganz vielleicht ein kleines bisschen Glück. In schillernden Farben zeichnet Contreras Castro die hässliche Fratze unserer gierigen Gesellschaft.

*Das dritte Licht*

Irland, zu Beginn der 1980er Jahre: An einem heißen Sommertag liefert ein Vater seine kleine Tochter bei entfernten Verwandten auf einer Farm im tiefsten Wexford ab. Seine Frau ist schon wieder schwanger, noch ein Maul wird zu stopfen sein. So findet sich das Mädchen bei dem kinderlosen Ehepaar John und Edna Kinsella. Es ist ein ungewohnt schöner und behaglicher Ort, es gibt Milch und Rhabarber und Zuwendung im Überfluss. Hier gibt es aber auch ein trauriges Geheimnis, das einen Schatten auf die leuchtend leichten Tage wirft, in denen das Mädchen lernt, was Familie bedeuten kann: Wirkliches Zusammenleben, Zuneigung, Zärtlichkeit.

*Durch die blauen Felder*

Mit Verlust kennen sie sich aus: der Priester, der seine Geliebte mit einem anderen verheiraten muss; der Bruder, der seine Schwester nicht beschützen kann; der Förster, der einen Hund verschenkt, der ihm nicht gehört; das Mädchen, das sich von ihrem Jugendfreund schwängern lässt. Liebe und Nähe sind rar: Die Männer verstehen zwar etwas vom Land, von Moor und Vieh; ihre Frauen aber, die »Regen riechen können und das Gras wachsen hören«, bleiben ihnen eher fremd.

Auf kleinstem Raum entfaltet Claire Keegan ganze Lebensdramen und lässt uns an dem Augenblick teilhaben, der vielleicht alles verändert.

»Keegan ist wohl die interessanteste Stimme der gegenwärtigen irischen Literatur.« *Frankfurter Allgemeine Zeitung*

*Cider mit Rosie*

Aus der Sicht eines Kindes erzählt Laurie Lee von seinem weltabgeschiedenen, englischen Dorf, wo er inmitten einer Natur aufwächst, die alles aufbietet, was eine kindliche Fantasie befeuern kann: das blendende Licht des Tages, das die Kinder dazu verführt, sich streunend zu verlieren, die geräuschdurchwirkte Dunkelheit der Nacht, in die man sich besser nicht hinauswagt. Hier hat sich seine energische Mutter mit ihren sieben Kindern niedergelassen. Ihr Mann hat sich nach London abgesetzt und überlässt es dieser ebenso schillernden wie einfachen Frau, die Kinder großzuziehen.
*Cider mit Rosie* ist eine der schönsten Kindheitserinnerungen in der Literatur des 20. Jahrhunderts. In viele Sprachen übersetzt und mehrfach verfilmt, ist Laurie Lees weltberühmter Roman in einer neuen Übersetzung zu entdecken.

»Der Roman ist heute noch so frisch und voll sprühender Lebenslust wie bei seinem ersten Erscheinen in den fünfziger Jahren des letzten Jahrhunderts. Er bringt die Erinnerung zum Singen.« *Sunday Times*

»Laurie Lee schreibt, wie eine Nachtigall singt, sinnlich und voll poetischer Genauigkeit.« *The Guardian*

»Wenn man fasziniert versinkt in *Cider mit Rosie,* dann liegt das an der so erfinderischen wie sensiblen Sprache, in der die Weltwahrnehmung eines Kindes geschildert wird. Laurie Lee erzählt eine ganze Welt – und man hört ihm liebend gern zu.« *SRF*

*Ich hörte den Vogel rufen*

Sally wächst in Australien auf, in einer Familie, die lauter, schräger und herrlicher nicht sein könnte. Die fünf Geschwister hängen aufeinander wie die Kletten. Die Mutter nutzt Religion – egal welche – als Geheimwaffe. Der Onkel bringt trotz ausgiebigem Alkoholgenuss immer mal wieder ein Huhn vorbei und die Oma gräbt mit Sally frühmorgens den quakenden alten Ochsenfrosch aus. Erst mit fünfzehn aber merkt Sally, das in ihrer Familie noch etwas anders ist als bei den anderen: Ihre Oma ist schwarz. Hartnäckig beginnt Sally, die Geschichte ihrer eigenen Familie zu hinterfragen und erfährt schließlich Geheimnisse, die ihre Welt auf den Kopf stellen.

*Wanamurraganya*

Sally Morgan machte sich quer durch den australischen Kontinent auf die Suche nach dem unbekannten Mann, der nach Aborigines-Genealogie ihr Großvater ist. Sie fand schließlich Jack McPhee, mit seinem eigentlichen Namen Wanamurraganya, und er erzählte ihr seine Lebensgeschichte. Er erzählt von seiner kurzen Kindheit, von Kuchen aus der Dose, vom Kühe-Ärgern, Känguru-Jagen und Wildpferde-Fangen. Er erzählt, wie er von Farm zu Farm weitergereicht wird, von schwarzen Müttern und weißen Vätern und von einer entmündigenden Regierungspolitik – vor allem aber von der Gelassenheit und dem Humor, die er immer im Herzen trägt.

»Wie die Autorin die Erzählungen ihrer Großeltern rekonstruiert und das Leben von Aborigines, ihre Träume, Bräuche, Ängste, die erlittene Diskriminierung wiederentstehen lässt, ist in seiner Wirkung vergleichbar mit ›Onkel Toms Hütte‹ – ein unersetzliches Stück Zeitgeschichte.« *Die Frau von heute*

*Das Leben vor uns*

Anja und ihre beste Freundin Milka wachsen in den Achtzigerjahren am Stadtrand von Moskau auf. In den Sommermonaten streifen sie durch die Maispflanzen, suchen wilde Erdbeeren und fangen Grillen als Glücksbringer. Und während ihre Eltern gekennzeichnet sind von den Entbehrungen der Vergangenheit, verlieben sich die beiden in die Hymnen von Freddie Mercury und das Raunen einer verheißungsvollen Zukunft. Als Anjas Jugend ein jähes Ende nimmt, versucht sie noch vor dem Fall des Eisernen Vorhangs, sich in den USA eine neue Heimat aufzubauen. Doch durch das Sehnsuchtsland ihrer Jugend streifen die Geister ihrer Vergangenheit. Mit der eindringlichen Geschichte einer unerschütterlichen Freundinnenschaft erzählt Kristina-Gorcheva Newberry vom Aufwachsen in einem Staat kurz vor dem Zerfall.

»Eine Jugend in Moskau in unschuldigeren Zeiten: Ein mitreißender Coming-of-Age-Roman, der in den letzten Jahren der Sowjetunion spielt.« *taz*

»Mit großer Genauigkeit und poetischer, bildreicher Sprache zeichnet Kristina Gorcheva-Newberry einen Mikrokosmos der russischen Gesellschaft unter wechselnden politischen Vorzeichen. Ein echter Pageturner.« *Deutschlandfunk Kultur*

»Gorcheva-Newberry zeichnet mosaikhaft – und damit auch in Tschechow'scher Manier – ein umfassendes Bild des Alltags in Moskau während der letzten Jahre vor Gorbatschows Regierungsantritt.« *Frankfurter Allgemeine Zeitung*

Michel Jean *Kukum*

Michel Jean erzählt in *Kukum* die Geschichte seiner Urgroßmutter Almanda Siméon, die 97 wurde. Als Waise von ihrer Tante und ihrem Onkel aufgezogen, lernt sie mit fünfzehn den jungen Innu Thomas Siméon kennen, verliebt sich trotz der kulturellen Unterschiede sofort in ihn, sie heiraten, und Almanda lebt von da an mit dem Nomadenstamm, dem er angehört, lernt seine Sprache, übernimmt die Riten und Gebräuche der Innu von Pekuakami und überwindet so die Barrieren, die den indigenen Frauen aufgezwungen werden.
Anhand des Schicksals dieser starken, freiheitsliebenden Frau beschreibt Michel Jean auch das Ende der traditionellen Lebensweise der Nomadenvölker im Nordosten Amerikas, deren Umwelt zerstört wurde und die zur Sesshaftigkeit gezwungen und in Reservate gesperrt wurden, ohne Zukunftsperspektive, ein Leben geprägt von Gewalt, Alkohol und Drogenkonsum.
Der Roman wurde im Herbst 2020 mit dem Prix littéraire France-Québec ausgezeichnet.

»Um zu verstehen, was (immer noch) nicht in den Geschichtsbüchern steht, um lebendig zu halten, was die Lebensweise der Innu ausmachte, ist dieses Buch unglaublich wichtig.«
*Buchblinzler*

251201